LES RACINES
DU CIEL

ROMAIN GARY

天根

[法] 罗曼·加里 著
王文融 译

人民文学出版社

著作权合同登记号　图字　01-2017-3007

Romain Gary
Les racines du ciel
© Éditions Gallimard,1956.1980,pour la présente édition.
Simplified Chinese translation copyright © People's Literature
Publishing House,2017
All rights reserved

图书在版编目(CIP)数据

天根／(法)罗曼·加里著;王文融译.—北京:人民文学出版社,2017
(罗曼·加里作品)
ISBN 978-7-02-012821-1

Ⅰ.①天… Ⅱ.①罗…②王… Ⅲ.①长篇小说—法国—现代 Ⅳ.①I565.45

中国版本图书馆CIP数据核字(2017)第114769号

责任编辑　刘　彦
装帧设计　陶　雷
责任印制　徐　冉

出版发行　人民文学出版社
社　　址　北京市朝内大街166号
邮政编码　100705
网　　址　http://www.rw-cn.com

印　　刷　三河市西华印务有限公司
经　　销　全国新华书店等

字　　数　301千字
开　　本　880×1230毫米　1/32
印　　张　16.375　插页1
印　　数　1—6000
版　　次　2010年4月北京第1版
印　　次　2019年3月第1次印刷

书　　号　978-7-02-012821-1
定　　价　69.00元

如有印装质量问题,请与本社图书销售中心调换。电话:010-65233595

译者前言

《天根》作者罗曼·加里（Romain Gary）原名罗曼·卡谢夫，一九一四年五月八日出生于今立陶宛维尔纽斯一个犹太人家庭，父亲做皮货批发生意，母亲经营妇女服饰。当时立陶宛处于沙皇俄国统治之下。一九一五年父亲应征加入俄国军队，他和母亲与巴尔干国家的众多犹太人一道，被流放到俄国中部地区。一九二一年，他们回到已划归波兰的维尔纽斯（维尔诺），在那里住到一九二八年。父母离异后，罗曼和母亲迁往华沙，两年后定居法国尼斯。罗曼先后在普罗旺斯地区的艾克斯和巴黎攻读法律，获法学学士学位。一九三五年加入法国国籍，后参加法国空军。二战爆发后，他驾机投奔戴高乐将军领导的"自由法国力量"，从此改名为罗曼·加里，加里的俄文意思是"燃烧"。他参加过数十次战斗行动，屡建战功，多次受到嘉奖，荣获了荣誉军团三级勋章、解放勋章、十字军功章等。战后，他进入外交界，先后在法国驻保加利亚和瑞士使馆担任秘书，一九五二年到法国驻纽约联合国代表处工作，一九五五年又赴玻利维亚任职，一九五七年被任命为法国驻美国洛杉矶总领事。离开外交部后,他还在新闻部担任过一年多的特派员。

罗曼·加里有过两次婚姻,均以离异告终。第一任妻子是英国女作家莱丝莉·布兰奇(Lesley Blanch),第二任妻子为美国女演员珍·茜宝(Jean Seberg)。一九七九年八月三十日,茜宝自杀。一年后,一九八〇年十二月二日,罗曼·加里突然吞枪自尽,留下遗书说此事与前妻的自杀无关。

罗曼·加里是位多产的作家,一生创作了近三十部作品,第一部小说《亡者的葡萄酒》以罗曼·卡谢夫的真名发表。此后作品大多用罗曼·加里这个笔名,主要有:《欧洲教育》(1945,获批评家奖)、《郁金香》(1946)、《大衣帽间》(1949)、《白昼的颜色》(1952)、《天根》(1956,获当年龚古尔文学奖)、《童年的许诺》(1960)、《光荣归于声名显赫的先驱》(短篇小说集,1962)、《L.女士》(1963)、《食星星者》(美国喜剧1,1966)、《别了,加里·库帕》(美国喜剧2,1969)、《白狗》(1970)、《红海的宝藏》(1971)、《欧罗巴》(1972)、《魔法师》(1973)、《女性之光》(1977)、《激情奔放的小丑们》(1979)、《风筝》(1980)等。另外,他化名埃米尔·阿雅尔(Emile Ajar,阿雅尔在俄文中是"火炭"之意),发表了《宠物大蟒蛇》(1974)、《来日方长》(1975)、《真假莫辨》(1976)和《所罗门王的苦恼》(1979)四部作品,其中《来日方长》获一九七五年龚古尔文学奖。这样,同一位作家空前绝后地两次获得了这个奖项。但罗曼·加里拒绝领奖,并让其表侄保尔·巴甫洛维奇在出版合同上签字,致使人们误以为后者是小说的作者。一九八一年,遗作《埃米尔·阿雅尔的生与死》问世后,其真实身份才大白于天下。

罗曼·加里的作品多次被搬上银幕,最著名的当推一九七七年由莫谢·米兹拉西(Moshé Mizrahi)执导的《来日方长》。该片获当年奥斯卡最佳外语片奖,女主角扮演者西蒙娜·西涅莱(Simone Signoret)获法国恺撒最佳女演员奖。一九五八年,《天根》被美国名导约翰·休斯顿(John Huston)改编成电影。一九七九年,曾以《Z》获奥斯卡最佳外语片奖的希腊裔法籍导演科斯塔-加夫拉斯(Costa-Gavras)的《女性之光》,由著名演员伊夫·蒙当(Yves Montand)和罗密·施奈德(Romy Schneider)出演男女主角,广受好评。

《天根》讲述的是二十世纪五十年代发生在法属赤道非洲的猎象与反猎象的故事。法国人莫雷尔,"二战"期间在德国蹲了两年多纳粹的集中营,战后跑到乍得来开展保护大自然的运动。起初他单枪匹马,拿着反对猎象的请愿书到处征集签名,但应者寥寥。于是,他走进热带丛林行侠仗义,拿起武器严惩猎象者:不论是"乍得人"饭店老板哈比卜的合伙人、为取乐滥杀动物的德·伏里,还是专门猎取幼象、向世界一半的动物园供应厚皮动物的荷兰人哈斯,都受到他的袭击,连千里迢迢来非洲捕杀猛兽的美国名记者奥尔南多也当胸挨了他一枪子。

莫雷尔因此被冠以狂人或杀人狂的绰号。但他不乏同情者,身边也逐渐聚集起一批支持他的人。他们烧毁以保护农田为名捕杀大象的种植园主萨基斯、杜帕克的宅邸,以及印度人巴奈吉的象牙商店,攻打用象脚制造花瓶、冰镇香槟酒桶等商品的瓦日曼皮革厂仓库,还当众打了猎巨兽的女冠军夏吕太太的屁股……这些行动引起法国殖民当局的恐慌,以为这是政治骚乱,是地方政治恐怖主义的表现,下令把莫雷尔捉拿归案。

在二十世纪五十年代,小说主人公莫雷尔可以说是个先知先觉者。他对非洲每年数万头大象被杀的现象深恶痛绝,从人道主义立场出发,决心保护大象和一切濒临灭绝的野生动物,维护它们的生存空间,捍卫受到威胁的大自然。所以作者在一九八〇年版的《前言》中提到,《天根》一九五六年问世时被誉为第一部**生态**小说,而时人大多不知**生态**一词的含义。在莫雷尔的支持者中,固然有打家劫舍的强盗、法国外籍军团的逃兵、因走私军火一事败露而逃亡的黎巴嫩人哈比卜、被开除美国军籍流亡到非洲以求被人遗忘的美国副官福希思,但也有自觉捍卫大自然的斗士比尔·科维斯特。这位丹麦的博物学家早在九岁那年便手持棍棒吓退一帮掏鸟窝的男孩,保护了树上的一窝鸟。四十年来他参加了所有保护生态的斗争:反对捕杀海豹和鲸鱼,反对滥伐芬兰的森林,反对化学制品对土地、臭氧和海洋的污染,反对氢弹和原子反应堆废料的潜在威胁……他为此挨打,挨骂,被驱逐,遭关押，但斗志不减。虽年事已高，他仍然跟随莫雷尔在条件艰苦的荆棘丛林里为保护大象而斗争。小说通过莫雷尔一伙人的行动，直面急需善待大自然、挽救物种、保持生态平衡这个严峻的课题，向人类发出了严重的警告：与动物和谐相处，爱护环境，保护天根，就是保护生命之树，人类赖以生存之根。

《天根》不仅涉及环境保护问题，而且整部小说洋溢着浓重的人文色彩，这正是它撼人心魄、感人至深的地方。天根这个书名的含义，在小说中曾多次提及。它不仅是上帝在大地植下的无数的根，也是上帝在人的灵魂深处植下的极其多样的根，其中一些深深扎在人们心中，如平等、博爱、尊严，而自由这条根最为坚韧。在小说中，出没于荒原和丛林的大象成为人类之友，美的化身，自由的象征。"哪里有大象，哪里就有自由。"在纳粹的集中营里，狱友们以大象为精神支柱的那段描述既匪夷所思，又令人动容。而小说中唯一的女性人物德国姑娘米娜的遭遇，最清楚不过地表明人多么需要在大自然中寻到一个避难所，获得精神上的慰藉。二战期间，米娜的父母死于柏林的废墟中，她不得不寄人篱下，受到堂叔的糟蹋和占领军的强暴，又被迫去夜总会当歌女。她爱上一名俄国军官伊戈尔，两人决定一起逃跑，结果被米娜的叔叔告发，军官被捕，从此杳无音信。这位被侮辱、被损害的女子逃离了寒冷和冷酷的欧洲，先后来到突尼斯和乍得，以求"躲在大自然的怀抱中，躲在大象和所有那些温顺地走遍稀树草原的大兽群中间",寻求温暖、友爱和尊严。她虽然只见过莫雷尔一面,但为他保护大象的执着精神所打动,看出他是个"相信高尚仍在的人"。米娜不仅在他的请愿书上签了名,还放弃了在"乍得人"饭店的稳定工作,乘一辆满载武器弹药的吉普车,与福希斯一起投奔莫雷尔,义无反顾地加入到大自然捍卫者的行列中。

不能忘记的是,二十世纪中叶,非洲社会动荡,粮食匮乏,疾病流行,各殖民地民族解放运动风起云涌,因此保护人类生存环境的斗争,不可能不与政治斗争、社会矛盾和思想冲突交织在一起。在欧洲受过良好教育的法国乌莱族前议员瓦伊塔里,试图利用莫雷尔的保护大象运动,来推动非洲的独立解放事业。这位十代乌莱族首领的后裔认为,第三次世界大战迫在眉睫,他希望在欧洲陷落后以泛非民族主义首位英雄的面目出现于政治舞台。乌莱地区原行政长官圣德尼,主动去找莫雷尔,给了他所急需的武器和药品,还劝他不要受政治煽动家的蛊惑。这位在荆棘丛林里独自生活了三十年的老非洲人,虽然也幻想非洲独立,却怕出现黑人拿破仑、伊斯兰教的墨索里尼和实行逆向种族主义的希特勒。他试图延续部落的传统和信仰,完整保留非洲森林的习俗礼仪,拯救黑非洲不受西方思想的侵蚀。莫雷尔知道,对贫苦饥饿的黑人而言,大象是"站立的肉";保护大象首先要提高非洲人的生活水平,这是严肃的保护大自然运动的先决条件。莫雷尔也明白,如果保护大象只是出于人道的理由,只牵涉到人的尊严、慷慨、心灵和需要维护的空间，那么这场斗争是深入不下去的。只有赋予它以政治内涵，才会具有爆炸性，引发舆论的关注，迫使当局认真对待。所以莫雷尔和瓦伊塔里曾一度联手，组织小分队袭击西翁维尔，造成极大轰动。不过莫雷尔坚持宣称他的行动不带政治色彩，两人最终分道扬镳。莫雷尔任重而道远，小说结尾处，他继续留在荆棘丛林里，跟他在一起的有为他探路的非洲最优秀的动物追踪者依德里斯，和被瓦伊塔里派来监视他，却在其人格感召之下决心追随他的年轻大学生尤素夫。

小说分为三篇，每篇包括若干节（全书共四十节）。活跃在书中的人物，从乍得总督、省长、各级官员、政客、警官、英国退休军官，到神甫、猎人、村民、种植园主、毛拉、巫师、医生、独立运动分子、商人、记者、博物学家、军火走私犯、酒吧女招待，各色人等，应有尽有。作者通过这些有血有肉、个性鲜明的人物的经历、思想和言行，描绘出法属赤道非洲一幅广阔的社会生活画卷，展现了以反猎象为中心的保护大自然运动的全部复杂性。作品的叙述结构也很有特色。小说开篇，耶稣会士塔森神甫从他为法国和比利时古生物学研究所进行发掘工作的地点，前往乌莱地区前行政长官、大兽群保护区管理人圣德尼住的帐篷，向他打听米娜的情况。在非洲的星空下，面对寂然无声的群山，圣德尼讲述了一夜。小说以次日清晨，塔森神甫与圣德尼分手后返回挖掘地结束。这首尾遥相呼应的情节构成一条贯穿始终的主线,把在多个层面上展开的故事有机地联系起来,避免了结构的松散和凌乱。作者经常采用快速剪切拼贴法,把圣德尼、米娜、莫雷尔、法格等多个叙述者与全知全能的叙述者的讲述自然地予以衔接。比如第一篇第三节,圣德尼向塔森神甫讲述突尼斯一家夜总会的老板向哈比卜推荐米娜去"乍得人"饭店工作时,马上接谢尔舍少校向米娜了解人间蒸发了的哈比卜的走私活动,向她提出了这个问题:"您就这样立刻接受了?"第九节,方济各会修士法格神甫试图开导莫雷尔,说世上还有比大象更重要的东西时,作者突然笔锋一转,讲述后来法格与前来看他的塔森神甫的对话:"小伙子坐下了,我们四目相对待了片刻。您明白,这浑蛋,他用他那些没有罪的大象作暗箭刺伤我……"又比如第二篇第二十七节,米娜在与福希斯驾车投奔莫雷尔的途中,思忖如何向莫雷尔解释她这样做的原因。接下去又回到她与谢尔舍会面时的场景:"'噢,此外,我为什么这样做,我也不清楚。'她耸耸肩对谢尔舍说。"这种跳跃式的叙述方法使情节更加紧凑,为多角度揭示人物和主题提供了方便,有助于增添作品的丰富性和表现力。

《天根》问世已过去了半个多世纪,小说提出的问题更尖锐地摆在了世人面前。气候变暖,冰川融化,洪水泛滥,土地荒漠化,人口大爆炸,生物大灭绝,生态环境恶化,生态难民涌现,水资源短缺,粮食短缺,能源短缺……

愈来愈多的人认识到人类面临的生存危机的严重性和紧迫性,正在积极行动起来,但似乎尚未找到根治的良策。但愿这部小说能激发人们更深入的思考,对人类的未来承担起自己应尽的责任。

译　者
二〇〇九年二月于承泽园

新版序言

二十四年前本书发表时，承蒙大家好意，把它称作第一部"生态"小说，为拯救受到威胁的生物圈而发出的第一声呐喊。不过当年我没有估计到，正在进行的破坏规模如此之大，危险如此之深。

一九五六年某日，我与名记者皮埃尔·拉扎雷夫同桌进餐。有个人说出了"生态学"这个词儿。在座的二十个人中，只有四位知道该词的含义……

到了一九八〇年，走过的路已经很长。在全球，各种力量组织起来，坚定的青年一代战斗在最前列。他们自然不知道这场斗争的先锋、本小说主人公莫雷尔的名字。这无关紧要。勇气是不需要另一个名字的。人们一直奉献出自己最好的东西，为生命保住几分美丽。几分自然天成的美……

我的故事发生在一九五六年仍被称为"法属赤道非洲"的地方，因为我在那儿生活过，或许还因为我没有忘记，正是法属赤道非洲第一个回应了不放弃、不绝望的著名呼吁。而我的主人公拒绝受制于生而为人的缺陷，拒绝屈从于强加给我们的严酷法则,这使我联想到其他传奇性的时刻……

本书发表以来,时代没有发生多大变化。有人继续以各国人民拥有自决权的名义,和以往一样轻而易举地支配着他们。"生态"的觉醒与人类的所谓非人道发生了冲突。在我下笔之际,有一千二百头大象刚刚在津巴布韦惨遭杀害,以保护其他种群的栖息地……这是任何思想、任何宗教都未能解决的一个基本矛盾。

从更广泛的、普世的角度来看,保护大自然当然绝不是非洲特有的问题:我们像被活剥了皮似的大喊大叫已有不少时日。看来人权也变成了业已结束的一个地质时期——人道主义时期——令人腻烦的遗存。故而我小说中的大象不带丝毫的寓意,它们有血有肉,恰如人权……

我要再次感谢以下各位,我在困难的条件下全力创作这部小说时,他们的友谊始终支持着我:克洛德·埃蒂耶·德·布瓦朗贝尔、J.E.德·霍恩和勒内·阿吉两位教授,以及让·德·利普科夫斯基、利·古德曼、罗歇·圣奥宾和亨利·奥波诺。我把本书题献给他们。

一九五六——一九八〇

第 一 篇

一

拂晓,一匹马和骑马人沿着蜿蜒的山路,在杂乱的竹林和草丛中穿行,不时完全隐没其间,接着耶稣会士戴着白盔的头又显露出来。骨头突出的大鼻子下,含讥带讽的嘴唇厚实有力,一双眼睛炯炯有神,视野开阔无边,绝不止于一本经书的书页。他身材高大,与他的坐骑,矮种马吉尔迪颇不相称。踩在对他而言太短的马镫上,两条腿与教士袍形成锐角,身子不时危险地在马鞍上晃动,因为他猛地侧过那张征服者的脸来,观赏乌莱山的风景,露出几分不难察觉的幸福神情。三天前,他离开了他领导的、为比利时和法国古生物学研究所进行发掘工作的地点。乘吉普车行驶一段路程后,两天来他随向导骑马穿越荆棘丛林,朝圣德尼应该在的地点走。从早上起他就没有看见向导,但是小径无岔道,他不时还听到前方有草叶的沙沙声和马蹄声。有时,他昏昏欲睡,这败坏了他的情绪;他不喜欢想起他已年届七十。可是,七个小时的鞍马劳顿令他经常走神,陷入沉思冥想,其朦胧和甜蜜为他修士的意识和学者的精神所不容。他有时停下,等待童牵着马赶上来。马驮着的旅行箱里装了几块有价值的残片,那是他新近挖掘出来的,还装着他永不离身的手稿。他们所在的地点海拔不高,山峦坡度徐缓,有时山坡会动起来:那是象群。天空一如既往地无法逾越,雾气蒸腾,光照强烈,被非洲大陆全部的汗水所阻塞,连鸟儿似乎都迷了路。小径继续攀升,到了一个拐弯处,耶稣会士看到了山外的奥戈平原,和他不喜欢的密集蜷曲的荆棘丛林。他想,这些丛林之于赤道大森林,犹如粗野的体毛之于高贵的头发。他原先估计正午可以抵达,但下午两点左右才来到山顶。山顶上支着行政长官的帐篷,侍童正蹲在一堆火的余烬旁清洗饭盒。耶稣会士朝帐篷里探了探头,见圣德尼躺在行军床上打盹,便没有打搅他。等人搭好自己的帐篷,耶稣会士梳洗了一番,喝了茶,睡了一小会儿。醒来时,他立即感到全身疲软。他仰面躺了片刻,心想人到高龄的确有点凄惨,他所余时日不多,恐怕只能满足于他已经知道的东西了。他走出帐篷,见圣德尼正面对群山抽着烟斗。山岭依旧沐浴在阳光下,但似乎被某种预感所触及。圣德尼个头相当矮小,秃顶,胡子杂乱无章,脸庞瘦削,颧骨很高,戴一副钢边眼镜,脸被一双眼睛占满了。拱起来的窄肩膀,令人联想到一份终日安坐的职业,而不是非洲大象群最后一位守护者的工作。他俩谈了一会儿共同的友人,以及有关战争与和平的传闻。接着圣德尼询问起塔森神甫的工作,特别问到,自罗得西亚①新近的发现以来,非洲是人类真正摇篮的看法是否已成定论。最后,耶稣会士提出了自己的问题。一位最著名宗教团体的杰出成员,在传教士中享有关心人的科学起源远胜于人的灵魂的名声,竟然不顾七十高龄,毫不犹豫地骑了两日马,来询问一位姑娘的事。而在一个习惯以百万年和地质时期进行计算的学者的头脑里,这姑娘的青春美貌是不该占多大分量的。不过圣德尼对此好像并不惊讶。他直率地做了回答,继续愈来愈随意地讲着,心里有种奇怪的轻松感,以至于后来他琢磨塔森神甫来找他,是否就是为了帮他卸下压在他心头的这份孤独和回忆的重负。耶稣会士默默地听着,既礼貌又近乎冷淡,从不试图奉上一句安慰话,而他的宗教恰恰是因为能抚慰人心而扬名的。天忽然黑下来,圣德尼继续讲着,只中断了一次,吩咐自己的侍童恩戈拉生火。火立即驱走了余下的天光,他们不得不把身子往外挪了挪,以便继续与群山和星辰做伴。

---

① 东非的一个地区,曾出土卡布韦人化石,学者普遍认为卡布韦人属于已灭绝的智人罗得西亚亚种,其脑量和肢骨都和现代人相同。

二

"不,我不能硬说我真正了解她,但我特别想念她,就好像自己还有个伴似的。她对我的态度肯定不坦诚,甚至不老实。正是因为她,我才被撤去管理一个我割舍不下的地区的职务,改为负责这些非洲兽群的大保护区。他们一定认为,我在这件事情上表现出来的信任和天真,说明我更有资格管理动物而不是管理人。我并不抱怨,反而觉得人家对我很客气:他们本可以把我打发到一个远离非洲的地方,而到了我这把年纪,有些突然的变化是会要人命的。至于莫雷尔……该说的都说了。我以为他这个人,在孤独中比其他人走得还要远——顺便说说,这真的很了不起,因为说到打破孤独的纪录,我们每个人都发现自己有颗争夺冠军的心。我夜里睡不着觉的时候,他常来找我,一脸怒气,头发散乱,挺拔倔强的额头上刻着三道深深的皱纹,手上提着那只出了名的、永不离身的公文包,包里塞满保护大自然的请愿书和宣言。他常常带着郊区的口音反复对我说——那口音对一个据说很有教养的人而言相当出乎意料:'这很简单,狗,已经不够了。人们感到特别孤独,他们需要伴儿,需要更大、更结实、可以依靠、真能挺住的东西。狗不管用了,人现在需要大象。所以我不愿意有人碰它们。'他讲这番话时极为认真,还猛地拍一下他的卡宾枪枪托,好像要给他的话增添分量。有人说莫雷尔被我们人类惹恼了,不得不手执武器极度敏感地跟他斗。有人还郑重其事地断言他是无政府主义者,打定了主意要比别人走得更远,不仅要与社会决裂,还要与人类决裂。我想,决裂意愿和离开人类是这些先生们最常用的字眼。仿佛讲这些废话还不够,我刚在阿尚博堡①找到一两本旧杂志,上面有一个特别权威的解释。看来莫雷尔保护的大象完全是象征性的,甚至带有诗意。这可怜人幻想在历史上有某个保护区,它与我们非洲的保护区类似,将禁止在里面狩猎,我们所有历时久远的、愚笨的、有点怪异且无力自慰的精神价值,我们全部历时久远的人权,已逝的一个地质时期的真正的遗存,将完好无损地保留下来,以悦人眼目,在主日感化我们的子孙。"

圣德尼晃着脑袋,无声地笑起来。"我就此打住吧。我也需要弄明白,但没到这份儿上。一般来说,我忍得多,想得少,这是个性格问题——而且我相信有时这样会理解得更好些。所以别要求我做出过于深刻的解释。我能送给您的,只有几块碎片,包括我自己在内。至于其他,我是信任您的:您习惯于做发掘和复原工作。我任人去说您在著述中宣告人类正朝着彻底的精神性和博爱演化,并且预报这种演化不久将实现;我猜想在古生物学的语言中——它恰恰不是人类受苦受难的语言——不久这

---

① 乍得南部的一座城市,现名萨尔。

个字眼意味着不起眼的数十万年。我还任人去说您给救世这个古老的基督教概念,赋予了生物突变的科学含义。一个可怜的姑娘在这个宏大视野中能有什么位置,我承认我看不出来。她在人世间的主要命运似乎就是满足恰恰不是精神层面的需要。米娜也就算了——我并非不知道妓女在《圣经》中扮演的谦卑而必要的角色——可是像哈比卜这样的人,他在你们的理论和好奇心中能占什么位置?他瘫倒在'乍得人'饭店露台的长椅上,头戴航海者的大盖帽,咬着一支已熄灭的湿雪茄,不停地摇着留有美国汽水紫红色水渍的纸扇,眼望洛戈纳河的粼粼碧波,一日数次,看上去没来由地、不出声地笑得黑胡子直抖。这无声的笑究竟能有什么含义呢?说到这儿,如果您来到此地是为了知道他大笑的原因,那么您骑两天马还不算完全白费工夫。我可以把我的解释告诉您。喏,我对这个问题思考了很久,有时甚至在帐篷里突然醒来,独自面对世上最美的景致——就是非洲的夜空——琢磨究竟什么原因促使哈比卜这样的无赖笑得如此无忧无虑,快乐得如此纯粹。我得出的结论是:这位黎巴嫩人在生活中如鱼得水,他志得意满的朗声大笑颂扬的是与生活的水乳交融,相互的理解,从未受到搅扰的和谐,总之,是幸福。他与生活配成美好的一对。听了这番话,您也许会得出与我的某些年轻同事一样的结论,即圣德尼已变成一个傲慢的老家伙,孤独,易怒,恶毒,不再是我们中间的一员。主管当局那样审慎和关切地把他派到了保护区,他置身野兽中间完全适得其所。不过,哈比卜惯常的健康和快乐的神色,他的大力神般的力气,稳稳立在地上的双腿,不专向某个人而似乎向生活本身投递的嘲弄眼色,这一切很难不给人留下深刻印象。而了解这恶棍事业如此成功的人,也很难不得出某些结论。您想必和我一样,是在他掌管拉密堡①'乍得人'饭店时认识他的。与他做伴的是他年轻的被保护人德·伏里。饭店倒了两三次手,生意一直不佳,直到哈比卜先生和德·伏里先生来了以后才改观。他们设了一个吧台,请来一位女招待,在俯瞰河流的露台上辟出一个舞池。不久,生意日益兴隆的各种表征便显露出来,而发达的真正原因很久以后才为人知晓。德·伏里不大管生意上的事,在拉密堡难得见到他。他大部分时间花在打猎上。每当人家问起合伙人为何不在的时候,哈比卜总无声地笑笑,然后从嘴上取下雪茄,朝河流、涉禽、黄昏时分刚刚落在沙洲上的鹈鹕,以及酷似喀麦隆河岸上一根根树干的凯门鳄,画一个大圈。

"'有什么办法呢?亲爱的孩子与大自然不大要好,对她穷追猛打,以此来消磨时光。他是世上最优秀的射手,在外籍军团经受过考验,如今不得不满足于更小的猎物。一个名副其实的运动员。'

"哈比卜谈起他的合伙人,总是赞美里夹杂着嘲讽,

---

① 乍得首都,1973年改名为恩贾梅纳。

有时几乎带有恨意。不难看出,两个男人之间的友谊不如说受制于某条秘密的纽带,与他们的愿望没有关联。我只遇到过德·伏里一次,确切地说,我只在阿尚博堡附近的一条公路上与他擦肩而过,他驾驶一辆吉普车打猎归来,后面跟着一辆小卡车。他身材修长挺拔,一头金黄色的卷发,容貌相当英俊,是普鲁士人那种类型。他正在公路上用白铁桶给车加油,我到的时候刚刚加完。尽管我们的相遇倏忽而过,但他投向我的淡蓝色目光仍给我留下深刻印象。我还记得他膝头搁着一杆枪,其精美令我大吃一惊——枪托镶了银。我跟他打招呼,他没有回礼,开车走了,留下了小卡车。我停下来和撒拉族司机聊了一会儿。他告诉我他们从甘大县远征归来,老板'他打猎,整天,甚至,雨'。不知出于何种好奇心,我走去掀开小卡车的篷布。应该说此举没有白费。小卡车被战利品塞得满满当当:象牙、象尾、象头和象皮。最令人称奇的是鸟。各种颜色、各种大小的鸟。美男子德·伏里先生肯定不为博物馆制作标本,因为大多数猎物身上弹痕累累,面目全非,无法供人观赏。我们的狩猎条例便是如此,我是不会为它辩护的。可是任何许可证都不能使他的蹂躏行为合法化。我盘问了一下司机,他骄傲地告诉我:'老板,他打猎,取乐。'我讨厌洋泾浜法语,这是我们在非洲的一个奇耻大辱。于是我用撒拉语与他交谈。一刻钟后,我对德·伏里的战果有了足够的了解,等回到拉密堡后,可以狠狠罚他一大笔钱。这样做当然什么也阻止不了:有些人随时准备付钱,以满足内心的需求,这您应该清楚。我还去'乍得人'旅馆露台上找他的保护人闹了一场,请他节制一下他的小朋友的发泄行径。他开心地笑了。

"'有什么办法呢,老兄?一颗高贵的心,一种竭力追求纯洁的需要,这引起与大自然的猛烈碰撞,连绵不断的火并,而不可能是别的。身为好几个狩猎团体的成员,数次获奖,上帝面前的打猎能手——幸亏上帝躲在隐蔽处,不然的话……'他开起了玩笑,'所以他只得满足于中间的、无关紧要的猎物:河马、象、鸟。那个真正的大猎物,上帝,一直极为小心,凡人是无法见到的。可惜——该是多么漂亮的一枪啊!可怜的孩子夜里一定做这个梦。喝杯汽水吧,这次我请客。'他躺在永不离开的长椅上继续摇着扇子。这是他的家,于是我走了。我走远的时候,他还冲我嚷道:'罚款别手软:该多少就多少。生意挺不错的。'

"生意的确不错。

"了解'乍得人'连续几任经营者财务亏损的人,对这种兴隆感到不可思议,而披露兴隆原因的方式完全出人意表。一辆装载一箱箱汽水的卡车在奥戈平原东部不幸出事,发生了爆炸,而爆炸不能完全以碳酸气的含量来解释。结果人们发现哈比卜和德·伏里两位先生积极参与了军火走私,以几个众人熟知的基地为起点,走的是贩奴者向非洲腹地进发的老路。您不是不知道,旧大陆是各种明争暗斗的赌注:伊斯兰对信仰万灵论的各部落加大了压力,人口过剩的亚洲慢慢做起新的扩张梦,三年来英国在肯尼亚进行的没有出路的斗争,对大家都是一个教训。哈比卜在所有这些事情上坐收渔利,比躺在他那张长椅上还要舒服。后来人们终于想到调来他的犯罪记录,那真是黑社会的一首凯歌。不过那时他已和英俊的合伙人、大自然之敌开溜了。他一定得到了一些神秘的信息;这样的信息在非洲总能及时到达,尽管某些阿拉伯商人面无表情,从不流露出匆忙或不安。他们坐在店铺通风良好的昏暗处,若有所思,面色温和,好像远离乱世的喧嚣和动荡。两人就这样消失了,直到莫雷尔福星高照之时,才完全出其不意地——细想之下其实也很自然——重新露面,来接受最后几缕人间荣耀之光,这份荣耀与他们那种类型的美相得益彰。"

三

"哈比卜一买下'乍得人',便安装了霓虹灯,把它变成'咖啡馆—酒吧—舞厅'。毕竟是他想到要活跃此地有点荒凉的气氛,这在露台上表现得尤其明显。面对孤独冷清的喀麦隆河,面对似乎为某个史前动物量身定制的寥廓无际的天空,是他想到请个女人来活跃这里过分忧伤的气氛。他提前很久把他的意图告诉常客,每次坐到一张桌子旁便反复地讲,一边摇着那把做广告用的永不离手的扇子,在他的大手里,那扇子显得尤其没有分量。他坐下,拍拍我们的肩膀,好像要安慰我们,帮我们再坚持一会儿。他关心我们,即将去请个人来——这在他的改组计划之内——请注意,不是窑姐儿,只是个和蔼可亲的人。他完全明白,伙伴们,尤其那些赶了五百公里路才走出内地的伙伴,对自斟自酌威士忌心里腻烦透了,他们需要伴儿。他笨重地站起来,到另一桌去吹牛。应该说,他颇为成功地营造出一种好奇和期待的气氛。大家带点怜悯和嘲讽地寻思哪类姑娘即将落入圈套,而且我确信我们中间有些可怜的家伙待在角落里私底下想入非非——您看我对您什么都不隐瞒。就这样,早在米娜出现之前,她已成为乍得最偏远地区的一个话题。在她现身此地前的这段时间里,我们当中的某些人再次看到,即便经年累月在荆棘丛林深处离群索居,某些坚韧的希望依然存在,与我们想象中的几个私密小角落相比,一百公顷荒地在雨季倒更容易开垦些。大家等着她来,此言不虚。有一天,米娜下了飞机,头戴贝雷帽,手拎小提箱,穿着尼龙袜,身量可观,相貌平平——除去脸上有几分焦虑的神色,这在那种情况下颇可以理解。好像哈比卜写信给他在突尼斯的一位朋友,米娜当时在这人的夜总会里表演脱衣舞。哈比卜把他要什么样的人讲得很清楚:一位长得好看的姑娘,身上该有的都有,最好是金发,能管理酒吧,表演唱歌节目,尤其对顾客要和气——是的,他首先需要一个听话的小姑娘——他不想惹麻烦,这是最重要的。他也不要婊子——这不合店风——只要一位姑娘,偶尔得亲切地招呼哈比卜特别介绍的小伙子。突尼斯夜总会的老板大概注意到米娜有一头金发,又可能想起她是德国人,没有合法证件,这显然是听话的一个保证。于是他向哈比卜推荐了她。

"'您就这样立刻接受了?'

"谢尔舍少校进行调查时向米娜提出了这个问题,当时哈比卜先生和德·伏里先生已人间蒸发,他们有利可图的活动也已经暴露。他把她叫到办公室,想判断一下奥西尼对她的言之凿凿的指控是否有道理。调查是由警方来做的,不过近来军人们对利比亚边陲出现第一批装备精良的费拉加帮①一事十分关注,而哈比卜有可能在突尼斯等地布下的活动网络似乎特别值得注意。没有多少人比谢尔舍更了解边境地区,他在十五年间率领骆驼兵连队跑遍了从撒哈拉到津德尔,从乍得到蒂贝斯蒂的沙漠。每当他的骆驼队扬起的滚滚沙尘出现在天际,所有游牧部落都远远地跑来向他致意。一年来,他在职业生涯中头一次担任一个几乎整日安坐、被乍得总督称为特别顾问的职位。在国土上,直至密林深处,现代武器的交易似乎暗流汹涌,令总督十分不安。米娜被两名狙击兵一左一右押送到少校的办公室。她刚在警署受到审

---

① 费拉加意为"盗匪、窃贼",是法国殖民主义者对争取独立的突尼斯、阿尔及利亚武装部队的诬称。

问,心里怕得要命,坚信人家要把她从世上的一个角落赶走,她对这个角落似乎怀着一种奇怪的依恋之情。

"'我在这儿很好,您明白吗!'她抽噎两声,带着让你无法不做鬼脸的德国腔冲谢尔舍喊道,'早上我打开窗户,看见成千只鸟儿立在洛戈纳河的沙丘上,我感到幸福。我别无他求……我在这儿很好,何况,我能去哪儿呢……'

"面对人所处的任何困境,谢尔舍都无心做反讽式的思索,此时却克制不住幽它一默的冲动:在他的经历中,这是头一次有人把可能被剥夺在法属赤道非洲的居留权,与被逐出人间天堂这两件事相提并论。这显然意味着过去的日子……不大顺——所以司令想表示一下同情,仅此而已。他立即弄清楚,米娜对雇主的秘密活动毫不知情。她充当了雇主的门面和挡风墙,和'乍得人'的豪华设施、露台栽培箱里的两株矮态棕榈、汽水买卖、电唱机、有划痕的唱片,以及寥寥几对晚上在舞池跳舞的人一样。司令叫人给她送来咖啡和一块三明治——清晨五点她就被人从床上揪起来——不再向她提问题。但她一直试图解释,目光焦灼,一脸倦容,表情既激烈又谦恭,有时嗓门高得叫起来,近乎狂热地希望别人相信她。或许她在谢尔舍的眼神中发现了她大概不常在男人眼里遇到的好感,而她想必需要别人的同情。她一再说,她非把她知道的一切讲出来不可。她真的无可指摘,不愿继续受到怀疑。她很理解人家对她起疑心,因为大家会问,一个德国女人,没有合法的证件,是怎么在乍得落脚的……但因此就指控她给军火贩子帮了忙,辜负了没有任何避难地时在拉密堡受到的亲切接待……她嘴唇哆嗦,泪水又滚落到面颊上。谢尔舍俯下身,轻轻地把手放在她的肩头。

"'好啦,'他说,'没人指控您。您只要告诉我为什么到乍得来,是怎么认识哈比卜的。'

"她仰起脸,用手绢捂住鼻子,专注而犹豫地久久望着少校,好像在决定是否可以向他坦白这一切。她解释说,她来乍得是因为她再也受不了了——她太需要温暖——还因为她喜欢动物。噢,她明白这种解释可能缺乏说服力,但她没有办法:她说的是真话。谢尔舍没有表露惊讶和怀疑。一个人需要温暖和友情,这丝毫不会令他吃惊。但可怜的女子一定缺吃少穿,才可能满足于非洲大地的温暖和驯养动物的友情,除了在天际时时出现大象群的奇观之外,她想不到还有别的奇观。这正是她身份卑微的一个证据,对此他不能不表示同情。他认为她毫无自卫能力,比起他遇到的其他所有游牧者,她在人世间更加晕头转向。

"'那哈比卜呢?'

"哦,她也准备做出解释。为了讲清楚,她不得不把时间往前推几年。她十六岁那年,父母在对柏林的一次轰炸中被炸死了。她到与她家没有交往的一位叔叔家去住。她无依无靠,叔叔照顾她,甚至出主意叫她去夜总会唱歌,尽管她自认嗓子不好。她在'卡佩尔'表演了一年——仗好像已经打输了,男人们需要女人。后来俄国人攻占了首都,她的遭遇和其他许多柏林女子一样。这种情况几乎持续了好几天,直到战斗结束,指挥官重新掌握了他的部队。后来……她露出尴尬的样子,像犯了罪似的,朝敞开的窗户外望了一会儿。后来,发生了一件始料未及的事。她爱上了一名俄国军官。她再次住了嘴,谦卑地望着谢尔舍,仿佛想求他原谅。噢,她完全理解他的想法。人家已经当面告诉她了。'一个俄国人?'大家嚷道,'经历了那些事后,她怎能爱上一个俄国人?'她有些气恼地耸耸肩膀。这与国籍自然毫不相干。可是她的同胞们为这事十分恨她。在街上,邻居们目不斜视,走过时不跟她打招呼。胆子最大的遇见她独自一人时,把他们的想法高声告诉她。一个可以说领着士兵从她身上踏过去的人,她怎么可能爱上他呢?我猜想告诉她这类想法的人用的是比喻,而她好像按字面去理解了。她热切地向谢尔舍解释:'这个,这完全不能肯定。'当然,这也许发生过。她跟伊戈尔——那位军官的名字——谈过一两次,但他俩什么也不知道,坦率地讲,他俩对此无所谓。他倒是去过那种别墅——他在前线已有三年,家人被德国人枪杀了,而且他有点喝高了——至于她,她记不得那些人的脸;唯一永远留在她记忆中的东西,是军用皮带扣。不能用性行为对男人进行判断,尤其当战斗正酣,他们精疲力竭的时候……她又抬眼望了望谢尔舍,但少校什么也没说,因为他无话可说。她继续跟他谈她的伊戈尔,她立刻喜欢上了他:'他脸上有种快活的、给人好感的东西,像许多俄国人和美国人……还有法国人。'她笨拙地找补了一句。她是在叔叔家遇见他的——房子底层被军队征用——他腼腆地追求她,给她送花,与他们分享定量食品……终于,有天晚上,他笨拙地亲了她的脸——她嫣然一笑,用手贴住脸上第一次被亲吻的地方——'这是我的初吻。'她说,再次用明亮的目光看了谢尔舍一眼。"

四

圣德尼中断叙述,深深吸了一口气,仿佛突然间需要夜里全部的凉气。"总之,"他说,"我猜想有些东西是根本杀不死,而且始终完好无损的。这简直叫人相信什么也伤及不到人,人类不会轻易被打败。"耶稣会士朝火堆俯下身,抓起一根树枝点烟。火光飘忽不定,一度照在他长长的白发、教士袍和瘦骨嶙峋的脸上。这张刀削斧砍的脸有如一尊石雕,他正不知疲倦地在大地深处寻找这些石雕的遗迹。夜幕降临后,他的注意力好像全在星星上,目光似乎在劝诫人超脱,到天上去数无以计数的念珠。圣德尼对此很感激。

"是的,神甫,您劝我放弃一些东西想必是对的。我承认,讲话比起质问对我来说越来越难。黑夜,哪怕群星璀璨的夜,也只呈现美丽,而不带来答案。咱们回过头来谈米娜吧。因为看来是因为她,原先在世上似乎仅对史前研究感兴趣的耶稣会的一名杰出成员,今天才来到乌莱山区,出现在今后由我负责的大象保护区的山丘上。不过,也许耶稣会收到了一份问卷调查表,把建立档案的任务交给了您——对耶稣会士的议论可是多之又多啊!"他窃笑一声,塔森神甫礼貌地笑了笑。"咱们就回过头来谈米娜。她说她非常幸福地生活了半年,后来那军官接到了调令。两人谁也没想到这种其实可以料到的可能性。可是他们的幸福具有完满的特质,丝毫不管它是否会终结。军官有两天时间做准备,他立即准备好了,决定开小差,与她一起进入法国占领区。她解释说他们之所以选择法占区,是因为法国人以更能理解爱情故事而著称。他们当然需要与一些人合谋。他们犯了大错,把计划告诉了叔叔。在他们看来,既然叔叔从事非法买卖,自然是帮助他们的最佳人选。他把伊戈尔藏在一位朋友家,然后向俄国警方告了密。无法知道究竟什么原因促使他这样做。也许出于爱国心——至少可以除掉一名俄国军官——也许相反想讨好苏联当局,抑或他在肉体上离不开她……最后这个看法是她随口说的,似乎丝毫没有料到这句话让人瞥见的深渊。谢尔舍不动声色,继续抽着烟斗。只是,他用手指攥紧烟斗,使手心更好地感到它友好的热量。而且,很可能他当时已做出了最终的决定——这个决定令认识他的人大为惊讶,除了哈斯——应该说,哈斯早有预见,他在寥寥数次于拉密堡短暂逗留期间说过:'这些老骆驼兵心里只想着德·福科神甫①,谢尔舍也不例外。'她叹了口气说,总之,伊戈尔被逮捕,她再也没有他的消息。至于她本人,她回到了'卡佩尔'。由于她没上班,少领了一周的工资。她又回到叔叔家去住。当时,柏林一片废墟,几乎不可能找到栖身之所,她觉得回自己的房间理所当然。何况,她对一切已无所谓。叔叔通过关系很容易搞到煤,而如果说她还剩下什么,那就是对寒冷的恐惧。但她无法忍受柏林的气氛,幻想着逃到很远很远的地方,在更加温和的天空下生活。她每见到一个俄国兵心都会抽紧。她大概也缺少维他命,因为她感到冷得要死。当然,她显然怀着做人公正和实事求是的愿望对谢尔舍说,叔叔对她不错,给她屋里安了一个大炉子,昼夜生着火。可是她想去意大利或法国生活——战争期间,从这两个国家回来的士兵们常常热情洋溢地对她讲那儿的情况,给她看柑橘树、蔚蓝的海和金合欢花的照片。正像歌里唱的:

你认识吗,那柠檬盛开的地方,

金橙在阴沉的叶里辉煌,

一缕熏风吹自蔚蓝的天空,

---

① 夏尔·德·福科(1858—1916),法国皈依基督教的军官,1901年起担任神甫,在撒哈拉腹地传教,被当地游牧民族尊为隐士。许多宗教团体从他制定的教规中得到启发,继续其朴实无华的卫道事业。

番石榴寂静,桂树亭亭——
你可认识那地方?
到那里! 到那里
啊! 我的爱人,我要和你同去!①

"她时常当众唱这首《宝贝》,直到战争末期的一天,德国党卫军的一名军官下到舞池,扇了她一个耳光;接着她受到盖世太保的审问,被指控以挖苦的口吻唱一些描述德军在地中海失利的歌曲。于是她想去南方谋职,并告诉了占领军的每位军人。最后'卡佩尔'的钢琴师帮她实现了梦想,他曾与非洲军团一道参加了突尼斯战役,路经那儿时结识了一家夜总会的老板——他有把握为她找点事做。最难的是搞到必要的证件——她为此花光了全部积蓄。谢天谢地,她运气不错,三个月后人已在突尼斯,在'花篮'表演脱衣舞。她在那儿待了一年,基本感到满意,虽说冬天比她想象的要冷,当然还有那些顾客叫她头疼。奇怪的是,她一直有逃离此地,去更远的不论何处的欲望。她突然笑了,望着谢尔舍。'您会说我永远不满足,可就是如此:一种模糊的需要,一个离开此地的欲望。'一天晚上,夜总会老板,一个待她不错——他不喜欢女人——的突尼斯胖子,把她叫到一边,问她是否有兴趣到拉密堡的一家旅馆当招待。工作是管酒吧,唱唱

---

① 原文为德文,是歌德的长篇小说《威廉·麦斯特的学习时代》中女主人公迷娘唱的一首歌。译诗引自该小说中译本《威廉·麦斯特的学习时代》第129页(冯至、姚可昆译,人民文学出版社)。

歌——不必有好嗓子——尤其得善待顾客。'不,不是那类场所。'对她立刻提出的问题,他宽容作答。正相反,那是个正经地方。只不过乍得有许多单身汉,他们从偏僻的荒漠地区来,需要人做伴。她知道拉密堡很远,在沙漠的另一侧,非洲的腹地,那是另一个世界。她终于可以满足对温暖的需求了——即便在突尼斯,她有时也觉得吃不消。就这样,自己也不大清楚怎么搞的,有一天她置身于'乍得人'的露台,从那儿她可以在清晨眺望沙洲上成千上万只鸟。——她醒来的第一件事,是跑去看鸟。她照管酒吧和舞厅。与最初的担心相反,哈比卜从未要求她与任何人睡觉,'除了一次。'她迅速改口,显然完全忘记了那件事。谢尔舍未提任何问题,但她匆匆忙忙提供了一些细节。是的,有一次,哈比卜来到酒吧,对她甩出一句:'你答应桑德罗,如果他要求的话。'桑德罗先生的确对她提出了要求,她自然答应了。她等待片刻,由于谢尔舍不说话,她带点挑衅地抬眼望他,耸了耸肩膀:'我,您知道,这些生理上的事,我已经毫不在意。这并不重要。'她没有说什么是重要的。"

五

"桑德罗有一间卡车运输公司,车辆来往于各大公司不愿通达的各个角落。大公司不愿损耗他们的车,稳重的人都知道路况不好,一年倒有半年不能通行,只有几辆旧军用卡车在路上度过余年。桑德罗对道路网做了系统的勘察,大公路运输公司生意兴隆,不屑于做小买卖,完全忽略了这个网络。桑德罗起先只有一个人,驾驶唯一那辆雷诺产斗牛犬二手车,吃力地跑运输。三年后,生意红火了,手中已有二十五辆卡车,几乎垄断了次要道路的运输。而正当葡萄牙人和汽车贸易经营公司的卡车队谨慎地等待专家们对新路路况以及可能的贸易收益提出报告时,他的卡车却一年比一年更深地往荒漠地带钻。哈比卜与这个企业的老板搞好关系可能得到的好处,谢尔舍看得再清楚不过:只要每公里给他增加一成运费,他几乎会毫不犹豫地发车,哪怕路上的水刚退,桥梁自上一季以来未经检测。人们经常看到他的司机们在车里呆坐两天,面对'上次经过时还没有的'一条水道,或者车身陷进泥里直至挡风玻璃——太阳面对这种烂泥似乎也要后退。但不管怎样,运载的货物总能抵达目的地,抵达其他任何卡车司机在一年中的这个时期不愿冒险去的地方,送到不通公路的那些部落:喀麦隆的迪布恩人、苏丹边境的克莱什人,甚至乌莱人。进入荆棘丛林的这样一条通道显然对哈比卜十分宝贵,他确信他发的货——贴着与装饰他永不离手的扇子同一种美国汽水商标——可以平安抵达,送到身处非洲腹地的某个阿拉伯或亚洲商人的手中。对这些商人而言,桑德罗这种人的开拓精神是衷心钦佩和满意之源。这位马赛人根本不知道交给他运的有些货究竟是什么东西,直到他的一辆车翻进沟里发生了爆炸。由于事发地点很远,警方过了半个月才开始思考一些问题。如果哈比卜和德·伏里两位先生这一天留在拉密堡的话,就得为车主的马萨族司机的死付出高昂的代价。但是两人已远走高飞,桑德罗唯一能做的,是跟米娜讲讲清楚。可是她显而易见的无辜和惊慌失措使他完全倒了胃口。原来她来拉密堡前根本不认识哈比卜,证据是她不得不给他寄去自己的照片。在突尼斯夜总会老板向她提出建议以前,她从未想过法属赤道非洲来。

"'您就这样立即接受啦?'

"对,她毫不犹豫地接受了。她还是个小姑娘的时候,听说过乍得:她父亲在一所中学教自然史。她加重语气做这个说明,好像要强调她曾有过好日子。她知道这非常远,在非洲一个尚未开发的地区——她立即想到那些仍平静地在稀树草原游荡的大兽群。除了柏林的叔叔,她在世上没有一个亲人,于是她毫不犹豫地接受了……最后她冲动地说:'我非常喜欢大自然和动物。'

"'仅仅为这个就到乍得来,这念头怪得很。'谢尔舍友好地说,'您可以买条狗嘛。'

"对这个说法她当了真,变得兴奋起来:很明显,谢尔舍刚刚触到了痛处。她解释说,她过的那种日子,是没办法养狗的。在突尼斯,她按周取酬,随时有可能流落街头,她不能冒昧地承担责任。'再说,'她指出,'您知道,狗的自尊心很强。'她经常注意到这一点。在柏林时她有个邻居,一个老头儿,大白天带着狗去翻垃圾箱。'唉!您知道狗是什么表情?我向您担保它侧目而视,好像不愿意知道它的主人在翻垃圾,我敢肯定它为主人感到羞耻。我从来不愿养狗,跟这个有点关系……'她笑起来,突然而至的快活为她增色不少:谢尔舍头一次发觉她可以很漂亮。'我不敢。但这不妨碍我远远地爱它们。我是那种抚爱别人狗的人。如果您真想知道我为什么接受,我可以告诉您:为了清静。在突尼斯,顾客们从不让我清静——您知道在夜总会表演裸舞是怎么回事。当时我真的相信乍得是个可以避难的地方:躲在大自然的怀抱中,躲在大象和所有那些温顺地走遍稀树草原的大兽群中间。还有鸟。所以我来了。您知道,我没有失望:我只需清晨打开窗户。'

"一个被人露骨地、我认为极不公正地说成是一夜一万法郎的姑娘,她做出的这种解释,除了谢尔舍,换了任何一个人都会觉得挺可笑,而且肯定可疑。这个解释在'乍得人'的露台上被人重复,自然引起了讪笑和看破世事的摇头。它令奥西尼大为高兴。后来,在发生了被乍得人称作的事件而不必进一步说明的时候,他怀着行家的喜悦引用这个解释,作为少校极端天真的例子。但您是了解谢尔舍的:他是个有见地的人,不会因为背后的几声冷笑就乱了阵脚。米娜对他说来乍得是因为喜欢大自然,需要温暖和友情,他立即相信了她。在突尼斯和德国做了一番核实后,他不再找她的麻烦。

"不过我应该补充一句。自哈比卜和德·伏里两位先生离开后,她有时久久地在'乍得人'的露台上凭栏而立,但她能够看见的动物,只是沙丘上的几条凯门鳄、一些鹈鹕和市里药剂师驯养的那只羚羊。药剂师一般在黄昏时分,第一批顾客到之前来看望她。

"有一次,我见她站在暮色中,用手心托着羚羊的嘴,脸上青春焕发,流露出孩童般的快乐。陪着我的巴布科克上校说:'真是万万没有想到啊!'——他没说究竟没想到什么,但我肯定您懂。"

耶稣会士面无表情,圣德尼等了一秒钟,又接着往下讲:"不久后,当米娜在乍得已成为传奇,对她的回忆好像成了当地的私有财产时,还是这位巴布科克上校,或许离真相近得不能再近。对一名军官和一位绅士而言,这当然意味着某种局限性。他独自一人在酒吧待了好一会儿,一晚上没跟任何人讲话,然后放下酒杯付了账。他请侍者留下零钱,严厉地瞪着他,但又仿佛视而不见,然后突如其来地说:

"'说到底,她是个需要亲情的姑娘。'

"没有人转过身来:私底下挂念此事的人不止他一个。以上是巴布科克上校的情况。我很遗憾耶稣会不能问问他,用他的话说究竟什么'万万没有想到'。可惜啊,如今光靠一匹好马和一位果断的神甫,是找不到他了。"

耶稣会士微微一笑:上校要说而未说的话远远没有

被忘记。

"您看,我们有几个人在思考您提出的问题,不断地重新体验这场冒险的每个细节。有时我觉得这冒险在我们周围的某个地方,在另一个维度上继续进行,它的主人公们因而被打上永恒的印记,不得不永远经历同样的坎坷,犯同样的错误,直至我们突生兄弟般的好感,最终把他们从这个怪圈中解脱出来。我觉得他们向我们打着绝望的手势,千方百计地,有时甚至厚颜无耻地试图吸引我们的注意,仿佛不惜一切代价要赢得我们的理解。我确信您对他们看得和我一样清楚,和我一样被他们缠得夜不能寐,因为您来这儿了。"

圣德尼住了口,朝伙伴转过身去,仿佛等一个回答,一个确认。耶稣会士高昂着头,双臂抱在胸前。月光在山丘上飘移,星星继续执着而轻松地闪着清冷的光,直至山谷边缘。不时响起兽群经过的声音。塔森神甫拿出一支香烟点上。他有点不高兴,寻思着究竟能否找到他来此地的原因,或是否只得满足于他已知的东西。他想,在他这把年纪,耐心不再是一种美德,它变成了自己愈来愈不能问津的一种奢侈。于是他专心听圣德尼讲,迅速抓住任何一个新的迹象。与此同时,他沉浸在自己的回忆中,试图一劳永逸地把这些回忆梳理清楚。在群山几乎可以传染的宁静和耳畔热切的声音的帮助下,他最后一次力求以一名学者应有的全部超脱和从容不迫来审视这桩案子。

六

他一点没有狂人的样子。人家给他起这个绰号,是影射那类独自生活,一般受过暗伤,最终变得凶恶易怒以至袭击你的大象。他长得挺壮实,虎背熊腰,面部刚毅且有些阴沉,栗色的头发打着卷,他不时急速地往后甩甩。他做什么事都很快,很猛,让人觉得他不喜欢迟疑。在拉密堡难得见到他。后来人们发现他其实在土著城住过一阵子,只是没人注意他罢了。倒不是他不想被人注意,正相反,他用一件错综复杂而可笑的向政府请愿的事,几乎惹恼了所有的人。

"这是一件跟我们大家都有关的事。"他边说边从公文包里取出一页纸,小心地展开,用指头指着该签名的地方。他好像确信别人不会拒绝,虽然纸页下方没有一个签名。通常一听到请愿二字,大家就掉转身,说他们对政治不感兴趣。"哎!这不是政治。"他立即气恼地喊道,"这不过是个人道问题。"

"当然,当然!"大家带着嘲弄的口吻回答,友好地拍拍他的肩膀,以对殖民地一位白人最起码应有的尊重把他打发走。他并不坚持,拿起红棕色的旧毡帽,默默地走出去,不看任何人一眼,脸上毫无表情——那是一张完全有把握最后占上风的人的脸。那些费心浏览他的请愿书的人,那些读过的人,在"乍得人"酒吧笑谈此事,很高兴除了棉花价格的下跌或茅茅在肯尼亚的最新暴行①之外,又找到了一个话题。至于奥西尼,他把请愿书读了一遍又一遍,几乎背得出来,读时带着贪恋不舍的快乐,想必对他所说的这世上他最讨厌的东西,即自以为可以为所欲为——他没有点明是什么——的某种类型的人怀恨在心。

  米娜有时被请到桌边喝一杯。她一边听着这些谈话,一边监视着在露台上端着饮料来来往往的侍应生。苍茫的暮色迅速吞下世界,不一会儿,非洲只剩下一片天空,它似乎在下降,在走近,好像要更好地注视你,看清楚这些喧闹声来自何方。"您想想看,一个疯疯癫癫的人来看我,硬要我在一份禁止非洲猎象的请愿书上签名……"米娜注视着一只秃鹫在河上方缓缓盘旋。每天晚上,它似乎以这种方式在天空中签上自己的名字,好让天空翻开下一页。一名疾驶的骑手一度出现在河对岸的芦苇丛中。那是美军副官,他好像在逃避某个无法逃避的东西,或许就是黄昏本身。几个月来,他每晚在同一个时辰经过这里,仿佛与一根看不见的指针合为一体,无法抗拒地被它拖着在钟面上跑。对这个钟面上的每个标记,米娜都了如指掌:几株树,渔村的三间窝棚,几只独木舟,被高草弄模糊了的一条地平线,流向洛戈纳河的夏里

---

① 指肯尼亚基库尤人于1952年兴起的反对英国殖民者的民族独立运动。1953年因领导这一运动而被囚禁的乔莫·肯雅塔,十年后成为独立肯尼亚的总理。

河河口;朝东更远些,福罗堡①那株孤独的棕榈树,然后又是一望无垠的天空,好像某个人没有在场。

"当然啰,行政部门对这个怪人一无所知……"

警官考托夫斯基——被下属称为考托——原外籍军团士兵,打仗时在脸上留下的疤痕,好似南方部落照例打下的烙印。他说这怪人名叫莫雷尔,来拉密堡已有一年多,但大部分时间待在荆棘丛林深处。在问讯表职业一栏,他填的是牙医,但他似乎酷爱大象。于埃特兄弟有一天在乍得东部地区遇见他,身处多达四百头的象群中间。莫雷尔也曾带着请愿书来烦他。看上去这是个性情温和的怪人,完全于人无害。

这时,昏暗中响起奥西尼充满怒气、咄咄逼人的聒噪。虽然天很黑,但认识他的人都看到了他那张讥讽恼怒的脸,一张向全世界宣告从来没有人能够耍他,他,德·奥西尼·达瓜维瓦的脸。"就叫我奥西尼得了,"他说,"我不在乎。"这张脸还向世人宣告,他一下子就把他们全部识破,辨明,一下子嗅出他们的气味,总之计量出他们真正的分量,就是说微不足道。这声呐喊有股怪异的力量,把人的全部视野缩小到别针针尖那么大。在米娜看来,这声得意的冷笑似乎宣称:对生活可以有的全部期待,就是它准许你事后刷刷牙,漱漱口,人所做的一切注定以某件极其下流的事告终。见了他第一眼,她就始

---

① 喀麦隆的一座城市,与拉密堡隔河相望。

终拒绝与他打交道。她立刻斩钉截铁地拒绝他主动的亲近,好似铁了心,生了气。从此他只叫她德国鬼婆。但是,若有人当他的面提到米娜的名字,他通常会突然闭嘴,不再加入谈话,神态漠然地望着别处。他的整个姿态似乎暗示他了解此人的底细,但不想多费口舌,因为时机未到。有时,这种策略吸引了某个新来者,缠着他问东问西。奥西尼先拿拿架子,然后滔滔不绝地讲起来。是不是有人以为他上了当?考托夫斯基警官任人耍,或者故意装作看不见,那是他的自由;至于他奥西尼,他早已心中有数。难道他们真的以为,那些阅历丰富、办事稳重的人,他们真的以为那姑娘是偶然跑到拉密堡来,仅仅因为她没有地方去?他们真的以为一个长得如此好看的姑娘——他,他可不喜欢德国鬼婆这种类型,但必须承认她完美无缺——他们以为这样一位姑娘来到法属赤道非洲,只是为了在"乍得人"饭店当酒吧女招待,再跟某些人上床?"某些人,而非另一些人,"他指出,"是经过特别精心挑选的人。"的确只有谢尔舍才如此天真——或者其中有比天真更严重的名堂?那么照他看来,她究竟在乍得干什么?奥西尼耸耸肩,更深地埋坐在扶手椅里。他不想谈,至少目前不想谈。这是本土警戒总局的事,这一切与他本人毫不相干,他不瞎掺和。这不是说到时候他不讲话,不追究某些人的责任。但目前,他要说的仅仅是:在他作为猎手的一生中,他从未放弃过一条线索,他总是穷追到底。暂时他只准备说这些。有人定期把这些

话汇报给考托听,而他没有多大兴趣。可是有一天,考托在市场遇见了奥西尼,他带着浓重的斯拉夫口音顺便对他说:

"对了,老兄,我有条新闻,您一定感兴趣。我想我即将驱逐小米娜。我打算向总督提一句。妻子们开始抱怨了。事情做得有点太露骨了。我告诉您,是因为我听说您也抱怨过这种情况——我得赶紧说,您抱怨得对。所以我要请她去别处施展魅力。"

他一边说,一边继续和军医院的医生一道,检查几个蹲在一堆堆花生前向路人叫卖的黑衣女人的手。她们为了漂亮在头发上抹了油,散发出一股浓烈的、令人作呕的气味。两个男人做这番检查,是因为有人向他们揭发,说其中一个女人患麻风病,手上有伤口。毕竟,这些剥了皮的花生……奥西尼面色发白。他的喉头一阵阵地抽动着。他想挤出点微笑。

"啊,"他说,"强硬措施,我懂。"

"我们有时会这样做,"警官说,"您买花生了?有人向我揭发,一个卖花生的有麻风病。"

"我才不管呢,"奥西尼说,"这病不传染。我在此地二十年了,您知道。"

"是的,我知道。"

考托抓起一把花生嚼起来。他知道女麻风病人是找不到的:或者他们来时她已溜了,或者更有可能这不过是与露天市场竞争的叙利亚店主散布的谣言。奥西尼没说一句话。次日一早,考托来到办公室,发现奥西尼坐在候客室的一把扶手椅里。

"我能不能就一件跟我毫不相干的事和您讲两句话?"

"请讲。我很乐意听忠告,特别是长辈的忠告。"

"听我说,考托,您干吗不让那姑娘清静点?"

警官连眉头都没皱。他非常理解。一个独自在非洲腹地生活的姑娘,还是个德国姑娘,有可能抗拒一阵子,但总有一天不得不低头,尤其是向雇主的一位朋友低头。她使奥西尼产生的那种怨恨,只能以一种方式消解。

"哦,"他说,"我看出您在幸运的当选者之列。"

"您不该轻率地处理这件事,"奥西尼怨气冲天,接着说,"您常常见到一个长得如此好看的姑娘来拉密堡当酒吧女招待吗?"

"我见过的人多了,其中也包括您,奥西尼。"考托说。

"她从柏林来,是吧?"奥西尼补充道,"我正巧打听到一些有关的情况。她曾在俄国管辖区的一家夜总会唱歌,是一名俄国军官的情妇。如果您以为茅茅人是凭空捏造出来的……"

"那就更该打发她走,对不?"

"请允许我告诉您,这样做太笨了。相反应该把她留在此地,严密地监视她,不准她动弹,从四面八方卡住她。在这种环境里,她迟早会干傻事。那时就可以把她的小伙伴们一网打尽。"

"我明白您的想法。"考托一本正经地回答。

"您可以指望我随时把情况告诉您。我有我的消息来源。"

"谢谢。"

他定睛望着奥西尼。奥西尼脸色发白,努力从抖动的双唇间挤出一丝微笑。

"您的判断是什么,考托?既然您正在做判断。"他带着挑战的神气问道,"一桩下三烂的案子?"

警官一言不发,假装对办公桌上的一张纸感兴趣。奥西尼沉默片刻,他的呼吸声似乎布满了房间。

"我在非洲生活了二十年……孤身一人。好容易找到一个我喜欢的人……"

警官始终望着办公桌。

"您不会驱逐她吧,考托?您不会这样对我吧?人不能一辈子靠杀大象得到慰藉……"

他轻轻拿起他的巴拿马帽,等着回答。他等了片刻,然后笑了笑出去了。考托低着头,咬紧牙关待了几秒钟,然后猛地伸手按铃叫来下士。这是一位撒拉族人,有张安详的圆脸,身体健康,以米为食,平静的目光中透出甜蜜的遐想。考托一言不发凝视着他,他一直保持立正姿势,小拇指贴在裤缝上,既不吃惊,也不提问。一时间,从这张令人心安、十分健康、与生活完全协调一致的脸上,考托得到了些许滋养。等感觉好了些,又能顺畅呼吸时,他叫下士走了。

七

在昏暗中响起奥西尼的声音——人们总把掌灯时分以及飞虫乱舞的时间尽量往后推——当警官形容那位逐个看望大家,目光严厉地求他们在请愿书上签名的莫雷尔于人无害时,响起一声因饱含辛辣的讽刺和愤怒的嘲弄而几乎带有抒情意味的呐喊,一声似乎给非洲的黑夜新添了一种夜禽的呐喊。出于本能,大家朝声音响起的黑暗角落转过身去:他的确有本事发出闪电般的惊呼,扯破嗓子的质问,好像伤口在安静的肋部突然裂开。大家等待着。这时从黑暗深处响起一个发颤的声音,几乎像唱歌,愤怒是其天然的曲调。一种无边的、始终超过其最近目标的愤怒,在这种愤怒中,人、星球、每粒尘埃、每个孤立的生命原子,都能以应有之礼受到接待。于人无害?对此他自有看法,任谁也改变不了。当然,对心地纯洁的人而言,一切都是纯洁的——他把这句话送给谢尔舍少校——至于他,他对纯洁没有过高的奢望。他和大家一样接待了来访的莫雷尔,兴味盎然地读了请愿书。说到底,猎象,这跟他有点关系。他杀过五百头,是经过核准的。还不算犀牛、河马和狮子:粗略算算,总共约有一千头。是的,他是猎人。他感到自豪。只要他还有足够的气力跟踪野兽的足迹,手里还拿得动火器,就会继续打大猎物。他读了请愿书,像大家设想的那样,读得特别仔细。请愿书提到每年非洲被杀大象的头数——去年据说是三万头——并长篇大论地对这些动物的命运表示同情,它们逐渐被赶向沼泽,终有一天会因为人热衷于猎杀它们而从大地上消失。这是请愿书上说的,他逐字援引如下:

"撞见在非洲广袤大地上奔跑的大兽群,不可能不立即发誓,要尽全力使这一自然的美景永存于我们中间,让所有配当人的人见此美景都露出喜悦的笑容。"

奥西尼怀着非同一般的怨恨,几乎绝望地叫道:"所有配当人的人!"然后他闭了嘴,好像要强调这一奢望的荒谬。请愿书还宣告"高傲的时代已结束",我们应该带着更多的谦卑和理解,转向"不同但并不低级的"其他种类的动物。"不同但并不低级!"奥西尼带着某种被激化的惬意重复道。下面还说:"在这个星球上,人的确到了需要可以找到的全部友情的地步,在孤独中他需要所有的象,所有的狗,所有的鸟……"奥西尼发出一阵怪笑,一种完全没有快意的扬扬自得的冷笑。"现在我们应该安下心来,表明我们有能力保护仍生活在我们身边的自由自在、笨拙但壮美的巨兽……"

奥西尼住了口,但众人揣测他的声音潜伏在黑暗中,一有猎物出现便准备扑上去。响起几声笑声。有个人指出,如果这份荷马风格的文件的确有上述内容,那么它的作者当然应该被视为一个温和的怪人,但很难看出他有什么危险。奥西尼对这条意见充耳不闻,把插话者完全逐出有权受他关注者的行列。他接着说,几个月来,这个人走遍了荆棘丛林,深入到最偏远的村庄,在土著那儿闲逛时学会了好几种方言,执拗地干着破坏白人好名声的危险勾当。一个人不需要有多么锐利的目光,甚至不必当维护领土安全的领薪公务员——谢尔舍在黑暗中露出了笑容——就能明白这份请愿书目的何在。此刻它一定在村庄之间流传,很可能它的作者正用比文件更清楚的词语做着评论。他显然把西方文明说成一个巨大的失败,要非洲各部落不惜一切代价尽量避开。这就是他向他们展现的西方的形象。这几乎等于恳求他们回到被视为不比现代科学及其摧毁性武器更糟的食人习俗,请他们膜拜他们的石头偶像,莫雷尔之流正是用这些偶像——似乎不经意间——塞满世界各地的博物馆的。啊!这关大象什么事!有人把肯尼亚茅茅人的起义说成是自发的、事先没有任何筹划的运动,并且继续睁一眼闭一眼,这是他们的自由。至于他,德·奥西尼·达瓜维瓦,他不提任何建议,不做任何暗示,只拒绝上当。再说一遍,他没有为维护领土安全领取报酬。莫雷尔的请愿书安然无事地在乍得全境传播,点缀上可以说他事先料到的各式各样的签名……

奥西尼放慢了讲话的速度,声音中少了些怒气,多了点嘲讽,嘴角的皱纹挤出一丝微笑。是的,莫雷尔给他看请愿书时,他发现纸页下方有两个白人的名字——这自然是他首先看的。两个人的名字,一个是福希思副官,被军队撵出来的美国贱民,他在被俘期间讨好地承认,在朝鲜战争中他曾向居民扔过带有霍乱和鼠疫病毒的苍蝇炸弹。真不明白乍得当局为什么殷勤招待一个本国都不要的叛徒。至于另一个名字,他拜托听众去猜……他闭了嘴。在随后保持的暧昧的沉默中,大家感到他突然变得守口如瓶,成了地地道道的绅士……常言说得好:这不是他的禀性。这时,大家听到米娜平静地说:

"那是我的名字。我也签了名。"

八

一天傍晚,她正在"乍得人"吧台后挑选晚上用的唱片时,他出现在她面前。他迅速踏进空空的舞池,然后停下来,紧握双拳,四下张望,好像在找一个有账要算的人。在空无一人,似乎天空也在等待第一名顾客的露台上,他的神情既可怕又有些茫然。她冲他笑了笑,首先因为这是她的工作,其次因为以前从未见过他,而她对不认识的人总怀有好感。不,他没有向她出示——至少没有马上出示——那鼎鼎大名的请愿书。他朝她走过来,她发现他的衬衣撕破了,脸上布满淤斑,卷发乱七八糟地贴在太阳穴和刻着三道深深皱纹的执拗、高耸的额头上。他好像刚刚打完架,并且还想打一场。他胳膊下夹着一只旧公文包。

"我想跟哈比卜谈谈。"

"他不在。"

他露出不悦的神色,又一次环顾四周,看看她有没有扯谎。

"哈比卜先生在麦达古里,明晚才回来。我能做些什么吗?……"

"您是德国人?"

"对。"

他脸上有了些光彩。他把公文包搁在吧台上。

"那我们差不多是同胞。我入籍就是半个德国人,如果可以这么说的话。战争期间我被流放,在好几个集中营里待了两年,差点丢了小命。我对国家十分依恋。"

她尴尬地俯下身看唱片,立即有了戒心。在拉密堡,其实人家待她不错,只是一提到她的国籍,人们的眼神里会突然露出略带讽刺的关注。她突然感到那人用手碰了碰她的手。

"真糟糕,我又说了不该说的话。我总一个人生活,丢掉了与人讲话的习惯。这样其实也不赖。"

"您是种植园主?"

"不是。我照管大象。"

"那么您认识哈斯先生啰?他为动物园和马戏团工作。捕猎大象是他的专长。在汉堡,哈根贝克公园的动物全是他提供的。"

"我认识哈斯先生,"他慢腾腾地说,脸上又阴云密布,"我当然认识他。我早就注意他了……总有一天他会被吊死。不,小姐,我不捕猎大象。我只在它们中间生活,成年累月地跟随它们,研究它们。更确切地说是欣赏它们。如果什么也不瞒您,我情愿放弃一切,自己变成一头大象。就是说,与您刚才想的相反,我对德国人并不特别反感……我的反感更普遍。给我一杯朗姆酒。"

她不知道他是认真的,还是开玩笑。也许他本人也不清楚。但她感到在这番令人窘迫的话后面,有个可亲的,又有点怪的人。"善良常使人显得古怪,"后来她向圣德尼解释说,"这毫无办法。"

"既然哈比卜不在,也许我可以留些东西给他?"

"当然。"

"您得帮我个忙。"

她不明白究竟怎么回事,跟着他往外走。在装饰"乍得人"入口的凯旋门前,她认出了德·伏里的车子。莫雷尔打开车门,体育运动爱好者倒在后座上,脸肿了,一条胳膊用三角巾悬吊着,头上缠着纱布。他好像动弹不得,怀着痛苦和仇恨望了他俩一眼。

"我在湖的东边撞见他正在杀他今天的第四头象。我在四十米开外朝这混蛋开了枪,可是我跑了太久,两手发抖,没有击中他。"

他好像在自我辩解。

"于是,我用枪托教训了他一顿。请您转告哈比卜,以后我若再发现这混蛋在象群周围转悠,就把他剁成肉酱,连大象都不会把他收拾得这样狠。就这些。再见。"

"等等。"

他转过身。

"您还没付朗姆酒钱。"

"多少钱?"

"您一口还没喝呢……至少把它喝完……哦,走吧。"

他随她来到酒吧。她吩咐了侍应生们几句,他们在德·伏里身边忙碌着。接着,他俩有一会儿没有讲话。她靠着墙,双臂交叉,严肃地望着他。他垂下头,把酒杯在柜台上转过来转过去。她等着,心静如水,出奇地镇静。他和这无声的召唤搏斗了一会儿,然后目光转向河流,转向对岸。在那边,如在非洲任何一处景致中,有个可以占据的巨大位置,无限大的一个位置,好似被某个庞大的存在神秘地抛弃了。这不禁令人联想到如今已消失的某种史前动物,这空荡荡的、被丢弃的空间正好和它般配,似在要求它的回归。他笑了笑,慢条斯理地,亲切地,像跟孩子说话似的对她讲起来。他没有告诉她他是谁,从哪儿来。他对她讲大象,似乎这是唯一重要的事。他说,每年非洲有数万头大象被杀——去年三万头——他决心尽全力阻止这种罪行继续下去。所以他来到了乍得:他发起了一场保护大象的运动。凡见过这些壮美的动物在世上最后几块自由的区域里穿行的人都知道,这儿有生命要拯救。保护非洲动物会议不久将在刚果举行,为促使会议采取必要措施,他准备闹个天翻地覆。他清楚,兽群不仅受到猎人的威胁,还有毁林、扩大耕地、所谓的进步!但打猎显然最卑鄙,所以必须拿它开刀。她知不知道,比方一头掉进陷阱、被尖桩戳透的象,死前常常要受好多天的煎熬?她知不知道土著仍大规模地用火狩猎?有一次他遇见六头幼象的白骨,它们是被火烧死的,成年象因体形大、跑得快而得以逃脱。她知不知道,有时整群整群的大象逃离燃烧的稀树草原,连腹部都被烧伤,要遭几个星期的罪?他曾听见这些受伤的动物彻夜号叫不停。她知不知道阿拉伯和亚洲商人大规模走私象牙,促使各部落偷猎?每年在香港出售的象牙达数千吨……每年三万头象——思考一下这意味着什么,能不想拿起枪站到幸存者一边吗?她知不知道,像哈斯这样的人,受大多数大动物园宠爱的供应商,他捕获的幼象至少有一半死在他的眼皮底下?土著们,他们至少情有可原:他们的食物中没有足够的蛋白质。他们杀象是为了吃。大象对他们就是肉。所以,保护大象首先要提高非洲的生活水平,这是任何严肃的保护大自然运动的先决条件。可白人呢?作为体育运动——为了展示漂亮枪法的狩猎呢?

他提高了嗓门,柔和的褐色目光流露出忧伤,那神情胜过任何语言。从第一句话起,她立即就懂了,没有丝毫的犹豫:这又是一个孤独的故事。后来她当着法官的面,两眼直视他们,郑重地、甚至庄严地对此予以肯定,好像要打消任何疑惑。对她而言,事情是明摆着的,她对此很在行。他是个吃过大苦,深感孤独的人。她立刻就理解了他,因为把他推向象群的那种需要,与她在"乍得人"露台上俯瞰荒无人烟的河岸和沙丘时感到的需要,没有任何不同。成千只白涉禽纹丝不动地立于沙丘,每一丛扭曲的荆棘,每一只鸟,最终都好似缺席的一个鬼脸,不在场的一幅漫画。唯一回报她的温情,她在身边找到的唯一友爱的表示,是她手心托着的家养羚羊温热的嘴鼻。看她如此了解的这种需要能变得多大倒是挺有趣的——把非洲全部大象扔进这个空洞恐怕都填不满。她一动不动,依墙而立,想到大概从来没有一个男人这样跟一个女人谈大象,她尽量不插话,不露出笑容。她还想他找对了人,唯有这样的姑娘——男人们不解皮带就扑到她身上——才不会大惊小怪,明白对友情和保护的需要可以表现为各种稀奇古怪的、有时稍稍可笑的形式。他和她没有一次不谈非洲大象。后来,在她几乎开始做出解释的那天夜里,她对圣德尼说,从来没有一个男人这样向她袒露自己的一切。"我想帮帮他,就这样。"她微耸肩膀,最后说。她显而易见的深切感受和表达它的贫乏字眼之间形成强烈的反差,令圣德尼印象深刻。于是他久久地,几乎带点挑衅地盘问她,而她绝不做进一步的解释。"我看出来他精疲力竭,需要有个人。"她吸了一口烟,久久盯着圣德尼看——这种目光时常伴随她讲的某些话,好像要把这些话拉长,暗示其中隐含的深意,任由你去发现。

"大家清楚是怎么回事……"圣德尼突然有种感觉：这些老生常谈，这种拖腔，涂了口红的嘴唇叼着的这支香烟，过短的晨衣下交叉着的这双裸腿，这一切不过是自我保护和躲藏的一种方式，一种纯世俗的手段，对某种残忍抛弃的一个抗议。"是的，我清楚是怎么回事。我肯定您也清楚，圣德尼先生，因为据说您独自在荆棘丛林中生活了三十年。圣德尼先生，人迟早会吃不消的。于是，有个人需要大象，另一个需要狗，您则需要星星和群山——据说这对您已足够。他呢，我看出他吃不消了。"

耶稣会士叹了口气，略带苦涩地援引米娜话的圣德尼，立即跟着叹了口气。"当然，神甫，我完全明白您的想法。他转向了动物，这表明我们陷入了匮乏。您也许会劝他寻找比我们的厚皮动物更大的东西。说不定他骨子里是个缺乏胆量或想象力平平的人。在这点上我和您完全一致。"对一个普通的呼吸现象做出这样的评论，耶稣会士听了略微吃惊地挑了挑眉毛。"我们身边有个大的空间可以占据，但是非洲的全部兽群不足以把它占满。人的灵魂，神甫，不是非洲大陆。非洲大陆确实广阔，但终究有边界，被几个海洋包围。"塔森神甫稍稍垂下眼帘，每当有人满怀自信跟他谈人的灵魂时，他总感到不自在。"我想帮帮他，就这样……"他更理解米娜的这个解释。

暮色在静谧中迅速降临。令人吃惊的静谧似乎总选择这一时刻落在河流和芦苇丛上,和最后一群仍未入眠的鸟儿中间。莫雷尔继续讲着,嗓音低沉,轰隆隆似闷雷,充满被抑制的激情。然后他中断讲话,抬起眼睛。

"我这些事,让您听烦了吧?"

"没听烦。听这些我是不会烦的。"

"我还应该告诉您,我被囚期间欠了大象一笔债,正想法子偿还。一个同伴在长一米一、宽一米五的单身牢房里关了几天后,想出了一个主意。他感到四堵墙即将把他憋死,于是开始思念自由自在的象群。每天早上,德国人发现他神清气爽,说说笑笑,变得很皮实。从单人牢房出来后,他把这窍门传给我们。每当我们在笼子里感到受不了时,便开始思念这些在非洲辽阔开放的土地上勇往直前的庞然大物。这需要发挥了不得的想象力,正是这种努力使我们活了下来。虽然被单独抛下,只剩半口气,但我们咬紧牙关,露出微笑,闭上眼睛继续注视我们的大象。它们横扫一切,所向披靡;大家几乎听见大地在这庞大的自由之身的践踏下颤抖,海风灌满我们的胸膛。自然,集中营当局终于感到了不安:我们牢房的士气特别高涨,死的人也少。我们受到更严厉的对待。记得有个伙伴,一个叫弗吕什的巴黎人,是我的邻床。晚上,我见他无法动弹——他的脉搏跌到了三十五下——但我俩的目光不时相遇:我瞥见他眼睛深处有一缕几乎察觉不到的快活的微光,我知道大象仍在,他看见它们在天边……狱卒琢磨不透我们究竟着了什么魔。后来,我们中间有个告密者泄露了天机。您可以想象这带来了什么后果。我们身上仍有他们触碰不到的东西，一篇故事，一个神话，他们无法夺走，却帮助我们挺立不倒。想到此，他们怒不可遏，于是开始仔细琢磨对付我们的方法。一天晚上，弗吕什拖着步子走进牢房，我不得不把他送到他的角落。他躺了一会儿，两眼大睁，仿佛想看什么东西。然后他对我说完了，他再也见不到它们，甚至不相信它们存在。大家尽其所能帮他挺住。我们这帮骨瘦如柴的人，发疯似的围住他，朝想象的天际挥动手指，给他描述不可能被任何压迫、任何意识形态逐出地球的巨型动物。但是，弗吕什这小伙子再也无法相信大自然的雄浑壮丽，再也无法想象这样的自由尚存于世，无法想象人，哪怕是非洲人，仍可以善待自然。不过他做了努力。他把那张苦脸转向我，冲我挤了挤眼睛。'我还留下一个，'他低语道，'我把它藏得严严实实，藏在最下面，但我再也照顾不了它了……我失去了所需的东西……你拿去和你的放在一起吧。'

"他讲话非常吃力，弗吕什，但眼中仍有微光，'拿去和你的放在一起吧……它叫罗道夫。'——'这名字太可笑了，'我对他说，'我不要……你自己照顾它吧。'可他用那样的眼神望着我……'算啦，算啦，'我对他说，'我要你的，你的罗道夫，等你好些我再还给你。'我把他的手放在我的手里，立即明白罗道夫，它永远和我在一起了。从此，我走到哪儿就把它带到哪儿。小姐，这就是我来非洲的原因。这就是我要捍卫的东西。只要有个混蛋猎人在什么地方杀死一头象,我就恨不得把一颗子弹射进他的心脏,不然夜里睡不着觉。所以我也在争取当局采取一个小小的措施……"

他打开公文包,取出一页纸,在柜台上仔细地展开。

"这是一份请愿书,要求废除任何形式的猎象活动,首先是最卑鄙的,为了战利品——俗话说为了取乐——进行的狩猎。这是第一步,算不了什么,要求真的不高。如果您能在上面签名,我将很高兴……"

她签了名。

九

就这样,不知不觉地,两人朝对方迈出了历险的第一步。假以时日,这场历险在乍得完全可能变成一个传奇。"我跟他们很熟。"那些为了刺激好奇心,带点漫不经心的样子讲这句话的人,必定一时间受到别人毋庸置疑的关注。在大饥渴的年代,这句话给某些人帮了大忙。他们的棉花种植园毕竟竞争不过尼罗河河谷的种植园,他们的金矿成为一个讳莫如深的话题,他们的泛非大公路网最终只剩下干涸河床上一辆生锈卡车的车架子。真实情况是:莫雷尔没有朋友,大部分时间在荆棘丛林中度过,没人注意他在拉密堡走来走去,带着那张可笑的、被人耸耸肩膀推开的请愿书——没人注意,除了奥西尼。

要论哪个人被事态发展证明有道理，哪个人不属于上当族，那一定是奥西尼这位长辈、猎人。他善于觉察身边的敌人，仿佛他只为此而活着。他不是一开始就嚷嚷，说那人危险，那样的事会使非洲遭受劫难吗？他不是徒劳地发出警告的呐喊吗？——这怪异的、既绝望又伴以冷笑、似乎一直属于乍得昼伏夜出的动物的叫声，肯定与他无关的某种向往的神秘回声？最后，他不是对德国鬼婆起疑心了吗？不是看出她也是阴谋的一个重要因素吗？

是的，奥西尼经历过得意的时刻，不过相当短暂。如果说他参与了传奇，那肯定不是以他希望的方式。他犯了严重的错误，奥西尼：他陷得太深，被吸引他的烈焰烧伤。他第一个认出了猎物的踪迹并发出围猎的呼喊，他狂热地冲上去攻击，觉得受到对人要求过高的挑战，仿佛人升到离地面一万米的高度，离奥西尼一万米的高度。他决心捍卫自己的量器，自己的尺度。除了他，对莫雷尔比较注意的只有法格神甫。这位方济各会修士平常照顾麻风病人，原是自由法国空军的随军神甫。他言辞激烈，脾气很坏，动不动就敲桌子。在勒克莱尔①从乍得到巴伐利亚阿尔卑斯山区的长途跋涉中，他眼见自己最好的同伴倒下了。他再也不能容忍无神论的怀疑，仅仅因为

---

① 勒克莱尔（1902—1947），法国军事统帅，二战中追随戴高乐将军，在乍得、利比亚和突尼斯屡建战功。1944年率部在诺曼底登陆，解放了巴黎和斯特拉斯堡，并占领了德国巴伐利亚州的城市贝希特斯加登。1947年死于飞机失事。1952年被追认为法国元帅。

有了这种怀疑,他在九泉之下就不能与他始终不渝的战友欢聚一堂。棕红色的胡子,粗壮的脖颈,有时近乎亵渎神明的天真言辞,使他看上去像个放荡的僧侣。

"这不是我的错,"他说,"错在这身骨头架子。"其实他在阿尚博堡西北的荆棘丛林深处过着堪称楷模的生活。他干蠢事是出了名的,最蠢的那件想必永远载入了殖民地的民间传说,并随着沿刚果河驶往布拉柴维尔①的轮船,进入了班吉②的历史。它之所以蠢得厉害,恰恰因为法格神甫拼命力求避免干蠢事。他借用空军中队的行话,习惯上把所有与他讲话的人称作戴绿帽子的人。他认为男人分成两类,一类是好绿帽子,另一类是坏绿帽子。"你好,戴绿帽子的"是他亲切地跟你打招呼的方式。有一次,法格出现在轮船的甲板上,通常做伴的人已经聚在一起。其中有个乌阿尔,由于年轻妻子不加选择地公开与多人搞婚外情,所以在当地出了名。法格走近这群人,开始一个个与众人握手,用惯常的方式打招呼。"你好,戴绿帽子的。"他边说边从一个人走向另一个人。"你好,戴绿帽子的,你好,戴绿帽子的,你好……"突然间,他意识到他的大爪子里握的是倒霉蛋乌阿尔的手指。于是他大叫:"你好,乌阿尔先生!"他以为这是机智的表现,由于终于能够表现自己的分寸感而沾沾自喜。接着

---

① 刚果共和国首都。
② 中非共和国首都。

他立即转向后面的人："你好，戴绿帽子的，你好，戴绿帽子的。"就这样直到最后一位。这就是法格神甫，麻风病人和昏睡病患者最喜欢的传教士。他在荒漠深处，在苦难的黑色心脏地区生活了太长时间。所以，当一个人来到拉密堡传教士驻地他的面前，来到驻地大吵大闹，因为药品以没有公路为借口推迟了六周才到——当一个人硬把一张可笑的、所谓保护大象的请愿书塞给他看时，他当然显得很不耐烦。

"您可以找个地方把它们，把您的大象藏起来。"可敬的神甫叫道，他的高瞻远瞩无可置疑。"在这个大陆上不知有多少昏睡病人、麻风病人，还不算患雅司病的人——这些人做爱甚于吃饭，结果娃娃生下便死，就是说跟苍蝇一样——还有沙眼，您听说过吗？还有螺旋体、丝虫病？可您却用大象来烦我？"

这人法格以前从来没见过，看样子他径直来自荆棘丛林，衣冠不整，裹着绑腿，衬衣很脏，几天没刮胡子。这个人阴沉地望着他。虽说敏感不是法格神甫的主要特点，但这道猛烈的、几近暴烈的、出人意料地暗藏一朵讥诮火花的目光，仍然令他震惊。他扶了扶鼻梁上的眼镜，基于原则、但不大自信地重复了一遍：

"可您却用您的大象来烦我？"

莫雷尔没有立即回答。他握紧拳头，然后从衣兜里掏出一只烟荷包，双腿叉开，默默地卷了一支烟，大概是为了平息双手的狂怒。

"好好听我说,神甫。"他道,"好,你是神甫。传教士。好。你一直身在其中。我的意思是,你一天到晚见到所有的伤疤,所有的丑恶。好,同意。你看见形形色色的卑鄙行为——人很软弱嘛。那么,当你看清楚这一切,当你擦干净人类的屁股,你就不想抬起眼睛,登上一座山,看看别的东西?看一次美的和自由的东西?找个完全不同的伴儿?"

"当我想抬起眼睛,需要另一个伴儿时,"法格神甫重重地捶了一下桌子叫道,"我,我也不朝大象看!"

"行了,神甫,行了。你和大家一样需要不时朝四下看看,向自己证明一切还没有全部被弄脏,被灭绝,被糟蹋。你和大家一样需要使自己放心,对自己说这个一塌糊涂的地球上仍有美的和自由的东西,哪怕这仅仅是为了继续信仰你的上帝。那么,在这儿签名吧。用不着这样扭扭捏捏,神甫,用不着害怕:你不是跟魔鬼签约,只是为了不再杀大象。每年有三万头被杀。"

他突然狡黠地微微一笑。

"你要记住,神甫,它们跟我们的那些缺德事儿毫不相干。它们没有罪,神甫,它们没有罪。"

"谁呀?"法格吼道。

"大象,神甫——还能是谁呀?"

法格惊奇地张大了嘴。

"他妈……"

他及时改了口,然后说道:

"你坐吧。"

"小伙子坐下了,"后来法格对前来看他的塔森神甫说,后者对此事抱有的极大兴趣令方济各会修士吃惊和不安——神甫头一次对至少十万年前的化石以外的东西感兴趣——"小伙子坐下了,我们四目相对待了片刻。您明白,这混蛋,他用他那些没有罪的大象作暗箭刺伤我。这戴绿帽子的暗示有罪的是人。我,一名本堂神甫,我能怎么回答他?说这不对?那么罪孽呢?原罪之说云云,总之您比我知道得更清楚。他向我放暗箭,瞄准我的宗教。我呢,您了解我,我是个干事的人;给我一个梅毒、肝病患者,我能应付自如。可是理论……咱们私下说说,信仰,上帝,都在我的肚肠里,不在脑子里。我呀,我不是一个善于思考的人。于是我请他喝杯茴香酒,但他拒绝了。"

耶稣会士的神色一度开朗了,皱纹似乎消失在青春的笑靥里。法格突然记起他在耶稣会里不大受欢迎,多次被阻止发表著作;甚至有人悄悄议论,他在非洲逗留并非完全出于自愿。法格听说,塔森神甫在著述中把救赎描绘成简单的生理突变,而我们仍然熟悉的人类,则被描绘成一个古老的物种,被认定将在进化的黑暗中与其他消失的物种会合。法格沉下了脸:这有股异端的味道。

"我一再对他说,如果他需要把人忘掉,需要转向别的、真正伟大的东西,那么他不该停留在大象身上。他最好还是去保护一个在人心目中更有灭绝危险的动物,那就是上帝！"

法格讲这番话时那样无辜，那样朴实，以至动物这个字眼听上去丝毫没有亵渎的意味，不过有点难听，天真得充满对圣父的依恋之情罢了。

"他听任我嚷嚷，然后露出一丝笑容。'可以，神甫。可是告诉我，是什么拦着你签名？又不要你的灵魂，不过签个名而已。我要的就是别再捕杀大象。这没什么大不了的。你干吗扭扭捏捏呢？'应该说，他问到了点子上。的确，是什么拦着我签名呢？我瞪大眼睛，张开嘴，却无话可说。他继续用他的破事烦我，终于我被激怒了，把他赶了出去，他和他的大象。但这件事搅得我坐卧不宁。我干吗不签名呢？这没有任何关系，这不是政治，主教不会说我什么……我寻找原因，琢磨了半夜。终于，我认为我找到了。"

法格狡黠地看了耶稣会士一眼，好像对他说："您瞧，老兄，我毕竟不像别人以为的那样笨。"

"从这戴绿帽子的家伙陈述事情的口气看，他好像过分侮辱了上帝为之而死的物种，让人感到签名不是为了保护大象，而是与人类作对。我不清楚是怎么搞的，这甚至让人有背叛、沦为叛徒的感觉。该死！我总不能任人摆布。人自有尊严，是吧……我不知道您是否明白我的意思。"

耶稣会士非常明白。

"我想到了在飞行中队我那些为某项正当的事业献

出了生命的所有伙伴。我觉得那家伙真的夸大了大象的事。他心里只有它们。再说我不喜欢绝望的人。"

法格满面通红,重重地捶了一下桌子。

"每次我见到一个绝望的人,就想踢他的屁股。他们全都是猪。"

塔森神甫柔声打断他。

"我倒想会会这小伙子。"他说。

"您会遇到他的,放心吧。"法格嘟囔道,"他准还待在拉密堡,肯定很快会来把他的请愿书硬塞给您看。"

十

但他已不在拉密堡。至于请愿书,他把它撕了,只留下一块纸片,上面有用女性字体签的一个名字,他经常朝名字看上一眼。米娜继续照管酒吧,太阳继续在非洲天空的白色钟面上计时,始终依循同样的方位标:早上十点渔人小屋,正午夏里河上方的褐色悬崖,下午四时福罗堡孤独的棕榈树;然后,将近五点半,骑马在对岸飞驰而过的美军副官,他似乎在疯狂地追逐太阳,红褐色的头发在拳头般一把抓住它的最后几抹余晖中闪闪发亮,然后他消失在落日那一侧。米娜有时在市场或土著城遇到他。这是一个粗野好动的彪形大汉,永远穿着他那件旧的飞行员上装。有天晚上,她发现他脸朝下躺在麦达古里公路上,身边围了一圈黑人。他们笑着,那种正视一切的年轻和轻松的笑。她请人把他抬进她的吉普车,带着这个一动不动的伴儿,来到巴布科克上校家吃晚饭。这美国人的状况大大影响了上校的情绪:他每隔三个月请米娜吃顿晚饭,急不可耐地等着与她面对面度过这个夜晚。他俩把他平放在露台上,给他盖上一床被。晚餐后,他们来看他情况如何,发现他已站起来,在兽群也感到安全的这片女性的光明中,注视笼罩着房子的夜色……

"下次你们发现我躺在路边的阳沟里,就让我待在那儿,"他对他俩说,"或者不如也来躺在我身边,那儿挺舒服的。你们会觉得像在家里一样。"

上校两眼放光。

"我的车子在外面,"他说,"您开上车滚吧。这位年轻女子很可能让您避免了一场肺炎,而您首先想做的,自然是侮辱她。"

美国人笑起来。

"您呢,您自然认为我的话只可能针对她,而不可能针对您,是吧,巴布科克上校?我不知道英国人从哪儿汲取了奇妙的自信;它恐怕只是他们虚伪的一种形式。放心吧,上校,我的话也是对您说的,您没有被排除在水沟族的亲密大家庭之外。英国人和其他人的区别,就在于英国人对自己的真相早已了然于心,所以总能悄悄地避开它,绕过它。你们该死的幽默感非但不正视这个真相,反而弄虚作假,使它更容易被人接受。有段时间我也曾心存幻想。倒霉的是在朝鲜我被中国人俘虏,他们担起了告诉我自己是谁的责任。更确切地说,我知道了他们究竟是谁。这是一码事。尽管我生在南方,但奇怪的是我不是种族主义者,我不得不承认他们是和我一样的人。您一定知道,我被可耻地逐出军队,罪名是我在中国电台坦白在朝鲜扔过苍蝇炸弹,我的国家进行了细菌战。这当然不是真的,可奇怪的是,无论真假,结果都一样。共产党搞了恶毒的诈骗也好,美国人在中国散布了霍乱病菌也好,唯一重要的是您在水沟里,巴布科克上校。共产党人有个优点是永远夺不走的,即敢于正视人。他们没把人送到伊顿①教他学会掩饰之术。西方也许有文明,但共产党人掌握真理。千万别指控他们采取不人道的手段:他们那儿一切都带有人情味。我们组成了一个美好的动物大家庭,这是不该忘记的!所以,巴布科克上校,您也掉进了水沟。您躲到英国那个岛上装鸵鸟是没有用的:水沟就在您面前,或不如说在您体内,因为污水在您的脉管里流。最后,我名叫福希思,佐治亚州查尔斯顿②人——很高兴和您正式会面。住在同一个地方最好互相认识。睡个好觉!"

他冲下露台的台阶,隐没在夜色中。上校任他走远,然后挽起米娜的胳膊柔声说:

---

① 指伊顿公学,英格兰最大、最有名望的独立中等学校之一,学生中不少来自贵族家庭。
② 佐治亚州是位于美国东南部的一个州。查尔斯顿为该州的一座城市。

"可怜的年轻人。他完全看错了……对英国。"

从此,每当米娜瞥见夏里河对岸骑马在暮色中飞驰而过的高大身影,便友好地目送它。她多次打听莫雷尔的下落,但拉密堡人已好久没有见到他。有一天她经人指点,骑马来到土著城的一间小土坯房,里面只有一个缺牙老太婆。她摇着头,伸出手,一问三不知。

十一

接着,事态急转直下,快得令人瞠目。全城人先从怀疑转为惊愕,然后变得义愤填膺。最后,当各报第一批特派记者开始乘飞机登陆拉密堡时,他们感到了身为地主的自豪。人们得意地说,这样的事只可能在乍得发生。当意外事件对某些人而言早已只剩下奎宁味道、鸵鸟大妈和蒜头大妈——午睡时间围着某些小屋兜一圈的两个黑女人——的面孔时,这些人觉得心中隐隐生出一股怀旧的情绪。获准猎杀经常破坏其种植园以及土著菜园的象群的朗日维埃尔,腿上带着一粒子弹,被救护飞机送到了拉密堡的医院。他什么也没听见,什么也没看见。不过,当约有四十头大象的象群正有条不紊地糟践一块田,而他朝象群中最漂亮的公象开枪的时候,一粒子弹穿过他的左腿。局势动荡不安。殖民主义正经历其最后时刻,却佯装不知。在英属尼日利亚的卡诺,联邦的拥护者和反对者之间爆发了政治动乱。东部的茅茅在非洲历来最和平的领土上烧杀抢掠;从北方传来伊斯兰的威胁声,它再次走上贩奴者的古道;最后,在南方,布尔人的非洲在黑人心中揭开了最老的伤疤。起初人们什么也没发现。后来,哈斯被人用担架抬到阿絮阿的诊疗所。为了捕猎幼象并向全世界一半的动物园供应非洲的厚皮动物,此人多年来跑遍乍得的芦苇丛,两米高的人被蚊子叮得几乎全身是包。在不乏粗话的殖民地的历史上,他用母语荷兰语骂的粗话长得史无前例。他的臀部被一粒子弹划破,子弹的口径和极不凑巧中断朗日维埃尔那漂亮一枪的子弹口径相同。哈斯是个怪人,比任何人都知晓大象的习性。他气愤已极,过了两天才答应不以咒骂来回答问题。他伏卧着,一名护士嬷嬷一直盯着他的臀部,以严厉天使的耿耿忠心给它撒药粉,上药水,涂药膏。他大骂谢尔舍,不接受他递过来的最劣质的香烟,最终极不情愿地咕哝了几句含糊不清的解释。他像每晚一样查看圈养被捕获大象的围场。当天早上他新抓到一头真正的幼象。他不停地邀它同其他被俘的象一块儿玩,但它一动不动,侧身转向栅栏,用鼻子卷住一根荆棘,仿佛母亲会突然现身于这根想象的尾巴之端。当天早上,当它正以这种亲昵的姿势,手牵着手似的跟在母亲后面小跑时,哈斯命人朝天放焰火,母象受了惊吓,一时完全丧失了母亲的义务感。象群散开,场地上只留下最小的象崽。它待在原地,四爪僵硬,吓得屁滚尿流。哈斯用绳子套住它的脖子,在两名骑马黑人的帮助下,拖着它往前走。母亲和象群一起逃跑了。她的心一定特别坚忍,或正相反,一定特别温柔,因为她久久地在荆棘丛中乱冲乱撞,发出绝望的号叫,昂起长鼻,试图嗅到小象的气味。哈斯中断叙述,阴沉地看了谢尔舍一眼。

"您知道,或者您不知道,象是有语言的。"他说,"每次我听到母象呼唤在我手中的小象时,听到的都是同一种声音。三个音符。就像这样……"

他仰头发出一声极其凄惨、带有惊人暗示性的吼叫。嬷嬷像颗圆炮弹似的冲进屋内,在他身边忙碌起来。

"可怜的哈斯先生,尽量耐心点,"她恳求道,"一会儿我给您打一针过夜。"

哈斯用荷兰语讲了几句话,修女急忙退出屋。

"简单说,我觉得那位母亲特别坚决,于是在围场周围采取了防范措施。营地离捕猎地点仅十公里,我很不放心,让手下的两名黑人在金合欢树上守望,不准闭眼。太阳快下山时,我亲自去查看他们是否在打盹;他们果然在打盹。小象仍然紧紧抓住它的荆棘枝,伤心地呼啸着……"

哈斯的鼻子伤心地长啸一声。

"我拍了拍它的屁股,准备回家。正在这时,我听见熟悉的飓风以每小时一百公里的速度贴着地面朝你滚滚而来。"

哈斯容光焕发,微微一笑。

"飓风的声音,这辈子我听过足有一千次,夜里还经常梦见它。可是每一次都好像初次听到,给我印象极深。我恨不得直飞蓝天,坐于云端,待在天上,从高处俯瞰一切。风声停止时,世界好像更宜于居住了。几乎同时,我看见那头母象突然出现在我面前,步履轻快得犹如准备倒在你身上的一座山。我用肩抵住枪,正要射击时,屁股上挨了一粒子弹。"

谢尔舍若有所思地吸着烟。

"那座山在离我三米处走过,根本没有理会我。"哈斯继续说,"她瞧不起我,好像丝毫不顾及我的名声。她脑子里只有一个念头,就是她的小象。她撞破栅栏,小象跳蚤似的紧贴在她身上,母子俩高高兴兴,一路小跑着走了。"

"那粒子弹呢?"谢尔舍问道。

荷兰人脸上露出狡黠的神色。

"是阿布杜那个笨蛋。"他低声埋怨道,"这是我最后一次给他枪。我猜他是想救我的命。可是他哆哆嗦嗦的……"

"我跟您的男仆们谈过。"司令说,"您的确教训过他们,可是您低估了军服的威望。他们只知道您被发现时浑身是血,满嘴脏话。"

哈斯一副听天由命的样子。

"听着,老兄,我要告诉您,但只在咱们之间说说。要是别人知道了,我会成为殖民地的笑柄。"

谢尔舍等着。

"真相是,我看见大象朝我冲过来时,完全昏了头,没有瞄准,结果子弹打进了我的屁股。"

谢尔舍站了起来。

"好。"他说,"我正是这样想的。我不明白的是,您干吗要保护开枪者。"

老荷兰人抬起了头,一脸严肃,还有些伤感。

"想想看,谢尔舍,我,我也爱大象。"他说,"我甚至相信我爱它们甚过世上任何东西。我之所以干这一行,是因为三十年来它使我得以生活在它们中间,了解它们。而且我知道,我每抓一头象,猎人、壁虱、伤口、蚊子就少了一头。对,蚊子。大象特别怕蚊子叮。但是,我眼看着数十头小象死去之后,才学会了如何喂养它们,才明白比方说,乍得河的泥水不达到一定的温度,它们就死掉……就死掉。您是否看到过一头幼象身子侧卧,鼻子一动不动,注视着您的一双眼睛里,似乎藏匿着人类备受赞扬、其实极度缺乏的全部优点?是的,我也爱大象。我偶尔祈祷的时候——人人都有软弱的时刻——我唯一的要求,是死后跟随它们,一直跟它们而不跟你们在一起。您记清楚了,我什么也没看见,什么也没听见。至于屁股上的这粒子弹,它是我应得的。再说,谁告诉您这是一粒子弹?也许不过是放的一个闷屁。"

他挑衅地望了谢尔舍一眼。少校正在琢磨,是什么促使像哈斯这样的人,竟在乍得的蚊子堆里独自生活了三十年。他始终对大多数人身上带有的愤世嫉俗的火花很敏感,这火花有时会燃成大火,呈现出令人吃惊和出其不意的形态。他也想到随身带着宠爱的蛐蛐的中国老人,举着鸟笼进咖啡馆的突尼斯人,整日盯着一颗蹦跳的豆子看的秘鲁印第安人。听说哈斯信神他有点吃惊,似乎这里有矛盾。"的确,"他想,"上帝没有人觉得孤独时可以触摸的冰冷的鼻子,你不能抚摸他的耳朵后面,每天早上见到你时他不摇尾巴;当你撞见他扇耳仰鼻在山上小跑时,你不会开心地笑起来。你甚至不能把他抓在手里,像一只烫烟斗。既然人生在世可能五六十年,那么最终给自己买只烟斗或蹦跳的豆子是完全可以理解的。他本人曾率领一支骆驼兵在撒哈拉度过了五年,这是他一生中最幸福的五年。在沙漠自然不如别的地方更需要有人做伴,或许因为那儿的天空似乎占据了整个空间,你无时不与它有着近乎肉体的接触。谢尔舍想把这一切讲给哈斯听,但在撒哈拉度过的岁月使他变得少言寡语。他还发现,他深有感触的某些事,一接触到语言就变了意思,结果他不仅无法向别人传达,连自己讲的时候也认不出其面目了。所以他经常自问是否有想法就已足够,想法是否只是一种摸索,真正的观点存在于别处,人的头脑里是否有些尚未利用的神经,有一天将把这些想法送往无限的视野。他说:

"我不大肯定这事真的与动物有关。"

"那么您认为与什么有关?"

谢尔舍差点回答应该允许人需要另一个伴儿,要求完全不同的保护。但他感到这种话,甚至这种念头与他身上的军服很不相称。这很可能始于在圣西尔军校学习、一条杠杠的少尉军衔是他唯一前景的青年时代。他不动声色,内心却冲着青春的回忆微笑。有很长时间,军服对于他一直是刚步入少年时代便最热切期望的象征:忠于一条规则。这排斥某些态度,某些情绪。他闭口不谈自己的所思所想,尤其因为近些年来,他感到与其他人交流思想的需要愈来愈弱,实际上思想不再以问题的形式出现在他脑际,他剩下的只有小小的好奇心而已。

"您认为事不关大象,那与什么有关呢?"哈斯提高嗓门,用咄咄逼人的口吻重复道。

"与别的东西。"谢尔舍含糊其词,说道。

荷兰人半闭上一只眼,极不信任地观察着他。

"您知道本地人怎么称呼您吗?"他咕哝道,"和尚兵。"

谢尔舍耸了耸肩膀。

"是啊,您耸肩膀好了,但您最终会进苦修会的,朋友。而且,每逢见到一名身着白呢斗篷、赤脚穿凉鞋、剃光了头,只想尽快返回沙漠的骆驼兵军官,我心里就想:又一个被德·福科神甫的回忆搅得睡不着觉的人。至于莫雷尔,您想错了。您何必把一个人爱动物这样简单的事搞复杂呢?"

谢尔舍站起身。

"您对这可怜人可以帮的最大的忙,"他说,"是帮我们逮住他。不然下次他杀人,我们就再也不能为他做什么了。他只好去监狱等死。"

他离开沉默不语、脸色阴沉的哈斯回到家里,一路上琢磨着人究竟可能盲目到何种程度。

十二

随后几日,谢尔舍待在荆棘丛林里寻找莫雷尔的踪迹,收到他同时在各地现身的举报。归来的猎人们发誓在一个村子里瞥见他,各县县长确信他躲在自己的地盘上准备干坏事。谢尔舍开始怀疑莫雷尔是否真的单独行动,有没有几个受利益驱使的人当同谋:很难想象,一个白人无人帮助,能像他那样穿越荆棘丛林。但每次询问村里的土著,他遇到的都是毫无表情的面孔。他一提这事,就好像谁也听不懂他在讲什么。凌晨一点前后他返回拉密堡,刚睡下便被乍得总督召见他的急令拉下床来。他匆忙穿好衣服,喝下一碗滚烫的咖啡,跳上汽车,浑身哆嗦着在寂静无声、繁星密布的拉密堡行驶。他到的时候,一场名副其实的军事会议正在举行。总督身着大礼服,但衣冠不整,大概刚参加完一场招待会;一个烟头插在胡子中间,焦黄色的胡子不知是被烟熏的,还是本来的颜色。他正在口授电文。陪伴左右的有秘书长富瓦萨尔,那张肝炎患者的脸活像一个睡觉不安分的人枕了多日的枕头;有乍得军队司令博吕上校,他俯身研究一张地图,神情过分专注,看上去更像是一种姿态和审慎的退隐,而并非真的感兴趣;还有要塞司令部当值军官,他一听到在场的人讲话便想立正,让人很不舒服。稍稍靠边站着狩猎视察员洛朗索,他总在山里面转,拉密堡人难得见到他。这个魁梧的黑人行政等级观念不强,但在谢尔舍认识的人当中,只有他谈起狮子来才不显得可笑。他时而露出忧虑的神色,时而一副气恼的样子。

总督不耐烦地迎接新到者。

"啊,谢尔舍……到底来啦!我猜想您和往常一样什么也没听说吧?富瓦萨尔,把情况告诉他。"

秘书长以一辈子都在打电报的那种人的速度,急促地讲起来。事关奥尔南多……

"也许您总听说过奥尔南多吧?"总督问道,嗓音中带着极大的嘲讽。

谢尔舍笑了笑。三周来,整个赤道非洲响彻奥尔南多的名字。他抵达之前,官方电报、挂号信、通报、秘密指示不知发了多少,连蚊子似乎也在气恼的公务员耳边嗡嗡叫着他的名字。奥尔南多是美国最知名的记者,每周有五千多万美国人阅读他的专栏文章,在广播电视里收听收看他的节目。巴黎明令要给他留下好印象,希望他回国后对美国公众舆论产生有利于法兰西联邦[①]的影

[①] 根据1946年10月生效的《第四共和国宪法》成立的法兰西联邦,由法兰西共和国和联邦成员国及其属地构成,1958年归入"法兰西共同体"。

响。明确的指示是：奥尔南多先生不能染上痢疾，不能觉得太热，路上不能受太多颠簸之苦，不能打不着猎物——因为他来非洲的主要目的是打大猎物。这虽然在指示里没有明说，但巴黎感人的心愿是觉得出来的，就是要让清凉的泉水在奥尔南多脚下喷涌，让和煦的风轻抚他的环形卷发，不让任何一只蚊子叮咬他的贵体。此人是个胖子，大块头，面色乳白，头发卷曲似白色卷毛羔皮。在难走的路段，他让人用轿子一类的东西抬着他。他以同样的、好奇得一动不动的目光注视河流、山峦和脚下的悬崖。此人一字千钧，足以杀人，很难想象是何种隐秘的需要驱使有这种名声的人来非洲捕猎猛兽。在本地最佳狩猎助手于埃特兄弟的保护和引导下，他已打死了两头狮子、一头犀牛、几只姿态优雅的羚羊——如果被杀动物还谈得上优雅的话。最后，第三天拂晓时分，在雅拉河畔，一头象牙重达四十公斤的健美大象，带着死亡的全部屈辱倒在他的脚下。但半小时后，独自离开帐篷去小解的奥尔南多当胸挨了一枪，火速被送往阿尚博堡。他说起胡话，子弹离心脏不到两厘米，他在美国的一位同行以这句简单的话作为其专栏文章的开场白："原来他有颗心！"

"就这些。"总督边说边把那堆电报远远推开，"事情发生在五天前。此后，从巴黎和布拉柴维尔传来的消息中，唯一可以得出的几乎一致的结论，是上边对我非常、非常不满意。这是一个难忘的经历。我从未想到官方电报骂人骂得如此激情洋溢,恶语之多,叫人无从选择。"

他朝办公桌上垒起的那堆东西做了个手势。

"我有两天时间抓捕莫雷尔。当然,我把这事归咎于他,希望他别辜负我的期望。我们立即定下调子,说他是疯子,厌世者,决心保护大象不被捕猎,由于厌恶人类,他可以说做出了改换物种的决定。一个因厌世变成杀人狂、站到大象一边的白人……"

他毫无快意地笑了一声。

"如他所说,站到大自然一边……但愿真的是莫雷尔干的:不必对您说,万一不是,我们就得面对某些极其讨厌的假设,尤其是目前茅茅最起码可以说正在闹事。"

"检查过子弹吗?"谢尔舍问。

"是射杀哈斯和朗日维埃尔的同一杆枪。"富瓦萨尔说,"谁干的一看便知。"

"我宁愿告诉您,我们的解释起初根本不被接受。"总督说,"在巴黎,人家非要一个地方政治恐怖主义的说法。我坚持自己的看法,他们便开始用傲慢的语气跟我讲话,说如果这不是一个有组织的运动,我真的无可辩解。我向您担保,他们最终给我的感觉是我没有尽责,仅仅因为我没有想办法挑动乍得的茅茅。您瞧,归根结底,他们这些人坚信,没有挑起暴乱和屠杀的殖民化不是成功的殖民化。在某种意义上,也许他们是对的。"

谢尔舍知道,在这个老非洲人的挖苦话里,隐藏着许多苦涩和极度的疲惫。

"但我应该说,他们最终改了主意。报界在这件事上帮了我们大忙。我想,在殖民地的历史上,乍得第一次终于成为世界各家报纸的头条新闻。他们从未讲过我们的道路,我们对疾病的防治,婴儿死亡率的显著下降,我们在战争中的抵抗。但这一次,成了!我们甚至还接待了一批特派记者。这件事好像对人们有所触动,这证明,厌世或者您更喜欢说对动物的爱,的确相当普遍。环境,生态,这一切:阻止人们造成公害,生命之友,他们这样叫。他们甚至找到一些漂亮标题。如果您瞅一眼新闻电讯,会看到报上谈的全是'换了营垒的人'和最后一个'重视荣誉的强盗'——应该说,我不大明白指的是什么荣誉。"

"这不相当清楚吗?"洛朗索说。

"或许可以请您跟我们讲解一下您深邃的思想,洛朗索?"总督问道,"现在凌晨三点,对官僚们不该要求过高。"

"我只想说,总督先生,到目前为止,大象还没有精良的武器,所以去年非洲消灭了三万头象。"

"接着说,接着说。"

"三万头象,也就出三百吨象牙。一个好政府的目标是提高产量,我肯定今年能做得更好。别忘了,近年来,单单比属刚果就提供了六万多头象。我肯定,我们都极想打破这个纪录。只要有诚意,整个非洲每年一定能杀死十万头象,直到封顶,如果可以这样说的话。那时就得转向其他的物种……"

总督叼着烟卷,定睛望着点燃的打火机。谢尔舍注意到它是象牙制的。身后,几乎整整一面墙上,挂满怀着收藏家的爱精心挑选的象牙。不过这是他的几位前任的业绩。博吕上校认真地俯身在乍得的军用地图上,一副事不关己、高高挂起的专注神情。要塞司令部副官可以说消失在令人称奇的立正姿势中。唯独洛朗索显得非常自在。他饶有兴致地望着秘书长冲他做着绝望的手势。

"请说下去。"总督彬彬有礼地说。

"当然,我跟你们说的是新象牙,土著藏起来的老象牙,早被贩子们从各村村长手里骗走了。而且,你们和我一样清楚,部分殖民化是在象的尸体上进行的:商人和殖民者正是靠猎取象牙筹措了第一笔安置费。"

"那又怎么样呢?"总督声调平静地说。

"那就该停止猎象,总督先生。那个莫雷尔也许是疯子,但如果他能鼓动公众舆论,我会去关押他的大牢与他握手。"

总督笔直地站在办公桌后面。"个子矮的人最好站直。"谢尔舍心想。他不单单对总督这样想。秘书长一脸焦虑,模样可怜,那是知道别人完了事,自己还得留下的人的表情。但总督最后作答时,并没有生气的迹象,几乎还很友好。

"亲爱的洛朗索,我们的朋友和您本人似乎浑身洋溢着令人钦佩的献身精神,难道您不觉得,当今世界上有些事业、价值和……就算是自由吧,稍稍比大象更值得为之献身吗?我们是仍然拒绝失望,拒绝灰心丧气,拒绝在动物身上寻求安慰的一些人……就在此刻,在劳改营和集权国家的监狱里,有些人在斗争,在死去……如果不干脆是种族大屠杀的话。应该更关心他们才对。"

他住了口,定睛望着拿在手里转来转去的打火机。一盏分枝吊灯把房间照得通亮,光线溢过窗户,在无法切入的非洲黑夜面前戛然而止。总督在抵抗运动中失去了独子。谢尔舍焦虑地寻思不知洛朗索是否知道或记得。

"我知道,总督先生。"洛朗索几乎带些忧伤地轻声说道,"但是大象是这场斗争的组成部分。人们为了保存几分生命的美而死。几分大自然的美……"

屋内一阵静默。总督用打火机打火,但没打着。谢尔舍笑了笑,同时奇怪看到别人某些哪怕微不足道的动作没有效果时,自己竟然傻气地感到高兴。秘书长奔过去送上火,总督气恼地接受了:和许多吸烟者一样,比起香烟,他更需要的是动作。

"我还要对您说一句,洛朗索。人类尚未落到老妪靠哈巴狗——靠大象,如果您愿意的话——自慰的那种听天由命或者……或者孤独的地步。爱动物是一回事,讨厌人类是另一回事。对我们朋友的做法我自有看法,所以我将试图尽快并带着几分快意把他关进大牢。这并非因为我遭到布拉柴维尔或巴黎的责骂:我的政治生命比他们牢固。而是因为我不喜欢那些把自己的神经官能症当作哲学观点的人。"

他以老教师的严厉,沉着地从眼镜上方观察洛朗索。

"这一次,我觉得记者们看得很清楚。那小伙子试图侮辱我们,试图告诉我们他对我们的看法。过去,无政府主义者只反对体制,我们的朋友又近了一步。不过,您瞧,我是个快六十岁的老家伙,但还没有学会讨厌人类。有什么办法呢?我大概有恶癖吧。我这代人从不如此行事。可能我们是些可恶的资产者。那么那个来乍得建功立业的家伙,我要给你把他关进大牢。我的朋友,我相信,上校,高级军官们就是这样说的,是吧?您带领一营狙击兵,到那个怪家伙最后一次露面的北纬十六度和十八度之间搜索。您告诉考托,让他的线人参与进来,我要知道结果以便改变策略。"

"禁止猎象需要多得多的勇气,总督先生。"洛朗索说,"我在二十份正式报告中对您一再重复的话,那家伙用他的方式讲了出来。"

"您应该写写诗,洛朗索,我肯定您会感觉轻松些。"

他站起来。

"我要先去卡诺萨①,就是阿尚博堡,向奥尔南多先生表示政府的歉意。想想看,这……这位先生,这吵吵闹闹的家伙大难不死,点名召见我。难以置信,却是真的。

---

① 卡诺萨,意大利的一座古堡。1077年,德意志国王和神圣罗马帝国皇帝亨利四世曾以普通悔罪者的身份前往卡诺萨,请求教皇格列高利七世的宽恕。故去卡诺萨即负荆请罪之意。

我过一小时在机场等你们。"

谢尔舍和洛朗索一道走出去。天还未亮。他俩默默地在公路上走了一会儿。沙漠的风卷起滚滚沙尘包裹他们。天气很冷。不时,他们与一个似在尘土中飘浮的身影擦肩而过。偶尔,一双发出磷光的眼睛在黑夜中古怪地一闪,拿手电筒照照,原来是只夹着尾巴飞奔而过的野兽。一些农妇用手绢兜着几只鸡蛋,或者头上顶着蔬菜,迈着王后般的步子朝市场走去。谢尔舍知道,她们有时在夜间赶三十公里路,去拉密堡卖一把花生。但他也知道,这并非贫困,这就是非洲的生活。进步对人类和大陆毫不容情的要求,正是放弃其古怪,与神秘一刀两断。而在这条路上横陈着最后一头大象的枯骨……人类与空间、土地,甚至赖以生存的空气发生了冲突。耕地将渐渐蔓延到森林,公路将愈来愈搅扰大兽群的清静。留给自然美景的位置将愈来愈少。可惜啊。他微微一笑,攥紧手中的烟斗,愉快地感到周围的冷空气——与满天星斗如此和谐的冷空气——更增添了手中这个温暖的小物件给予他的友情和舒适。他突然想起哈斯的话:"想想看,我偶尔会祈祷,以便死后追随大象。"他思忖片刻没有了烟斗他将怎么办。笔直的公路上,一辆卡车的车灯远远地射过来,两个硕大的影子在滚滚尘埃中跳起了舞,在他们前面走。出了土著城,一个巨大的身影突然出现在公路上。在车灯的照耀下,它在飞尘的屏幕上一直升上了天,然后缩小到美军副官更贴近人的尺寸。他弯身向前,摇摇晃晃地从他们身边走过。

"可怜的家伙。"洛朗索说,"不知道什么在折磨他。"

"他当了一年中国在朝部队的俘虏。"谢尔舍说,"他在少许劝导和少许舒适前让了步。他是那班觉得忏悔美国对中国人民进行了细菌战更为简单的美国军官中的一员。可现在就不妙了。他来到拉密堡藏身。又一个有利于大象的故事。"

"您认为刚才我说得不对吗?"

"不。"

"我不过试图以博物学家的身份讲话。毕竟人家是为此付钱给我的……"

谢尔舍心不在焉地听着。他无法仅仅从保护非洲动物的角度看这些事件。在这片明亮的天空下,面对除目力外无其他限制的地平线,他感到有另一个赌注存在。记者们挖苦地给莫雷尔起了重视荣誉的强盗这个绰号也许不无道理。也许他的确是那种有怪癖的人,他们的眼光既不高也不远,只看到人,并最终对人形成一个无限的、宏伟的、无比崇高和慷慨的看法,并努力捍卫这个看法。他来非洲荆棘丛林深处进行的是一场真正的荣誉之战。可怜的家伙。谢尔舍举目望天。肥大的白色军裤使他的身影在夜色中显得奇形怪状。他若有所思地用力吸烟斗。或许他搞错了。这显然是一件人人尤其看到自己内心的事。他确信,谋杀奥尔南多之所以引起世人如此大的兴趣,并不在于受害者是怎样一个人物,而是因为惧怕、积怨和幻灭最终使千百万人生出些许厌世的情绪。他们因而抱着同情心,说不定还怀着报私仇的情感,关注着这个热爱自然、保护自然不受迫害的法国人的故事,他们觉得自己也在受迫害者之列。虽然没有清楚意识到,也没有公开承认,但事情应该就是如此。谢尔舍怀着好感听洛朗索讲话。很难不喜欢这个宽厚的、有点像唱歌的嗓音,也很难不喜欢这位黑脸大汉。他以为在谈非洲的动物,其实袒露了自己的心迹。

"我不过力求干好自己的本行。您和我一样清楚,非洲失去大象的时候将失去什么。我们正在这条路上走。他妈的,谢尔舍,我们仍在摧毁身边最美丽和最高贵的生命体现的时候,怎么可以奢谈进步呢?我们的艺术家、建筑师、学者、思想家,为使生活更加美好而呕心沥血。与此同时,我们却钻进最后的森林,准备扣动自动武器的扳机。那个莫雷尔,如果他不存在,就该造一个出来。或许他能够惊动公众舆论。天哪,我觉得自己干得出来,到他的丛林、他的抵抗中心去。因为这正是问题所在,必须进行斗争,反对降低土地最起码的真实性,反对贬损人们对其生存之地的看法。难道我们真的再也不能尊重大自然,尊重鲜活的自由,不计任何产量和效用,除了不时瞥上一眼外没有其他目标了吗?那样的话,自由本身也将成为过时之物。您会对我说,由于长期独自在森林中生活,我变得唠唠叨叨,可是我不在乎您怎么想。

我讲话是为了自己,为了使自己放松,因为我没有勇气像莫雷尔那样干。人绝对需要保住除供人做鞋底或缝纫机等等之外的东西,绝对需要留有余地,留下一块不时可以去躲一躲的保留地。只有这样,人们才可以开始谈论文明。仅仅实用的文明将一直走到头,就是说走到劳改营。我们必须留有余地。而且,我要对您说……没有什么值得如此骄傲的,是吧?实际上只剩下埃菲尔铁塔,让我们得以居高临下地俯瞰余下的天地万物。您会像总督一样打发我去作诗,可您好好想想,人从未像今天这样更需要伴儿。我们需要所有的狗,所有的猫,所有的金丝雀,所有找得到的小虫子……"

他猛然用力朝地上吐了口吐沫。接着,好像不敢注视星星,他垂下头说:"人需要友情。"

十三

奥尔南多在病房里接待了总督。他几乎不能讲话,仰面朝天躺着,两眼瞪着天花板,见法国的代表身着大礼服、胸前挂满勋章走进来,眼里才露出些许惯常的仇恨目光。据充当译员的秘书后来说,这仇恨的目光是他恢复健康的第一个征兆。奥尔南多被救后,既不抱怨,也不讲话,只静静地流着血;大部分时间脸上露出满意的奇怪表情,仿佛觉得他出事很正常,甚至令人满意。当有人最终鼓起勇气和他谈起莫雷尔时,他好像并不特别惊讶,继续盯着天花板看。然后,他要求请总督来。他心不在焉地听完高级官员祝他康复和表示歉意的话,现在专注地观察着他。

"先生,请告诉他,"总督最后说,"罪犯将受到应有的惩罚。"

秘书翻译了他的话。奥尔南多身子突然动了动,努力想坐起来。他快速地讲了几句话。秘书显得大为惊愕。

"奥尔南多先生恳切要求您放了这个人。"终于他翻译道,"他特别坚持这一点。"

总督心领神会地笑了笑。

"奥尔南多先生真大度,请您谢谢他。"他说,"我们将把他的姿态通知报界,我肯定他的读者将对他大为欣赏。不过,案子还要办。再说,受到那人攻击的也不止奥尔南多先生一个……"

奥尔南多突然嚷起来。尽管缠着绷带,他仍然支着一条胳膊直起身子,因无能为力气得跺脚似的晃着脑袋大叫大嚷。

"奥尔南多先生提醒您,每周有五千万美国人收听他的节目。"秘书慌里慌张地翻译道,"他请我告诉您……如果您动那人一根头发,他就要常年开展反法运动——如果需要的话——让您的国家久久忘不掉。如果不放过那人,他将施加他的全部影响,毁掉法国在其同胞心目中的威望……"

秘书用恳求的语调快速补了一句：

"总督先生，我不知道您是否清楚奥尔南多先生在美国有多大影响……"

奥尔南多身子又坐直了些，豆大的汗珠从脸上流到肥胖的脖子里，双目大睁，饱含痛苦。这痛苦似乎根本不是肉体受伤所致，倒像眼睛的颜色一样，是目光所固有的。总督张口结舌，立于床侧。在短暂的静默中，他们听见医院的院子里孩童们在齐声诵读《可兰经》。

"如果您放过那人，奥尔南多先生提议送您本人两万美金。"秘书结结巴巴的，完全被吓住了，想必因为他还不像他的主子那样无比相信人的劣根性。

现在轮到总督大声叫骂了。他先声嘶力竭地唤起对抵抗运动中牺牲的儿子的回忆，接着以法国的名义吼了几句话，然后用拳头捶打着荣誉军团勋章厉声叫喊。

"不管怎样，"翻译嗫嚅道——看得出来，如果有可能，他宁可钻到床底下去——"不管怎样，奥尔南多先生从现在起开始筹集一笔五万美元的基金，用来保护那个人，万一被抓了起来，他……他不希望任何人被抓。奥尔南多先生把这件事当作自己的事……个人的事……"

奥尔南多躺了下来。乍得总督围绕着尊严、荣誉等字眼又骂了几句，然后掉转脚跟，雪白的盔形帽往头上一扣，翘起胡子冲到外面。人们见他面色惨白，腰杆挺直，照殖民军一名中士的说法："像汗毛一样竖起"，坐到轿车的后座上,在滚滚尘埃中穿过阿尚博堡。大片的尘土似乎不是被他的车子,而是被他的愤慨扬了起来,带着某种谦卑的敬意,久久地在他身后飘浮。到了机场,他以做作的嗓音向指挥要塞的上校宣布,要在两天之内逮住莫雷尔并押送到布拉柴维尔。这嗓音是人们不熟悉的,因为他是个彬彬有礼、性情敦厚的人,带有轻微的怀疑主义倾向,因而对人性不抱过多的幻想,但也不过分怀疑。"那混蛋,那混蛋,您听见了吗?"他提高嗓门,极为严厉地盯着上校重复道,仿佛在指责上校对"那个想换物种的人"或多或少暗中抱有好感。

在飞机上,总督默不作声,双手抱在胸前,带着挑战的神气隔着舷窗朝外望,好像怀疑莫雷尔藏在每个荆棘丛后面,手握钢枪,准备否定人类境遇的尊严。他双眉紧蹙,嘴里叼着一个完全忘记抽的湿烟蒂,愤怒地盯着夏里河、荆棘丛林及其可以接纳的所有畜群,从挪亚时代大洪水以前的翼指龙直到野生朝鲜蓟的所有过往和现存的物种。他把烟蒂从右嘴角挪到左嘴角,胡子气得直挺挺的,发泄着一名有可能相信民主的人道主义者的怒气。他怒视荆棘丛林,竭力想着米开朗琪罗、莎士比亚、爱因斯坦、技术进步、盘尼西林、在他本人努力之下俾格米女子割礼的废除、法国天才的绘画和雕塑创作,以及由卡鲁索[①]演

[①] 卡鲁索(1873—1921),意大利著名男高音歌唱家。

唱、他家里有唱片的《弄臣》①第三幕。他还想到歌德、埃里奥议长②和我国的议会制度。每想到一个人或一件事,他都得意地把烟蒂从一个嘴角挪到另一个嘴角,并且怒视着身下的荆棘丛林和躲在野象群里——他强调野字——的莫雷尔。总之,他与莫雷尔展开了令人目眩的一对一的格斗,并宣称自己赢了。他高踞云端,抱着双臂,叼着愈来愈湿的烟蒂记着比分。他尽力回想一些普通的知识,庆幸自己学了人文科学。佩特拉克③、龙沙④、约翰-塞巴斯蒂安·巴赫⑤,他全记了起来。这的确是场名誉攸关的斗争。他机智过人,训练有素,运用激进社会党老积极分子的诀窍,避开了不见身影的莫雷尔显然给他布下的陷阱。他避免去想,哪怕一秒钟,核武器那个具有百倍于灭绝人类杀伤力的混账东西,只出奇快速地把胡子里的烟蒂从一个嘴角挪到另一个嘴角,在灵巧拐弯之时对敌人穷追猛打。他想到核能的好处,尤其可以使非洲沙漠变成肥沃良田。他身处三千米的高空,崩格山的上方,这个位置在战斗中帮了他的大忙。所以,到了拉密堡下飞机时,他又恢复了好心情,悄悄哼起他特

---

① 《弄臣》,意大利作曲家威尔第于1851年创作的歌剧。
② 爱德华·埃里奥(1872—1957),法国政治家和作家,曾任里昂市长(1905—1955)、总理(1924—1925,1932)、众议院议长(1936—1940)和国民议会议长(1947—1955)。
③ 佩特拉克(1304—1374),意大利诗人和人文学者。
④ 龙沙(1524—1585),法国诗人,七星诗社的创办者。
⑤ 约翰-塞巴斯蒂安·巴赫(1685—1750),德国作曲家和演奏家。

别喜爱的《浮士德》中花园那场戏的曲调:这份灵感的美本身不就是对莫雷尔、奥尔南多之流所有人类中伤者的一个回答吗?

总督对等着他的记者们——三位当天从巴黎赶来的特派记者,法国航空公司预报次日还有记者来——说这是一桩与政治挂钩将大错特错的厌世的案子,是一个单独行动、有宗教幻象的人的案子,此人变成了杀人狂或毋宁说狂人,就像受了无法治愈的伤后离开象群的大象,变得特别好斗和怒气冲冲。记者们记下狂人这个词儿,向总督提出一连串的问题。能不能向他们提供一些有关莫雷尔的情况?对他有无确切的了解?有没有他的小传?他是否真的参加过抵抗运动并因此被德国人流放?

总督望了谢尔舍一眼,后者点了点头……他刚收到内政部的一封有线电报,部里确有莫雷尔的机密材料。不过总督认为不如讲几句笑话脱身更妙。他故作天真地说,目前他只能说那是一位牙医,之所以发生这件可笑的事,是因为我们与之打交道的莫雷尔对象牙着了魔。响起几声笑声。但总督意识到他的语气不对,脸上露出稍稍不快的神色。他朝轿车走了一步,但记者们继续围在他身边。莫雷尔进入丛林前,是否的确试图向他递交请愿书,而他始终拒绝接见他?这桩案子引起世人的极大兴趣,而看来公众同情的是莫雷尔,是大象,而不是……总之不是当局。非洲每年大约杀三万头象做台球和裁纸刀,这是真的吗?目前禁猎区是否数量不足?提这个问题的记者是个好动的小矮个儿,拧紧的眉头上架着一副眼镜,神气相当狂傲和气恼。他在原地一蹦一跳的,好像急于上厕所,或说不定急于去丛林找莫雷尔。政府能否就非洲自然资源保护问题对他们讲几句?仅仅用厌世来解释整个事件有点过于简单——莫雷尔难道不是一个十分看重我们的义务和责任,尽管近二十年来频感失望,但仍拒绝妥协的人吗?记者用力正了正鼻梁上的眼镜,好像要表示他也站在这场战斗的最前列。这一次,总督十分留意即将做出的回答:他意识到自己处境险恶。他说法国有爱大象的传统,很想给予大象所需要的全部保护。他本人也是动物的好朋友,可以向记者们保证——记者们又可以向读者们保证——为保护我们自幼学会喜爱的这些可亲的厚皮动物,该做的全都做了。最后他终于上了轿车,富瓦萨尔和谢尔舍随后也上了车。总督被记者们的意外围攻和他们显然对于这桩案子的关注搅得心烦意乱,竟然没有注意到秘书长面色惨白,害了病似的,一副好公务员面对地震、海啸和丢失重要文件等其他风险时愤愤不平的动人模样。

"哎哟!"总督擦着额头上的汗说道,"喂,孩子们,你们做何感想?对奥尔南多只字未提!他们感兴趣的,只是莫雷尔。"

"报纸上的确只谈论他。"富瓦萨尔有些勉强地说,"公众一直酷爱动物故事,在他们看来,这桩案子具备浪漫故事的全部因素。"

"是的,哎,我不想在这件事中扮演叛徒,这使我想到……我一定还得在办公室接见记者,请您马上去取下墙上挂的象牙。不然,要是他们拍照的话,那会有什么后果?"

谢尔舍笑了笑。

"您笑好了,朋友,可是听了他们的问题,公众同情哪一方是十分清楚的。我倒不想笼络人心,这不是我的风格,但是我也不愿意被人看作没有任何感觉的官僚。你们即将看到,如果不迅速抓住那混蛋,他就变成英雄了。在巴黎他们说些什么?"

"目前似乎他们该说的都说了,总督先生。相反……"

他们正从疫苗接种站前经过。总督以业主的目光望了望那幢建筑物:自他来后,婴儿死亡率下降了两成。每当他从接种站前经过,心里总很舒坦,有点当了慈父的感觉。他脸色放晴,富瓦萨尔趁他微笑的当儿给他送剂苦药。

"相反,关于莫雷尔,又有新情况了。"

总督跳了起来——但也许只是车子颠簸的缘故。

"怎么?怎么?又有什么?"

"他袭击了一个种植园。萨基斯种植园。那个叙利亚人没在家,但他们烧了他的房子。莫雷尔不再是一个人,有一帮人跟他在一起。"

奇怪的是,总督似乎感到轻松,几乎放了心。谢尔舍饶有兴味地观察他,想起人们针对所有真正的创造者说的那句话:伟大的作品是终将摆脱他们的作品。

"哎,我更喜欢这样。"总督慢条斯理地说,"至少,现在,事情明摆着。我们与之打交道的,是个沦落到打家劫舍的普通强盗。是的,我宁愿如此。如果真的事关大象,那几乎不可能跟他作对……和传奇斗争太难了。但像现在这样,就不必犹豫。这是一名背水一战的游击战士,很可能是非洲最后一名白人冒险家……"

一个人如此百折不挠地保卫自己的财产,看着令人感动。

"完全正确,总督先生。"富瓦萨尔忙说,"他还袭击了班加萨的巴奈吉象牙商店。他叫人把那印度人绑在一棵树上,向他宣读自己的请愿书……"

想到他曾有机会遇到的一个最娇气、最平和的胖子巴奈吉半夜三更被人从床上拖起来,绑在一棵树上,在焚毁他的商店的火光下,被迫听那篇难以置信的文字,谢尔舍不禁莞尔……

"然后他以'世界保护大象委员会'这类组织的名义,打了巴奈吉六板子并没收了他的财产,还向他宣布日后打算去印度继续他的行动,'因为亚洲象同样受到了威胁'。巴奈吉得了神经性抑郁症住进医院,他确信遇到了一个疯子。这疯子真的相信自己的使命,但背后有人指使。在此期间,他的商店被烧得片瓦不留。他们抢走了能够找到的全部现金,还有武器和弹药。一名撒拉族女子遭到强暴。和那人在一起的全是乌莱人,仆人们认出两三名普通囚犯,其中包括三个月前从班吉监狱逃跑的大名鼎鼎的科罗托罗。但巴奈吉发誓说,跟那人在一起的还有其他欧洲人。他描述了这些人的体貌特征,其中一位与丹麦博物学家比尔·科维斯特大致相符。这个丹麦人恰好在该地区为哥本哈根自然历史博物馆工作……"

"不管怎样,和政治没有任何关系吧?"总督慢吞吞地问道。

"好像没有。至少没有直接关系……"

谢尔舍观察着这两位试图与俯在他们肩头的丑恶幽灵奋勇搏斗的官员。他们不禁在这桩案子中又遇到自己内心深处的顽念、失眠、担忧,几乎还有迷信。他们为自己的成功骄傲得过了头,结果反而感到受到它的威胁。也许这成功不像他们担心的那样全面,也许他们的业绩不够伟大和完美,不可能在他们眼皮底下活起来,过独立的生活。他们在预测。眼光过高过远。但谢尔舍为此感激他们,心中骤然升起一股温暖的、好似兄弟般的情意。

"我认为不该把事情搞得过于复杂,总督先生。我们的视野应该窄一些,如果我可以这样表述的话。也许这是我们的错,但用这种目光看乍得有些过早。我认为事情简单得多,也神奇得多。萨基斯是本地区最大的猎象手,曾多次受罚,因为他针对践踏他田地的象群组织了报复行动,而且这些行动没有受到狩猎官的监督。巴奈吉做象牙生意……我认为不该把事情搞得复杂化。我们面对的是一场闻所未闻的奇遇,说不定是世上最美好的故事。"

富瓦萨尔不以为然地瞅了他一眼。

"是的,乌莱人是全非洲最原始的部落。"总督说,"我同意您的看法,谢尔舍。我们变得有点太容易受影响。把政治掺杂进这件事很可笑。说到这儿……"

他苦涩地笑了笑。

"说到这儿,在肯尼亚也是这样开始的。"

"有一点我不明白,"那天晚上法格神甫请耶稣会士吃饭时大声吼道,"干吗每个人在这件事中表现得好像本人受到了威胁和侮辱?他们个个惊人地大喊大叫,仿佛那倒霉鬼莫雷尔朝他们每个人吐了唾沫。您,您明白是怎么回事吗?"

耶稣会士忍不住戏弄一下他的东道主:"是傲慢,傲慢!"他说。

法格神甫显得不安:他最讨厌谈他的本行。"这倒是真的。"他很快地说,痛悔把对方引向了这个乏味的话题。"再来一点鸡肉吧。"塔森神甫莞尔一笑。他们两人相互非常了解。"再说,这是个好兆头。人们开始模糊地意识到人类有灵魂,有良心——他们称之为荣誉——这灵魂和良心与每个个人没有关联。傲慢,是人类的傲慢,这已经好些了。很遗憾,我的修会对我的上述观点态度极为……就算谨慎吧。总之,我希望我那些手稿在死后发表。看到有一天人类从二十亿个茧子里活生生地脱壳而出,那将十分有趣。"法格对此一点也不喜欢:他知道耶稣会士总随身带着一只装手稿的大箱子,顷刻之间就可能拿出一份来读给他听,天知道里面会讲些什么混账话。"我嘛,祈祷对我足矣!"他以一贯的委婉措辞口气生硬地说,然后不顾其余地大嚼起鸡肉来。

十四

拉密堡从来就是个爱嚼舌头的地方,此时更是流言四起,谣言满天飞。他与茅茅有联系。他带领一帮黑人袭击了一个孤立的军事据点,打昏了军官和士官,把士兵们带回了丛林,因为他想组建一支非洲独立军团。"大象,说到底,我亲爱的,您总不会信吧?"正相反,大家就是信,甚至奇怪这类事怎么没早些发生。一般而言,女人们同情莫雷尔,后悔没有注意到他,这事很浪漫,很感人,只要别打扰那些可怜的大象就行。男人们徒劳地解释说这根本不关大象的事,是一名恐怖分子以人类为敌。可女人们拒绝以这种眼光看莫雷尔;在她们眼里,他是位目光火辣辣的俊美青年,像阿西西的圣方济各①,但精力更充沛,肌肉更发达。在"乍得人"饭店,米娜裹着披肩在

---

① 圣方济各(1182—1226),意大利阿西西一呢绒商之子,后放弃财产和家庭到城外隐修,是天主教方济各会和方济各女修会的创始人,13世纪初教会改革运动的领导人。

餐桌之间穿梭,偷听食客的片言只语。

"是的,她正是这样做的。"因心脏病发作病倒了的巴布科克上校带着笑意,对几天后来医院看望军官的耶稣会士说,"她迈着心中只有一个念头、一个目的的人的步子,从这一桌走到另一桌,然后身子笔直地坐下来,听一会儿新闻——当然没人知道任何事,但人们有想象力——她一言不发地待在那儿,两手捏着披肩角合在一起,然后站起来走向另一桌。她不提问题,但好像焦灼地、愈来愈不耐烦地等着什么。现在想想,我当然知道她等的是什么重要消息了。我们万万没有料到她有什么心思。这很正常:这完全超出了我们经验的范围……这话尤其是针对我说的。"

上校的脸上又露出慌乱和萎靡的神色,这暗示他不仅有心脏病,更有心病。

"我猜想对此我应该做出一劳永逸的解释。我这个阶级,这个社会环境的人,接受过某种教育——不如说对世界的某种看法。这种看法就是:这无关紧要。我猜想,我说我们是为了在绅士世界谋取一席之地而被抚养成人的,这话一定让您发笑。当然,我们知道有时人们下身会挨打,但我们是在不正当手段不受法律保护的信念中长大的。我们从来没有想过不正当手段可以成为法律——规则。如果您愿意,您可以把我当成一个过了时的老傻瓜,可是像我这样的人原先根本不了解能够产生一个莫雷尔或一个米娜的环境。我向您坦白,就连现在我也几乎不可能对莫雷尔另有看法：他只是个给人好感的怪人，决心保护大象免遭猎杀，如此而已。其他嘛……"

他吃力地在床上动了动，好像最终想找个舒服的姿势。

"这也许不过是个姿态，一个蔑视和厌恶人的姿态，某种……决裂，辱骂——您和我一样清楚种种有关的议论——这些想法我一直不理解，至今也完全不理解。一个人竟然反对和拒绝与我们为伍，我的意思是竟然真想改换物种，像人家写的那样……这是病态的、可耻的想法。我很难相信生活中存在可以为这些想法做充分辩解的情况。但看来这种情况是存在的。"

他忧伤地望了耶稣会士一眼，这一次，眼神仍与体力的衰竭毫无关联。

"请理解我。我不完全是白痴，但我缺乏教养：从来没有人教给我游戏规则。自然，我们终究还是觉察到某些事。有些英国人被关进日本的集中营，伦敦遭到轰炸，还有大陆上骇人听闻的毒气室故事。这显然不大光明磊落。但我们只把这些事看作荒谬行为，历史残酷的意外事故，一些例外。我们始终相信这不是游戏规则，而是不正当手段。我们从未想过，恰恰相反，暴露在我们眼前的可能正是真正的游戏规则。我们长时间生活在精神的茧子里，但纳粹、斯大林最终使我们认识到，关于人的真相或许就在他们那儿，而不在伊顿的绿地上。我不太清楚讲这番话时为什么说我们，我只想强调，英国过去有，也许现在仍有许多像我这样的傻瓜。可能所谓的文明正是为了自欺欺人所做的长期努力,英国正是这样做的。我们深信人人都讲几分最起码的情理。但我愿意承认,我们也许是一个逝去时代的幸存者,而丑恶现实的重量不久将使我们从地球上消失,喏,有点类似于大象。"

耶稣会士向他投去锐利的目光,但病人似乎没有赋予这个比喻特殊的含义。

"这一切只是为了告诉您,我缺乏理解米娜这种人所需要的经验。和我的许多同胞一样,我对周遭的现实和内心的真实缺乏切身的体验——我们没有被这一股股在大陆肆虐的痛苦的浪潮所吞没。我当然知道这女孩受了许多苦,但究竟她心中累积了多少怨恨,我毫无概念。无论如何,我万万没有料到,她在'乍得人'的主顾们中间疾步走来走去的时候,正在酝酿并即将做出不理智的举动。她走过来在我桌旁坐了一会儿,应该说她像通常那样朝我笑了笑——她看见我时总面带微笑,我猜想在她眼中我是个滑稽人物。'哎,巴布科克上校,您对这个意外事件怎么看?'我回答她说,我对喜爱动物的人一直抱有几分好感,而且千真万确,非洲某些地区的大象几乎灭绝,但那个莫雷尔的确做得有些过分。'在英国,'我对她说,'很可能给《时代周刊》写封信就能解决问题。信发表后,迫于舆论压力,议会可能会表决通过保护非洲动物的法律。'瞧,我真老糊涂了,还以为这就是问题所在呢!'他显然没有任何脱险的机会。'她说,好像表述的是个既成事实。我告诉她,在我看来莫雷尔的机会确实几乎不存在。我永远忘不了她当时投向我的目光:狂乱,呆滞,哀求。我赶紧补充说恐怕顶多坐一年牢,除非在此期间他杀了人,这显然在可能范围之内。我问她是否同意和我一起喝点什么,我承认,这是含蓄地提醒她我已来了好一会儿,还没有侍者来问我点什么。这是我喝第一杯威士忌的时辰,是雷打不动的。可是我觉得她根本没有听见我的话。她站在我身边,怕冷地把自己裹在那条灰披肩里,心里想的肯定不是我的威士忌。非常美——每次见到她我都发现她非常美。"

上校住了口。"可惜。"他说,未进一步说明他的想法。"是的,可惜。"他再次闭口不语,然后接着说:

"我觉察到她有心事,便对她说她显得心事重重。她吃惊地瞥了我一眼,然后冲我莞尔一笑。我记得她突然向我表示了某种友谊,某种好感,并且替我去叫威士忌。"

上校叹了口气。"当然,我想象得出那一刻她大概对我有何看法。她想必认为我是个老傻瓜,什么也不懂。不过她或许怀着几分好感这样想,她应该知道我率领的部队从未强暴过任何人。于是她去给我叫威士忌,然后回来在我桌旁坐下。您知道她做了什么吗?她执起我的手。可以遗憾地说,我不是女人们通常愿意当众拉手的那类男人。天色开始暗下来,这总是匆忙而至的非洲著名的黄昏,这次却好像不慌不忙。'乍得人'饭店里的人大多认识我，他们一定把这个举动理解为一场误会，可我仍然相当尴尬，尤其因为我不知道对她说什么。我只好轻咳几声，目光严厉、气势汹汹地环顾四周，以防有人胆敢露出笑脸。可是，最令人难堪的事总归要发生。正当我坐在那儿，一只手被她握着，不敢抽出来以免显得粗鲁的时候，突然我觉得这只手的手背上有点潮：是眼泪！她哭了。她使劲握住我的手，流着眼泪。我张开嘴想说点什么，随便什么，试图帮助她，安慰她，这时我听见她笑了。是的，她笑了。应该说我完全呆若木鸡。就在我如堕五里雾中时，她用扯破的、带着哭腔、全露台上的人都听得到的嗓音冲我喊道：'噢！巴布科克上校，您是个大好人啊！'接着，这姑娘，这个米娜，猛然把我的手贴近唇边，吻了它。"

上校用力吸了口气。"她这个动作是什么意思，挑起这个动作是因为我做了什么或者没做什么，至今对我仍是个谜。有时我寻思我的心脏病是否就是那时得的。"

他打断话头，带着责备的神色望着耶稣会士。

"我记不大清楚自己说了什么或者做了什么。不过她一定意识到场面的尴尬，因为她松开了我的手。或许她已经在想别的，我相信更可能是这么回事，她心里想的根本不是我。'但还来得及，是吧？'她问道。她究竟想知道什么，我毫无概念，差点回答她说，尽管在这方面做了种种准备工作，我们还不至于朝夕之间消失在骤发的核屠杀中。'是的,还来得及。'我随口答道。我很窘迫。灯刚刚点亮,我清楚地感觉到大家正面带微笑观察着我们。您会说:干吗在意别人呢?唉!谁也不喜欢成为笑柄,哪怕是退休的英国老上校。您还会说,在我这把年纪,这种事已无关紧要。可也许在有些问题上,人心永远不老。六十三岁上,被一名年轻女子不再当成男人时感到的不快,并不亚于十六岁时仍被她视为一个孩子。男人突然被一名年轻女子当作父亲对待,是相当不舒服的,当他从未被任何女子……以其他方式对待过。"

耶稣会士示意他懂。他很遗憾世人经过上校身边时没有多给他一点关注。这是进化中的一根幼枝,一棵极小的嫩芽,对它多加观察对人类是有利的。得体:一个显然没有大志、没有才气、没有锦绣前程的东西,但毕竟是人类本该在其面前多犹豫几分的转折点。他最尊重幽默,因为这是人为对付自身所锻造的最佳武器之一。

"我终于明白她在跟我谈莫雷尔。"上校接着说,"见她终于思考别的事,我的确松了一口气。我告诉她莫雷尔尚有一段时间可以躲过搜寻,但被抓至多是个时日问题。"

上校在床上动了动。"她极为专注地听我讲,朝我俯下身,肌肉紧绷,双手互握,几乎掐到肉里。您瞧,她对我不掩饰自己的感情。她一定知道,和我在一起没有任何风险,我是不会懂的。她大概心里想,在不懂女人这一点上,总可以指望一位绅士。应该说我完全配得上这份信任。我坐在那儿,平静地向她解释莫雷尔毫无脱险的机会,他很可能已经弹尽粮绝,而一个白人独自待在荆棘丛林里,迟早会被邻近村子里的黑人告发。她充满激情地听我讲,就像别人激情满怀地讲话——她滔滔不绝地听我讲,如果可以这样说的话。"

上校住了口。"我不知道您是否记得她那双眼睛。"过了片刻他说,"灰色的,十分浅的灰色,好像总在痛苦地跟你打招呼。在她的眼睛和她的全部遭遇之间有种矛盾的东西。不过,在黑暗中,士兵们恐怕看不见这双眼睛,或许他们侧目而视……眼睛显得特别无辜,也许仅仅是颜色的缘故——它们目睹了一切,但扬扬得意。我应该补充说,嗓音与眼睛非常不同,也许是因为德国口音,有些低沉,有些老气……米娜烟抽得厉害。我向她解释逮捕莫雷尔想必只是个时间问题,他一个人待在丛林里绝无逃脱的机会,这时她打断了我。

"'但他不是一个人。'她说,'我跟记者们谈过,他们都对我讲了同样的话:公众同情他。只要有个人把这话告诉他……'这时我讲了一句话,被我视为职业生涯中——我服役整整四十年——最白痴的一句话。'哎,'我对她说,'看得出来,您也喜欢大象。'她冲我嫣然一笑,带着极似友情的神色注视了我一秒钟,碰了碰我的手,然后起身走了,留下我和我的烟斗在一起。我试着装出无所谓的样子,但每次她离开我,我都很难过。自从年纪大了,我愈来愈需要有人陪伴。我在那儿又待了一会儿,因为她在桌子间走来走去,有可能还会回来。她有时回来,有时一晚上两三次。我六点钟前后到,如果我不想回家,就在那儿用晚餐;她一般在我点菜和喝咖啡的时候来,自然这要看顾客的多寡,我事先绝无把握。周六晚上,我从不去'乍得人'饭店,我讨厌人多。而且她把我忘了!……我的意思是没人伺候我进餐。周一是最好的日子,她要空闲得多。在以后的半个钟头里,我只能远远地用目光追随她,我常常注视她——完全不是因为她漂亮优雅,尽管她确实漂亮优雅,我只是想看看她是否回到我这边来——我觉得她感到有些孤独,而我不愿意露出逃避的样子。就这样我陪她度过了整整一个晚上——我留在露台上用晚餐——我觉得她对我心存感激。我隐约猜到她需要有个朋友在场。我对孤独是体会颇深的,我知道有个讨你喜欢的人在场,哪怕远远的,也能给你带来几多快乐。我不大喜欢'乍得人',首先因为那儿的价格太高,而且总是看见同样的面孔。但我因为她几乎每晚都去——她见我进门总是笑脸相迎,我相信她很在意我,以她的方式。除此之外,那地方相当糟糕,有各种虫子,唱片总是那几张——其中一张名为《怀念被遗忘的人》[①],我恨不得砸了它——还有奥西尼那个阴险的家伙。人一到,首先听到的总是他的声音。

"应该说,我一直尽量待他特别客气,因为我认为必

[①] 原文为英文。

须宽容,黄鼠狼有臭味并不是它的错。人们无权向他人表示厌恶,所以我总努力向他表露好感。最终他把我当成他的一位挚友,有一次甚至嗓音潮乎乎地——绝对令人作呕——对我说,我是他唯一的朋友。这样,我只好不时邀他到家里来,以免伤害他。最终我对他的厌恶到了一见他就偏头疼的地步。这迫使我做出更大的努力,以掩饰我真正的情感,我自认无权拥有或向一个人——无论是谁——表露的情感。结果是我们经常一起度过夜晚,在他家或在我家的露台上望星星。应该说,这可怜人如此令我反感,到后来连星星也倒我胃口了,仅仅因为他在那儿,在我身边望星星。他好像喜欢看,觉得星星很美。我觉得这也令人恶心。像他这样的人竟然喜欢星星,这似乎证明星星并不是通常人们以为的东西。我们经常一起度过夜晚,我不得不听他发泄对一切事一切人的敌意。当他坐在那儿,在我身边,默默地、若有所思地注视星星时,你有种感觉,就是他在琢磨如何把口水吐到星星上。在某种程度上他做到了,因为他整天朝米娜吐口水,说她跟各式各样的人乱搞男女关系。不必说,我在谈星星时提到米娜,并非出于与我年龄不相称的可笑的浪漫,而仅仅是为了指出,她对奥西尼而言与天上任何遥远的星辰一样不可企及,于是他以诽谤米娜聊以自慰。我从来不能容忍别人讲女人的坏话。那么您会问我怎么能容忍奥西尼在我面前,为我一个人,在我家露台上,离最近的邻居五公里远的地方这样做呢?可他是个多疑的、不怀好意的人,如果我提醒他注意礼貌,他不知会给我加上什么荒唐的罪名,比方对那女人怀有秘而不宣的感情。这是个对一切都朝坏处想的人。另外,如果我不准他给她编故事,他就再也不会跟我谈她,因为他不会换种方式讲。有时我自问,我之所以容忍他每周两三次来我家,是否仅仅因为他是唯一跟我谈论她的人。也许这能阻止他去别处泼脏水,向一些或许比我更容易相信他的人讲那些下流话。您瞧瞧我的处境多么困难,尤其最终我感到对奥西尼没有以诚相待,所以不得不对他倍加客气。尤其当着众人的面,以免被斥为虚伪,这是我们英国人很容易受到的指责。结果人人以为我俩是朋友,虽然我大概是整个拉密堡最讨厌奥西尼的人。那天晚上,他待在露台另一头,当着听得懂他每句话的众黑人侍者破口大骂土著,据他说,他们肯定帮助了莫雷尔,目的仅仅是给世人造成乍得和肯尼亚一样有动乱的印象。这是在非洲把我们害苦了的愚蠢言论。正当我被他的蠢话搞得神经紧张,最终把米娜忘了的时候,我发现她恰恰站在我面前的一张桌子旁。我站起身。现在回想起来,记得当时我的心跳骤然快得不同寻常,这证明那时心脏就有了病,动作稍微猛一些,它便跳得不正常。但当时我没在意。"

巴布科克上校好像思索了一下。"我以为她身上最令人印象深刻的是那双眼睛。高挑的个儿,身材很好,我以为对女子应该说身材苗条,有一头金黄色的头发,一张脸……两片嘴唇……总之很厚,颧骨突出,还有那双信任你的眼睛。望着她总让人觉得有点心动。她跟你讲话时,你几乎忘了她的口音。她坐在藤椅上,一动不动待上片刻,心不在焉,盯着我身后夏里河对岸的一个点——我差点转过身看看是什么令她如此着迷。'奥西尼硬说他得到土著的保护。'她说,'但愿这是真的。'我告诉她我觉得这个想法很荒唐。'土著在一头象身上看到的仅仅是肉。'我提醒她道,'请相信我,土著根本不在乎非洲动物有多美。当兽群破坏收成,行政当局下令杀死几头野兽时,一般总任其尸体在原地腐烂以儆效尤。但是,狩猎官一转身,黑人便吞食兽肉,只留下骸骨。至于大象的美,它的尊贵、自尊云云,这完全是欧洲人的想法,跟各国人民有自决权一样。'她不耐烦地朝我转过身来。'这是一个相信您的人,巴布科克上校。他向您发出呼吁,试图拯救、保护点什么,而您觉得最可以做的,只是冷静地讨论他的机会,仿佛这一切和您不相干。他相信大自然,其中包括你们都大加诬蔑的人性。他认为人仍可以行动起来拯救点什么,一切并没有无可挽回地注定被毁灭。'这出人意料的发火,这番话,尤其从她嘴里讲出来——您明白吗,她有过那样的遭遇,见过……总之亲眼见过那么多事——令我大为惊讶,连烟斗都从嘴里掉了出来。'可是,亲爱的孩子,'我嗫嚅道,'我看不出操心非洲动物保护……'她打断我:'天啊!巴布科克上校,请您设法理解……您看不出问题在哪儿吗?问题就在于您是否相信自己,相信您的见识,您的心地,您的是否可能摆脱困境,是的,你们大家是否可能摆脱困境。那边,在那座森林里,有个信任您的人,一个相信您善良、慷慨、极……极有爱心、容得下最卑贱者的人!'她眼里噙满泪水,头发金灿灿的,容颜姣美,我真觉得她讲得在理。'你们英国人,如果你们不明白问题的关键所在,那是因为英国是又一个谎言,一个瞎编的故事,ein Wintermärchen①。'她最后讲了一句德语,然后起身穿过露台,一晚上我再也没有见到她。我努力集中精神。Ein Wintermärchen? Ein Wintermärchen? 我猜它的意思是一个童话。我不大清楚她想说什么。她真的期待英国会在温斯顿·丘吉尔②的带领下飞奔而来保卫大象吗?英国会站在莫雷尔一边,仿佛是个庞大的动物保护协会?而且米娜似乎说事不关乎动物,那关乎什么?我不大清楚她为何指责我,同时我又隐隐觉得自己有过错。有什么办法呢?像我这类退休的老上校,我们生来无法应对这种局面。我一整夜没合眼,在床上辗转反侧,她的脸在我面前晃动。我敢肯定她讲得对,因为她的痛苦如此显而易见。我感到,我以某种神秘的方式辜负了她的信任。除她之外,我在世界这个角落没有别的亲人——还有个远房表妹住在英国德文地区——所以我自然相当苦闷,有点觉得也许她错怪了我。

---

① 原文为德语:一个冬天的童话,德国诗人海涅(1797—1856)的一部名著。
② 丘吉尔(1874—1965),英国政治家,二战期间任英国首相。

您懂吧……"

上校抬起头,看上去很疲惫,两眼似乎陷得更深,颧骨更显突出,目光中虽有痛苦的痕迹,但依然直视他人,并一直躲在幽默后面。"我真的不知道该怎么说。您懂吧……我觉得我一辈子始终尊重大象,如果可以这样说的话。"

十五

记者们十分不耐烦。一些深奥莫测的密使提议一直把他们送到莫雷尔身边,诈去他们大笔的钱,然后拿着收买某些同谋者和购置必要装备而付的钱人间蒸发了。这些是乍得被人忘得一干二净的人渣,似乎早已蛰伏于地下一千米深处,之后突然神气活现地在地面现身,那副了不起的样子主要是为了掩饰再次骗取人们信任后内心的惊诧。他们与记者秘密约会——"您明白吗,先生,不该让别人看见咱们在一起,我用了一辈子时间赢得土著的信任,我也无意背叛他们。"——就这样,他们依靠整个拉密堡带些嘲弄意味的同谋,温文尔雅地吃几顿饭的工夫,脑袋浮出水面漂浮一会儿,身穿一尘不染的西服,头戴簇新的巴拿马帽——所谓装备,在"乍得人"的露台隆重登场,喝得酩酊大醉后隐身而退,重返水底的淤泥中安身,恐怕还会宽慰地舒口气。在此期间,有人断言南方达姆达姆手鼓已把莫雷尔的事迹添枝加叶地传遍森林,以反白人出名的土著,特别是前乌莱族议员瓦伊塔里,已到丛林与莫雷尔会合,与其并肩攻打种植园,而莫雷尔实际上是共产党的特工。传闻真是五花八门。全区的人把私下经常操心的种种事一股脑倾泻在莫雷尔头上。接着,圣德尼从他忠心耿耿行使乌莱地区行政长官职权的偏僻角落冒出来,这份忠心使他一年比一年瘦小——只剩下一个秃顶、一把黑胡子和一双为普天下皆讲卫生和健康的痴梦而苦恼的眼睛,给这个故事增添了几分人情味。他宣称在荆棘丛林里遇见过莫雷尔,此人得了热病,烧得半死不活,孤零零一个人,弹尽粮绝。人家问他在哪儿遇见的莫雷尔,他有点吃惊地久久细看对方的脸,但丝毫没有生气。然后他讲出精确的经度和纬度,一脸的真诚,别人也不好再说什么了。是的,他在丛林深处遇到了莫雷尔,莫雷尔向他要奎宁。"您给他了?"当然,他给了,他当时不知道在和谁打交道。他用滚烫、灼热、莫测高深、暗藏着某种上帝缺席的眼神望着记者,诚恳地担保说,从表面上看,莫雷尔身上没有任何东西显示他不属于人类,所以他给了莫雷尔奎宁。"绝对需要有一天找到一个窍门,帮助你把人和其他区分开。"接着他高声思考:"确立一项标准,使你有理由说这个,这是人,而那个,徒有其表,却不是人;一个类似于特殊对数表的东西,能立即向你提供找到答案的手段,抑或新的纽伦堡法令[①]……这

[①] 此处指由希特勒谋划并经纳粹党纽伦堡会议(1935年9月15日)批准的两项反犹太人的法令:《帝国公民法》和《日耳曼种族及荣誉保障法》。

些记者先生们打老远——径直从文明胜地——专门赶来,这些记者先生们也许能借助现代科学把这个制订出来。"

他等着咒骂声停下来,然后像只身经百战、羽毛脱落、但仍有战斗力的小公鸡,昂首挺胸地补充道:"我甚至给了他弹药。"响起一片"噢!""啊!"的叫声。他明白不出半小时,刚与他会面大吵了一顿的总督将再次召见他。"是的,我给了他弹药。你们替我想想:我当时不知道对方是个傲慢的家伙,一个狂人。我在一个鼎鼎大名、萃萃蝇肆虐的边境地区视察了六个星期,什么消息都没有。一个白人从大象出没的草丛中钻出来,说他穿越奥伯地区时丢失了打猎用的弹药,问我是否可以给他一些。我就给了他一些。他告诉我他是博物学家,正在研究非洲动物;我对他说这是一项高尚的事业,就这些。"后来,当他跟大家一样,被迫没完没了地讨论人人最终只看见自己内心的事件的来龙去脉时,当这一切归于沉寂,只剩下始终胜券在握、星空璀璨的非洲漫漫长夜时,圣德尼向耶稣会士透露,在那一刻,他有种切肤的感觉,就是身边有位心焦的女性:她在听他讲话,如此地聚精会神,以至他朝她掉过头去,好像听见有人招呼他。

"她站在暗影里,一双手痉挛地抓住灰色开司米披肩的两端。在她那纹丝不动、充满激情的姿态里,有种迄今我只在希腊悲剧里揣摩到的东西。我在一小撮用各种腔调骂我的人后面见到她僵直的身影,一遇到她的目光,便立即感到她知悉内情,以这种或那种方式与此事发生关联,并且站在莫雷尔一边。记得我当时想:'啊哈!'像个傻瓜似的,倒并非出于嘲讽,而是为了抵御她眼神中朝我奔涌而来且无法不予理会的那股热浪。自然,当时我万万没有料到她那个漂亮的脑瓜里在想什么——我说当时,尽管如今也好不了多少。最多可以说,这是一个不缺少位置的故事,有您和我的位置,有象群甚至好多其他东西——比方尚未出生的一切——的位置。当然,那时我毫无察觉。"

他朝火上扔了一把细树枝,火苗一下蹿得很高,互相靠拢,接着又跌落下来。耶稣会士注视着黑暗。

"说到底,"圣德尼说,"说到底,您知道,也许我独自生活了太久,我相信这首先是一个孤独的故事。我相信那家伙,那个莫雷尔,太需要有个伴儿。他觉得身边有个那么大的洞,那么空虚,所以需要非洲的全部兽群来填充,可能还不够。您看他走得非常远,神甫,但我确信,照您的意思,这主要是因为他走错了方向。"圣德尼沉默片刻,好与夜的静谧,与从他们脚边一直绵延到月亮边际的群峦叠嶂再次接上关系。

"一定有人无意中觉察到我的目光,因为有几个人把头转向米娜,笑了几声,有个声音含讥带讽地说:'你们自然知道米娜签了名吧?'有人讲了请愿书的事,米娜在上面签了名。'来和我们喝一杯吧。'我对她说。她谢绝了。她没有时间,要监督侍者,照看电唱机。她转身走开了。不知为什么,我白痴似的觉得永远失去了她。她走去给电唱机换了一张唱片,《怀念被遗忘的人》或诸如此类的东西。但她几乎立即回来坐到我们桌旁,好像身不由己。总而言之,她一定对众人的谈话感兴趣。当然大家一直在谈莫雷尔,说除了我给他的几粒子弹外,他已没有弹药,在森林里坚持不了多久就会投降。'是的,'有个人补充道,'他完蛋了,看不出大象能帮他什么忙。'我突然觉得厌烦透了:空气中有股追捕人的味道,人人在自己的小角落里暗中和自己清算什么的味道。奥西尼尤为明显。他不在我这一桌——我相信他瞧不起我,站在二十个世纪的白人文明的高度,指责我马格里布化了——但他的声音在露台另一头追逐着我。不能因为这个声音对他怀恨在心,必须和夜里所有其他的声音一起予以接受。他正与记者们交谈。他们毕恭毕敬地围在他身边,因为他是头一个看清楚的人。他慷慨陈词,攻击当局该受谴责的疏忽,揭露对非洲白人的声誉造成的不可弥补的损失,还提到某些身处高位的同谋者。讲到这儿,他针对莫雷尔说了一句惊人的话,一句实在过分的话。他扯开那受到不公正感刺激的尖嗓门——天哪,我还在谈他的嗓门——大发感慨,用令人吃惊的、既得意又挖苦的腔调说:'别忘了,诸位先生,这就是你们所说的理想主义者!'我从未听见过仇恨的攻击如此接近真理。我觉得,他以某种晦涩、狡猾和充满仇恨的方式——与奥西尼的思想一样——一语中的。他的声音带着无可辩驳的回声,神秘地敲响了另一个十分古老的巨大族群的丧钟,宣告了他们的失败。这些笨拙却令人动容的巨人根本不谈宽容、公正和自由,却执着地追求某种人类尊严的理想。这叫人相信,在屡战屡败和失望复失望之后,他们中的一个变成了杀人狂,他走投无路,流落到黑非洲,在硕果仅存的大象身边等死!显然这是奥西尼不可能不提的一幅绝望和失败的图景。但他讲得更夸张,语气不可抗拒地令人发噱。我将永远记得他最后发的一番感叹,如同记得我生命中的美好一刻:

"'我要告诉你们,诸位先生,我要告诉你们,他是位人道主义者!'——我差点站起来与他握手。刹那间,我几乎相信他有幽默感,有把我们当中那么多人的希望和绝望浓缩成一幅滑稽画面的天赋。但事实绝非如此。他不过指明了敌人。他不懂幽默,奥西尼,不会以礼待敌,只是个疼痛时大喊大叫的人。"圣德尼摇了摇头。

"但有一点我始终不会完全弄明白:为什么从一开始,奥西尼便把这个事件当成他个人的悲剧,仿佛对他是个生死攸关的问题?您会对我说他不无道理,归根结底对他正是这样一个问题,所以直到最后他也——用他喜欢的话说——没有上当。但这说明不了什么,因为对未来遭遇的预感反倒应该促使他保持平静。或许当他极其自信地大喊:'他是位理想主义者!'的时候,已把这些理由和盘托出:要是这样,就得把绝对无私和几近纯洁的性质赋予他与莫雷尔展开的决斗。因为他觉得受到一切或远或近涉及理想主义的东西的挑战,不管怎么说,这个奇怪的顽念显示出一个深藏不露、痛彻心扉的志向。我还记得他用夸张的语气抛出的最后一句话——正因为夸张,这话似乎是讲给那些冥冥中的力量听的,他一直觉得这些力量包围着他,威胁着他,他始终在一切人间事物中看到其蛛丝马迹:'面对因某些思想的渗透而无法行动的当局的无能,不久将有几名坚定的老猎人被迫接手此事!'我走开了。我急于离开那儿,不再忍受那副腔调,那种最终变得宏大并使全世界陷入其渺小的平庸。我们正处于这样一个时刻:需要你视力所及的周围大地和天空的全部无限空间,以使自己心安。一个人们需要延伸的时刻,物质的重量及其存在本身使你幻想某种不可能的友谊的时刻。我急于走到外面,最终回去仰望我的星星,因为,不是吗?我们的老非洲正是由星星构成的,如果善于用正确的眼光看它的话。"

圣德尼稍稍朝天空仰起脸,天空寥廓无际,倒好像离得很近。"唾手可及,对吧?"他说,平和的语气似乎是他的嗓子从平静之源汲取而来的,"那天我很忧郁,我相信从那天晚上起,每当我想到奥西尼,心中便没有了敌意,只有理解,它最终拉近了我与他的距离。他的样子仍浮现在我眼前,一身白衣,对世界的透彻了解——可耻的洞察力——使他仇恨地歪着嘴——不能称作微笑,精力旺盛地反对所有莫雷尔那样的人;这些人试图过分高调、过分清楚地宣扬作为人的荣誉,要求我们有容得下自然界所有壮美之物的宽宏气量。是的,他的身影现在依然,恐怕也将永远浮现在我眼前,睁着一双因饱含怨恨而悲怆动人的眼睛,挥舞着拳头,那动作尤其凸现出拳头的无力。没有文化,几乎不会写字,他用令人难以容忍的夸张词语和精心挑选的现成句子加以掩饰。虽然如此,他却是第一个理解莫雷尔,理解事件真正关键所在的人:这是一种奇怪的兄弟情谊的明证。或许他俩有着同样深藏于心和纠缠不休的顽念,但一个受制于它,另一个则心胸狭窄地奋起反抗。或许他俩受着同一个愿望的折磨,但抵制它的方式却针锋相对,结果他们注定要窄路相逢。其实我对此一无所知。这件事向任何人敞开大门,谁都可以带着吃食进来。我有时想,奥西尼一腔仇恨,但也怀着些许无端狂吠的小凶狗的勇气,捍卫了自己的渺小,抵制对人视之过高的观念——把他排斥在外的观念。奥西尼想必做好了蔑视自己的准备,因为他也没有上自己的当。但他肯定不准备同意他对自己过于谦逊的看法将他排除于人类之外。恰恰相反,他从中一定看到自己属于人类的一个征兆。他拼命把莫雷尔高高抓住另一头的盖布往自己这边拉,往下拉,试图用它遮住自己。他不惜一切代价想证明自己没有遭到排斥。实际上,对兄弟情谊痛彻心扉的需要一定令他痛苦。"

圣德尼住了嘴。或许他感到这些话流露出的好感,与他本人所仰仗的唯一的友爱——星星的友爱——相互矛盾。但他也知道,矛盾是差不多与人有关的全部真理的代价。他耸了耸肩。"奥西尼的事您一定听烦了。我肯定他引不起您的兴趣,但这也是他不停抗争的命运的一部分。我还知道,挤牙膏似的挤压人的灵魂,最终总能挤出几滴纯净的东西。如果您愿意,咱们就不再谈奥西尼。在这个高地没有他的一席之地。于是我离开露台朝出口走。走到'乍得人'入口处那可笑的凯旋门下时,我感到有只手触到我的手。我咕噜了一声:有时候,黑人姑娘——或者男孩——一直来到这儿,谦卑地提议为你提供明确的服务,并在市场空摊位之间迅速为你效劳。可这是米娜。'我可以跟您谈一会儿吗?'我不大想跟她谈话。自我认识她以来,每次到拉密堡都避免与她交谈,甚至避免过多地注视她。我独自在荆棘丛林里生活,没有回忆。如果眼中带着这样一个姑娘的形象回到森林里过九个月,那是非常糟糕的。这使你发痒,直至产生你没有选择生活,而且白活了一辈子的感觉。我自然回答可以。我希望您由此得出结论,就是我生性坚强,临危不惧。"

十六

"她请我上楼去她的房间。'乍得人'饭店是按一九三七年殖民地博览会最美的式样建造的,我和您提到过的凯旋门便坐落在它的两个钟楼上。她的房间位于其中的一个钟楼里,一架螺旋梯的顶端。应该说,她把房间布置得极有品位,可以看出她有本事布置一个真正的家,总之一个英国人所说的 home……

"'他们从不上这儿来,'她说,'从不来。'她专注地望着我,带点挑战的意味,准备好自卫,自我辩解。但我根本不打算进行这类讨论,这的确不大重要。记得我尤其被用大头针别在墙上的那几幅画所打动;这些画在我脑海里唤起了对童年的模糊回忆,甚至对双亲的回忆。是的,我想,她不让他们上楼是对的,不然他们在心荡神驰时会感到尴尬。您看得出来,我当时心情不佳。我朝她转过身去,这位身材高大、一头金发的年轻女子,一个德国女人——这不可能搞错——面色十分苍白,一双眼睛——怎么说呢?——与这一切毫不相干。我突然想问她:您在这儿干什么?为什么在这儿?在乍得?这个问题自然可以问在乍得的许多人,所以从来没人问。我还觉得她喝了点酒。她双目放光,眼睑发红,脸激动得发烫:她不再克制,不再掩饰,与刚才在下面露台上,在主顾们中间判若两人。她的态度中不再有顺从的痕迹,她也不再裹着好像世上唯一可以保护她的披肩,高昂着头,几乎带着得意的神气,是的,还有挑战的神气。不知为什么,我蓦然生出几分反感,一种几乎带质感的敌意。她在屋里走来走去,动作快捷、生硬,有点机械,好像急匆匆的。桌上有瓶白兰地和一只酒杯。我更加注意地观察她。她摇摇头,露出一丝几乎带点轻蔑的笑意。

"'噢,不,'她说,'我没有醉。当然,有时候我自斟自酌。'她的法语讲得不大好,口音很重,把我几乎说成饿,声音不够高雅含蓄,讲话音调过高。

"'可是今晚,我跟一个不在这儿的人干了杯。'

"我承认,那一刻,我也犯了大家都犯过的错误。出错是如此容易,如此方便。我对这姑娘的遭遇稍有了解,尤其知道柏林的故事、战争、被攻陷的城市、报复、废墟、生活的艰难,还有利用她满足自己需要的那些男人。我本该明白她对莫雷尔及其从事的保护大自然运动的好感从何而来。我和其他所有人一样搞错了。我也选择了最卑下、最容易的理由来解释人的行为,这没有为我增光……这件事的可怕之处正在于此。人们总以为错在别人,其实问题出在自己身上。我当时想,这个二十三岁的姑娘阅尽人类稍作努力便可呈现的丑陋景象,如今一定幸灾乐祸,想到非洲荆棘丛林深处有个人,他总之为了反对我们进入了密林,并携带辎重站到了大象一边。突然,我看见这个……这个柏林女子用钥匙锁住房间的门,然后举杯祝一个像她一样起来反抗共同敌人的狂人身体健康。仇恨,没别的。我立即看出这点,速度之快尤其从我眼睛的颜色反映出来。唉!不可能有比这更大的错误了。"在寂静的山峦中听圣德尼讲话的人,从老非洲人苦涩的嗓音中感觉到,这个错误将始终伴随着他。

"我不知道有朝一日能否把这件事讲清楚。在我这方面肯定有成见,出于本能信不过受过太多苦的人。残疾人过分碍眼时不由自主地感到气恼,还认为受过太多苦的人不再可能与你……同谋,因为一切皆归于此。他们再也不可能信任别人,不可能乐观、幸福,可以说最终变坏了。这是些不知趣的人,他们的苦难固然令人同情,但受难而不死则遭到谴责。德国种族主义理论家大致是基于这个理念宣扬灭绝犹太人的:人们让犹太人受了太多的苦,所以从此他们只能成为人类的敌人。这正是我的第一个反应——应当说带着些许怜悯。我真心以为,共同的怨恨和轻蔑是这个姑娘和莫雷尔之间唯一的纽带。我实在无法设想他们的故事涉及人的尊严,对人的信任——被推向极致,超出一切勘察过的界限——对加在我们头上的严酷法律的反抗。可我必须说,这姑娘,这个米娜,不是省油的灯。

"'我想谢谢您。'她用略带庄严的口气说,好像正在我俩之间建立某种官方关系。不由自主地,我挑衅地在心里翻译道:我想谢谢他。她取了一支烟点上。

"'我想谢谢您帮助了他,给了他药品和弹药,没有把他交给警方。您,至少您明白了。'

"不,老天啊!我没明白!"圣德尼极度自嘲地提高了嗓门,"我什么也没明白——我告诉您,这姑娘她不是省油的灯。因为您知道她突然做了什么吗?也许她从我的眼神里读出了某种东西——很难不用目光追随她……总之,她冲我嫣然一笑——最难以置信的,我向您担保,是她眼里噙满泪水——她笑了笑,解开晨衣的带子。然后,她半敞开晨衣。'您愿意吗?'她说,她站在那儿,双手叉腰,晨衣半掩,昂头注视着我。这就是她对男人们的看法,而且执意告诉我,我不排除在外。'如果您愿意。'她说,'对我这不算什么,这不存在,从来没存在过,不再带来污点。那么,如果这能给您带来快感……'她又朝我笑了笑,像名护士、修女……听人说,这些姑娘,在柏林陷落后,全变得性不正常,患上了歇斯底里。"圣德尼气愤地摇了摇头。

"如何从困境中脱身呢?瞧那份优越感,那简直就是优越民族①的特征,对吧?'对我这不算什么,这不存在,从来没存在过……不再带来污点。'现在我仍听见她平心静气地,用一副扬扬得意的腔调对我讲这番话,好像从来没人糟蹋过她似的。她这话是什么意思?这种事败坏不了你的名声?她想借此洗刷过去的污迹,找回某种童贞?从回忆中解脱出来?她想从俄国人手中夺回柏林,还是想怎样?她不过是个试图自卫的女孩,一个英勇奋战、试图缩小对她造成的最大伤害的娃娃?总之,她在我面前,晨衣半掩……"

圣德尼两手相互捏紧,好像要把虚空捏碎。

"我没有碰她。出于对人的尊重——不管怎样,每人都有他的大象。我需要对自己放心。至少这是今天我对自己做出的解释。我相信当时我主要是措手不及,反

---

① 原文为德文。

应迟钝而已。总之,我没有在她怀抱里度过难忘的一夜,哪怕在人间成为一个十分幸福的男人所需的五分钟。我相信我的眼神里一定流露出几分怜悯,因为她有些神经质地合上晨衣,把她的杯子斟满白兰地,像那些想向你表明她们有好酒量的小姑娘。

"'他在哪儿?'

"我不知道这声音里有多少突然迸发的激情,但我清楚地记得当时想:的确有人事事走运。今年我五十五岁了,可是我非常想跟莫雷尔换个位置。那一刻,请相信我,他的位置不在乌莱地区丛林深处,离此五百公里之遥,而在这个声音里。她竟问我他在哪儿!"圣德尼带着愤愤不平的神情望着耶稣会士。塔森神甫赞同地点点头,表示跟他一样吃惊。

"'小姐,'我对她说,带着几分恶意——愿上帝宽恕我——'我知道您准备跑到密林深处去抓住他的手,想法子救他的命。可是您得理智一些。我要向您坦白,我不是偶然在树林边上遇到他的。我千方百计打听他在哪儿,以便和他接触,尽力劝劝他。您看到了,我没有成功。'她什么也没说,又抽起了烟,用那双灰色的眼睛观察我,注意不让眼神透露对我的看法——她一定在心里说我是个可怜的笨蛋。"耶稣会士快速地摇摇头,好像礼貌地表示他不同意。

*　　*　　*

"'几周以来,'我继续说,'森林中达姆达姆手鼓只在谈论他,而我是懂得非洲手鼓语言的最后一个在世的白人。对莫雷尔也好,对区域的和平以及各部落也好,从鼓声中听不出什么好兆头。一个传说正在形成,我知道莫雷尔很难躲得开。达姆达姆手鼓讲的是仇恨的语言,我向您担保,这与大象无关,这正是我特别想告诉莫雷尔的。向他解释他正在被人耍弄。因为我可以告诉您,我也刚刚告诉总督,莫雷尔不再是一个人,他落进了一名政治煽动者的掌心。在学校,在大学,我们尤其用自己的言行举止、成见和榜样,使这些政治煽动者感染了我们早已罹患的疾病:种族主义,荒谬的民族主义,统治、强权和扩张的梦想,政治偏见,无所不包。'

"我是老非洲人,有时也会做非洲独立、建立阿非利加合众国的梦。可是我想让我爱的一个种族避免的,是又一些非洲的德国,又一些黑人拿破仑,又一些信奉伊斯兰教的墨索里尼,又一些实行逆向种族主义的希特勒。而这些音符,我训练有素的耳朵毫不费力地从手鼓的语言中听了出来。因此,我想不惜一切代价找到莫雷尔,虽然不管是不是官儿,从辖区来说他不属于我的行政区。在我的地区,各部落完好无损。我当了二十年的负责人,我向您担保,只要我在,他们不会受任何人的坏影响。我这里还有土著居住在树上的偏僻角落,我不会强迫他们下来。我准备做的只是为核时代的幸存者保留几根树枝。我知道各行政区首府容不下我,不耐烦地等着一个肝火旺的女人来把我赶跑。我还知道我是个落伍过时的人,而且不大聪明,在非洲学会了爱黑种农民,这种爱与爱进步是不相容的。我甚至曾天真地梦想非洲的独立有一天将惠及非洲人。但我清楚,在伊斯兰国家和苏联之间,在东西方之间,争夺非洲灵魂的拍卖已开场。这非洲的灵魂,对吧,是原料的无尽源泉和我们制成品的市场。与希望向我的黑人们倾销的我们的政治和工业蹩脚货相比,碰巧我更相信他们的吉祥物。毫无疑问,我是个过时的人,一个业已逝去的地质年代的幸存者——喏,如同大象,既然我们正在谈它们。骨子里我就是一头大象。

"以上是我急于告诉莫雷尔的事情中的几件。向他说明包围他的恶意,某个晚上给他翻译达姆达姆手鼓的语言,尤其阻止他过于靠近我的辖区。如果他不明白或者坚持己见,我准备往他臀部射一梭子铅弹。不过我相信他的诚意,我嗅觉灵敏,在这种事情上不会看错。

"我根本不知道他身处何地,理由很充分:各地同时告发他。在所有的市场里,讲故事的人都夸口见到过他——通常骑一匹长翅膀的马,手持一把冒火光的剑。有几个人,总是那几个,声称受他之托带来令人不安的信息。构建神话,最好的莫过于达姆达姆,我们在欧洲对此深有体会。最后,我派侍童恩戈拉——乌莱族拜物教最伟大的、想必也是最后一位首领的儿子——去找他父亲,求他帮帮我。德瓦拉是位老朋友,一个制造奇迹的人。必要时他可以呼风唤雨,使某些死人复活,为你驱魔,假如恶魔早已不附在你身上,而你又没有央求他们回来。他是一位能给任何国家增光的伟人,我极为尊敬他,确信他会明白。我没有想错。

"三天后,恩戈拉回来了,对我说他父亲请我去看他。

"我去了德瓦拉家。"

十七

"我俩认识多年,相互信任,同样热爱我们非洲的土地和我们的部落,同样喜欢他们的信仰和他们的传统,并有确保他们享受和平的共同愿望。我俩对文明及其毒药也抱有同样的怀疑。唯一的差别是我更了解威胁我们田园世界的祸害,德瓦拉仅有模糊预感的祸害。我常常跟他谈,但我很难解释清楚所谓技术进步有多么可怕。在乌莱族的语言中没有足够有力的字眼来表达它,不存在任何与我们的术语、我们不断翻新的发明对等的词语。所以我不得不求助于总带有魔法意味的传统形象,来表达完全没有魔法的东西。我没多讲话,只求他帮我忙。他继续垂着眼睑。有一刻,我说出瓦伊塔里的名字。他一下子兴奋起来,睁开眼睛,头部开始抖动,生气地说出一些急促的句子,偶尔挥挥拳头。'瓦伊塔里是叛徒。'

他说。——他用了 gouanga-ala 这个词，字面意思是更换部落并带领新部落反对原部落的人——我们的西方部落称其为吉斯林①。他对我嚷嚷，说瓦伊塔里不再是乌莱族人，他来村庄时带着白人的思想，外人的思想。他想废除长辈们在部落会议中的权力，取消拜物教修道院，禁止施魔仪式，惩罚仍对女孩实施阴蒂切除的家长——他用从法国人那儿学来的思想毒害农民的心灵。瓦伊塔里尤其不让白种人安睡，突然把他们叫醒，使他们吓一大跳。于是白种人骚动起来，试图改变非洲，赋予它新的面貌，他们的面貌，与过去决裂。我的老朋友气得发抖，身上淌着汗，上面勾画的一道道黄、红、蓝三色具有魔力的线条变模糊了。总而言之，他回到现实中来，不再有疲惫或不在场的蛛丝马迹，跟我们常人一样了。'法国人在做什么？'他抱怨道，'为什么听任瓦伊塔里这样的人行动？为什么鼓励他们，和他们讨论？他们不是许诺尊重各部落及其风俗习惯和祖先的神祇吗？'

"我对他说瓦伊塔里不再得到当局信任，已去丛林与莫雷尔会合，巧妙地利用他挑起事端。我努力把话题拉回到莫雷尔身上，但他不耐烦地听我讲。他感兴趣的是瓦伊塔里。我相信他根本不明白莫雷尔的事。对于他这又是一个白人之间的故事。我试图解释的时候，他打

---

① 此处原文为英文。吉斯林是亲纳粹的挪威领导人（1887—1945），后引申为叛国分子、卖国贼之意。

断了我:我们的人民一直捕猎大象,大象肉好吃。但我最终让他明白了瓦伊塔里可以从莫雷尔那儿得到什么好处——他和我一样清楚人们对市场的议论和持械攻打种植园表明了什么。我坚信他了解那帮人逐日转移的细枝末节。他讨厌瓦伊塔里,但肯定力求和他搞好关系,因为谁也说不准未来会发生什么事。或许明天瓦伊塔里将在法国人的议会中有权发表意见。法国人的思想让人捉摸不透,既然很久以前他们没有把他绞死,那说明他们什么都干得出来。'再说,巫师的职业,'我微笑着对他说,'不正是与魔鬼维持正常关系,免得措手不及吗?'

"我老朋友的脸上露出一丝微笑,好像不仅魔法纯熟,而且通达人情世故的样子——我们那儿把这称为恬不知耻,但我们离家很远很远。我们俩有话不必说,早在二十年前就一起玩捉迷藏了。我告诉他,我毫不怀疑他对瓦伊塔里的真实感情,我也有相似的感情,但我确信他和瓦伊塔里常有联系,想必定期给他送黍子和仔鸡吧?说不定还派村里的一两个小伙子去增加追随瓦伊塔里和莫雷尔的那帮人的人手吧?德瓦拉半闭上左眼——招认——接着保持几分钟肃静,以庆祝我俩由来已久的相知默契。然后他向我保证他恨瓦伊塔里,曾数次对他施魔法——可惜他不信教,诅咒对他不起作用。为了更好地监视瓦伊塔里,他确实派了村里一名年轻人参加队伍,他自己的儿子也与瓦伊塔里经常联系。他建议我回家等,并补充说他儿子恩戈拉熟悉每条路。我明白这是一个正式的许诺。

"就这样,一周后,我和恩戈拉来到崩格山区加朗加勒附近的某个地方。

"我熟悉这个地区。几年前,我和克莱什匪帮打过交道,他们当时——如今也一样——在英属苏丹领土之外发起袭击,屠杀保留地的大象并掠走象牙。

"我没有料到会在这儿碰到莫雷尔。据最新的情报,他在更南的地区行动,有人最后一次见到他是攻打科博种植园之际。他能如此迅速和从容地转战于一个有众多村庄的地区,说明瓦伊塔里仍享有很高的威望。我第一次觉得,莫雷尔也许不像人们以为的那样上了乌莱族前议员的当,与他结盟是有利可图的。

"我承认我怀着极大的好奇心,甚至几分激动去赴约。我努力想象着莫雷尔的模样,感到迫切需要见到他。这种需要也许比其他任何考虑都更能说明,为何我做了种种努力与他建立联系。在非洲度过一生的人,不可能不对大象生出一份与浓浓亲情颇为近似的感情。每次你在热带稀树草原见到大象挥舞它们的鼻子和大耳朵,嘴角都会情不自禁地浮现出微笑。它们的庞大、笨拙、巨大,代表着令你浮想联翩的一大堆自由。实际上,它们是最后的个体。除此之外,还要补充说我们或多或少全都厌世,莫雷尔的行动触动了我身上一根特别敏感的神经。我们离开大路,恩戈拉领着我在崩格山崎岖的小路上骑马行进的两天中,我心里就翻腾着这些想法。接着,一天早上,我们正在多刺灌木丛和加朗加勒火山岩上缓缓行进时,一名黑人走出矮树丛,抓住我的马的缰绳。我们到了。"

十八

"在峭壁环绕的一块林间空地上,莫雷尔独自朝我走来。但稍一抬头,我就看见一道瀑布旁,有一群人持械站在马的身边。他走得很快,在高及胸部的野草间开出一条路,光着头,枪斜挂在肩上,枪口朝向地面。他猛冲过来,带着坚定的、近乎凶狠的神气。这神情令我不快,但作为以对我们装出的神情不产生错觉而出名的一个宗教团体的成员,您恐怕只会宽容地笑笑而已。我应该承认,第一眼看过去,此人的微不足道令我震惊。或许因为在我们周围,经年累月堆积而成的玄武岩的上方,天空寥廓无际,乱云翻滚,令人联想到别样的尺寸。我尤其认为,我不由自主地受到了他的传奇的影响。实际上我期待遇到一位英雄。一个比真人更高大的人,如果您明白我的意思的话。可我面前的这个人身体结实,有点俗气,有张倔强和面带愠色的脸,头发凌乱,被汗水粘在一起;两颊覆盖着几天未刮的胡子,他给你一种有力,甚至粗暴的印象。但一双大而忧郁、狂暴激烈的眼睛颇令人吃惊,一双气得完全要从眼眶里鼓出来的眼睛。他身上还有某种粗犷的市井气和几分单纯,这尤其从他的严肃,他真相信自己的所作所为的神情中表露出来。他给我的印象，是一个百分之百的被称作活动分子的人。此外，他手里还牢牢握着一只塞满纸张的公文包。不知为什么，这只公文包尤其引我发笑，也许因为它令人联想到的不是加朗加勒荒蛮的热带丛林，而是日内瓦的某个会议厅，或巴黎市郊的一次工会会议。而且我明白正是这个，恰恰是这个：他来和敌人谈判，带着自己的文件。我差点哈哈大笑，但他身上有种东西让你禁不住要谨慎对待他。或许他明显缺乏幽默感，我常常觉得，一个人严肃和庄重到了某种程度，在生活中就是一个残疾人，人们总想帮他过马路。我正是这样向米娜描述了他，不由自主地强调了他可笑的那一面——尽量耍机灵。她微微一笑。起先我低能地以为这微笑是对我的嘲讽意识表示的敬意。其实不是。我几乎立即明白这是一种温存的表示，我追忆的形象完全得到她的赞同。甚至对我还有一丝优越感，一种屈尊俯就的态度，仿佛向我指出，这显然是我无法明白的事，是不允许我进入的一个私人的隐秘世界。您了解一个女子有时十分擅长给予您的印象：您觉得被留在了外面，遭到了排斥。"耶稣会士示意他的确了解这个。"由于我继续闭口不语，十分狼狈，她不耐烦地提醒我。'他对您说什么了？'我有些气恼地向她解释我是第一个开口的。我先问他进入丛林是不是为了支持非洲民族主义事业，他是否确实劝说各部落起来造反。我告诉他我了解瓦伊塔里和他的野心。我还问他是否要把白人赶出非洲,最后,大象和这一切有何关系。他明显不耐烦和恼怒地听我讲。

"'他们派您来就是为了跟我讲这些?'他嗓音低沉地咕哝着——感觉得出他在克制自己——'真没必要累坏您的马。是的,正巧有个跟我在一起的人希望非洲独立。为什么呢?为了确保大象受到保护。他也对此感兴趣。他要非洲人亲自保护大自然,因为我们开了那么多会,却没有做到……这就是我们全部的共同点和我接受他帮助的理由。他和我想要同样的东西。他一听说我的行动便给我写了信,还在他撰写的宪法草案中做了阐述。草案在我这儿……'

"他用手拍了拍公文包。面对如此的天真,我徒劳地试图找些话说。这闻所未闻,令人束手无策。他属于那班顽固分子,面对任何氢弹,任何劳改营也绝不泄气,继续若无其事地信任你,怀抱希望。他得意地讲着,用手拍着那只珍贵的公文包,显而易见把自己视为一个绝顶聪明的人,为自己取得了一切必要的担保。

"'我个人当然对所有民族主义者嗤之以鼻。无论他是谁,白人还是黑人,红种人还是黄种人,新人还是老人。我只对主要问题感兴趣:保护大自然……'

"他突然啐了口吐沫,好像要释放竭力控制住的过分的暴躁。他的表达方式很奇怪,不加区别地从比较高雅的语言过渡到俚语,有时拖着声调讲话,带着郊区口音,常常故意用粗言糙语。我当时想这是为了阻挡过分的感性。后来,我有时间充分地思考他这个人,对于他的语言,我得出了另外的结论。他在老百姓常去的、怨声载道的地点生活了不少年:兵营、监狱、丛林、劳改营。每次他感到内心深处有个想法,便用那地方的语言讲话。不过也许恰恰因为我对他想得太多,所以最终他在我的回忆中几乎史诗般高大。

"'我接受他们,因为他们帮助我,他们对我许诺,当上老板后,首先要做的就是确保对大象的保护,这件事,他们准备白纸黑字写在他们的纲领,甚至宪法里……'

"我用锐利的目光瞥了他一眼,想看看他是否在嘲笑我。不,根本没有,他看上去不过在发怒而已。

"'人们总这么说。'我指出。

"'是的,'他平静地表示同意,'人们总这么说。但不管怎样,有什么东西阻止比、英、法等国当局指明道路呢?新一届保护非洲动物会议不久将在布卡武①举行……'

"他又一次跟我谈起非洲动物:他脑子里真的只有这个吗?我又用尖利的目光看了他一眼,徒劳地在他眼睛深处寻找一道闪光,几分无情的讥讽。只要他同意触动每个人身上都有一点的厌世情绪,向它递个同谋的眼色,我们会立即感到舒坦——我们中间谁没有对人类突然产生过一时的仇恨呢?不,根本没有——他看上去只

---

① 刚果(金)东部城市。

不过在发怒而已。

"'一帮混蛋,'他板起脸,稍稍压低声音说,'他们朝兽群乱开枪,仅仅因为这样伟大,这样漂亮。人们把这叫作漂亮的枪法。一批战利品。我们在被打死的野兽中间发现了母兽。您试着告诉我这不是真的吧。'

"这是真的。

"'你的朋友们毕竟烧毁了一座种植园。'我不太自信地对他说,'这开始和纯粹的土匪行径相差不远了。'

"'我们的确烧毁了北部的一座种植园。'他说,'萨基斯种植园。但这是一个特别清楚的个案。我们还要干,需要多少次就干多少次。这您和我一样清楚。'

"我的确清楚:某些种植园主以驱赶践踏他们田地的大象为借口,按惯例灭绝象群。根据法律,这类惩罚行动应在一位狩猎官的指导下进行。但事实上种植园主来不及,通常也不想呈报当局,便自作主张,很高兴能够集体玩乐一次。

"'这完全是例外情况。'我对他说。

"不对,这我知道。我知道,比方我正和莫雷尔讲话的时候,南非、罗德西亚和博茨瓦纳当局正在有步骤地消灭八百头偷吃农作物的大象。这些大象被无情推进的耕地四处驱赶,在图利地区兰珀珀河与沙什河的汇合处破坏收成。这是进步过程中无法避免的一个冲突,任何良好的愿望都不能挽救大象。

"'不管怎样,这些是例外。'我对莫雷尔重复道。

"他头发蓬松,脸上头一次露出一丝苦笑。

"'我们不会焚烧所有的农庄。'他说,然后打开公文包,递给我一页纸。

"我接过名单,一眼就看出人类没有列在其中。这个字眼和这件事令我恶心透了,所以宽慰地叹了口气,对他立即有了更多的好感。他善于避免无用的假仁假义。除大象外,名单上还有山地大猩猩、白犀牛、黄背小羚羊,概而言之,我们的护林员和博物学家多年来徒劳地向政府报告的所有物种。但是,正如我对您讲的,神甫,主要的当事者不在名单上。想到这一次他将闯不过去,也许不久人们将甩掉他,我不禁轻声笑起来。我一脸暗示地望着莫雷尔,在他面孔上寻找共谋的痕迹。但我徒劳无功,他看上去只是发怒而已,没有私下盘算的蛛丝马迹。他如此地拒绝合作,我的好心情变成了恼怒。他显然是那种意图良好、毫无幽默感且鼠目寸光的人。他站在草中我的马前,两腿稍稍叉开,神情坚定愚顽,看上去的确过于自信。

"'我向他们要的,'他说,'不过是禁止猎象的法令。然后我马上投降,他们可以把我投进大牢。我知道法国没有判决我的法庭。'

"我很气愤。是的,我真的感到愤慨,气愤填膺,恼怒异常,恨不得对他报以老拳,把他狠揍一顿,仅仅为了提醒他我不是好惹的。一刹那间,我甚至想到了盖世太保的浴缸、焚尸炉、最近的几次核爆炸以及所有彻底和决定性的装置,以便站稳脚跟,避免窘迫。更有甚者,他信任我们,相信只要引起我们关注最后一批大象群的命运,我们就会立即采取必要措施保证它们永世长存。更令人反感的是,他看上去平心静气,坚信我们能有所作为,坚信我们把自己的命运和大象的命运掌握在手中,保护大自然是人类的一项任务,不存在延续的时间和终结的时间,我们仍可以摆脱困境。很清楚,他是个混蛋,一个信奉唯理主义的落伍的蛮子,一个哪怕身临其境也什么都不明白的永远戴绿帽子的家伙。神甫,请原谅这种讲法。如果有什么让我怒不可遏,那就是这些小机灵鬼,他们以为人类的境遇不过是个组织问题。一些有怪癖、有恶习的人,他们什么都不怀疑,总用有待采取的解决办法和措施引我们上钩,打扰我们的清静。"

圣德尼的鼻子在黑夜里伤心地嘘嘘作响。耶稣会士郑重其事地表示赞同。圣德尼不信任地观察他,琢磨他赞同的究竟是谁,是什么。"但我什么也不敢跟他说,因为我们想谨慎对待他,同时又想摇撼他,大声告诉他关于我们的真相,并帮他揭穿这个真相。他从衣兜里掏出纸和烟叶,卷了一支香烟,站在我面前,胳膊肘夹着公文包,两腿稍稍叉开,镇定自若,气色很好,卷头发,翘鼻子,目光坦诚,没有一丝厚颜无耻。他继续心平气和地对我讲一些非常荒谬的话,毫不拘束或腼腆。

"'事实是人们不了解情况,于是就随它去。但当他们早晨打开报纸,看到每年杀三万头象做裁纸刀或为了吃肉,而有个小伙子千方百计阻止这样做,那就会闹得天翻地覆了。如果向他们说明一百头被捕获的幼象中,不出几日便死掉八十头,舆论将不依不饶。我,我告诉您,这种事能把政府推翻。只需人民知情。'

"这无法容忍。我张口结舌地听着,绝对呆若木鸡。这个小伙子完全和不可动摇地信任我们,这是一种和海和风一样基本的、没有理由的东西——真的,一种最终和两滴水一样与真理的力量相像的东西。我真的不得不努力自卫,好扛得住这份令人吃惊的天真。他真的相信眼下人们仍颇为慷慨,既能照顾自己,又能照顾大象。他们的心里仍有足够的位置。这真叫人哭笑不得。我沉默不语,待在那儿注视他,应该说欣赏他,他和他的阴郁固执的神情,以及塞满您能想象到的所有请愿书、所有宣言的公文包。令人发笑,这么说也行,同时又叫人不知所措,因为你感到,人们心血来潮时对自己的那些美好的描绘,他深信不疑。另外他脾气执拗,像小学教师那样令人讨厌地专心致志,竟想出让人类做作业的怪主意,如果人类表现不好,他会毫不迟疑地予以惩罚。您看,这是个有传染危险的病人。"

耶稣会士在黑暗中微微一笑。"现在我明白我对他的第一印象多么不准确。我去会他,期待看到一个配得上他的传奇的人,结果他的朴实、小个子和有些粗俗的外表令我失望。但这种朴实正是民间英雄的朴实,他们的故事和天真的言行将永世被人传颂。是的,现在我用完全不同的眼光注视他,牢牢记住那固执的神情,那张乱蓬蓬的头发下坚毅和愤怒的脸。我相信已然听到一个声音在说:'从前有个有点天真的男孩太喜欢大象,决定去它们中间生活,保护它们不受猎人捕杀……'他正在跟我讲话,一副狡黠的神气,口气近乎讲知心话。开始我以为我在做梦,继而我恨不得抓起我的头盔在地上踩扁,随口说一串粗话。

"'您会看到这将闹出多大动静。'他得意地说,'要知道,到目前为止,不少人有了狗就够了,他们从狗那儿得到安慰。但一段时间以来,事态的发展您是知道的,狗不再够用,它们累死累活,再也吃不消。您想,自从在我们身边扭臀伸爪以来,它们腻烦透了……'

"他笑了,但我向您担保这并不可笑。他终于舔完那支香烟,叼在嘴里,但没有点燃。

"'它们腻烦透了,这可以理解:它们见过的事太多了。而人们感觉如此孤单和无人照管,所以需要某个结实的、真能顶得住的东西。狗过时了,人需要大象。我就是这么看事情的。'

"我真的相信他在嘲笑我。何况您也清楚,人们纷纷说他是个脾气特别暴躁、特别好讥笑人的无政府主义者,冷嘲热讽的极端主义者。我起了疑,仔细地端详他:不,没有,没有揶揄的蛛丝马迹,没使任何眼色,小伙子,非常严肃。他点上烟,瞥了我一眼,好像要看看我是否同意。我试着用鼓励的神气冷笑,他看上去只是有点吃惊而已。这时我腹内有个东西扭动了一下,我相信我脸色发青,甚至眼里含泪:我适才有种他跟我谈我本人的感觉。他等着,站在轻微摆动的草中,天上飘过几朵云。他几乎友好亲切地望着我。我不知作何感想,现在仍不知道。我能告诉您的是,当我向米娜叙述他对我讲的这番惊人的话时,她挺直身子,眼里闪过一缕得意的光,使劲紧握双手,好像在遏制一个难以抵御的冲动。我又一次在她嘴角看到了一丝默契的微笑。

"'那后来呢?那后来呢?'她问我道。'后来嘛,'我有些生硬地对她说,'我暗自骂了句粗话便放弃了。我决定做出粗暴和略微屈尊俯就的神态,对莫雷尔说过几天我将去拉密堡,向当局汇报我们的会见。我要求他保持平静,等着我为他的事辩护。我补充说,他的行动大大激怒了包括奥西尼在内的某些猎人,以至承担后果的有可能是大象。最后我问他有没有个人的口信带给拉密堡的某个人,我可以负责转达。他迟疑了一下。'

"'我们几乎没有弹药了。'他说,'您可以告诉他们。'

"我看不出这和我给拉密堡转达口信的提议有何关系:他总不会以为人家将给他送弹药吧?不,我蓦然想,这正是他所希望的。我又一次惊愕地感到他不觉得孤单,相反处于普世同情的中心。他真诚地相信,一旦听说他缺少弹药,大家都会翻山越岭赶来送给他。我相信我笑了。不管怎样,除了几粒猎枪弹,我把弹药全扔给了他。您会对我说,我无权给亡命之徒供应弹药,但我这样做了。一切随着这样的行政官溜走,政府再也没有什么可以依靠,这不足为奇。"圣德尼阴沉地吹吹胡子,"然后我朝岩石下持械的那群人瞟了一眼。"

"'是啊。'莫雷尔说,'去跟他们谈谈吧。这样您可以向头头们解释您的确做了一切尝试。您一个人去:他们将毫不拘束地告诉您他们对我怎么看……'

"他的脸上第一次露出坦率愉快的表情。他从身穿蓝呢斗篷、等着他的黑人骑手手里接过矮种马的缰绳,跨上马,平静地离开了。我催马朝瀑布走去。"

十九

"我来的时候就知道莫雷尔不是一个人。我还知道非洲不缺少随时准备抓住第一个机会盗窃抢劫、生活自由自在的冒险家。对那班手中有武器才真正感到自由的人而言,我们的大陆尚未完全失去它的诱惑力。所以我预料在莫雷尔身边会遇到几个漏网多时的亡命徒。我没有失望。走近那群人时,我认出的第一个人是洗劫店铺和市场的科罗托罗,他逃出班吉的监狱有段时间了。他蹲在地上,膝上搁着一挺机枪,正和另一个黑人说笑,做着许多手势,看也不看我。但我很快忘记了科罗托罗。您一定知道,我回拉密堡宣布在莫雷尔营地遇到了哪些人时,干脆被人斥为撒谎,被指责想过分扩大事态到失真的地步,好投射我本人的厌世情绪。当然,莫雷尔同伴中那些我个人不认识的人,有可能,甚至很有可能向我提供了假身份,原因大概是全世界的警察一定在温柔乡里梦见他们。至于像人们做的那样,硬说除了我从来没人见到过他们,他们是我这个没伴儿又试图找个合意伴儿的老狂人想象出来的。哎,神甫,这真抬举我了,我可不会抗议。不管怎样,您可以想象,当我首先在人群里认出一个我非常熟悉的人,丹麦博物学家比尔·科维斯特的时候是多么惊愕。此人被认为正在中非完成一项考察任务,我本人对其出行曾多次给予过帮助。他是个老资格——不是年纪大——骨瘦如柴,始终绷着的面孔上老是一副严肃的表情,族长般的胡子下隐藏着激化了的敏感。他正是这样一类人物,其人道主义的情感最终与对人类的真正仇恨相像得不差毫厘。我不知道他的确切年龄,但看上去五十出头,他用那对蓝色的、冷若冰霜的小眼睛盯着我看。他身边有个一脸嘲讽的人依枪而立,我一直不知道他的身份,他恰恰是即便事情了结后也永远找不到的那样一种人。后来据说他去了肯尼亚,成了在奥尔登森林与茅茅并肩战斗的两个白人之一。您了解在茅茅中有几个白人的传说,其中一个自称法国将军。对此人们毫无把握,不过是被俘的基库尤人散布的流言而已。只要他们不被正式消灭——还得快,赶在蚂蚁之前——我们将继续一无所知。在两分钟的交谈中,我只获悉他是巴黎人;当我试图使他相信他们举动的疯狂时,他笑呵呵地打断我：

"'听我说,先生,我在巴黎91路公共汽车当了三年售票员,我建议您在拥挤不堪的时刻乘这路车试试。我因此对在那儿表现自我的人类有了认识,这自然而然把我推向动物那边。我希望这个解释对您足够了。'

"他的伙伴是个怪人,面孔充血,眼球略微突出,鼓起的两颊间有撇灰白的小胡子,两颊好像兜着什么东西——一声叹息,一阵大笑,或者翻肠倒肚的呕吐——他坐在一块根基有点不稳的岩石上,陷入酗酒后最迟钝的状态;他的穿戴留有另一天际的优雅的余韵,粗花呢的西服套装和插羽毛的蒂罗尔①小帽多处被撕破,膝头上搁着一杆猎枪。显然这身衣服和它的主人曾有过更好的日子。我试着和他交谈几句,他的伙伴——我刚和他谈过——上前干预,对我说:'男爵虽然生于豪门,但也决定改换物种,与这一切彻底决裂。他的厌恶到了拒绝使用人类语言的程度。'就在这时,好像为了证实这番话,所谓的男爵放了一连串令人十分吃惊的小屁。'您看,'他的同伙对我说,'您看,他仅用莫尔斯电码表达自己,他认为我们只配如此。'十分清楚,这些强盗根本无意向我透露他们的真实身份。尽管我做了小小的努力回忆每个季度从拉密堡给我寄来的在逃犯的最新卡片,但我只需朝这帮人中的最后一个瞥一眼,这伙小痞子就可以忽

---

① 欧洲中部的一个地区,目前分属奥地利和意大利两国。

略不计了。

"此人稍稍靠边站在悬崖下,我奇怪从远处没有认出这个巨人的身影,不过这是我头一次见到不穿剪裁合体西服的乌莱族前议员。他赤裸着上身,披一件军服上装,赌气地噘着嘴,手持冲锋枪——是瓦伊塔里……"圣德尼带些讥讽和苦涩说出这个名字,"我跟他很熟,二十年前为他争取到一份奖学金。后来,很久以后,他作为议员在我的辖区巡视,回到西翁维尔后,他对我'在使落后部落摆脱过去束缚方面的无所作为'有许多话要说。他是对的,我的确不急于这样做。相反,我越来越有一种不可抗拒的欲望,要完整保留非洲森林的习俗礼仪,有时甚至赞同这些习俗礼仪。我相信……咱们别谈这个吧。我只需告诉您,当我在大象出没的草丛里看见这个高大骄傲、手持武器的身影——好像要表明我们之间一切都已结束——我立即明白了事情的本质以及他打算如何利用莫雷尔的疯狂。我一如既往地感觉到他头顶上非洲天空的美丽。我走向他,两人四目相对。他离瀑布有几步远,在我们周围,水珠四溅,雾气腾腾,打湿了我的脸。他纹丝不动,摆出敌视的姿态,与一身发亮的肌肉和周遭怪石嶙峋、野草丛生的景致十分协调。虽然我知道他大概希望我带着相机,所以摆出姿势想拍一张非洲暴动的广告,但其中的真实性,美的真实性是无可辩驳的。在他身上,头的一仰一俯间,双肩平静的力量中,有种近乎不屑的东西:他是非自然选择的优质产品,因为他出生的部落历经数代,在阿拉伯和葡萄牙黑奴贩子的手中清理了次品。我等着,嘴里嚼着烟草,不信任地打量他。

"'我希望您帮我消除某些误会。'他说,嗓音似乎借用了玄武岩岩石的一些声调,但也许他不过想盖住瀑布声,'我人在这儿,应该足以说明问题。人们到处试图掩盖这件事,使我们避开舆论的眼睛——想给非洲的暴动遮上一层环保的烟幕……'

"我始终一言不发,嚼着烟草等待着。我端详着他,感到清凉的小水滴和我脸上的汗混在一起,把我的胡子弄得痒痒的。我想着在非洲见到的一切,她是我真正的祖国,世上任何力量都无法将我赶走。我抬起头盔擦了擦前额。瀑布上方,在旋转的水沫中,太阳在两堆岩石间投出一道彩虹。

"'莫雷尔是个有宗教幻象的人,但他对我们有用。至少有一点我们与他一致:是停止世界资本主义无耻剥削非洲自然资源的时候了。至于其他……'

"他开心地朝林中空地看了一眼。

"'他是位感人和过了时的理想主义者……'

"'我懂。'我说,然后不带任何讥讽地补了一句:'您毕竟应该把情况告诉他。'

"他不听我讲话。我能够说的引不起他的兴趣;他是十代乌莱族首领的后裔,当过多年的议员,地位显赫,这当然于事无补。再说他知道他比我聪明,更有文化,总之,从各个角度讲更伟大。

"蓦地,我想起另一个悲剧形象:肯亚塔,茅茅的精神领袖,眼下正在坦噶尼喀的某个牢房里苟延残喘。同样高傲地噘着嘴,同样赤裸着强健的身体,仅披着一块豹皮,手执标枪,脖子上挂着护身符,同样真实的神情——除去那张照片登在他刚在牛津出版的一本人类学著作的首页上。我冷冷地观察他,一边继续嚼着烟草。

"'你们在乌莱地区有多少人?'最后我问道,'四五个?十二三个?各部落都反对你们……'

"他生了气,脸部表情和嗓音中透着闷闷不乐:'问题不在于鼓动茅茅造反,为时尚早,还太早。但我一定要确定日期。我要世人最终听见我们的心声——哪怕通过我的声音……我要印度、中国、美洲、苏联,甚至法国听到它……黑人不再静默不语的时候到了。而且……'迟疑片刻——但他忍不住:

"'您知道上次选举时我是在何种情况下丢掉我的议员权责的。当局为了我对手的当选施加了全部影响……'

"这倒是真的。但话讲得不恰当,很不恰当。他感觉到了。

"'当然,这和当前毫无关系……无论怎样,我都会负起责任。'

"'哦!'我不怀好意地说,接着补充道:

"'您将进监狱。'

"他耸耸宽阔有力的肩膀。我想:如果至少我有这样的肩膀……

"'那后来呢？如今,殖民主义者的监狱是政府各部的会见厅……'

"他微微一笑。

"'您不该为我操心,也许我永远不会被抓住。苏丹并不太远……而开罗有个鼎鼎大名的广播电台。我不知道资本主义世界和新世界的冲突是否将在今天或者明天爆发,但我知道谁将胜出:非洲……'

"'您什么都想到了。'我说,'您的妻子好吗？'

"'她在法国,她娘家。她是法国人,您知道。'

"'我知道。您的儿子们一直在朗松？'

"'对。'他平静地说,'我要他们接受良好的教育。我们将需要他们……'

"我赞成。他并非恬不知耻。他了解我们,就这样。他知道可以信任我们。但我还是挺猛地把烟草吐到草地上。

"'我能不能求您给他们带个口信？'他问道,'仅仅说我很好。'

"'我将在拉密堡说这话。我肯定有人会急忙把口信带到。'

"他点点头表示同意。他觉得这很自然——不管怎样,这是在文明人之间。是的,他是我们中间的一员,跟我们想法相同,受到我们的思想和政治问题的哺育。我想:你要按我们的样子建设一个非洲,所以你活该将被你的人活剥了皮。我清楚这将是一个集权的非洲,但这个,尤其这个,也来自于我们。我心里这样想,却没有说出口,只是又啐了一次。这是对我的口水的最好利用。我能够想或感觉到的东西,他是不感兴趣的。反之,他感兴趣的是我将在拉密堡怎么讲他们,报纸将在这个问题上发表什么。我呢,今后比任何时候引起我兴趣的,将仅仅是我的老朋友德瓦拉是否践约。我知道他有能力把一个人死后变成树,有时甚至在生前。我从他那儿得到庄严承诺:一劳永逸地把我从我厌恶得再也无法忍受的属性中解脱出来。有一天再次作为人重生的念头一直令我恐惧,这种恐惧有时在夜里把我惊醒,吓出一身冷汗。所以最终我和德瓦拉达成一笔交易,他许诺,甚至发誓下次把我变成一棵树皮坚硬、深深扎根于非洲大地的树。交换条件是行政上给予小小的照顾,主要是避免一条公路穿过乌莱地区。这个希望使我受到鼓舞,一时间感到十分振奋。我擦了擦脸和胡子——我已浑身湿透——戴正头盔。我对心里的想法只字不提,想说的欲望倒是有的。我想对他说:'议员先生,我一直幻想当个黑人,有黑人的灵魂,黑人的笑。您知道为什么吗?我原以为您跟我们不一样。我把您与众人分开。我想逃避白人平庸的唯物主义、可怜的性欲、凄惨的宗教、快乐的缺失、魔法的缺失。我想逃避你们对我们有透彻了解的一切,而你们总有一天将竭力向非洲的灵魂灌输这一切——要做到就需要压迫和残忍,与唯独斯大林真正施加过的这种压迫和残忍相比,殖民主义不过是小巫见大巫。不过在这个问题上我信任你们:你们会尽力而为。你们将为西方彻底征服非洲。你们想给非洲血液注射的,是我们的思想、我们的吉祥物、我们的忌讳、我们的信仰、我们的成见、我们的民族主义病毒,是我们的毒素……我们一直推迟行动,但你们将替我们来做。你们是我们最宝贵的代理人。我们太蠢了,自然不明白这一点。也许这个,是非洲唯一的机会。也许靠了这个,非洲将逃脱你们和我们的控制。但这不能肯定。种族主义者老说黑人不是真正的和我们一样的人:所以很有可能我们用来引诱黑人兄弟的仍是一个虚假的希望。'这就是我想对他说的话,但我三缄其口,不想在他脸上又看到介于蔑视和宽容的征象——当我向行政部门的同事们讲同样的话时,在他们脸部表情中看到的征象。'这可怜的圣德尼,他是大好人,但完全落伍了,和大象一样不合时代,头脑迟钝。真该更换我们在非洲的干部了。'我不想遭到这类批评,于是张开嘴,但仅往牙下又塞进一撮烟草。他冲我微微一笑。

"'别再辩白了,圣德尼。您在挣扎,但您很清楚您的位置在我们中间。您把一生最好的年华献给了非洲。如果您来我们身边斗争,也许牺牲,将拯救您的行政部门的名誉……'

"我承认我热泪盈眶。我一生不受宠,一路走来,官方的鼓励和感激的表示少之又少。然而,仅在消灭萃萃蝇的斗争领域,我就为好几个地区全部从事畜牧业开辟了道路,救了不知多少人的命。这些努力引起人们注意的唯一标识,是我的年轻同事给我起的萃萃这个绰号。我还不能肯定,在他们心中这是恭维还是骂我老啰唆的一种方式。现在瓦伊塔里本人终于承认我对他们提供了历史性的服务,并向我奉送终于有可能实现、以前无论男女老幼从未向我奉送过的兄弟情义。被我的黑人们接受为他们中的一员,是我此生最大的心愿,以便帮助他们保护自己,不落入文明在他们的道路上设置的陷阱。但我没有上当。我战胜萃萃蝇不是为了受一名政客耍,他的黑皮肤掩饰不了他是我们中间的一员。二十年来我只有一个目的,几乎可以说一个顽念,即拯救我们的黑人,保护他们不受新思想的侵蚀,不被唯物主义传染和不受政治毒害,帮助他们挽救部落传统和美好的信仰,阻止他们步我们的后尘。最让我高兴的,莫过于看见我的黑人们举行他们的宗教仪式。在我的一个部落里,当我突然发现一个年轻人丢弃祖传的裸体,套上一条长裤,戴了一顶毡帽,我亲自起身去踢他的屁股。盘尼西林和滴滴涕,这远得很,正如我远没有准备好走上让步之路。我向您担保,想从我这儿得到更多的人还没有出生呢。和我的老德瓦拉一起,我们始终站在第一线保卫黑非洲,不让被称为西方的装甲恶兽闯入。我们英勇奋战,保护我们的黑人完好无损。我个人则努力让某些强词夺理的政治教育通知咎由自取地葬身于公厕。我在非洲主要关心的是阻止传播我们的毒素,我们作为剥削借口的西方概念和我们古怪的意识形态。因此我不会和这样一个人联合,他想将他的人民的灵魂供高音喇叭和极权主义的玩意儿搅拌碾碎,直至打成难以辨认的浆:群众。我坚定地摇了摇头。

"'只要有我在,'我对瓦伊塔里说,'没人会用党的会议来替代我们的魔法仪式……'

"他做了个不屑的手势,好像要把我一笤帚扫走。

"'我知道,您需要地方色彩和秀丽的景致……更有甚者,您是个反动分子和种族主义者。您因为厌世才爱黑人,正如人们爱动物。这种爱对我们毫无用处……'

"我感到倦怠,也相当茫然。也许他是对的。也许黑人真是跟我们一样的人,没有地方可以钻,没有人可以关心。我蓦然觉得置身于一个极为肮脏的环境中,看不到出路。好像为了使我更有这种愉快的感受,树木间突然出现了一顶肮脏的领航员大盖帽,和一个精力充沛、生气勃勃、我隐约觉得熟悉甚至认得出来的矮胖身影。"

二十

"此人肩上扛着三条戳破眼睛串在一根树枝上的大鱼。他见到我停下脚步,片刻后张开双臂迎上来,朗声大笑震得像煤玉一样乌黑发亮的胡子和短髭直抖。

"'圣德尼!让大洋摇晃我吧!您在这儿干什么,老光棍?来找我们?需要伴儿?也许抬脚拿走辖区的钱箱,堂堂正正地在丛林里寻找避难所?哈哈哈!让大海吞没我吧,如果他不是我们海外脾气最坏、资格最老、最目空一切的行政长官!'

"我努力回想这个粗鲁的人是谁,他令我生出的反感使我看出这准是位朋友。

"'怎么,我两个……的长官,认不出伙伴来了?这就是独自在丛林深处过日子的结果:所有人的脸最终都成了一个模样。哈比卜,远洋轮船长,船上——人世间——的唯一主人,他在此地的出现向您证明,亲爱的人没有停止航行!'

"我奇怪怎么没有从他的乐天和健康气色中立即认出这个无赖。他伸出一只胳膊搂住我的双肩,尽管我的脸色比通常更难看。科罗托罗和哈比卜,瓦伊塔里身边就是这类人。这其中叫人为难的只是莫雷尔一个人,但很明显他走错了路。我立刻感觉好多了,如俗话所说,重新振作起精神。现在我可以回到我的偏僻住处,袖手旁观,等这过去,仰望群星,只有离得极远,星星才能保住美丽的外表。总之,事情恢复了常态。显然这是尘世间的一件大事,和所有其他事情一样,无可救药地必定同样卑鄙下流,同样需要妥协。我声音里带着最大的嘲讽,打听我知道与哈比卜合伙的另一个尘世朝圣者的下落。

"'他被一项高尚的事业所征服,我的好人,被某种理想的美所征服。准备尽其所能保护大自然的壮丽。转入了大象阵营,为这个天赋自由的有力形象的存续牺牲了一切。同时渴望为民族自决权的高尚事业贡献力量,想在历史上,在拜伦、中国将军、俄国将军、阿拉伯伟大的劳伦斯①的名字旁刻下自己的名字!于是把自己微弱的气息混入造反的狂飙中!如今,一如既往地追随所有伟大的事业,不可避免地参与其中!半夜三更来把我叫醒,庄重地和我谈话,取走他的曼利谢尔枪②和他的氰化物,抛弃了他在尘世的全部财产,在警察到来仅几个钟头前开溜——老习惯了,哈哈哈!——去拯救大象。立即被控以普通法的全部罪行——然而从他的本性看毫无普通可言:艺术之友,青年的大教育家,牛津和剑桥,名副其实的上流社会人士。如今又一次进入丛林,老习惯,理想犹在,有时不得不吃粪便,但始终活着!可惜心灵太敏感:此刻躺在帐篷里,患了天杀的痢疾,恳求我让他死,毫无办法,将在我的照料下活到头,我为他钓了几条鱼,必须努力挽救我们的精英,这句话全有了,总之生活是美好的,这是远洋轮船长哈比卜对您说的——天知道这家伙听不听得明白!'

"他又拍拍我的肩膀,迈着弧圈腿走开了,小腿肌肉出奇地发达,稳稳地站在地上。他带着鱼、健康的气色和乐天的神情走了,这气色和神情不知对何人何事意味深

---

① 劳伦斯(1888—1935),英国军事战略家、考古学家,别名阿拉伯的劳伦斯。一生颇具传奇色彩。第一次世界大战期间因成功地在非洲进行了间谍活动,被誉为"沙漠枭雄"。
② 德国轻武器设计师曼利谢尔(1848—1904)设计的一种连发枪。

长。我突然奇怪地感到了轻松。不管我多么孤独,对这样的伴儿仍不适应。现在我看清楚这件出名的大象事件后面隐藏着什么,莫雷尔的天真又掩护了什么。比尔·科维斯特在博物学家的激情和著名的厌世情绪驱动下来到这儿,他的厌世其实不过是反自然行为、核试验、劳改营、集权制、种族主义暴行以及其他所有威胁地球的美和有可能汲干生命之源的玷污在他宽宏大度的心中激起的愤怒。他后面,有瓦伊塔里,此人相信第三次世界大战迫在眉睫,希望在欧洲陷落后以泛非民族主义首位英雄的面目出现。在他们身后,正如在一切真正人道事业的阴影里,站着普通的强盗或杀人犯,作为在人世间成功的保证。再往后,是睁着关注眼睛的沉默的黑人群众,这些黑人不知内情,但无论发生什么,他们的时代即将到来。再往后,很远的后面,也许仅在莫雷尔的心里,才是大象。总之这是丛林,真正的丛林:好心人和恶棍,义愤和巧妙的盘算,地平线上的大象,还有不择手段达到的目的。我告诉您,丛林,一小撮人,一个慷慨的梦,造成大屠杀所需的全部纯洁……"

圣德尼停顿片刻。或许因为他隐隐约约好似蒙古人的神态,以及他的秃顶、突出的颧骨和矮壮的身材,塔森神甫突然想他就像一名落马摔倒在地的骑手。"我跟他们道别,径直走向恩戈拉备好缰绳的几匹马。比尔·科维斯特陪我骑了几公里。他身板挺直骑在马上,表情严肃,马镫一长一短,好支撑那条僵直的腿——他在北极地区的一条冰隙中摔断了右腿的关节。他没对我说过一句话,我纳闷他为何决定陪我走这几分钟。也许他突然觉得离我比离别人更近吧。我们的马在悬崖间一条陡峭的小径上前行。太阳刚刚隐没在森林里;竹林和树木似乎分享着它的猩红的余晖。正当我们缓缓而行时,从加朗加勒传来一阵异常的折断声,整个森林轻轻抖动,在凶猛的攻击下弯下枝叶,空气里充满正开路走向水源的一支象群的吼叫。片刻之间,树木被连根拔起咔嚓断裂,地面和峭壁震动不已,大象的呼叫此起彼伏,俨然发生了一场自然灾害。我倾听着,我已习惯了,但每一次这雷鸣般的声音总令我心跳加速:并非害怕,而是一种怪异的传染。我在倾听。森林好像四面打开,轰隆隆发出巨响,无法辨明方向。从我们所在的高处,在遮住河流的树廊的另一侧,我看见整整一片森林好像万般恐惧地发着抖,树梢猛然弯下来,消失在林下灌木丛中;此时,我瞥见十分熟悉的硕大灰色形体、浑圆厚实的脊背互相挤紧。我想:不久,对空间的如此需求,如此笨拙的堂堂体态,在现代世界将没有位置。我每次瞥见它们,都忍不住舒心地微笑,仿佛见到它们,我对某种基本存在放了心。在这无能为力的年代,这禁忌、抑制和近乎生理奴化——人战胜其最古老的真理,并放弃其最内在需求——的年代,倾听这美妙的嘈杂声,我总觉得我们和自己的源头还没有被彻底切断,我们还没有一劳永逸地以谎言的名义被阉割,我们还没有完全俯首听命。然而,只需倾听这嘈杂声,这年深月久的人间雷鸣,只需目睹一次这活生生的山崩地裂就能明白,这样的自由,在我们中间不久便不再有它的位置了。但听天由命难以做到。比尔·科维斯特在小路尽头勒住马。我突然想到,自我认识他以来,在他的皱纹深得几乎威严的脸上,我从来只见过一种表情,极为严厉的表情。他那一对蓝色的小眼睛里,似乎留下了以前在弗里蒂奥夫·南森①陪伴下于北极观赏过的千年冰块似的东西。花白的胡须之上,双唇又硬又直,没有原谅的痕迹。

"'好好听听吧。这是地球上最美妙的噪音。'

"'我听了一辈子了。'

"'我不仅指大象……'

"我沉默片刻,然后回答:

"'我们到非洲后,就听到这个声音。'

"'但如今你们不一样了,圣德尼。从前这声音仅抵达你们的耳朵,如今直抵你们的心。你们再也抵御不住它的美。过去它妨碍你们睡觉的时候,你们拿起枪,话就不必多说了。今天,你们讨厌枪,甚于怕这声音。我猜想这就是所谓的理性时代。您即将对拉密堡的人说些什么呢?'

"'多年来我不停地对他们重复的话。'我声音粗暴地回答,'即最终必须善待非洲的大象,必须用大自然所

---

① 弗里蒂奥夫·南森(1861—1930),挪威的北极探险家、海洋学家、政治活动家和慈善家,领导过多次北极探险和北大西洋海洋探险。

需的全部保护加以呵护。'

"比尔·科维斯特面不改色。我心里想,到了一定年纪,脸渐渐会一劳永逸地固定在唯一的表情上,不易改变。

"'您相信他们胆敢派部队来打我们吗?'

"'在法属赤道非洲没有多少部队。但猎人们骚动起来了……'

"他的脸依然严肃,但他对我说的话很滑稽,令我印象深刻:

"'在我这把年纪被杀一定很好玩。'

"'一定让人笑破肚皮。'我叫他放心,'对了,您今年高寿?'

"'我很老了。'他一本正经地说。

"他补充道,好像一个既成事实:

"'我将很高兴死在非洲。'

"'哟,那为什么?'

"'因为人起源于此。人类的摇篮在尼亚萨兰。这几乎得到了证实。'

"'怪理由。'

"'在家里死更好些。'

"'又一个,'我心里想,'试图在地球上找到一个家的人。'我问道:

"'莫雷尔呢?'

"'我们都需要保护……'

"他的嗓音饱含忧伤。

"'可怜的莫雷尔。'他说,'他落入一个难以自拔的境地。从未有人解决过这个矛盾:想在人的陪伴下捍卫人的理想。再见。'"

二十一

"这一夜,我在帐篷里辗转反侧,没有睡好:我还从未有过如此孤单,如此被人抛弃的感觉。也许大象太小,我想,两眼迷失在黑暗中,我们身边需要一个更大、更亲切的心爱动物。但眼下,在拳击手所说的级别中,视力所及还真的只有大象。我回到了拉密堡,与总督进行了一次气氛紧张的会见。他对我说,他早就认识我,根本不相信我在地图上指的莫雷尔司令部地点的准确性——他没有完全说错。我竭力向他解释,他们坚持要警方来处理这件事徒劳无益,而要求巴黎立即修改大规模狩猎条例要简单得多。正如全体护林员和全体行政官员不断宣称的那样,这项条例早已过时。他怒气冲冲,谈到形而上的慕尼黑①,冲我嚷嚷:至于他,他不准备向厌世大旗鞠躬,他对人类行为的信任始终不减,我们人类可以肯定前程似锦。他挥舞拳头,向我担保他不会容忍在他的领土上

---

① 此处影射1938年9月英、法、德、意四国在德国城市慕尼黑签订的协议。英、法两国为维持和平同意肢解捷克斯洛伐克,鼓励了希特勒的扩张主义。

有如此仇恨人类业绩的表示,为脱离我们的境遇做出如此不屑和可笑的努力。他站起身,迈着细碎的快步朝我冲过来,踮着脚尖对我嚷道:整个这场保护大自然的运动不过是转移对政治的注意力,假如共产主义在非洲取得胜利,首先被吊死的将是大象。他两手揣在口袋里,挖苦地问我知不知道大象其实是最后的个体,'是的,先生,据说它们代表着人的最后的基本权利。虽然笨拙,笨重,不合时代,处处受到威胁,它们对生活的美却不可或缺。先生,这正是某些法国报刊,'——他用力捶着办公桌上的一摞报纸——'这正是所谓知识分子的报刊对此事的看法。'至于他,对所有这些形而上的小小敲打,对所有这些失败主义的、文章晦涩难懂的喝墨水的人,他只能报之以相信人的命运、坚守岗位、对已竟之业充满平静自豪感的共和党人健康爽朗的大笑。说到此,他两眼大睁,露出犬牙,绝对恐怖地笑起来——'哈哈哈!'然后,我们不得不把他放倒在沙发上,跑去找他的妻子。"

圣德尼咯咯地窃笑了一会儿。"也许我有点夸张,神甫,但当时就莫雷尔事件发表的所有那些奇谈怪论把拉密堡人激怒到何种程度,是难以想象的。我甚至认识一些人开始在字典里寻找生态学这个词。会见完毕,我对自己极为满意。送我出去的富瓦萨尔对我解释说,总督夜不能寐,巴黎无法说服美国人这一切的确事关非洲动物的保护,报界指责政府捏造出一个莫雷尔来掩盖严重的政治动乱,全世界都在嘲笑法国的天真,以为莫雷尔这把年纪还能相信大象。"

二十二

"我当时对米娜讲的,正是今天我对您讲的,我相信我一生中从未有幸被一个女子如此聚精会神地倾听过。她坐在一把椅子的扶手上,不做一个动作,纹丝不动的姿态透露出难以克制的激情。我承认,我竟然忘记她向我表示的近乎哀求的兴趣根本不是针对我的。这慷慨的冲动,在她身上揣测到的全部敏感和同情,不可能不令人心动,甚至感到有点慌乱。是的,她是一位难以任其形影相吊的女人……"

耶稣会士有些吃惊地注视他的同伴。

"当我讲到莫雷尔如此憨厚地托付我向人类转达的这个荷马风格的口信,向她重复他说的'告诉他们我几乎没有弹药了'的时候,她双唇颤抖,猛地站起来,走到房间另一头做个无用的动作,给花瓶挪个位置,面朝墙待着,双肩抖动。我有些不知所措。我知道她年轻时受过很多苦,起初以为——如莫雷尔鼎鼎大名的说法——狗对她已不足够,她也需要更大的友谊,与她在人间的孤独相称的某种东西,所以她才如此热爱大象。现在我看出,这是一个位置已被占据的故事,剩下的位置应该不多,起码对我而言。我对她说,她不该把事情看得过于严重,莫雷尔很可能即将被医生们宣布没有责任,关个一两年就完事了。

"她朝我转过身来,动作那样猛,那样义愤填膺,令我大吃一惊。我常常梦见她,看见她站着,敞开了晨衣,与我只隔着一条短裤和一个胸罩,头发散乱,几乎像女鱼贩子一样喊叫着,带着可怕的德国口音,这口音不知如何奇迹般地立即给她减了几分姿色。

"'那么,德·圣德尼先生①,'她冲我喊道——我根本不知她为何给我贴上贵族标签——'您以为一个人因为受够了你们,受够了你们的残忍,你们的脸、声音和手——您就以为他疯了?他应该被关起来,因为他再也不愿意跟你们,跟你们的学者、警察、冲锋枪,跟这一切有任何共同点?相信我,如今有许多人和他一样,他们大概没有勇气做该做的事,因为他们太懦弱,太……太疲惫或恬不知耻。但他们理解他,非常理解。他们去办公室、田野、军营、工厂,所有听命于人又受够了的地方,只要能够,想到他便微笑,和我一样做……'她抓起酒杯。'他们举起酒杯祝他健康……祝您健康!祝您健康②!'她重复道,望着我肩膀上方的一个点。我一直不能忍受这个德国词,它在一位年轻女子嘴里特别令人难受。她身上也有几分俗气的东西,突然在嗓音、手势、不管不顾敞开的晨衣上暴露无遗——可以感觉到她和许多男人有染。

---

① 在法语中,姓氏前加 de(德)表示贵族成分。
② 原文为德文。

"'亲爱的孩子……'我开始说。她打断了我。

"'而且,德·圣德尼先生,我还要告诉您:您知道,你们的皮不比象皮值钱。在德国,战争期间,好像我们用人皮做灯罩——如果您不知道的话。别忘了,德·圣德尼先生,我们德国人,我们一直是先驱者……'

"她笑了。'不管怎样,是我们发明了字母表。'

"她大概想说印刷术。

"'噢,别做出这副样子,我不需要怜悯。的确有许多男人糟踏过我,但必须迁就既成事实。不能从男人脱裤子时干的事来评判他们。真正卑鄙的事,他们是穿着衣裳干的。'

"她点燃一支烟。我感到完全手足无措,无法理解这个如此谦卑、一直如此稳重和如此怕与人交往的姑娘怎么会这样发作。我竭力向她解释她领会错了我就莫雷尔说的那番话的意思。我只想说他落入了利用他的善意的一帮政治煽动者和强盗的手中,而我们为他再也做不了什么。她打断了我,激烈地对我断言我错了,如果我同意帮他还来得及。她只求我一件事:带信给我的朋友德瓦拉,使她与莫雷尔建立起联系。我自然跟她讲道理,提醒她我用二十年的忠诚赢得了乌莱族部落的信任,老德瓦拉为我做的事是不能外传的。我俩是老盟友,坚守荣誉准则,如我违反,必定会彻底破坏我在所管辖地区的地位。同情瓦伊塔里的几个村庄受到严密监视,她将径直落入第一个遇到的军事哨所指挥官之手。再说我怀疑瓦伊塔里的朋友超过数十位,而这些人主要在城里——他是文明人,土著是知道的。他是我们自己人,头脑里塞满我们的思想,他瞧不起他们的宗教仪式。最后我提醒她,莫雷尔毕竟被控有杀人企图,她能做的最好是远离这一切,她,一个外国女人……明白说,一个德国女人。

"'那么,'她冲我喊道,'您宁可他继续下去,最终杀个人,我们真的再也不能为他做什么?您提到您作为行政官员的义务,那不恰恰是停止谋杀,把莫雷尔活着带回来吗?您甚至会受到政府的赞扬。'她用我完全不喜欢的口气冲我喊道,'只要我能跟他谈谈,我有把握他同意听我的话。'

"我,我也有把握。她显然有一些手段。

"'德·圣德尼先生,您不觉得那儿有个信任您、指望您的人,在求您帮助吗?一个……需要……需要保护的人?……'

"她嗓子劈了,眼里噙满泪水:这是一个难以抵御的论据。我迅速思考一番。不管怎样,我觉得在采取某些预防措施的情况下,她的想法不再那样疯狂。我不知如何向您解释,但我确信莫雷尔将顺从她的央求,跟着她走:很可能我是设身处地替他想。我甚至觉得这是一个显示灵巧且我无权错过的机会。我猜当时我把自己视为富歇①那样的人,诡计多端,利用一个恋爱的女人抓住危

---

① 约瑟夫·富歇(1759—1820),法国政治家和警察组织的建立者。

险的敌人。不管怎样,干这类活儿总可以依靠爱情,警察局的全体专家都清楚。她将成为我们的诱饵:机智地用饵引诱就行了。神甫,我差点没在想象的鼻烟盒里取一撮鼻烟,带着真正上流人士的微笑塞进鼻孔里。这样,我不仅对她让了步,还装出一副狡黠的神气。真相是:面对她的年轻美貌,站在我面前的那副惊慌失措的动人模样,是不可能说不的。于是我向她建议派恩戈拉去找莫雷尔,看看他是否同意与她会面。在此期间,她最好离开拉密堡,在我的首府奥哥等他的回音。她将是我的客人,不能以任何借口离开。如果莫雷尔同意见面,须约定乌莱地区以外的一个地点,乌班吉的某处。假若成功,那再好不过。否则,她将平静地回到拉密堡,解释说她在荆棘丛林里待了几天。

"她冲动地向我表示谢意,我很恼火,也许因为这主要涉及另一个人。

"'算了算了,'我对她说,'别谢我,得看看您是否成功,看看这是否是个孤独的故事——我的意思是,他是否因为身边缺个人才变成狂人的。我,我就是这样理解他的,尽管我和您的莫雷尔毫无共同之处。'

"她又点燃一支烟,神经质地抽着。'无论怎样得快干,'她对我说,'班吉在等一营狙击兵,他们将立即朝乌莱地区进发。最好赶在部队抵达前把这一切安排好。'我颇为惊讶:我不知道政府把事情看得相当严重,竟派出别处极为需要的部队,而且她是如何知道的? 我想大概是听'乍得人'露台上那些聊天的先生们说的。我答应她立即对恩戈拉做必要的吩咐；至于她，她可以跟我一起走：我过几天将离开拉密堡。这个行期似乎令她不快。她不能明天就去奥哥吗？最好别让人看见我们一起旅行，她不愿冒险给我惹麻烦。记得说这些话时，她第一次真正亲切地注视我。'好的，'我对她说，'随您的便。'我也不打算在拉密堡多耽搁。恩戈拉拂晓跟着每天早上去班吉的葡萄牙卡车车队动身。然后，就只有等他回来了。

"现在，她把晨衣拉到赤裸的膝盖上，在凉风中瑟瑟发抖。凌晨两点了。我却不愿意走，继续跟她随便谈什么：森林、气候、我的黑人……她好像精疲力竭，显然对我说的话一个字也没听进去。我甚至记得有一刻，我突然发觉正跟她讲我在自己县里为消灭萃萃蝇都做了什么。好奇怪呀，这该死的苍蝇，自从我消灭了它，就总在想它，好像思念它似的。它毕竟是个伴儿。终于，她向我伸出手，一直送我到门口，把我打发走了——实话实说。我不得不离开，穿过入口的凯旋门——这门倒适得其所。我瞥见一个苍白的身影靠在一根立柱上，还有一支雪茄的红色微光：是奥西尼。他以靠妓女生活、计算嫖客人数的姿态站在那儿，带着恬不知耻和仇恨的惊人表情望着我。我回到家，叫醒恩戈拉，给了他口信。他带着合宜的无动于衷，连夜赶往目的地。"

二十三

"有段时间我不再听人提起米娜。那天夜里,我患了急性疟疾,在蚊帐里打了半个月摆子。等我终于睁开了眼睛,通常看见的是泰罗大夫不安的面孔。有一两次,我以为也认出了谢尔舍的脸,尽管我们的关系不足以得到他如此地关怀。后来烧退了,但我知道当月还得犯一两次病:我的病总是接踵而来。我起床迈出第一步时,就撞见了谢尔舍的副官,当时他正舒服地坐在我的露台上看书。他好像有点尴尬,对我解释说少校动身去南方前曾想亲自来看我,但医生禁止打扰我,所以少校委托副官向我提几个有关莫雷尔的问题。三天来,他可以说没有从这把椅子上挪窝。我带着几分尖刻对他说,在我门口设个岗哨更简单。我还补充说,我知道的全告诉了他们,他们对这则社会新闻的重视到了可笑的程度。他礼貌地听我讲,一只手一直放在上装的口袋里,那份精细的、有点狭窄的骑兵军官的优雅,与他夹在肘部的马鞭、白色军装和漂亮的下巴十分相配。我不喜欢他,总想对他说些难听的、不公道的话,仅仅为了抵消他从女人们口里听到的一切。副官任我发泄恶劣的情绪,那份耐心令我更加恼怒,因为它显然出自人们设想应该给予荆棘丛林老居民的宽容,年纪和孤独最终使他们变得有些怪僻。我差点要教训他一顿,向他指出征服女人的心自然比消灭一个辖区的萃萃蝇要简单得多。但我保持了冷静。他对我说，法兰西联邦正经历困难时刻，圣战打到了边境，最为重要的是法属赤道非洲应做出镇定的榜样。部队已全部从领土上撤走，穿过它一直走到比属刚果也遇不到一名宪兵。在这种情况下，任何抢劫活动都可能引起无法估计的后果。他本人对莫雷尔有几分好感；可惜此人没有明白，当今世界不再可能对大象感兴趣。人们有其他的操心事，他们的同情心接到其他的更紧急的呼吁，而这种同情心已大大减弱。他们现在只热衷于保住自己的性命。公众舆论甚至不再相信莫雷尔的存在。最初，法国当局对此事给出了官方的可靠说法，引起一时的惊愕和好奇，但如今已成为众人的笑谈。而在美国的主要反应是：法国人真把我们当成了傻瓜。副官做了个不耐烦的手势。

"'没办法，'他说，'我们得考虑美国的公众舆论。他们坚信法国政府捏造出莫雷尔来掩饰骚乱的真正原因，即本土居民的民族主义要求。而且，大象的说法令华盛顿恼怒异常，他们说法国人不干活，反倒管那些闲事。'

"他用马鞭头轻轻蹭了蹭胡子。'的确，'他又说，'美洲早已没有大象了，尽管据说在中新世曾经有过。所以最重要的是逮住莫雷尔进行审判，哪怕是为了表明实实在在有这个人。用其他办法将很难说服美国人。别忘了一九四〇年罗斯福对戴高乐的仇恨；而一九四〇年的戴高乐和今天一样,有点类似于莫雷尔和大象。如今实用主义的民主国家不理解这类执着而无私的人类尊严和荣誉的宣言。除去这些考虑外,此刻表明一个不法之徒可以从容逃脱,从而透露非洲不存在安全力量是很危险的。'我尖酸刻薄地对他说,他的高级政治课十分精彩,看见鸡蛋给母鸡上课很好玩,但我深知莫雷尔事件的危险,他没有必要给我上课。

"'您大概也知道,'他相当生硬地对我说,'那姑娘,您知道,那个……"乍得人"的歌女失踪了,我们完全有理由相信她去找莫雷尔了。谢尔舍认为您可以向我提供极其有趣的相关情况,圣德尼先生,尤其向我们说明十来天前这姑娘在奥哥您那儿做什么……'

"他解释说,一天早上,有人看见米娜在美国副官的陪伴下乘一辆小卡车走了,据说要去打几天猎。起初没人注意这件事,但有人刚在乌莱腹地一条小径尽头发现了被丢弃的小卡车……他用马鞭支着下巴,注意地观察我。我抬起眼睛。'请接着说。'于是他不得不提醒我,如果相信奥西尼的话,我是她动身前最后一个长时间见过她的人。他好像很关心这件事,奥西尼——他把莫雷尔视为外国的特工,被派到法属赤道非洲来制造骚乱,为酝酿中的世界性冲突组织游击队。而米娜那姑娘,为他提供情报和……轰赶猎物。副官面露尴尬之色。

"'他也把您牵连在内。'他顺便补充道,'他硬说您在感情上同意他们的观点,发誓说您暗中幻想一个脱离欧洲、与您讨厌的文明断绝任何联系的黑非洲。'他举起一只手：我不该抗议，他不过引述了奥西尼的话。奥西尼想必还有关心那姑娘的其他理由：她挺漂亮，我也许也注意到这个细节。我没有发牢骚，有些傲慢地向他表示，我不否认在这件事中起过某种作用，但那姑娘去到莫雷尔身边，仅仅是为了让他下决心屈服，尽力挽救他。照我看来，随她去做是我们成功的最好机会。她将把他给我们领回来，如绵羊般温顺。'女人们，'我带点苦涩最后说，'拥有组织得最好的警察也没有的说服手段。'副官彬彬有礼地听着，像对精神失常的成年人充满耐心和宽容的小青年。'您听说后一定感到惊讶，'他说，'根据第一批情报，那姑娘在小卡车里带了一座名副其实的军火库——足以支持一场正规围攻的武器和成箱的弹药。他们刚刚用来攻打并部分烧毁了巴当加弗以东瓦热曼的庄园。巴黎命令我们扫荡该地区，我们希望有运气在雨季到来前了结此事。所以，非常清楚，她去到莫雷尔身边，绝不是要他下决心投降，相反是去找那个想换物种的人，帮助他继续斗争，供给他恐怕早已准备好了的武器弹药；她匆忙动身似乎表明有迫切的需要——说不定他托某人给她带了口信。'副官用马鞭支着下巴，若有所思地望着我。"

二十四

"我尽全力想着我的朋友德瓦拉和他对我做出的许诺,或不如说我们达成的交易。这已过去了好几年,我一直遵守约定付出代价:每年春天一头母牛和一只山羊。我记得,我来跟他谈的时候,他脸色难看,我再三恳求,终于发了脾气,威胁要狠揍他一顿。这不过是谈判的一种方式,他很清楚这点,尤其我成功与否取决于他的善意。他坐在小屋一角的一张席子上,矮小,赤身露体,干瘪,嘴里咕噜着。黑暗中只看得清他面颊和脑门上的白毛。他对我说他肚子疼,我得改天再来;再说他根本不知道能为我做什么;我是白人和基督徒,不属于他的部落,他的土地,他已没有足够的力气为异教徒做事了。我提醒他两人相识以来我帮了他多少忙。至于基督徒和异教徒,我比他部落的某些小青年更信任他,这他是知道的。他继续跟我说 manga jaouana,跟你的人滚吧。但我知道这仅仅是为了提高要价,他知道我明白这一点。我终于大声嚷起来,威胁他,如果他拒绝,就修一条路横穿他的地区和他的村庄。他知道我绝不会这样做,但这毕竟在交易中有些分量。他呻吟着,举起拳头,向我发誓他从未给白人做过这种事,在他之前也从未有人做过:我知道他同意了。我们讲好了价,他说他将为我选一个好地块。但我早已熟悉自己的地块,花了几个月时间寻找、比较,在群山和树林中徘徊。我需要很大的空间，同时又不愿太孤单，我需要周围有其他的树木。我终于选定一座看得见乌莱大高原的美丽的山，我非常爱这高原，它就是非洲，连同其不可能很快遭到捕猎的兽群。我们用了一天半时间才到。抵达后，德瓦拉又开始提出异议，对我说这儿离他家太远，他没有把握他的权限是否能延伸至此。他向我建议另一块离村子更近、属于本部落的地。他半闭上讨厌的眼睛，于是我明白他企图要我买一块我本可无偿得到的地。我大声告诉他对他建议的想法。德瓦拉带点责备地望着我，好像问我为什么生气。我必须试试。我把我选好的准确地点指给他看。他向我建议另一座光秃秃的、我将有更大空间的山。但我需要这个景致，早上面对阳光，这一次我不想太孤单，我周围必须有其他的树。这儿有非常美丽的雪松，我指给他看其中的一株，让他对我的所求所愿有个准确的概念。他摇摇头，嘟囔一阵，在我再三恳求之下，对我说他将试试看，但我应该要求传教会的神甫，特别是法格神甫把他们造访村庄的间隔拉长一些：他们给他添乱，对思想产生不良影响，如果他们来得过勤的话，他没有成功的把握。我答应了他。副官跟我讲话时，我正在露台上思考这些事。我知道德瓦拉能在你死后的新的生命中，把你变成一株树，我也亲眼见过恩戈拉指给我看的一些树，过去是他部落的成员。他知道他们的名字和他们的故事，他对我说：'这个是被一头狮子吃掉的，那个曾是乌莱族的大头目。'这些树还在，我可以指给您看。您将亲自看到对德瓦拉的能力不能有任何怀疑,否则就没有东西可信了。但这是他第一次为白人做此事,非常担心可能给他带来的后果,所以在我们返回时停留的一个村子里,他喝棕榈酒喝醉了。尽管如此,他呻吟了一整夜,惊恐地环顾四周。我知道他经常喝醉,但我相信,为了讨好我,他真的冒了极大风险和他的鬼神打交道。我越来越从容地思考着这些,而副官继续跟我谈一个几乎不再是我的物种的那些荒谬的、好像已很遥远的事情。"

第 二 篇

二十五

三人出现在山顶,马儿仰鼻在高草丛中缓缓而行;莫雷尔打头,永不离身的塞满文件的公文包系于鞍上;依德里斯紧随其后,马的肋部蹭着竹子和野草沙沙作响。他那生硬的侧影,窥伺的鼻孔,白色缠头巾下既灵动又呆滞、留意热带稀树草原任何微小动静的一双没有睫毛的眼睛,让人揣测他早已习惯了荆棘丛林和各类动物。有些时候,连哈比卜本人在这饱经世故的目光下也没有了安全感。三个钟头前,他们开始下山去约会地点。远洋轮船长歪戴大盖帽,嘴角叼着一支熄灭的雪茄烟头,脚穿绳底帆布鞋踩在阿拉伯马镫上,几乎坐不稳当:他不适应骑马走远路。但瓦伊塔里明令他牢牢看住莫雷尔这疯子。

"必须阻止他干傻事。他对公众舆论的支持如此坚信不疑,完全可能去找当局,确信将被宣告无罪并得到喝彩。这样他对我们就完了：众人将发现他是个真相信他那些大象的怪人。莫雷尔作为传奇才可以利用：就在此刻，阿拉伯电台正向世人介绍他是受非洲民族主义鼓动的一个人物。别骂我恬不知耻，但在所有革命运动中，最初总有一些讲话云山雾罩、受到启示的理想主义者；现实主义者，真正的建设者，到后来才不可避免地慢慢出现。这是要告诉您，最重要的是阻止他被抓……活捉。我喜欢他，他很单纯，其实他在荣耀巅峰、家喻户晓之时消失更好些。这样，他将作为第一个为非洲独立献身的白人青史留名……而不显出仅是个有宗教幻象的人。"

他做了个手势：

"没必要对您说我并不暗示什么。"

哈比卜极为注意不在脸上流露任何快乐的痕迹。他对人性的所有表现怀有真正专业人士的热情，对人的认识十分透彻，而这种认识常常表现为无声的大笑。他头朝后仰，两眼眯成一条缝，胡子抖动，一只手放在胸口，好像要捂住心中的快乐。但作为军火贩子，在他天天接触到的人民的合法要求、解放者、革命演说家和其他莫雷尔型的伟大不朽原则的捍卫者面前，他注意不公开表现得兴高采烈，等到独自一人时才开怀大笑。现在，他随莫雷尔去约会地点，马儿踩在黄草中沙沙作响，不时发出不安的嘶鸣。想起那位没有队伍、一个人孤独地坐在山洞里的头目，他在同伴们背后任自己的快活自由迸发。那位头目有力的双手搁在一张作战地图上，以演说家的嗓门提到未来的自苏伊士到好望角的非洲联邦,他已把自己看作该联邦无可争议的领袖。这是一个追求伟大和权势的梦想,注定要步人类所有其他伟大梦想的后尘。哈比卜试图让其年轻朋友德·伏里品味这件事的滑稽。但这位朋友倒在席子上,眼里充满怨恨,忍受着肠胃病的折磨,一言不发,开口只是为了狠狠地责骂他,要他为他们所处的绝境负责,好像——哈比卜在年轻人的天真面前感叹——好像地球上有个人可以为他们所处的绝境负责似的。听着这黎巴嫩人的花言巧语,德·伏里怒从中来,他没有黎巴嫩人那经得起一切考验的结实身板;腹泻和发烧,苍蝇、蚊子和长时间的骑马令他精疲力竭,似乎哈比卜真的马上要失去伴儿了。哈比卜终于担心起来,竭力要瓦伊塔里相信他们去苏丹有好处:听说万隆①有个会,各殖民地,特别是迄今不大受重视的黑非洲将派代表参加。应该与直接行动脱离一段时间,奔赴国际会议发表自己的见解。农庄被烧毁,保护非洲自然资源不受殖民主义剥削的游击队行踪不定——这才是应该描绘的局面。瓦伊塔里不难被说服,因为他意见相同。他站在山洞前,两个拳头压住一张地图,有时他幻想有人给他这样照一张相:非洲独立军首领在指挥所。他记得铁托②在战时有一张类似的相片。但他缺少干部,缺少游击队员,

---

① 万隆是印度尼西亚城市,1955年亚非会议在此召开。
② 铁托(1892—1980),南斯拉夫政治家,二战期间组织武装斗争反抗纳粹占领者,后当选为南斯拉夫共和国总统。

这只能靠政治觉悟高的群众,而非他瞧不起的原始部落提供。他有时觉得被孤独压垮了。他几乎不出山洞——四五个据点之一,那是他在最后的官方巡视期间秘密组建的,以防备他当时认为迫在眉睫的世界性冲突。他弄错了时间①。冲突没有发生。他单身一人,没有部队,孤立无援,堆积着武器的五个据点中,有三个遭抢并被当局发现。他被迫逃往开罗,贫困潦倒,生活拮据,直到一场保护非洲大象运动的消息传进他的耳朵。他立即明白可以从中捞到哪些好处。这是梦寐以求的宣传工具:只需动动拇指,就可以给骚乱一个合宜的解释。但他碰了壁,得不到理解,尽管阿拉伯电台不遗余力,世界公众舆论仍然相信莫雷尔和他的大象。是的,民众真的相信在非洲腹地某处,有个法国人确实在保卫大自然的壮丽美景。这一说法当然得到注意不赋予事件政治内涵的殖民主义报刊和当局的鼓励。他身子重重压在地图上,听哈比卜——列举论据,其无用的伶牙俐齿令他气恼,觉得自己比以往更孤单,离目标更远。山洞虽然有两个口,里面仍有股土腥味、腐臭和霉味,涌入的刺目光线在人的脸上变暗熄灭。靠洞壁放着一张气垫、一堆衣服、一盏油灯和一挺插了弹夹的冲锋枪。更远处有一箱自动步枪,但大部分弹药的口径与武器的口径不同。

"在开罗,人们巴不得听您讲……如果您还在这儿

---

① 原文为英文。

待一段时间,并且没有把公众舆论引向正确方向,那么莫雷尔及其大象的美妙传说将深深扎根于民众的想象中,以至您无法做出另外的解释……"

瓦伊塔里苦涩地笑了笑。

"如果法国人利用几项新的保护大自然的漂亮法律得以脱身,这毕竟相当离奇,相当可怕……他们是干得出来的。我还要向您坦白,如果我对莫雷尔的了解不那样深入的话,会把他当成负责为殖民主义现实涂脂抹粉的第二局的一名特工……法国和其他国家有那么多人突然关心起非洲大象的命运来,我觉着这十分蹊跷……"

哈比卜几乎害臊地垂下眼帘,以掩饰自己的开心。这位黑人拿破仑,披着一件军人上装,站在乌莱山区一个偏僻岩洞里他那张可怜的作战地图前,没有武器,没有支持,没有组织,没有游击队员;有的是唯独法国群众能够赏识的他的演说家嗓门,还有他对伟大的需求,对大写历史的梦想,他紧握的令人联想到他渴望权势的双拳——这是一幅令哈比卜高兴至极的景象。就在此刻随依德里斯奔下山的当儿,想到这个黑鬼在岩洞深处等待世人意识到他的存在,他发出一阵无声的大笑。他们很可能都将在监狱了此一生,但这在哈比卜心中只唤起令人愉悦的回忆,因为他曾在监狱中度过了一些最美妙的时刻,起码从性的角度讲。他在肉体和精神上享有完全的平衡,有时甚至觉得他的整个身体,他的全部血液里,有种对永生的惊人信念。当他头向后仰,张嘴闭眼发出无声的笑时,便流露出这种圆满之感;他眼睛皱得像扮鬼脸,谁也弄不懂是什么意思,其实这不过表现了他活在世上的快乐,如鱼得水的信念。瓦伊塔里委托他监视莫雷尔,以这种或那种方式确保后者赴约时——很可能是个圈套——不活着落入当局之手。但哈比卜根本无意得罪捍卫大自然壮丽美景的人,反而觉得他很好玩。他只想在合宜的时刻,这空想家即将接受教训的不可避免的时刻在场。骨子里他是个教育家、伦理学家,喜欢人的无聊和微不足道的奢望得到理解和认同。必要时他准备对事态发展助一臂之力,恰好使生活的全部滋味不至于白白浪费。在此期间,必须提防依德里斯和他那关注而呆滞的目光,他谨慎地用一个友好的手势回应这目光。毋庸置疑,老人是法属赤道非洲追踪猎物的最佳猎手之一,荆棘丛林中凡值得去的地方他全去过。必须多加小心。有很长一段时间人们以为依德里斯死了。可以说他从阴间回来加入莫雷尔的游击队,与他并肩保护大象的消息,在"乍得人"露台等等地方引起了激烈的讨论和怀疑的惊叫。奥西尼头一个起誓说这个假设应当排除,是不可能的,难以想象的。依德里斯曾在他手下服务,他眼见着他衰弱,老去,受到某种暗疾的折磨——"他们不都患梅毒吗?"——最终返回森林,如同所有孤独衰老、感到死亡将至的动物。

"假定您说的暗疾,"有个人嚷道,"是……某种愧疚,或目睹他熟悉的大兽群渐渐从大地消失而引起的忧伤呢？"

面对这样的怀疑，这样的愚蠢，面对黑人如此典型和如此严重的无知，奥西尼的嗓子找到了他最抑扬顿挫的声音。正是，正是！他从中认出了传奇的缔造者们！倒霉的事全齐了——依德里斯的幽灵回到大地，保护兽群不被越来越精良的武器击中。他发出短促的笑声，半喊半唱出仇恨，然后等待片刻，接着继续讲，如同从来百发百中的人那样保持平静。新来非洲的毛头小伙儿们最令他吃惊的，正是他们全然不了解土著灵魂——奥西尼嘴里土著灵魂这个词儿，在听众中引起几分惊愕和对奥西尼可能的暗示近乎热烈的好奇心。近四十年来，有人把土著灵魂当作日常研究的对象，几乎可以说当成了自己的事。对所有这些人来说，大象在黑人眼中显然只是站立的肉，不过是肉——如有可能，在可能时填饱肚子的一件东西，如此而已。像依德里斯这样的职业猎手突然产生了诗意的愧疚，淡淡的哀愁，对他追捕过的动物的怀念，这样的念头只能产生于颓废的头脑和细腻的感觉——顺便说说，这是此地和别处的万恶之源。对依德里斯和他认识的所有黑人而言——他认识一定数量的黑人——一头象，首先是五吨肉，此外还有象牙，如果有办法不花钱获得的话。设想依德里斯可以说竟然回到犯罪现场游荡，为他所熟悉的非洲的消失感到愤慨，这很能说明今天给我们派到非洲来的人的素质以及我们没落的原因。请长耳朵的人听清楚，尤其某位负责照管领土安全的指挥官。

"但说到底,"有个人说——并非出于自信,更多的是要逼奥西尼退到最后的防线——奥西尼在那儿发出最美的呐喊,最动听的咬牙声,唱出仇恨和积怨之歌,给非洲之夜增添新的回声——"但说到底,看见一名非洲猎人感到厌恶和懊悔不是头一回了,如果依德里斯的确曾是一名非同一般的猎手,难道就不能赋予他非同一般的情感吗?这样,他出现在莫雷尔身边,保护很可能他心里最牵挂的,而且——必须承认——在猎人和进步的双重威胁下正迅速消失的东西,那有什么奇怪的呢?何况乌莱族村民确实看见他在莫雷尔身边,缠白头巾、穿蓝长袍;最年长者认出了他,与他谈了话。他们甚至说他没有变,总是那张看不出年龄、显出阿拉伯血统的脸。一句话,这正是他,对此他们毫不含糊。"奥西尼注意不做出人们期待的反应,他有太强的戏剧感。好吧,他不坚持。依德里斯没有死,继续跟踪动物,保卫祖先的森林,维持他珍爱的兽群的陪伴,反抗对非洲的无耻剥削,或者不如说——既然要赋予这个颠覆和政治宣传意味的普通事件以传奇性——依德里斯的幽灵从阴间回来,在莫雷尔身边继续追踪兽群,帮助他传播非洲独立的圣火,挥舞自由的火炬。在迷信的原住民眼中,这自然给莫雷尔增添了不可抗拒的威望,赋予他超自然的特质,为他所效劳的政治鼓动者们带来最大的好处——依德里斯返回的整个传奇的目的正在于此。至于他,德·奥西尼·达瓜维瓦,老非洲人——顺便说说,看上去人们不再需要的一类人——他了解黑人和大象,捕猎过五百头,而且只把最健美的计算在内。现在他要上床睡觉了,他肯定人们会原谅他,他不吃这一套,拒绝上当受骗。他不揣冒昧向传奇的爱好者们道一声晚安,同时慈悲地通知他们要为痛苦的苏醒——比他们设想的要早,如肯尼亚的情况——做好思想准备。他往桌上扔了一张钞票,然后离开了——他不接受那儿某些人的任何东西:非洲之夜因此失去了一些最美的喊叫声。

如今跟随莫雷尔穿越竹林的不是蓝色的幽灵,而确确实实是被于埃特长兄称为历代最伟大的猎物跟踪者的那个人,在他嘴里,这意味着四十年当中捕杀了一千头大象。依德里斯身穿蓝长袍,额头上缠着白头巾,脸上没有皱纹——从鹰钩鼻到嘴角的两道深沟除外——几乎必须当个地质学家才能试图给这张脸一个年龄,眼珠一动不动,没有睫毛。他到处跟着这个法国人,帮助他穿越荆棘丛林,使其从容地逃过追捕。他的目光窥伺着草地的表面,哈比卜觉得自己被包括在这种关注中。不过他根本无意打死莫雷尔,阻止他活着落入当局之手。他,被一次险象环生的航行偶然抛入困境的普通远洋轮船长,不大关心瓦伊塔里及其壮志雄心。他在瓦伊塔里担当官方职务的年代与他建立了联系,向他的据点提供过武器。运送手榴弹的卡车爆炸后,他于拉密堡被捕前夕加入了瓦伊塔里的游击队,唯一的原因是他没能逃到苏丹。他遭遇了一系列意外,年轻的德·伏里生病便是其一。黎巴嫩人感到扫兴,又有点担心,觉得他的被保护人即将从他的指缝间溜走,使他丧失人世间最大快乐的源泉之一。需要请大夫,给他治疗,他无法肯定他的朋友能否坚持到喀土穆①,哪怕用担架抬着,这将使穿越更加困难。哈比卜不明白人怎么会生病,身体或精神怎么会不健康,与生活怎么会有纠葛。他将信将疑地打了个响舌,正了正脑门上的大盖帽,用后跟踢了一下他的矮种马,追了上去。

二十六

正午时分,阳光强烈。野草、含羞草、白蚁巢、山峦、竹林,稍远处,山坡下,一群纹丝不动、在白昼的炎热中昏昏欲睡的大象,凡接触到光线的事物都失去了色彩,只留下灰色或黑色的轮廓。莫雷尔勒住马,他们在山上热灰似的天地里停留片刻。阵阵微风从东边吹来,夹带着稀树草原着火后散发出来的强烈气味——周围总有某处在着火。在非洲,火过着太阳部落豪华又隐蔽的生活,每逢旱季便侵袭荆棘丛林和村落。面对骤然腾起的火苗,人竟然夸口发明了火,实在显得可笑。猛然间,山坡像撕破

---

① 喀土穆,苏丹首都。

了似的划出一道沟,朝草丛奔跑:是疣猪。一只秃鹳出现在疣猪上方缓缓盘桓,仿佛在打探情报。这时,所有嗅到人在场的动物受了恐惧的传染,开始逃跑;莫雷尔知道,这种恐惧每次都扩散到方圆数十公里。和往常一样,面对这样的逃跑,他一时感到大失所望,嘲笑自己由来已久的梦:被接纳、被接受,终于看到他走近时鸟不飞,路过时羚羊继续安详地吃草,象群平静地任他靠近和触摸。在他身后的哈比卜,用低沉的、被笑声压得更低的声音冲他嚷道:

"哎,有什么办法,您是我们的人,动物清楚这一点,理所应当、直截了当地当面告诉您。请握我的手。"

莫雷尔最终对这痞子产生了真正的好感,他的直率和厚颜无耻带有自信的腔调,这自信好像汲取于跟人的职业性的亲密接触。有时,他头朝后仰,闭上双眼,不由自主地朝空中大笑一阵,这笑声似乎发自根本无法辩驳、无法撼动的认识和理解的深处。莫雷尔几乎友好地瞥了他一眼,朝前冲进草地。草变得十分茂密,马不得不仰起头保护鼻孔,用前蹄踢蹬,因猛兽的气味或巢穴的邻近感到不安。他们绕过竹林,走近一片干涸的沼泽:雨迟迟未下,水洼和乌莱山麓丘陵的泉水仅剩下微湿的、迅速变硬的泥。他们看见左边百来米处,野蔷薇和含羞草中间,绵延三百多公里的热带稀树草原开始的地方,一动不动的巨象酷似被某个业已消失的宗教的信徒们丢弃的花岗岩偶像。只有两三头长着巨齿的雄象在沼泽龟裂的底部缓缓转圈,不时仰起鼻子吸气,希望发现一丝预报雨的潮气。莫雷尔知道,象群通常在本季节从玛穆恩到南比拉奥、雅塔、恩盖西、瓦噶噶绕一大圈,沼泽是象群重新北上玛穆恩湖的一个中途站,哪怕发生最大的旱灾通常也有把握在那儿找到水。一九四七年大旱时,整个地区被政府部门宣布为保留地;几周内兽群集中于此,其规模见所未见,当时被报界称为人间天堂之景,只需安安静静地在禁地边缘等,便肯定能等到一流的猎获物。那时好枪法的爱好者们从世界各地跑来,确信他们的钱不会白花;五个月内出征五十余次,聚集了大批阳痿患者、酗酒者和一些女人,她们一般在公牛赛时第一次性觉醒,在盯住犀牛角或一头健壮公象的象牙准备扣动扳机时达到高潮——身后有名职业猎手——无论如何她们还是很谨慎的。莫雷尔下意识地握紧双拳,觉得怒气涌上鼻孔,鼻孔收紧、发白,像他每次发火时那样;但这一次没有什么可担心的,事情不可能以这种方式发生。奥尔南多事件产生了有益的反响,喜欢展示阳刚的人将在别处得到满足。但从沼泽的状况和领头大象的烦躁不难看出,旱情将很严重,甚至说不定异乎寻常;扎根于干泥中晒枯了的光秃芦苇,仍有五十公分的绿茎,指明流失的水通常的深度。蒸发想必特别快,莫雷尔注意到,两天来象群不再派象去侦察短暂逗留地点和有意抢劫的田地的状况,相反似乎密集地、晕头转向地成群迁移。莫雷尔试图给自己吃定心丸,想到动物途经的好几个地点仍然有水,它们可以欢度他多次透过芦苇偷看的戏水的节日,洗淋浴,相互往身上洒水,或几个钟头地躺在水中,无精打采地晃着鼻子,满意地深深叹息。他从衣兜里掏出纸和烟草,边卷烟边观察象群,眯缝起眼,友好地微笑着。他捍卫的是人的活动余地,一个世界,随便哪一个,只要如此笨拙、如此笨重的自由有一席之地。耕地扩大,电气化,道路和城市建设,昔日的景色在紧迫的宏大事业前消失,不过该事业应保持足够的人情味,以至人们可以要求奋勇向前的人无论如何要保住这些不灵巧的巨兽;在即将来临的世界中,似乎不再有它们的位置……

莫雷尔抽着烟,纹丝不动骑在马上,怀着宁静的喜悦观察象群,仿佛他没有其他的操心事。这群象约莫有六十头。远处,竹林外的山腰上,他看见另一个象群前面几头象的身影。据比尔·科维斯特估计,法属赤道非洲和喀麦隆的成年象不足六万头,非洲大陆总数约为二十万头——考虑到其中老死的、三五次成为靶子或即将成为靶子的大象为数寥寥。保护田地和收成是个荒唐的借口,因为只需放几个炮仗大象就绝不再来;至于许可证,没有一名狩猎官不承认,获准杀一头,非法杀死的就有十五或二十头。因生存愈来愈受到控制和制约而备感失望的人,与世上仍存在的最后和最伟大的自由化身之间的较量,每天都在非洲的森林里进行。很难要求没有足够肉食的非洲农民善待大象:他们生理上的痛苦使这场保护大自然的运动变得更加紧迫。但不管任务多么艰难繁重,必须克服一切障碍,承担起保住大象的额外工作。莫雷尔拒绝在这个问题上让步。作为整体效率和绝对收益的破坏者,他无视把血汗视为生命体系的传统观念,将竭尽全力使人永远为其运转制造困难。他捍卫一个空间,既无实用收益、又无明显效率、但始终是人的心目中永存需求的东西,可以去那儿避难。这是他在劳改营的铁丝网后面学到的,是他和他的同志们不会马上忘记的一种教育,一个教训。所以他决定轰轰烈烈地开展保护大自然的运动。成果令人鼓舞:广播里,电视上,报刊中,到处都在谈论这个话题;他成为得民心的不法之徒,一名重视荣誉的强盗;他打动了公众舆论,每个人逐渐明白了赌注的重要。他一边继续平静地抽着烟,一边注视昏昏欲睡的疲惫的象群。现在他有把握得到他想要的东西了。得有耐心,这不容易做到。受伤的动物生活悲惨,有时常年体内带着一粒子弹,伤口越来越深,在成群的壁虱和苍蝇的叮咬下患了坏疽。受伤动物的数量无法估算,但只要和于埃特兄弟、雷米、瓦斯拉尔谈谈,就可以知道他们的想法。三天前,莫雷尔亲手打死了一头象,它的左眼珠被一粒子弹打掉,一处伤口露出了颅骨。他在雅拉河河床上看见它在原地打转,他给它额头上敷了湿泥,徒劳地试图减轻它的疼痛。他知道,最后一批打猎人追捕受伤动物,只为了结它们的性命,而并非出于它们变得危险这唯一的理由。他相信这些人暗中对他友好,需要时会施以援手。非洲珍玩和纪念品爱好者的趣味对他是个令人作呕的奥秘。几天前,他攻打并烧毁了本地区一位制革专家的制革厂。他名叫赫尔·瓦日曼,他的制革厂位于戈拉以北几公里处。他和印度、葡萄牙等其他出售狮、豹、斑马皮货的商人受到莫雷尔同样坚忍不拔的追捕,他与他们唯一的区别,在于他产生了一个足以令贝尔森①人皮灯罩制造者嫉妒的念头。他的确找到了理想的商品。其实这相当简单,但必须想得到才行。在膝盖下约二十公分处割下大象的腿,从脚开始的这段皮经过加工、镂雕和鞣制后,用来做字纸篓、花瓶、伞架,甚至香槟酒冰桶。商品变得供不应求,主要用于出口,本地人的需求差一些,有点讨厌这类装饰品。赫尔·瓦日曼每月出口数百只象腿、犀牛腿和河马腿,以及用来做镇纸的长臂猿手掌。莫雷尔攻打他的仓库时,在里面找到了八十只经过镂雕和处理的象腿,和相同数目的犀牛、河马腿;这些腿直立在库房中,好似一群奇形怪状的幽灵,令人想起噩梦般的图景,消失动物的图景。莫雷尔一把火烧了仓库,抽了老商人二十鞭子,还挥拳打碎了他几颗牙,若不是有分寸的哈比卜前来阻挡,很可能把他杀了。这件事引起了轩然大波,似乎为他赢得不少好感。只需再等待一些时日,迫于公众舆论的压力,保护非洲动物会议必定会采取必要措施保护大自然。他一时想起最初他来要求在请愿

---

① 贝尔森,又称贝尔根-贝尔森,纳粹德国集中营,位于距汉诺威州采勒西北十六公里处的贝尔根和贝尔森两村附近。战时日记后来轰动全世界的安娜·弗兰克于1945年3月死在该集中营内。

书上签名时,北乌莱行政长官埃尔比耶对他讲的一句话——埃尔比耶是个镇定的人,长期的行政管理工作使他对非洲日常严酷的现实习以为常,而且不喜欢以偏概全。他戴上眼镜,读了请愿书,然后仔细把它折好放在桌上:

"小老弟,您对人的看法过于崇高。您终将变成危险人物。"

莫雷尔踩着马镫坐直身子,以缓解两腿的疼痛,一只手撑在鞍上,一边把那半截烟抽完,一边继续远远地监视象群。当地的部落给他起了个绰号:Ubaba-Giva,意思是象的祖宗。虽然这令他发笑,但也不希望有个更漂亮的名字为人知晓。必须继续保卫非洲大象,让城市和遭污染地区的居民,尤其让法国人理解这场运动的全部意义。在这一点上他信任他们,这与他们直接相关,是他们传统的一部分。他这样又待了一会儿,在马鞍上按灭烟头,然后突然哼起了歌,令哈比卜大为惊讶。哈比卜摇头弹舌,为如此自信的法国疯子眼中闪烁的荒谬的希望所吸引。莫雷尔又抓住缰绳,扭转马头朝东,穿过芦苇荡,走在干硬的在马蹄下颠动的土地上。等他抵达另一侧的山顶,他又一次回过身朝大象微笑,脸上流露出那样幸福的表情,以至黎巴嫩人搔搔耳朵骂了一句脏话。面对这绝妙的、带有不可战胜的全部骗人表象的疯狂,他露出行家的钦佩。接着,他用力踢了一下坐骑,陪伴——用他在德·伏里面前说过的不加其他解释的话——那位仍信的人奔赴约会地点。

两小时后他们抵达村庄,在茅屋间穿行。几个孩子朝他们跑来,但居民们避免注视他们,那份刻意表明他们心存恐惧,决意不介入显然被他们视为白人间的一件事。这令莫雷尔情绪不佳,为这种误解感到痛苦,因为他原本希望非洲人站在他那边。在他们一行人走近时,村庄一般变得空空荡荡,村里只剩下老妪和拦住孩子的受惊的母亲。他无法理解这种敌意或惧怕。他要食物总是付钱的,在最初的几次过火行动后,他要求手下,尤其科罗托罗及其朋友们遵守纪律,不得违反。他不正在捍卫非洲的灵魂、完整性和她的未来吗?不过他知道,他一转身,他们就杀大象。他并不因此对他们怀恨在心。这不是他们的错。这是肉的悲剧,需要蛋白质和肉制品的悲剧。所以,要做的最迫切的事——他一直不停地在其请愿书中宣称——是提高非洲民众的生活水平。这是他的战斗,他为保护大象进行的斗争的一部分。如果想挽救受到威胁的巨兽,这是头一件要做的事。他不禁又一次想起阿尚博堡一名黑人老教员的回答,此人轻蔑地一甩手抛掉他的请愿书,说道:

"您的大象,这又是吃饱的欧洲人的一个念头。这是酒足饭饱的资产者的念头。对我们来说,大象是站立的肉——等您给了我们足够的公牛母牛后再谈吧……"

二十七

他们有四匹矮种马,三匹驮着武器弹药,第四匹驮着威士忌;打完了最后一发子弹,喝干了最后一瓶酒后,乔尼·福希思完全不知道会发生什么事。如俗话所说,绝对的未知数。面对如此惊人的未来的缺失,他惊叹地搔搔脸颊,不时瞥一眼跟着他穿越连影子似乎也被逼得无路可逃的炽热风景的姑娘。他不知道尽头有什么等着他们,但任何希望都有可能实现。他冷笑一声,晃了晃脑袋。说不定他的下场和许多人一样,乞求上天施以迄今无人得到过的援助——至少在上等威士忌方面。一个很可能藏有法国监狱的阴暗地带,皮肉里的一粒子弹,或者美国驻布拉柴维尔领事那张痛苦的、异常痛苦的脸:"别忘了在这儿我们每个人都对国家的威望负有责任。"尊敬的官员此刻该说的话激起乔尼·福希思最大的好奇心。不容置疑,这位领事是他有机会遇到的直立哺乳动物最美的样本。"人:直立哺乳动物",这是有一天他在朋友、阿贝谢的黑人教员家里翻一本字典时找到的定义。他又发出短促的冷笑,晃了晃脑袋。

"您不该再喝了,福希思副官,您不能这样下去了。"

"别担心,朋友,我一到大象们中间就停止喝酒。促使我酗酒的是我同类的陪伴。早上我可以忍受一个,白天最多两个,但下午四五点钟光景,我再也忍受不了,于是便喝酒。"

他们上路以来,他喝下的酒精量足以杀死一个不够结实、也许只是中毒不够深的人。米娜不得不在最后一段路驾驶吉普,因为他已握不住方向盘。他们在尼亚美下车,等莫雷尔给他们派来的向导。他叫尤素夫,这名少年曾两度来到拉密堡与福希思取得联系。她停下吉普车的宿营地里没有一个人。在行程的这一段,他们没有采取任何防范措施:他们离阿尚博堡—拉密堡公路不过三十公里,还没有人怀疑他们,没有人知道他们运了什么,他们在此地的出现毫不起眼,不可能引起任何猜疑。他们接近约会地点时,夜幕陡然降临。米娜停下吉普,丢下瘫倒在车座上的福希思,自己下了车。耳边响起所有那些令人不安的声音,只有昆虫不停发出嘁嘁啪啪的响声,熟悉而叫人放心。非洲在夜色中恢复了她的奥秘,她的无以计数和不协调的声调,她的叫喊、呼唤和笑声,大地不时在兽群经过时抖动。荒无人烟的小道在车前灯的照耀下延伸。空气仍受到荒漠清凉的触摸,在响亮的颤动中翻腾,这颤动似乎给了天空本身嗓音和呼吸。骤然间,仿佛被这昆虫的噪音、被这小东西的合唱惹恼了,在倏然而至的寂静中响起一声吼;无论离得多远,它似乎近在眼前,连月亮周围的云彩也突然更快地朝远方逃遁。米娜的心开始跳动,她痉挛地咽下口水,浑身颤抖,幸福地倾听了一会儿这唯一不令人发笑的升向寥廓星空的声音。她觉得吼声近了。她朝后退,丢下黑夜,回来坐在车子的保险杠上。车前灯的灯光把她与黑暗隔开,她打开手提包,不安地,近乎慌张地做出一个给自己壮胆的熟悉反应:交叉双腿,把裙子拉到膝盖,拿出口红和镜子,用挑战的神气涂抹嘴唇。突然她笑起来:狮子每吼一声,吉普车里的福希思便以一声洪亮的鼾声回应。接着重归寂静,昆虫卷土重来;她拿起披肩裹住双肩,待在那儿,战栗,幸福,远离一切,被夜发出磷光的蓝色波浪摇晃着。夜色清朗,数百万只白蝴蝶在大路上方飞舞,好似一条地上的银河,触手可及。她寻思着莫雷尔是否将允许她留在身边,力所能及地帮助他开展运动。想必他会要求她做出解释,而她做不出来。她凭直觉行事,首先因为她深爱动物;其次因为她常觉得孤单,被人抛弃,尽管她看不清楚这中间的关系;最后因为她死在柏林废墟中的父母,因为她的叔叔,因为战争、贫困、被枪毙的情人、她全部的遭遇……

"噢,此外,我为什么这样做,我也不清楚。"她耸耸肩膀对谢尔舍说,然后拿起桌上的一瓶白兰地,给自己斟了一杯——这是他们会面以来她头一次喝酒。"他们都问我为何而来,我说我也想为动物做些事,他们不信……那又怎么样呢?他身边总该有个柏林来的人——在他那儿有个从柏林来的人,这是很自然的事,不是吗?……①"

---

① 原文为德文。

她询问谢尔舍的眼睛,看他懂了没懂。她平静地坐在那儿,抽烟喝酒,单纯得几乎令人窘迫;各家报纸围绕她做的所有宣传好像没有怎么打动她。她告诉谢尔舍,他们在小径上等,她觉得过了好几个钟头,坐在两个大开的头灯的光线之间,她开始昏昏欲睡,这时一只手碰了碰她的肩膀:她看见面前有个白色的身影——是尤素夫。米娜重握方向盘,少年上车坐在她身后。他们一直行驶到黎明,然后把吉普丢在小径尽头尤素夫留下马匹的一个灌木丛里。他们在那儿过了夜,然后上马出发,朝山岭的方向走。傍晚时分,草丛中间出现了一个安在矮种马上的圆形物,一个白色头盔和一张正在晒太阳的熟悉的脸,红棕色的胡须围着面颊如同一张网。法格神甫见到他们好像并不特别高兴,口里嘟嘟囔囔的,不时迸出一两个字。他不带一丝好奇心,问他们在这个被抛弃的地区做什么……他显然差点说被上帝抛弃,但及时打住,对这句渎神的话摇了摇头。福希思对他做了含糊其词的解释,说他们去杜帕克种植园,应邀在他家度过一周。

"好,那么你们来得太晚了。"传教士咕哝道,"三天前他烧了种植园……"

"他是谁?"

"莫雷尔,还能是谁?他们狠狠揍了杜帕克一顿,放火烧了房子……倒霉鬼好像犯了错,今年杀了二十来头象——糟蹋他收成的动物。"

"这么说,这仍在继续?"福希思嬉笑着问道。

法格好奇地望了他一眼。

"可不仍在继续……"

他低语了几句,他的话巧妙地消失在胡子里。

"我刚翻山越岭,整整骑了四天马,试图逮住莫雷尔这混账东西,但黑人们听到他的名字那样怕,样子那样蠢,叫人恨不得互相占有,互相咬……对不起,小姐,对我的话您不必生气。我常和军人交往,语言受到了影响……你们应该去阿达过夜,那儿有个白人神甫传道团,你们顺路,他们有新鲜蔬菜和草莓。"

这不顺路,但不该说出来。这天晚上,喝了满满一两杯普通葡萄酒后,法格发泄了他的苦涩心情。

"我想向他解释,向这可怜的笨蛋,"他用雷鸣般的声音嚷道,拳头捶着桌子,好像也力图改变桌子的信仰——"我想向他解释,向这半途而废的可怜家伙,大象固然不错,但还有更好的。更伟大、更美丽的东西——而他似乎想象不到!总之,我问你们,上帝,他在其中的位置呢?"

他用力敲打桌子,仿佛可以这样打人似的:几乎无法相信桌子没对他做什么。

"别捶这桌子了,"福希思劝他道,"它永远不会懂的。"

"噢,您知道,当我这样敲打的时候,"方济各会修士阴沉地说,"您得承认,有不少事让人恶心。人要是讨厌什么事,就会越来越讨厌,不会中途停止,不会只盯着大象……啐！……"

他用力吐了口唾沫,在压结实的土地上扬起一片灰尘。

"我还要给您讲件事:我有时觉得那家伙是针对我个人的……"

"怎么会？"

法格沉默了一秒钟,然后张开双臂,呜咽似的大叫：

"我,我哪儿知道？也许这混账有道理？也许我做得不够？也许麻风病人和昏睡病患者不是一切？也许我还应当到大象中间去？"

乔尼·福希思开始来了兴致。

"法格,你有多久没合眼了？"

"有一周了。"传教士大声嚷道,同时捶了一下桌子,如果这一拳打在某个不信基督教人的头上,肯定对宗教更有用。"大象从晚上到黎明一直在我眼前跳！您不会信我的话,但有些象甚至用它们的鼻子向我发出信号。"

"什么样的信号？"

"我哪儿知道什么样的信号。它们用鼻子招呼我,'来,来,来',就这样！"

他用弯曲的食指模仿那个动作,挤挤眼睛,一脸撒旦般的狡黠神情。

"哦,神甫,"福希思说,"这可真逗！"

"要是我知道这些大象,它们是从哪儿来的就好了！"法格颓丧地呻吟道,"可如何能知道呢？随便什么人都可以把它们给我派来,我说随便什么人,是有所指的!"

"噢,"福希思说,"只要是象,不是富尔贝脱光衣服的黑女人……"

"啊!您,您也相信!"法格说,"那好,她们,至少大家知道她们是从哪儿来的。夜里,当她们突然出现在您面前,扭着屁股,到处看到她们的奶子……"

他住了口。福希思带着明显的兴趣听他讲。法格脸涨得通红,又敲起桌子来。

"那又怎么样?如果我应该到大象中间去,我就去!"他吼道,神情特别坚决地卷起袖子,"如果上级认为我做得不够,麻风病人和昏睡病患者,这不够,那好,我也到大象中间去。此后如果需要到凯门鳄、蟒蛇中间去,那我就到凯门鳄、蟒蛇中间去!我,我不在乎!不打退堂鼓!如果认为我做得不够……"

他铆劲儿拍打着桌子。

"别拍了,"福希思笑着说,把瓶里剩下的酒倒在他们的杯子里,"用您拍桌子花的力气,我的好神甫,您能让一个部落的伊斯兰教徒改宗呢。"

法格停止拍打。

"的确,"他说,"也许您是对的,我大概最好保存体力。但我要告诉您这个……"

他朝福希思俯下身,狡黠地皱起眉头,挤着眼睛说:

"孩子们,我不会上当。"他宣告,"告诉您,我不会这样受愚弄。行动前,我要知道它们从哪儿来,这些大象。我首先要知道后面有什么。如果那家伙只剩下这个,如果这真是他最后相信的东西,如果他还是那班因为一无所有、因为没有足够胆量走到头而半途而废的人们中间的一个,如果这还是一个躲避的窍门,好像上帝不再存在,不得不换上别的东西的话——那么,他妈的……"

他咬紧牙关,敲起桌子来。他那样使劲,在夜的深处,荆棘丛林远远的某处蓦然响起达姆达姆的鼓声。法格似乎相当吃惊。

"这是什么?"

"没什么。"福希思平静地说,"他们对您做出回应。您无意间用您的达姆达姆呼唤他们进行圣战,明天我们将被一网打尽。"

法格阴沉地望了他一眼,起身道了晚安,两腿不大稳地走出去;福希思笑了,伸伸腰站起来,没有一点醉酒的迹象:如果说他还能做什么,那就是挺住。

"晚安,神甫,"他在夜色中冲他喊道,"当您最终随大象一起上天堂,再也见不到您时,我将深感遗憾!"

他也走出茅屋,注视天空片刻,好像在寻找天真的方济各会修士届时可向天上的谁或什么狠揍一拳。拂晓,他们再次上路,沿着灌木丛间的小径骑了两个钟头马,头顶上的灰色岩石间伸出棕榈枝,大戟的外形有如窥伺者。他们在山顶看见有个蓝色的身影在等着他们。当时他们身处一个以盖革山为名的地点,以纪念所有手持盖革计数器①临时充当探测者来此游荡的人。人们没有找到铀,但奇迹爱好者们始终坚信,林立的巉岩下有个地方藏着极其丰富的矿脉,总有一天他们会发现。他们到达山顶,在村子最前面的几座茅屋中,他们见到了哈比卜——神情快活,衣冠不整,好像刚溜到中途靠岸的港岸上美美地玩了一通的一名海员——以及莫雷尔,光着头,面带微笑,旧公文包系在鞍上。米娜立即认出了他,他伸出手朝她走来,带着无法不回应的开心表情。

"一路上好吗?"

"很好。"

福希思朝山峦转过身去,嘲讽地,带点戏剧性地挥手打了个招呼——上午十点起他就醉了。

"这是告别的时刻。我提前庆祝过了……当人们离开可以在同一时期向你提供种族灭绝、人民的天才之父、原子辐射、洗脑和自发坦白的败类,终于去大自然中间生活的时候,是允许喝醉的……"

莫雷尔不听他讲。他双手握住米娜的一只手,十分友善和亲切地望着她。

"谢谢。您为我们做的事非常勇敢,非常有用。我们藏武器的地点有两处被发现,我们几乎没有弹药了,而且……"

---

① 盖革(1882—1945),德国物理学家,创造了一种电离室型辐射探测器(又称盖革-弥勒计数器),对单个辐射粒子的计数特别有效。

他冲她微微一笑。

"而且,意图比什么都重要。但今后不会很容易。"

"我知道。"

"还需要一段时间,您知道……"

他笑起来。

"保护大自然,恰恰不是此刻政客们操心的事,但各国人民很关心。我们力图得到的东西令他们感兴趣,似乎所有报纸都在谈论。所以目的可以达到。又一届保护动植物会议将在半个月后召开,我负责以……令人印象深刻的方式引起世人对会议的注意,它将被迫采取必要措施。不然的话,我们必须继续……必须非常耐心……"

"我不着急。"

"请注意,您什么时候想回去都行。他们不会对您怎么样。他们不敢。他们很清楚,公众舆论在我们这一边……"

她谈起他们会面的最初时刻,那份愉快和兴奋比言辞更能表明她的感受。她停顿片刻,把白兰地酒杯贴近嘴唇,垂下眼帘,带着有点神秘的微笑说:

"他明白了也许我和他一样喜欢动物……"

村尾有座茅屋比别的更大,用夯过的土砌了台阶并有附属建筑物。门口,一名黑人身穿运动短裤和卡其布衬衫,头戴毡帽,端着一挺冲锋枪,贴着莫雷尔的耳朵轻声讲话——他有点令年轻女子害怕,莫雷尔注意到

了,说:

"这人主要干盗窃……他从班吉的一座监狱里逃出来,我们成了朋友……"

茅屋内,在没有窗户的昏暗中,她看见一个头发灰白的胖子,裤子纽扣解开了一半,神经质地摇着一把日本扇子,与其说是为了驱赶热气和苍蝇,想必更多是为了平息他黄褐色的脸上和恳求的眼睛里流露出的焦虑。见莫雷尔走进来,他以电风扇的频率摇动扇子,站了起来,出于对年轻女士的尊重扣上了两粒纽扣,他毫不惊讶地认出那位女士是"乍得人"的酒吧女郎——显然他从不吃惊——然后说:

"莫雷尔先生,这无法继续下去了。您把我在家里关了四天,我不得不要求您离开。我不愿意跟当局有麻烦,不能同意把我的仓库改为有组织的犯罪活动的司令部。在我门口看守的黑人,我应该明确指出,有挺冲锋枪作武器,他是法属赤道非洲最有名的恶棍之一,他对我的态度是我无法容忍的。我的声誉极佳,战争期间,我在金钱和道义上为领土支持盟军事业出了力。我不愿意被人说帮助过恐怖分子,鼓励过暴动和外国特工,尤其因为我是阿拉伯人,人家总指控我们在非洲从事不知什么神秘的活动。我坚决要求您离开我的家。"

莫雷尔捧起桌上的水罐喝水。

"如果你战争期间和盟军在一起,老兄,今天就该和我们在一起。"他对他说,"这是同样的战斗。你应该为大自然做些事,这正是你我在战争中捍卫的东西,是吧?"

扇子在胖脸上方疯狂地扇动。

"莫雷尔先生,我不想反驳您,我不明白您的意图,不知道您想做什么。四天来我一再对您说您冒犯了我,以为我很天真,相信这事真的和大象有关。告诉您,莫雷尔先生,我不笨,我有三个儿子,就在我跟您讲话的时候,他们正在巴黎接受最良好的教育。"

"那么你认为和什么有关?"

"我不清楚,莫雷尔先生,和什么有关,我不想知道。我不搞政治。"

"你当然不搞政治。"莫雷尔说,"但我们毕竟在你屋檐下找到了五十多吨准备打包的象牙,象牙被锯成小块,然后装进罐子偷运出境,在桑给巴尔附近装船。"

"这象牙是土著提供给我的,是从死在森林中的大象身上合法搜集的。我手下有人在林中勘查找死象。象牙不是猎取来的。另外,莫雷尔先生,我要求您不要用你称呼我。"

"你叫我难过。"莫雷尔说,"离此地一百公里,荆棘丛林正面有四十多公里被大火烧个精光,我相信这与你毫不相干。有几夜我睡不着觉,因为被烧得遍体鳞伤的动物在雅拉河河床里惨叫,然后死去。当然,这还不是往村里扔凝固汽油弹,但如果你像我一样去查看河床,你将看到大象们为减轻烧伤的疼痛在里面打滚,划出道道沟痕……还不止这些……"

"莫雷尔先生,我再次要求您不要侮辱我……您无权……"

"……还不止这些。我的公文包里有官方文件,调查委员会的报告……有些你会感兴趣的……从来没人看见你们的搬运夫回到受雇的村庄……"

扇子痉挛地摇起来。

"我看你听懂我的话了。一个不到四十岁的男人在绿洲——更确切地说在里茨市场——似乎卖到一千五百里亚尔,而一个十五岁的肛门没有被人碰过的壮小伙儿,得要四千里亚尔……联合国反奴隶制斗争委员会提供的官方数字……你们的小伙儿再也不回来,这不足为怪。你们把他们和象牙一起装上船,对其中的穆斯林许诺去麦加朝圣……这使我完全有权把你称作混蛋,对不对?"

这时米娜第一次在昏暗中看见一个白色的身影靠着压实的土墙站着,一手叉腰,脖子和肩膀上围着一块薄纱。当这人用喉音断断续续地开始讲话时,她瞥见他那发黄的脸,从下巴直到嘴角的两撇黑胡子。他大概讲的是骂人的话,因为他的伙伴好像很尴尬,扇子加快速度扇动。

"他说什么?"莫雷尔问道。

"没什么要紧的,莫雷尔先生。"

"他说什么了,既然他是个勇敢的人?"

"他把您推荐给狗。"

莫雷尔微微一笑。

"不错。我肯定,来自他的推荐有一天将对我有用。他叫什么名字?"

"伊斯尔·艾定纳。"

"你告诉他,以后每次我遇到一条癞皮狗,就说我是狗族长老伊斯尔·艾定纳委派来的。"

"莫雷尔先生,"掮客神情难过地摇着扇子道,"我们这儿的人说,话出口快,回来得慢。"

莫雷尔几乎友好地望了这对难兄难弟一眼。

"咱们不谈了。我早就清楚荣誉对一个人意味着什么。你去付搬运工的钱,送他们回家。趁这工夫你要你老婆给我们准备点吃的。还有,你去告诉那个沙漠绅士,如果我再听见一个男孩在他的茅屋里喊叫,我就要他承载自尊的地方受到重创,少了个大负担回家。村里的妇女来跟我谈了。每夜都清楚地听见他正在撕碎一位母亲的心。"

"咸干肉叫人来情绪。"掮客引经据典地说。

他站起来去到院子,一个身穿靛蓝色布裙的丰满的黑女人正俯身在院里的一口石灶上。他的伙伴跟在他后面,凉鞋上方薄纱飘逸,显得步履庄重,俊朗的头高昂着,带着全部应有的自尊。屋里只剩下米娜和莫雷尔。自他们在"乍得人"的露台上相遇以来,这是她第一次与他单独会面。她向谢尔舍交心,她时时想念他,由于没怎么见过他,结果在记忆里完全把他改变了。首先,他根本没有她设想的那种英雄的身材,他的脸也丝毫没有她给他装点的那不同凡响的高贵。这是一张普通的方脸,很平常,除了眼睛非常美,仅仅依据她在柏林交往的士兵们可以判断,这双眼睛很有法国人的特点。两人一出去,他便朝她转过身,笑道:

"您看,什么样的人都有……有的赋予我深刻的政治观点:好像我是二局的一名特工,试图扰乱视听,掩饰非洲风起云涌的反叛;对另一些人而言,我是共产党的一名特工;还有些人认为开罗付钱给我,以便拨旺民族主义的火焰……"

他耸耸肩膀。

"实际上比这简单得多得多……幸而仍存在某个东西,它的名字叫人心。与人们设想的相反,这不是一个传奇——不仅仅是歌曲的一个主题……我们必须触动人心,现在我们正在这样做。我们还须坚持几周,如有可能坚持到雨季,使天平向我们倾斜。以前我们宣传做得不够,还须做点广告,接触到尽可能多的人,使他们明白关键之所在。保护大自然,这与他们有直接的关系……"

所以,他满怀信心挺立在山上,正如她天一亮便经常看见的那样,赤裸着上身,手持卡宾枪,嘴角带着些许嘲讽的微笑,在受到威胁的巨兽周围警惕地站岗。

二十八

在二十世纪中叶,这是一项前所未有的紧迫和艰巨的任务。某些人有时会丧失希望和信心,莫雷尔的抗议唤起了他们惊人的热情。按照"乍得人"露台一位常客的说法,当人们说"德国人并不都这样,俄国人并不都这样,阿拉伯人并不都这样,中国人并不都这样,人并不都这样"的时候,对人总之已经讲得够明白的了。接着在月光下大叫"塞巴斯蒂安·巴赫!爱因斯坦!史怀哲①!"是白费功夫,月光是知情的。突然间,所有失去希望但仍富有人情味、并有钱买一张机票的人道主义者,似乎都试图赴法属赤道非洲归附那位拒绝投降、变成活生生的希望象征的人。所以要求去法属赤道非洲,杜阿拉②、布拉柴维尔、班吉、拉密堡的人必须有特别的签证,并加强了监控,以便在旅游者中发现前来加入莫雷尔队伍的志愿者。他们中间自然有几个急于登月的、典型的精神失常者,但至少也有意味深长和具有轰动效应的归附,说不定它在世上引起的轰动和莫雷尔事件本身一样大。三月十五日,美国报纸以大字标题宣布,美国最杰出的物理学家之一、氢弹的创造者之一奥斯特拉赫教授失

---

① 史怀哲(1875—1965),法国神学家、音乐家和医生,1952 年诺贝尔和平奖得主。
② 杜阿拉,喀麦隆港口。

踪,没有留下任何踪迹。在庞蒂科夫①事件、奥本海默②失宠、伯吉斯和马克·里安③逃亡之后,这条消息引起了真正的恐慌。奥斯特拉赫不仅了解氢弹的全部细节,而且深知新的钴弹的前途,无论在苏联还是在美国,本世纪最伟大的人正夜以继日,怀着无限的忠心为神圣的事业努力研制钴弹;这是一件特别具有决定意义的武器,因为它不仅毁灭动物,而且毁灭植物,经过必要的调整,甚至可以全面分解地球表面的整个液体要素,从大洋直到泉水。另外还有望制造一种既杀人又不毁灭物质的新的炸弹。人们回想起西班牙内战时,奥斯特拉赫送钱给国际纵队战士的孩子,数次试图利用他在同行中的影响限制钴弹的威力,以便在地球上保存某种基本的生命形态,主要是海水浮游生物、海生植物和一般的海生环境。生命的历险正是在这环境中开始,也许(谁说得准呢?)有一天可以在更好的条件下重新开始。一个负责调查他是否忠诚的委员会为他洗刷了全部嫌疑;至于他为减小炸弹的摧毁力所做的努力,则被调查者和宽容的报界形容为大科学家常有的天真的怪诞行为。一天早晨全世界都听

---

① 布鲁诺·庞蒂科夫(1913—1993),意大利物理学家,主要研究粒子物理学。1950 年携家人逃往苏联。
② 奥本海默(1904—1967),美国核子理论物理学家。1953 年他被指控同情共产主义而被迫中止与政府研究工作的联系达十年之久。
③ 此二人均为英国外交官,二次大战和冷战初期曾为苏联进行间谍活动,1951 年逃离英国。1956 年二人在莫斯科露面。

说此人失踪了。人们最终发现他用假名飞往欧洲,半个月里没有任何消息,而他加入了苏联科学家团队,其死亡之光的研究工作进展顺利的消息被认为得到了证实。到了五月初,拉依东北部的巴加村村长向行政主管报告说,在四十公里公路宿营地有个外国人,好像在等什么人——而有人刚报告莫雷尔在本地区。尽管那外国人提出强烈抗议,他仍然立即遭到拘捕,并被押解到拉密堡。他爽快地承认他就是奥斯特拉赫教授。

美国舆论哗然,已在拉密堡的记者们发现,二十四小时之内他们的人数翻了两番。奥斯特拉赫是个年轻人,长长的脖子被大喉结鼓起,花白的头发剪成刷子状寸头,一双眼睛带着嘲讽。对他掀起的风暴,他佯装非常吃惊。一场彬彬有礼的审问没有审出任何东西,除了他说他没有试图向大象传达军事机密。他在"乍得人"露台上接见了记者。不,他没有试图找莫雷尔。他唯一想做的是拍几张在大自然中生活的动物的照片,因为他对大自然怀有浓厚的兴趣,摄影狩猎是他最喜爱的运动之一。他也试图给大象拍照吗?是的,当然,他看不出这有什么不好。他知不知道非洲共产党选定 komoun 即大象这个字眼当作整个非洲重新集结的口令和向西方斗争的象征?不,他不知道。否则他一定不会试图给大象拍照。今后他再也不会跟它们打交道了。他执意毫不含糊地高声宣布这一点。他擦擦额头上的汗。"耶稣基督啊,"他说,"您要特别讲清楚我的政治意识薄弱,我想给这些大象拍照，但不怀恶意，也许没有估计这样做可能带来的后果。我这一辈子不是个始终惹人注目的人物，没有习惯注意我的全部行动。耶稣基督啊，现在想想，我记起来曾两三次特意领着孩子去布朗克斯动物园看大象，但对我进行忠诚调查时，我忘记向参议院委员会提了。正如我对您说的，我的政治觉悟不高，没有意识到由于我的核研究工作，这是不该做的。我对自己的行为深感遗憾。但另一方面，毕竟不是我把这些大象放进动物园的，我觉得政府不该把它们留在那儿，如果它们有颠覆性的话。耶稣基督啊，的确无法把一切都想到。"

"奥斯特拉赫教授，"一名记者问道，"您是天主教徒吗？"

"不，我是犹太教徒。"

"那么，您为什么总祈求耶稣保佑呢？"

奥斯特拉赫好像受了惊。

"又怎么了？他也在那儿，我的意思是和大象们在一起？他变得有颠覆性了吗？你们知道，这不过是个讲法问题，你们完全可以使用某个人的名字，但想法和他不一样……"

小个子佯装惊恐万分，人们感觉到他在施展一种狂热的、不顾一切的幽默，这幽默倒真的离某种颠覆的形式不远了。这么说，由于对人类怀有神经官能症患者的厌恶，他没有试图和莫雷尔一样站到大象一边？不，绝对没有。以为人类令他如此厌恶是荒谬的。他的嘴唇变得更薄了。不,人类没有令他如此厌恶。不然,他会在一生最美好的岁月发奋工作,先后为人类配备氢弹和钴弹吗?记者群中有个人发出短促的笑声。谢尔舍在美国科学家的眼中再一次看到了那种自古有之、不可泯灭的快活的闪光,这快活是生命延续的保证。他认为大象是唯一受到灭绝威胁的物种吗?"请原谅,"奥斯特拉赫说,"我不能讨论与我国国防有关的秘密。"核试验和辐射的累积是否的确有可能给全人类带来巨大的苦难,并给未来的世世代代造成悲剧性的后果?他仍然不能讨论这些与国家的军事防务有关的问题。应该让科学家在实验室的宁静安详中平静地继续他们的事业。"对,但什么事业呢?"露台尽头有个人用近乎绝望的声音嚷道。明确地说,什么事业?"我们可以怀抱全部希望。"奥斯特拉赫露出灿烂的微笑,说道,"不该给无利害关系的纯科学研究设置障碍。对这种科研来说,重要的不在于得到无论怎样的实际结果,而仅在于展现人的天才。"换句话说,如果一名科学家在实验室的一次事故中炸毁了整个地球,这是人的天才的无私展现吗?他拒绝和他的质问者继续谈论如此悲观的看法。科学研究应该不受羁绊,完全不考虑有可能产生的实际后果……他在拉密堡又待了几天,在本地区转悠了许多次,大概仅仅是为了给当局找麻烦。每次他身后都跟着一大队记者,他们不怀疑他的意图,总督也不怀疑,而且派出护卫队,保证片刻不离科学家左右。于是,一周之内,每天早晨,一队人追随那个好嘲弄人的小个子,开车离开拉密堡;他驾驶一辆小型载重汽车,开进本地区最难走的小道,偶尔回过头来,向边诅咒边跟在他后面的记者和宪兵们做出友好的表示。如果莫雷尔的一名密使在行程的某个地方等着他,绝不会有人知晓。不过,与其说奥斯特拉赫试图甩掉记者们与那个为捍卫大自然而斗争的人会合,恐怕不如说他力求赋予这一事件应有的轰动和含义:他成功了,干得很漂亮,然后又登上飞机,向疲惫不堪的报界代表们友好地致意。正当他们几乎不敢相信自己的幸运时,一张既带愁容又含笑意的小脸正透过飞机的舷窗讥讽地注视着他们。

是的,谢尔舍知道莫雷尔不是单干,一些怪人或仅仅是同情者从四面八方来找他,给他帮忙。在拉密堡,在班吉,邮局里堆满了寄给他的信件和电报。总督收到发自地球各个角落的、各种语言的信函,其中绝妙的谩骂只有他本人一天到晚在胡子里咕哝的谩骂可以与之相比。所有那些密切关心时事,受够了以他们的名义犯下政治、军事、科学等等方面的差错使他们出乖露丑的人,莫雷尔的表现似乎触动了他们的一根敏感的神经,与某种愤怒、某种期待相呼应。当他们阅读他的功绩的记述时,这愤怒和期待一变而成深深的宽慰。所以,对很大一部分公众来说,莫雷尔已成了一名英雄,但恐怕很难找到一个人,像这位姑娘那样欣赏他。她在数周内分享了他的历险,没有看到对传奇的诞生几乎总不可或缺的因远离而形成的幻景。在整个审案期间,法庭上一提到莫雷尔的名字,她便抬起头,兴奋起来,极为注意地倾听,忘记了公众、法官和坐在她身边的宪兵。当一位名叫杜帕克的种植园主讲述他如何被莫雷尔和一群黑人拉下床,绑在一棵树上遭毒打,他的庄园同时被烧毁的时候,她猛然从长凳上直起身子,两眼闪着愤怒的光,带着非常浓重的日耳曼口音,用提得过高因而近乎粗俗的声音嚷道:

"您干吗不说出全部真相,杜帕克先生,既然您和我一样了解真相?如果您不好意思说,那么我是了解的,比尔·科维斯特先生也了解,还有福希思先生以及其他在座的各位都了解。"

杜帕克似乎深受触动,朝她转过身去。

"我没有要求做证。"他慢条斯理地说,"但我即将把真相和盘托出,总不至于需要一个德国女人来提醒我。"

她一抵达便听说了杜帕克的故事;哈比卜在她面前数次影射此事,每次都忍不住爆笑不止,引得她终于怀着几分忧虑问莫雷尔道:

"杜帕克的故事究竟是什么事,竟使他们笑得这样欢?"

他在她身边坐着,赤裸的上身在油灯下发亮。在他肩膀上,她看见他在德国集中营被鞭打留下的疤痕。她用指端轻触疤痕,然后久久地把手放在上面——第二只触碰疤痕的德国人的手。

"这事确实毫不悲惨,"他说,"我猜想他们笑我们是有道理的。在德国集中营,我有个同伴在抵抗运动中化名罗贝尔,他是我遇到过的最斗志昂扬的小伙子。红棕色头发,身体结实,拳头有力,目光坚定。他是我们牢房必然的核心,所有搞政治的人都自发地聚集到他的周围。除此之外,他永远快活,深入事情本质而后放心回来的人的那份快活。当士气低落,身边的人都愁眉苦脸、弯腰曲背的时候,人们转向他,他总能找到办法给我们打气。比方有一天,他模仿挽住一位女子胳膊的男士的姿态回到牢房。我们倒在自己的角落里,肮脏,沮丧,绝望,还剩下些气力的人呻吟着,抱怨着,高声诅咒着。罗贝尔迎着我们惊呆的目光,仍挽着想象中女子的胳膊穿过棚屋,然后做手势请她坐到他的床上。在一片消沉的气氛中,有人表现出兴趣。小伙子们支起胳膊肘,惊愕地望着罗贝尔向看不见的女子献殷勤。他时而抚摸她的下巴,时而吻她的手,时而在她耳边低语,还不时带着狗熊的礼貌朝她俯下身;有一刻,他瞥见亚男脱下裤子搔痒,便走了过去,使劲扔了一条被子遮住他的屁股。

"'怎么?'亚男嚷嚷道,'你怎么回事?我无权搔痒了吗?'

"'他妈的,规矩点。'罗贝尔大叫,'我们中间有位尊贵的女士。'

"'嗯?什么?'

"'你疯了?'

"'哪位女士?'

"'自然,'罗贝尔咬牙切齿地说,'这我不奇怪……你们中间有人假装没看见她,是不是?这样就可以肮脏地待在一起……'

"谁也没说话。他也许疯了,但此刻他仍有令普通法囚犯敬而远之的结实的拳头。他回到想象中他那位尊贵女士身边,温柔地吻她的手,然后朝完全惊呆了的、张大嘴注视他的同伴们转过身去:

"'好。那么我通知你们:从今天起要改一改。首先你们别再哭哭啼啼,在她面前努力表现得像个男子汉。我说的是像——这是唯一重要的。你们要为我下死力保持清洁和尊严,不然我就揍人。在这种臊臭的环境中她一天也待不下去。再说我们是法国人,必须表现得殷勤礼貌。不论哪个人有失敬意,比方当她的面放屁,我饶不了他……'

"众人张口结舌,默默地望着他。接着有几个人开始明白了,发出几声沙哑的笑声。但我们都模模糊糊地感到,在我们目前的景况下,如果没有某个尊严公约的支持,如果不紧紧抓住某个虚构,某个神话,就只能放任自流,屈从于任何东西,甚至与敌人合作。从这一刻起,发生了一件真正不同寻常的事:K号牢房的士气突然大增,为保持清洁做出了不得了的努力。有一天,自己大概真的吃不消,即将屈服的夏泰尔,借口一名普通法囚犯对小姐不恭扑上去揍他。他随后对惊愕的下士做出的解释让我们快活了好几天。每天早上,我们当中的一个在小姐穿衣时去一个角落,打开一床被子遮挡不知趣的目光。钢琴家罗茨坦是我们中间最虚弱的一个,但他利用二十分钟的午休时间为她采摘鲜花。知识分子们讲俏皮话或发表演说,在看不见的女子面前出风头。每个人尽显仅剩的阳刚之气,表现出百战不殆的样子。自然,集中营指挥官很快得悉此事,当天在休息时间来找罗贝尔,胡须剃光和发青的脸上挂着他掌握秘诀的那种微笑……

"'罗贝尔,听说您带了一个女人到牢房来。'

"'您可以在棚屋里搜,是不是?'

"指挥官叹了口气,摇摇头。

"'我理解这种事,罗贝尔。'他轻声说道,'我非常理解。我生来就是为了理解它们。这是我的职业。所以我在党内升得这样高。我理解但不喜欢。我甚至要说讨厌。为此我成为纳粹分子。罗贝尔,我不相信思想是万能的。我不相信高尚的协定、尊严的神话。我不相信人的思想不可制服。我不相信精神至高无上。犹太人的这种理想主义是我最无法容忍的。罗贝尔,我限您明天把这个女人请出 K 号牢房。还有……'

"他的两眼在夹鼻眼镜后微笑。

"'我了解理想主义者,罗贝尔,也了解人道主义者。自夺取政权后,我便专门研究他们,把精神价值当成自己的事。别忘了,我们基本上搞的是一场唯物主义革命。所以……明天早上,我将带两名士兵来 K 号牢房。您把那个大大提升了你们士气的女人交给我,我会告诉您的

同志们,她将被带到最近的随军妓院,满足我们士兵的物质需要……'

"这天晚上,K号牢房一片惊恐。大多数人准备让步,交出女人。他们是现实主义者,明事理,机灵,谨慎——善于和解,脚踏实地。但他们知道人家什么也不会向他们要,问题即将提给罗贝尔。而他不会让步。只需看看他就清楚:他兴高采烈,坐在那儿,非常幸福,两眼跳个不停,简直没必要去尝试:他不会让步。尽管我们不再有足够的力量和信仰相信我们自己的公约,我们的神话,我们在书本里、在学校讲述的有关我们的一切,但他拒绝放弃,身怀比纳粹德国更强大的力量,用他充满嘲讽的小眼睛观察我们。他捧腹大笑,想到这完全取决于他,党卫军无法用武力从他手里夺走他创造的那个非物质尤物,想到同意交出她或承认她不存在全取决于他,他开心之至。我们带着无声的恳求望着他。从某种意义上说,如果他同意让步,做出驯服的榜样,一切将变得更加容易,容易得多。因为假如我们最终能够摆脱我们的尊严公约,就有可能心存全部希望,甚至不再有任何理由不入党……但只需看看他那张愉快的小脸,就有把握他不会服从……我相信这天晚上,K号牢房的普通法囚犯以为我们真的疯了。他们当中的明白人厚颜无耻地发出冷笑,带着消遣的、宽容的眼神,那是智者,人情练达者,善于和解以及与处境、与生活融洽相处者的眼神,哈比卜的眼神……

"'怎么办?'

"'听着,我有个主意。咱们让她明天走,晚上再请她回来怎么样?'

"'她回不来了。'罗茨坦轻声说道,'或者,她不是原来的样子了……'

"罗贝尔一声不响。他听着,全神贯注。

"'让我烦的,是他们要把她塞进妓院……'

"贝尔维尔①共产党的小铁路职工埃米尔,一脸极不赞成地关注着这件事,这时他终于爆发了。

"'你完全疯了,罗贝尔,彻底精神失常了!你总不至于抓住一个虚构、一件蠢事、一个玩笑、一个神话不放吧!你不会因为这件蠢事让人关进单身牢房,受法官的审吧!对我们而言,要紧的是生存下去,活着离开此地,向别人讲述一切,使这样的蠢事今后不可能发生,是重建一个新的世界,而不是紧紧抓住一些神话,一些傻气的幻觉!'

"但罗贝尔开心地轻声笑着,埃米尔去到自己的角落待着,把背对着我们,表明他不再是我们中的一员。次日早晨,罗贝尔要我们全体立正。指挥官带着两名党卫军来了,透过夹鼻眼镜审视我们,笑容好像比通常更发青,更扭曲。连他的夹鼻眼镜似乎也的确被逗乐了。

"'那么,罗贝尔先生,'他说,'那位贞洁的小姐呢?'

---

① 法国罗讷省的一个城镇。

"'她将留在这儿。'罗贝尔说。

"指挥官脸色稍稍发白,夹鼻眼镜抖了起来。他清楚自己处于棘手的境况,两名党卫军成了他无能的见证人。他受罗贝尔的摆布,依附于他的意志。没有力量,没有士兵,没有武器,能够把这个虚构逐出牢房:没有我们同意,拿她是没有办法的。军官在忠实于自己公约的人面前碰碎了牙齿;不管公约是真是假,只要它用尊严之光把我们照亮。他等了不足一秒钟——他十分机灵,没有突出和延长他的失败。

"'好,'他说,'我懂了。那就跟我走……'

"罗贝尔出去前冲我们挤了挤眼睛。

"'我把她托付给你们了,小伙子们!'他喊道。

"我们想今后再也见不到他了。但一个月后他回来了,人瘦了不少,鼻子有点被打扁了,缺了几个指甲,但眼中没有失败的痕迹。一天早晨他走进牢房,在单人禁闭的奥妙中掉了二十公斤肉,腿短了,面带土色,但人基本上没变。

"'你们好,孩子们。鄙人在单身牢房待了一个月。一米一乘一米五,没法躺下——但我正好找到了很棒的东西。我马上作为礼物送给你们,因为我见你们当中有些人脸色相当难看,我不问他们原因。有些时候我也有这种感觉,那时恨不得拿脑袋撞墙,试图走到室外。这叫作幽禁恐怖症!……哎,我最终有了个主意。你受不了的时候,就照我这样做:想想自由自在的象群正穿越非洲奔跑,一堵墙,一道铁丝网,任什么也拦不住的成百上千头壮美的大象,穿过巨大的开阔地冲了过来,一路上折断一切,撞倒一切,只要它们活着,什么也挡不住——就是自由嘛!甚至当它们失去生命的时候,也许仍在别处奔跑,谁说得准呢,同样自由自在的。所以,当你们开始为幽禁恐怖症、铁丝网、钢筋水泥、全面唯物主义痛苦的时候,就想象一下这个吧。想象自由自在的象群,用目光追随它们,盯牢奔跑中的它们,你们将看到,情况立刻会好一些……'

"情况的确好一些。眼前有这个活生生的、威力无穷的自由形象,人们感到一种奇异和隐秘的振奋,最终微笑着注视党卫军,想到随时随刻这将跨过他们的身体,使之灰飞烟灭……这从大自然的心脏迸发出来、什么也阻挡不了的威力临近时,人们几乎感到大地在震颤……"

莫雷尔停顿片刻,似乎在倾听,仿佛仍在非洲的黑夜中窥伺那遥远的震颤。

"解放后,我不再与罗贝尔来往,而且……"

声音中带有一丝苦涩,脸上飘过一片阴云。脸色陡变,声音也更加严肃,轰鸣着压抑的怒气。骤然间,他开始和公众赋予他的形象一模一样:狂人,变成了杀人狂,半年来因为厌世手执武器占据丛林,保护大象,不理睬人。

"当大象践踏你们的田地……威胁收成和农作物时,有一项法律允许杀象,想杀多少杀多少。不必拿出证据，只凭口头上说。这对我们的好枪手是个绝妙的托词。只需证明一头象穿过您的种植园，践踏了一块西葫芦田，您就可以任意屠杀一群象，在政府的赞同下心安理得地实施报复。没有一位行政官员不知道多年来这种宽容造成的弊端。没有一位狩猎视察员不要求更严格地控制这种惩罚性讨伐……于是我出手管了管。我想表明大象是受保护的，想引人注意这类弊端，在刚果保护非洲动物会议前夕触动公众舆论。不久前，我听说有个杜帕克，方圆二百公里内唯一一座棉花种植园的园主，在这种惩罚性搜林打猎时杀了近二十头象。他周期性地打猎，借口他的种植园位于象群季节性迁徙的路上，象群在旱季北上，差不多总走同一条路线，经过它们事先发现的泉眼。杜帕克抱怨说，象群北上时似乎挑选了他的种植园作为约会地点，仿佛确信那是个安全之地。两年当中他杀了约二十头。总之，我派人在一个清朗的月夜在床上逮住了他——他门户大开，正在睡觉。我到的时候，哈比卜和瓦伊塔里已命人放火烧了他的房子。这汉子身穿睡衣，被绑在一棵金合欢树上，无比吃惊地望着自己的财物被烧毁。我走过去，以世界保护大象委员会的名义对他做了例行解释。我们头一次相互注视，我认出了罗贝尔……"

莫雷尔沉默良久。米娜不知道这是为了思考，还是相反试图什么都不想。她此时明白了哈比卜影射杜帕克的故事时的那份快乐和鼓胀起胸部的天真的大笑。谢尔舍也记起来,那个黎巴嫩人站在被告席上,夹在两名宪兵之间,倚着栏杆,显然兴致勃勃地为此事做证,不时用手势和语气邀请听众和法官品味其中尘世的种种滋味。

"我从未见过两个人如此惊愕地对望。两人都参加过抵抗运动,在德国的一个集中营里结下了友情。从一个窗户跳到另一个窗户的火苗清晰地照亮他们的面孔——他们当时的模样真值得一看。莫雷尔第一个开口。'你!'他结结巴巴地说,'如果有个人应该和我们在一起保护大象,那就是你!可你第一个杀死它们,因为它们践踏了你的田!'杜帕克垂着下巴,呆呆地盯着他看。'它们践踏我的种植园,'他重复道,'去年给我造成了一百万损失,它们定期洗劫我的农户的菜园……我完全有权自卫!如果你想要我相信这与大象有什么干系……你只需看看你和谁勾勾搭搭!''这个嘛,'哈比卜打趣道,'这是说我呢!'接着杜帕克使劲扯绳子,结果撕破了睡衣,金合欢树抖得仿佛将被连根拔起。他很可能想提着几桶水往家跑,要不就是想跳进火里——我保证,对一名理想主义者而言,这是个美好的结局——大旱三个月后,火烧得很旺。莫雷尔也朝同事的家做了个手势——无能为力的手势。然后他垂下头。'你无权捕猎大象。'他重复道,'不是你。不是你。你们放了他吧……'然后拱着背走开了。"

莫雷尔平静地向她讲了故事,语调平和,好像习以为常似的。最后他说:

"总之,就这样。这不能证明什么。误会是有的,但人们大体上开始明白了。凡挨过饿、受过惊吓、干过苦力的人都开始明白,保护大自然,这和他们有直接关系……"

她看见他的肩膀上划出的道道伤痕,她用手指轻轻触摸这些疤痕。土坯垒的墙上,一只壁虎跑进油灯的光里。他朝小动物做了个手势:

"甚至没有这个……拉依有位河泊森林管理处的视察员,我带着请愿书去看他时,他对这一切做了极好的概括……他对我说,为了更有效地保护非洲的动物,多年来他一份接一份地打报告……他是黑人,也许因而理解得更深。不管怎样,他对我说:'在我们目前的景况下,由于我们的全部发明,由于我们对自己的认识,我们需要能找到的所有的狗,所有的鸟,所有的小动物……人需要友情。'"

她带着几分得意庄严地把话重复了一遍,仿佛这番话一劳永逸地证明对他的全部指控是无效的。然后,她寻找军官的目光,激烈但克制地说:

"就这些,少校。他们试图把他说成是一个厌恶人类的、充满仇恨的厌世者,相反他想保卫他们,保护他们……"

没有人比谢尔舍更了解沙漠,他曾独自一人在星光照耀的沙丘上度过了那么多夜晚;没有人比他更理解有时压迫人心的被保护的需要,它驱使人们把自己梦寐以求的东西送给一条狗。在放射性尘埃、癌症、各国人民天才之父斯大林,以及准备以盛开的奇大蘑菇云——其和平的出现被周期性地拍成照片以教育人民——摧毁一个个大陆的远程导弹的时代,这种需要想必前所未有地变得更令人心焦。从非洲腹地突然发出的既嘲弄又狂怒的呐喊遇到了适宜的条件,这足以说明为什么莫雷尔好像事先便得悉当局抓捕他的种种努力。当谢尔舍来向总督汇报除主要当事人外那帮人全部被捕时,他确信在总督眼里觉察出几乎不加掩饰的满意。

"这么说,我们的朋友又从我们的指缝间溜走了?大家都在,除了他?我最终将相信他在高层有朋友……"

"是啊,这种议论很多。就我个人来讲,我以为之所以抓不着莫雷尔,是因为他不在那儿了……"

"怎么讲?"

"他成了一场政治报复的牺牲品……背上挨了一枪,在灌木丛里。"

"这话我一句都不信。"总督说。

他从办公桌上方观察着军官,胡子里戳着一根熄灭的湿烟头,眼睛突出,因常年抽烟咳嗽着。他是第三共和国相当典型的产物,大有人权联盟之风,很可能是共济会成员,反对教权,恬不知耻,看破红尘,但死心塌地坚守法国人仍写在他们旗子上的老共和原则。

"老兄,您有点太急于给他送葬了。您也许以为这样将把他摆脱掉,您错了。如果莫雷尔真的被民族主义分子干掉了,他倒会变得叫人为难。对一个不在场、没法自卫的人的传奇,可以随便说什么……"

"正是这样,我相信因此我们见不到活的他了……"

总督几乎恶狠狠地望着他:

"我不知道您打算加入哪个修会,但我以为猜到了……您好像对人性不十分信任和钦佩。至于我,我坚信我们的朋友仍在活动,还将给我们惹最大的麻烦……"

这话是抱着希望,几乎带点得意讲的。这也是记者们的意见,他们把来自可信任的见证人的最荒诞离奇的消息发给他们的编辑部,这些见证人坚信同时在十处认出了化了装的莫雷尔。比尔·科维斯特被捕后,被带到拉依哨所指挥官的办公室。他坐在一暖壶冒着热气的茶水前,嘴里含着一支粗大的雪茄,十分适意、轻松自如地面对那些挤在办公室里的军官听众。就连他那低沉的嗓音里也带上了宽容的、近乎亲切的语调。他含讥带讽地断言:

"各位,你们不必为这年轻人担忧……他是个固执的年轻人,知道自己想要什么。请相信我,他还要给你们制造麻烦呢!"

福希思也很肯定。他转动别人借给他的留声机按钮减低音量,随着他听的爵士唱片的节奏抖动膝盖,耸耸肩膀排除任何莫雷尔可能会出事的想法。

"我不知道他在哪儿,因为我们是几天前分开的。但有件事我能肯定:他身体不错。只要不采取必要措施,他将继续引起人们的议论。"

一阵钟声证实了谢尔舍的忧虑:阿拉伯电台宣布莫雷尔在乌莱高原的一次交火中被法国殖民主义者击毙。他四次去军医院的病房看望被转移到那儿的瓦伊塔里——西翁维尔前议员健康极佳,但来自巴黎的指示明令:在他监禁期间避免对他进行任何严格规定的治疗。瓦伊塔里每次都带着文明对手之间应有的冷冰冰的客套接待他。

"我知道的已经全告诉了您。我在您称他消失后的大约一周前与他分了手,好像有名美国记者一直跟着他,您去找他吧。但既然您似乎坚持要知道我的感觉,那我就告诉您:你们抓不到活的莫雷尔。"

"您好像不只确信,您还了解情况。"

"殖民主义者不能容忍一个法国人为了非洲的独立参加反对他们的斗争。大家都承认莫雷尔很特别,甚至很古怪,但他肯定同情我们的事业。大象对他来说不过是强大巨型的自由,我们的自由的象征……你们想做什么都行,但绝搅乱不了这个明显的真相。这正是他用自己也许可笑却真诚的语言称作的'捍卫大自然的壮丽'。自由。"

"在某个地方,"谢尔舍心想,"某个偏僻的矮树丛里,一个人的尸体快要腐烂,使他的传奇得以为与其事业,与狭隘封闭的意识形态相对立的事业服务。"他注视着站在他面前、身穿灰色法兰绒服装的非洲人。"我们那儿的一个人。"他蓦然想到。

"听说你们绝交了……"

"有过一些争执。我们在方法……手段上意见并不始终一致。你们在占领期间法国的游击队里有过同样的冲突,如今北非的费拉加也有……但他站在我们这边。"

"甚至在库鲁发生的事情以后?您知道,我也到那儿去了。我看见……"

"我已经告诉您莫雷尔是个古怪的人。这丝毫不减弱他忠于非洲独立事业的真诚,但不利于与他相处……我们多次发生颇为激烈的冲突,但我可以向您担保,在自由问题上没有任何东西把我们分开……"

戴着手铐、夹在两名士兵中间行走的哈比卜,面临着纷然而至的各种引渡要求——其一为毒品交易——但他始终相信多年来与生活的共谋即将以这种或那种方式使他摆脱困境。他宽厚地说:

"有什么办法呢?我一直是个慈善家。对各国人民的合法要求,需要的是炸药,对人心灵的合法要求,需要的则是毒品。始终站在人类行善者的第一线,正如你们所看到的。"

……那位姑娘现在气愤地重复道:

"你们想想,审案时,他们试图把他描述成一个厌世的、憎恶人类的人。可相反,他想尽其所能地帮助人……"

"他可曾向您解释过,开展这场鼎鼎大名的保护大自然运动的念头,究竟是在何种情况下产生的?"

当然,他向她解释过。他不是从大象,而是从狗开始的。美国军队到来后,他离开了集中营,相当迷惘,甚至有点灰心。他不大清楚该做什么,从何处开始,在哪儿着手干,如何干,使这一切永远不再重演。他情况相当糟糕,有时觉得被工作压得喘不过气来。他像流浪汉一样跑遍德国,分享成百万流离失所者和在大路上游荡的难民的生活。一天晚上,在一座城市里,他从只剩下外立面的原汉堡银行前经过,注意到人行道上有个小女孩。她哭着,没穿大衣。路人朝小女孩投去不以为然的目光:在这样的冷天,让一个没穿大衣的小姑娘待在屋外令人反感。

"别哭了。你没看出你让大家讨厌吗?"

小女孩停止哭泣,专心地审视他。显然,她在琢磨他是谁。

"您不需要一条狗吗?"

小狗浑身雪白,坐在一个水洼里,好像身上也没有大衣。

"我们不能留下它。妈妈得工作,我们没有钱。战前她不工作,我们好像还有一辆小轿车。"

狗有一只黑耳朵,依稀像条宠物狗,再加上天晓得别的什么。"狗可以有用。"莫雷尔一本正经地想,"可以看家,守菜园,劳累了一天后在客厅大壁炉前睡在你的脚边……这不够……它靠着你睡觉可以给你保暖,见到你时摇尾巴,把嘴塞到你的手里……总之,它可以给你做伴。"他抓住小狗脖子上的皮,把它的潮屁股放在手心里。

"是公的吗?"

"您清楚它是母的。"

他朝小姑娘投去不以为然的目光。但这个细节使事情变得不可能了。他过的那种生活,一条母狗很容易变得碍手碍脚。它肯定每半年生一窝。战后总是这样的。天性力求战时损失战后补。不,他肯定不能养小狗。

"好吧,我把它带走。"他立即做出决定,"至于你,赶紧回家,告诉你妈妈她是个笨蛋。这个时候怎么能让你不穿大衣待在外面!"

"这不是她的错。她工作,不能监督我。"

"赶紧走!"

小女孩紧紧搂了搂狗,然后哭着跑开了。莫雷尔深感沮丧。他不该顶不住诱惑。他觉得小狗在他手里发抖。他把它放进羊皮上衣的口袋里,手放在这个又湿又冷的圆球上,它的身子渐渐暖和过来,不再发抖。他就这样得到一个伴儿。他们一起上路,遇到其他的人,其他的狗——波罗的海国家的人和波兰人,捷克人和俄国人,德国人和乌克兰人,一大批没有目标,四处游荡,寻找一个住处,一块面包,一个终于可以感到宾至如归的角落。他聚精会神地注视他们，心里琢磨着能为他们做点什么。小狗待在他的口袋里，他用手感觉得到它那亲热的嘴鼻。不过必须有个大得多的口袋，一只强大得多的手。他觉得，为反对贫穷和压迫而斗争，光照顾难民或搞政治是不够的——不，这不够，必须走得更远，向他们解释人类的未来取决于什么样的觉醒。但他不知该怎么做。他常常坐在路边，挨着小母狗，琢磨着从何处下手。的确必须奋起抗议，其反响直达天涯海角。必须直接点到要害，不分散精力，不仅触及理性，也要触及感性，二者是缺一不可的。他坐在一个斜坡上，抚摸着小狗，咬着一根麦秆沉思。

一天早上，母狗在田间奔跑，晚上没有回来。次日早上也未归家。他大概永远见不到它了。他四处寻找，向人打听，但这个时期的人，是不关心走失的狗的。最后，有个人建议他去动物待领场看看。他去了。看守让他进去。一个长十米、宽五十米的场地，四周围着铁丝网。场内有一百来条狗，大多是杂种——如他在所有路上所见到的，不受保护的动物……它们紧盯着他看，抱着希望，除去最沮丧的，它们连头都不抬……但其他的——必须瞧瞧其他的，仍希望被收养的那些狗……

"如果没人来认领，您怎么办？"

"留它们一个星期，然后送进毒气室，回收狗皮，用骨头做明胶和肥皂……"

莫雷尔沉默片刻。米娜看不见他的脸，只看见发亮的肩膀和上面的鞭痕。

"我相信我是在这时突然产生这个念头的。最初我差点狠揍看守一顿,后来我想,不,不马上,不这样办。我仔细望了望这些即将被拿去做明胶和肥皂的狗,心想等等,你们这群混蛋,我要跟你们,跟你们的毒气窒、原子弹、肥皂的需要……较量一番。这天晚上,我在路上搜罗了三个小伙儿,两个波罗的海国家的人,一个波兰犹太人。我们去突袭待领场,把看守们打骂了一顿,放了狗,一把火烧了木棚。我就是这样起步的。我相信开了个好头,只要继续做下去就行了。没有必要分别保卫这个或那个,人或狗,必须触及问题的实质:对大自然的保护。假设一开始就说大象太粗壮,太碍事,它们撞倒电线杆,践踏收成,跟时代不合的话,那么最终对自由也会说同样的话——自由和人久而久之变得碍事……我就是这样开始的。"

……比尔·科维斯特转向敞开的窗户,淡蓝色的眼睛突然放出光辉,他高声说道:

"伊斯兰教把这称为天根,对墨西哥的印第安人来说,这是生命之树。这促使他们跪倒在地,抬起眼睛,在痛苦中捶着胸口。一种受保护的需要。像莫雷尔这样固执的人,试图通过请愿书、斗争委员会和自卫工会逃避这种需要——他们力求相互达成协议,自己满足对正义、自由和爱的需要——这些天根那样深地扎进他们的胸膛……"

……盘腿坐在他面前的那个姑娘,穿着尼龙袜,嘴里叼着烟卷,目光中流露出和待领场那些狗的眼睛里一样的迟钝,一样的呼唤,乞求着刚进来的人的保护……法格神甫,一腔怒气,脸部充血,驾驶着吉普车寻找他称作的自孔戴总督以来法属赤道非洲最无信仰的人。总督孔戴将军缩减了对法属赤道非洲基督教传教团的补贴,并要求慈善修女会的嬷嬷们有医学文凭。法格的红棕色胡子在阳光下泛着红光,马赛口音很重,撩起的教士长袍露出短裤下一双光腿,传教团年轻男仆和修女们以钦佩的目光追随着他,他的确好像出发去十字军东征。虽然他身上有些可笑和幼稚的东西,但这夺不走他的爱赋予他的尊严。谢尔舍常常想教会当局怎么会容忍他的言辞和好似强制给一个倔孩子清洗牙缝的行善方式。回答是显而易见的信仰,他的体力似乎也源自该信仰。

　　"我,我这就去找他。"法格神甫脚踩油门大声说。想到这坏蛋此时也许正坐在山顶为象大发感慨,而他只需抬起眼睛就能看到大得多、美得多的东西,我恨不得打人!我和他一样清楚我们需要保护,但为此散发请愿书和组织会议是不够的,还应向主管人求助……"

　　一位嬷嬷疾步走出传教士驻地,用双手紧按住裙子,胳膊下夹着他忘记拿的日课经。他把它塞进口袋。

　　"我知道,我,在哪儿找到他。只要跟随大象就行。他将在它们中间,情绪激动。在这个季节,象群在马穆恩湖以南至亚塔的泉眼周围转,他一定跟着它们到处走,手握卡宾枪,像普通羊倌一样站岗!我非常清楚他心里在想什么!如果他以为好上帝即将像丛林里随便什么动物一样从窝里出来,仅仅为了向他证明他在这儿照顾先生,或许边把手伸进他的头发边说'我亲爱的小可怜',那他就大错特错了,这是我说的!"

他尽全力踩油门,车扬起一片尘土开动了。来询问他与他最后一个见到的米娜和福希思见面情况的谢尔舍,用友好的目光目送这个大块头,与其内心强大的信仰相比,他的体力微乎其微。

二十九

回到拉密堡后,谢尔舍发现总督心境特别坏,正毫无兴致地望着一页打字纸。

"进军令,"他说,"用军队加直升机等等排场扫荡乌莱地区……我不明白他们干吗还费心通知我。他们一定有恶癖……"

"您能把征讨行动推迟多长时间?"

总督瞟了他一眼。

"我不想使您不愉快,谢尔舍,但我向您指出,您的要求还未被接受。您应该把您终于可以远离我们可怜的尘世小事,去星辰间漫步的时刻再推迟几周。目前,您还身着军服,为秩序效力,而不为天主的仁慈或基督教的慈善服务。我真的开始觉得,共和国建立骆驼兵连和沙漠哨所,只是为了使我们的军官可以得到奥秘的传授……德·福科神甫最终在优秀军官的问题上让我们付出惨重代价。在撒哈拉的边缘,上天不再招募,而是诱人反水。如果我理解得不错,您正在试图把莫雷尔招进您的秘密军团……"

"您可以向他们解释,雨季前半个月在乌莱地区开始扫荡行动,这毫无意义……"

"在巴黎,热带的雨似乎不大令人不安。在政府各部……它好像打不湿什么。我刚接待了一名使者,他专门跑来告诉我:勃鲁斯正在尽力而为……"

"在非洲最和平的地区动用部队,将立即赋予事件它不具有的性质……"

"就是说?"

"政治性。"谢尔舍说。

总督开始失去耐性。

"听着,小老弟,您有点夸大其词了。您了解阿拉伯电台如何利用了事件。您知道在中东,在突尼斯、摩洛哥、阿尔及利亚发生的事。您那个着魔的人正是挑选了这个时机,在一名众所周知的泛非主义极端分子的陪伴下,攻打和烧毁乌莱高原的农庄。而您想向巴黎的他们证明这里没有任何政治?我知道,在您生活的很……偏僻的地方,人们不大相信人间俗事,但我向您指出,本世纪目睹了一个学说的胜利,它已经影响了地球一半的人口,正好表明人间俗事不过是政治事务……"

"这不是支持这种观点的一个理由。"谢尔舍说。

"迄今为止,我们十分走运。为这个大象的故事,人们的想象力大为活跃,报纸给我们帮了大忙。简言之,人们信这个。政府呢,根本不信。它缄口不语,因为无法辟谣,如果不换个说法取而代之的话,我们的敌人会高兴地搓手呢。我可以向您担保,在巴黎,人们对我的解释一句都不信,他们以为我找到了一个奏效的窍门,所以我现在还在任上。想想看,人家还以为我异常机灵呢……"

他叹了口气,摇了摇头。

"如果您读某些报纸,就会知道报上提到非洲独立军的一个秘密训练营,据说该营位于乌莱地区,瓦伊塔里是游击队的头头。报上还说莫雷尔是共产党情报局的一名普通特工,大象不过是个宣传的幌子,正如对北非烟草的抵制。您和我,我们知道这不是真的,但您和我,我们是非洲人的想法,那边呢,是欧洲人的想法,他们来非洲时,带着自己的饭菜……不过,瓦伊塔里这个人倒是有的。是的,我知道,我有埃尔比耶的报告——好像瓦伊塔里正在苏丹。这一切证明他即将在阿拉伯电台发表讲话,召开记者会,独占好处,肆意利用那个笨蛋莫雷尔及其固执的念头,赋予这个故事适合于他的政治含义……附带说一句,埃尔比耶真不错,他向我指出瓦伊塔里之流是如何沿着走私者小道越过国境的,但既然他如此知情,更应该顺便逮住他们……"

"在一个二十万平方公里的地区,埃尔比耶有三名警卫。"谢尔舍说。

"好。大家活儿都干得不错。这令人感动。我奇怪巴黎怎么不天天给我们道贺……"

他举起一支铅笔：

"还有，瓦伊塔里所经之处，乌莱族部落碰巧都开始骚动。您听说了。我知道，每年举行成年礼庆祝活动时几乎都这样……不过从来没有如此厉害过。埃尔比耶差点被乱石砸死……"

谢尔舍没有说话。总督和他一样清楚为什么每年同一时期乌莱人如他说的那样开始骚动。旱季快过一半时，象群开始朝固定泉眼进行季节性迁移，与村庄擦身而过，不把整个中非最酷爱狩猎的部落放在眼里。乌莱族的传统十之八九与战争或狩猎有关，而一个变得不可能，另一个或多或少被禁止，要么受到严厉规章制度的限制。总督每次巡视都接到措辞庄严感人的请愿书，要求得到打猎用的火药和武器，准许任意获取近在咫尺的象肉。他还收到抗议信，反对没收从践踏西葫芦田而被捕杀的大象身上割下的象牙——可是，不没收这些象牙，用各种办法猎象，包括已经大规模暗中实行的火攻，将很快导致象群的消失。当成批大象在季节性迁移中变得特别爱寻衅滋事时，乌莱人失去了理智，有时转而向行政官员发难，或者像祖先那样挥矛上阵，刺杀庞大的动物。肉的引诱令他们陶醉，他们无法抗拒血的召唤。但最重要的是，象的睾丸在所有巫术仪式中扮演重要角色，在部落会议上,能带回这种战利品的年轻人被准许坐在男人的席位上。每年举行成人礼期间,被剥夺阳刚之气的强烈感受令他们痛苦,有时甚至到了真正极度失望或集体疯狂的地步。今年,离谱行为的确特别严重。

"我清楚。"总督疲惫地说,尽管谢尔舍没有讲话。"我很清楚……"

他朝门口做了个手势。

"但您试着向他们解释解释,说乌莱人去夺取的不是政治、民族的独立,而是大象的睾丸。您试试吧……您一定会高兴的。"

门开了,勃鲁特带着来访者进来。来访者是个非常自信的年轻人,穿一套法兰绒西装,仿佛想表示他太匆忙,来不及换衣服,穿上热带服装。他手里拿着一副墨镜。总督站起来,做了介绍。来者立即开口:

"我对上校说了,如果雨季将在六周后开始,那就更有理由马上开始治安行动。如果六周时间无法抓住一小撮恐怖分子,那么,对阻止事件扩大,说不定蔓延到邻近部落,无论如何是绰绰有余了……"

"部落没有掺和。"总督说,"至于民众,整个地区非常平静。这事与他们无关。您可以跟他们谈,盘问他们。对他们来说,这是白人之间的事。如果莫雷尔至今没有被逮住,不是因为他受到部落的支持,相反是因为部落不关心此事。他们认为这是件与他们无关的事。当然,这里面掺进了政治煽动,瓦伊塔里的煽动。我是第一个要求增加警力的。但不要一千五百人,外加履带装甲车、直升机和大炮。在乌莱人村落安置二十个小组,每组十二人,便绰绰有余了。"

"在印度支那,一开始也不愿意动用足够的手段……小剂量政策造成了灾难。"

总督努力装出和蔼的样子。

"先生,"他说,"您信也好,不信也好,我承认这很难相信,但乌莱高原上有个人,他真的决心保护非洲大象不被猎杀。和他在一起的有一位丹麦博物学家,此人四十年前便被投进自己国家的监狱,因为他带领学生们攻打捕鲸工会总部,抗议灭绝北海的鲸类。此后,他参与了所有保护生态的斗争。只要事关大自然保护,就能看到他的身影。他俩在其他几位精神失常者的帮助下,打伤了三四名猎人,烧了几个象牙仓库和两三座种植园。我没有低估他们的犯罪活动,但我们远不是在印度支那。我再说一遍:他们中间有——或者过去有,因为他们好像越过了苏丹边境——政治煽动家,试图利用随便什么火星儿煽风点火……对此我毫不否认。瓦伊塔里便在其内,我坚信他将尽其所能火中取栗……我相信,至少最初他曾是我国一个政党——您部长的那个党——的党员。他的野心与议会制不相配……他幻想统治和强权,一句话,幻想一种殖民化,与之相比我们的殖民化不过是个童话,上帝知道我们是有缺陷的……他们当中还有一个军火贩子、一名刑事犯、一名普通冒险家——他最近受雇于穆斯林兄弟会,仅仅因为那儿有饷可领。还有从我们的船驶入苏伊士运河时跳海的逃兵中招募的一两名海外军团士兵。报界对这件事的报道过了头……"

"有个女人,对吧?还有一个美国人?如果我记得不错的话,他们平安无事地从拉密堡出发去找他们,就在最近?"

"对,他们是从我这儿动身的。可是想在其中看出什么政治那是枉费心机……报纸大肆宣扬此事,最终扭曲了它的含义。在人们陷入厌世情绪的状况下,尤其在美俄激烈竞争使令人赞叹的科学发明增多之后,抑或一般而言,在人类境遇的作用下,这个大象的故事成了许多人表现自己的大好时机……我们见到其中几位经过拉密堡,打头的是奥斯特拉赫教授……"

年轻人举起了手……

"总督先生,您一开始向报界介绍这件事时的机智……令我们众人钦佩。但那个莫雷尔仅对大自然的壮美感兴趣的想法……怎么说呢?……有点天真。我们知道他是谁,从哪儿来。他积极参加抵抗运动不是无谓的,他在德国蹲了两年集中营,他有可能不是受雇于苏联人的职业政治煽动家的念头,在我们看来荒唐透顶。再说一遍,我们理解促使您相信这种说法的理由……但我们就此抱幻想是危险的:必须弄清楚这种看法来自何方。我们可不能自己骗自己。"

总督看上去非常反感。他愤怒地瞥了谢尔舍一眼,好像对他说:"您瞧,我没说错吧,他们个个带来自己的饭菜。"甚至当肯尼亚的基库尤人,在他们的非洲上帝被盗走,靠巫术仪式——男人的精液和小孩的脑浆是该仪式的重要组成部分——聊以自慰的时候,也被看成参照西方神圣传统的人民在政治上的受挫。他垂下头掩饰一丝讥讽的微笑,它有可能被来访者误解。这人继续平静地讲着,带着部长办公室普通随员对一名高级公务员应有的敬重,但语气的坚决明显暗示,有种见解,不仅仅是他个人的见解,是不可改变的。

"这件事的各个要素那样清楚明了,而且方向完全一致,所以我们不大可能使其避开公众的注意——再说我们丝毫无意这样做……您有一个军火贩子网,以您提到的那人为代表。您有一个被逐出自己国家军队的美国人,他为在朝鲜的红色中国效力,在这儿继续干他的活儿。您有一位德国女子,她在柏林可能是一名俄国军官的情妇,她和一辆载满武器弹药的吉普车消失在丛林里……最后,您有乌莱人的前议员,他的观点、宣言和声明众人皆知……我在此发表的不是个人意见,但我应该说,那女子轻易躲过警方的监视……"

他住了口。

"没有监视。"谢尔舍说,"没有任何理由监视她。"

"离开巴黎前,我们接到了你们关于乌莱人叛乱的电报……"

"不是叛乱。"总督说,"如果您读过去年同一时期我发的电报——人们从不读文件的全文——您会看到一份涉及同样的、也是事先预告的活动的汇报。乌莱人的村庄位于大象朝泉眼季节性迁移的路上,在旱季,那里集聚了非洲最大的象群。几年前,我见过大象几小时地围着我们所在的村子如潮水般涌来涌去。我们虽有武器,却无能为力,随时准备连同小屋一起被踩扁。这发生在一九四七年旱灾期间。今年预报的旱情至少与当年一样。在格尔隆地区,村子里已开始发现井底有摔断脊梁的大象……殖民化前的这个季节,乌莱族青年照例举行完成人礼,然后手执长矛出发,其中带回一头象的睾丸的人被认可为男子汉,有权结婚。为保护大象和乌莱族,我们取消了这一切。有三分之一的青少年死于这种角斗。结果乌莱族青年再也不按祖先的方式被认可为男子汉。他们当然会结婚,但总缺少点什么。如果说取消一种巫术传统很容易,那么要填补它给所谓原始人心理——我称之为人的心灵——留下的好奇的空白却很难。结果是,每逢象群经过的季节,乌莱人便失去理智,尽可能地表现他们的挫折感。今年比往年尤甚……"

"说不定准许他们每年猎象一两个月更简单些。我会在巴黎提的。"

"我们在这方面受国际协定的约束。"总督相当生硬地说。

"这可以协商解决。与其年年一再发生骚乱,不如把规章制度放松一点;骚乱自然会被外国按您了解的意思利用……"

谢尔舍此刻忍不住因几近极度的担忧引起的一阵战栗。众所周知,现行法律本不足以保护非洲的动物,如果莫雷尔的行动导致其进一步的放松,这下可真的全乎了!经过这些年月后,现在回忆起这件事,他仍忍不住微笑。

"行政长官埃尔比耶在戈拉以南三十公里处遇见了您,周围有一帮乌莱人,他们刚烧毁了流动防疫站。有件事我搞不懂:他们大叫大嚷,要求任意捕猎大象的权利。但埃尔比耶在报告中说,莫雷尔毋庸置疑是他们的头头,这些黑人向他欢呼,他好像与他们意见一致……"

是的,米娜记得很清楚,因为这是她头一次看到他完全不知所措。半个月前,瓦伊塔里和哈比卜离开他们赴苏丹,陪他们走的有两名熟悉越境地点的走私贩子,和用担架抬着半死不活的德·伏里的挑夫。一路上,每到一站,瓦伊塔里便在村子里召开名副其实的公众集会,向各部落说明他们应当揭竿而起,以满足他们的合法要求。他跟他们提到莫雷尔,说莫雷尔将给他们自由,特别是任意狩猎、获取想要多少就要多少肉的权利。结果,莫雷尔每出现在乌莱人的一个村落,年轻人便又跳舞又喝彩地跟着他,不顾老年人要谨慎的忠告,对于诺言,不管其内容如何和承诺者是谁,这些老人是大为怀疑的。没有办法令他们平静下来。这是成人礼的季节,他们灌饱了棕榈酒,周围响彻丛林的咔嚓声和象群躲避旱灾向库鲁湖逃亡的景象,也令他们胆战心惊。莫雷尔没有立即明白

产生的误会。他朝比尔·科维斯特转过身,得意地对他说:

"我相信他们开始不再漠视我们了。"

他们此时离开了勒迪尼村,因为一架直升机多次在他们头上盘旋。他们在山上挖了两个洞,他们朝其中一个走去,后来莫雷尔正是从那儿向西翁维尔派出鼎鼎大名、引起轰动的突击队的。丹麦人好像没有信服。他专心倾听围着他们跳舞的年轻人的喧哗,冷若冰霜的淡蓝色小眼睛留神观察着面前的景象,眼里似乎折射出幻想的彻底缺失。在他身边,乔尼·福希思脖子上歪戴着一条红点花纹的围巾,光着的上身套一件飞行员夹克衫,脱线肩章的痕迹仍清晰可见。他笑着,如获胜拳击手似的抱拳向四方作揖,脸上的雀斑全在跳动。受了惊的马在尘土中挤来挤去,晃动着嚼子。

"哎,"福希思说,"我终于变得家喻户晓了,这晚了点。自朝鲜归来后,我没有引起过如此大的兴趣……要么我大错特错,要么我是受到非洲人如此喝彩的第一位南方绅士。他们在唱什么?"

比尔·科维斯特没有说话,他向莫雷尔投去好奇的锐利目光,然后驱马向前。米娜注意到莫雷尔先得意地听着,不久便显得乱了方寸,目光紧盯前方,表情难以捉摸。出村后,丹麦人才把年轻人很有节奏唱出的歌词翻译给他听:

我们去杀象

>我们去吃象
>
>进入它的腹
>
>吃其心和肝
>
>我们永不挨饿
>
>只要有乌莱山
>
>和可杀的大象

乔尼·福希思笑得前仰后合,险些从马上摔下来。

"这个嘛,这是自由的赞歌,除非我是外行。"他说。

她以为莫雷尔会朝他扑过去。一刹那间,她真的看到他像人们试图描绘的那样:狂人,变成了杀人狂,咬紧牙关,眼里充满仇恨,面部肌肉绷紧,脸上毫无表情。

"住口,乔尼!躲在犬儒主义后面一定会给人很多安慰,而把自己的卑劣淹没在普世卑劣那令人慰藉的幻象里,要比弄到威士忌更容易,代价更小。这些人的景况依然如此,是因为人们禁止他们打猎,又没有给他们任何替代的东西。见他们整日坐在小屋门口,人们会说他们好逸恶劳,一无用处。割断人与他过去的纽带,又无任何东西去替代,他的生活就转向这个过去……我要为你做点事,孩子……"

自她认识他以来,他的嗓音头一次带上了充满怒气的语调。

"也许这会让你精神放松些。由于你在朝鲜摸爬滚打过,你就把自己看成一个有代表性的人类标本。这当然相当残酷。但我要给你吃颗定心丸。因为还有另一种可能性。或许你根本不具有代表性,是个少见的混蛋,你做的事,甚至别人对你做的事,丝毫不证明别人怎样,人并没有掺和。或许不管发生什么,不管以他们的名义做什么,人从来也不掺和。在这种情况下,就没有什么值得大惊小怪的。我肯定这是个宽慰人的推理,将使你受益。说不定还能免除你像现在这样把自己灌醉的努力……"

福希思带着好似亲热的表情注视他一秒钟,然后俯下身,从系在马鞍上的挎包里抓起一瓶威士忌,朝莫雷尔扔去:

"接着,"他友好地嚷道,"你比我更需要。"

莫雷尔飞快地抓住酒瓶,把它扔到一块岩石上砸得粉碎。

"他妈的!"乔尼·福希思说,"这是我最后一瓶……"

从玛托到瓦莱的整个行程中,他们在穿过的乌莱族村庄里受到热情的接待。在瓦莱,他们被一群又跳又叫的人围了二十分钟,"象!象!"的吼声带着特别扬扬得意的腔调轰鸣着:这群人中有几名青年来自邻村,参加了对防疫站的洗劫,这个防疫站是一次脑炎流行后在本地区设立的。他们毒打了护士,放火烧了药品库存。这些人在小径上奔跑着跟在莫雷尔他们后面,有时跑到前头,亢奋到极点,唱着,互相拥挤着。到了下一个村庄,迎接莫雷尔一行的是寂静。小屋好像完全空了,被丢弃了。只有几条黄毛狗猖猖狂吠,一些孩子站在森林周边第一批建造的锥形小屋门前望着他们经过。他们的马刚进入村庄,一个似乎在空旷的广场上等他们的人便从对面迎了上来。这是一名紧握卡宾枪的白人,随从的两名黑人士兵每人挎着一杆枪。他是正在本地区巡视的行政长官埃尔比耶;他早就了解乌莱人在礼仪庆典时的情绪,从挨了毒打、惊恐万分但安然无恙的护士那里,他也听说了骚乱的情形。他立即率领部下——两名跟了他三年的马萨族卫兵——赶往戈拉。当他看见一队人马进入村庄,后面跟着跑了二十公里路,精疲力竭但仍有力气挥舞长矛、不时又吼又蹦的年轻人的时候,便举枪穿过空荡荡的村子迎着他们走来,手扣扳机,把枪口对准他们。两名马萨人持枪跟在后面,脸上毫无表情。行政长官朝他们走过来的时候,科罗托罗特别高兴地做了个鬼脸,把他置于瞄准线上,在他们待在那儿的时候,一直保持这种姿势。埃尔比耶蓄着短髭,有个圆滚滚的小腹,看上去不像干这一行的,也无应有的气派,但他的胆量令人不得不佩服。年轻人中间响起几声威胁的叫喊,但他们很快住了口,躲到马匹后面。

"我希望你对等待你的事不抱任何幻想,莫雷尔。"行政长官说,"我设想你也不在乎。扮演笨蛋肯定能赢。你会赢的。你的皮肉里将有一粒子弹,这错不了。"

"哎,"莫雷尔说,"皮肉好像就是为此而长的吧?"

"如果我没有老婆和四个孩子,"埃尔比耶说,"我现在就会扣动扳机,把事情了结。那样的话,知道我真的为非洲做了点事,我会很高兴。可是我有娃娃,不得不约束自己。"

"我们都是这种情况。"莫雷尔微笑着回答,"你不必垂头丧气。我也一样,不得不约束自己。我以保护大象为限……我要求很低。"

"你是个懦夫。"埃尔比耶说,"你抓住了时机。你知道我们不愿使用武力,以免给世人造成乌莱地区发生政治动乱,我们实行镇压的印象……我设想你收了人家的钱来造成这种印象。起初我以为你是真心的,现在我相信暗中操纵的是开罗,说不定是更远的地方……"

"你们无须使用武力。"莫雷尔友好地说,"我准备投降。你们知道我的条件。你们只需禁止各种形式的猎象活动,并采取一切必要措施保护非洲的动物。那样我将准备受审判。我还断定,你们找不到一个法国法庭给我判刑……"

埃尔比耶笑了起来。笑得不那么爽朗,但他尽了力。随后他又像先前那样一脸怒气,伸手指了指戈拉的年轻人。

"你知道他们要求什么吗?去问问他们。跟他们谈谈!去,我说,去呀!"

他用乌莱语冲年轻人喊了几句话。他们在马匹后呆了片刻,然后讨论起来。终于,他们当中有个人朝莫雷尔走去。他大概不到二十岁,头顶剃光,汗流浃背,一身尘土。他在莫雷尔面前站定,快速讲起来,一边用标枪击打地面。他感到他的话有人听,渐渐为人们对他的注意而不知所以,甚至用赤脚朝行政长官扬起一阵尘土。埃尔比耶没有动,握枪阴着脸听着,有时迅速瞥一眼莫雷尔,好像要看看他是否听懂了。乌莱族青年说,多年来,他和他的家人努力寻求公道。如今,多亏乌巴巴·吉瓦,多亏瓦伊塔里,他们即将获得属于他们的权利。法国人阻止他们任意猎象,重罚攻击象群的人。行政官员们不给他们足够的火药,他们只好自己造子弹。他们杀了一头践踏他们田地的大象时,象牙被没收。这不公平。他和他的家人是有名的猎手,其他任何部落,万戈也好,撒拉也好,都无法与他们相比。但政府迫使他们跟女人一样无精打采地在村里过日子,禁止他们与大象较量。可正当他们无所事事的时候,掠夺成性的科莱士人平安无事地从苏丹过来,想杀多少就杀多少头象,然后带走象牙和象肉,不把乌莱人放在眼里——没有人对他们说什么。乌莱族青年再也无法证明他们是男子汉。举行成人礼时,他们只好满足于水牛的睾丸,丢尽了死去祖先的脸。这正是部落出生率如此低、女婴比男婴多的原因。连乌莱地区很快也会消失,因为大家都知道,乌莱山是由乌莱族猎人杀死的一群群象堆成的,象的尸体上长出了草。他声音断断续续、富于节奏地讲着,到后来成了从他嘴里升起的一首真正的歌;他怒气消了,好像他把它完全耗尽,代之以回顾乌莱山诞生时的那份郑重。"不久,"最后他再次用指头指着莫雷尔说,"我们的人将能令祖先的灵魂兴高采烈,给乌莱山增加许多其他的山,这些山将沿着被捕杀大象的痕迹一直绵延到天边。"他完全忘记了自己的愤怒,提高嗓门庄严声明,一脸郑重。很难拒绝相信乌莱山不是这样形成的,莫雷尔不得不晃了晃身子,以免中了魔法。这又是一棵平民演说家的苗子。

"好,"埃尔比耶得意地说,"你了解情况了吧?"

"多年前我就了解这一切。"莫雷尔说,"我不是种族主义者,所以从来不信黑人和白人有根本的区别。但这不是泄气的一个理由……现在,小老头,靠边点,不然就踩着你了……"

他们策马向前,把行政长官和他的两个马萨人留在一片死寂的村里。这天晚上,莫雷尔恢复了以往的快活和信心。他在竹林边停下,望着脚下一望无际的乌莱地区灰色的山峦,这巨大的,有时活起来、动起来的石化的兽群。他走近米娜,两腿叉开,两眼含笑盯着在手指间卷的香烟,带着明显的乐趣跟她谈他见到的一切,偶尔做个手势指指似乎什么都不缺的这片风景。他的声音里有一丝近乎自负的得意,可以感到他真的指望他的诡计得逞。

"你明白,如果我只对他们说他们令人倒胃口,现在应该改变,尊重生命,最终达成谅解,保持一个甚至能容纳全部大象的人的空间,这不大会打搅他们。他们顶多耸耸肩膀,说我是个有宗教幻象的人,狂热的人,重复老调而天真的人道主义者。故而必须耍点诡计。所以我很想叫他们相信,大象不过是个借口,一个伪装,后面有个与他们直接有关的政治原因。无疑这样他们才有可能觉醒,惊慌,做点事情,把我的话当真。更巧妙、更机灵的做法,显然是不要借口,完全禁止猎象。他们将在新一届刚果会议上这样做。这是我的全部要求,至于其他……"

他做了个手势:

"万事都要有个开头……"

……法格神甫花费数周跑遍乌莱山,寻找那位想把人变成自己的保护者,以为自己强大有力,足以承担此任务,不需要任何人的不信教者:

"我如果找到他,朋友,我要他眼冒金星,也许他借着星光最终能够看清楚。我将教会他带着他的呼吁和请愿书去找主管人。"

……比尔·科维斯特,被捕后直挺挺地坐在滚烫的茶水前,脸上坚硬的皱纹令人联想到的不是年龄,而更多的是力量:

"我是个老博物学家。我保卫上帝在地里植下的所有的根,以及他在人的心灵中永远植下的根……"

……巴布科克上校躺在拉密堡军医院的病房里,门口走廊里有个塞内加尔的哨兵,仿佛一名持械者可以阻拦正在筹备的越狱似的。谢尔舍进来时,被褥枕头的整洁令他吃惊,这整洁与其表明护士照料得好,不如说表明病人身体太衰弱。巴布科克上校不想掩饰他的幽默,英王陛下的军官唯一被允许的不服从的企图:

"尊严,这正是他捍卫的。他要人受到体面的对待,迄今他从未受过这样的对待——当然在英国时除外。这是个极好的抗议,一名绅士不能无动于衷……"

他停下来喘口气。这时病房里传出一个细小干涩的声音,它发自搁在上校床头的一个纸盒子。盒子是打开的,盒内有一个不时蹦一下的跳跃的菜豆。上校友好地望着它。他的小小的怪念头,如今在拉密堡人人皆知:几个月来,他总随身带一个墨西哥的这种跳跃的菜豆,豆里有只小虫,它试图一跃而起,撑破监禁它的豆荚。唯一的结果是让菜豆蹦一下。一段时间以来,巴布科克上校在"乍得人"露台上坐下后的第一件事,是打开盒子,并把盒子放在面前的桌上。有时他做介绍:

"让我给你介绍一下我的朋友托托①。"他说。菜豆一般总挑选这个时候蹦一下。上校于是为他有一次称作的难友点了一杯威士忌。在"乍得人"饭店,没人再注意这个无伤大雅的怪念头,这种事大家见得多啦!

"当然,就他而言,这里面也有孤独的成分。我在深知底细的情况下跟您谈,因为最近我才有幸邂逅一份真正的、伟大的友谊……"

菜豆在盒里蹦了一下,上校冲它微微一笑。消瘦的、酷似西班牙最高贵族的脸,花白的山羊胡,一动不动的手,他看上去不像,却恰恰是个恐怖分子:幽默是种静悄悄的、彬彬有礼的炸药,每当您受够的时候,它能摧毁您

---

① 原文为英文。

当前的处境,但尽量不引人注目,不牵连别人。

"可怜的托托,"上校说,"它为我焦虑不安。我的心脏让它操心。想到有人会思念你是很甜蜜的。如果它的担心成为事实,我能求您收养它吗?坊间盛传您将到修道院退隐……"

一双黑眼睛里包含着太多的恳切,这话不可能得罪人。

"我相信莫雷尔捍卫某种尊严观念,我们在人世间受到的对待令他义愤填膺。他像没有自知之明的英国人。简言之,我觉得一名英国军官参与此事天经地义……不管怎么说,我们国家出了名地热爱动物……"

托托蹦了一下:它好像玩得挺开心。

"所以,有天早晨,我带上我的电唱机,带上你们面前的托托——它也有很美好的天性——还带上一些武器弹药,一小站一小站地朝乌莱高原走,听说那个法国人和其他几名不服从的人正在那儿……正如你们所知,我没有走多远。我不清楚是激动所致,还是被称作死亡的生理误会的临近,快到戈拉时我不合时宜地犯了心脏病。于是现在我门口站着一名哨兵防止我逃跑。预审法官通知我,我将被控企图帮助罪犯……"

但是,与医生交谈后,谢尔舍不认为上校将面对这种可能性。的确,几天后他死了,遗愿被一丝不苟地执行,尽管特地从布拉柴维尔赶来参加葬礼的英国领事明明白白表示不赞同。他认为在上校棺木上覆盖英国国旗是天经地义的,但在国旗上放一个蹦跳的豆荚——整个仪式期间它跳个不停——尊贵的官员觉得简直俗不可耐。这说明,对某些生来不善于坚守故国有益纪律的人而言,在法国人中间生活的影响是难以忍受的。

……最后,从乍得芦苇荡南下的哈斯,听说人们下决心准备讨伐莫雷尔,他无论如何要参加,并说:

"要是那家伙真的保护大象,我向他致敬,并和他一起干。但如果他利用大象搞政治,或不过耍耍花招,如果这仍是个意识形态的玩意儿,不诚实的玩意儿,是宣传,那么我愿意参加追捕,教他学会不要玷污人身上还有的最后一块干净地方……"

尽管四面八方的人对冒险做出诠释,但在莫雷尔身边亲自参与冒险的人作的证言是一致的:他只有一个念头,即保护大象。他可以几个小时地待在荆棘丛后面,观察自由自在的巨兽,眼里含着幸福的笑意。常常依德里斯不得不按住他的肩膀,阻止他冒更大的险。晚上,他回到营地,在火边坐下,膝间夹着卡宾枪,帽子推到脖后,用他高兴或激动时更加突出的郊区口音说道:

"其实,我想要的,是以后告诉学校里的黑人孩子们:是莫雷尔,一个法国人,救了大象,让人尊重非洲的大自然。我愿意人们讲这话,就像说是弗莱明发明了盘尼西林。你看我不是无私的。也许我会获诺贝尔奖,如果有一天创立人道奖的话……"

他想象着自己深得人心,被普世的好感围绕,讲起话来总好像世上有成百万可怜家伙,除了照管大自然的壮丽外无其他事可干。每逢他看见一群羚羊穿过黄草一跃而起,两眼便闪着快乐的光,他的幸福明显可感……想到此,米娜也笑了,然后思索片刻,叹了口气。他因禁期间——如他所说在待领场————定受了很多苦。想必是为了这个。一天晚上,他们看见天边笼罩在烟雾中,突然发现一个村子里的男人放火狩猎后归来——火烧了好几天,使这个地区遭到严重破坏。莫雷尔大发雷霆,叫人烧了村里所有显要人物的小屋……她抬眼望着谢尔舍:

"审案时,这被当作他的疯狂的例子……我努力向他们解释,但他们连听都不听。这些人没有吃过多少苦头,理解不了……他们想证明那是些无政府主义者,这是他们不停地一再重复的话……他们向我提的问题,全是为了证明我是个怨恨整个地球的妓女,那又怎么样呢?必须回答'是,不是,是,不是'。最后,我耸耸肩膀,任他们说。您想,我对这是无所谓的……"

……在刑事法庭开庭的大厅里,风扇嗡嗡直响,但室内依然很热。

"这么说,您去找莫雷尔仅仅出于对大自然的热爱?"

"是。"

"为了帮助他开展保护大自然的运动?"

"是。"

"您没有任何别的动机吗?"

"没有。"

"您和莫雷尔发生性关系了吗?"

"是。"

"去找他以前还是以后?"

"以后。"

"您爱他吗?"

"我……"

"我们听您说。"

"我不知道。不是这个……"

"是您对大自然的热爱?"

"是。"

"您是否如警方提供的情况所示,解放后的确在——如果可以这样说的话——一家妓院工作过?"

"我……"

"回答是或不是。"

"是。"

"有多长时间?"

"柏林陷落时,俄国士兵把我们关在东湖的一座别墅里,强奸了我们。我们在那儿待了好几天。后来,军事警察发现了我们,为解决难题把我们归入妓女一类。"

"离开……您说的别墅后,您回到了叔叔家?"

"不,我在医院待了一阵。"

"您病了?"

"我患了梅毒,并且有了身孕。"

"您生了孩子?"

"医院的大夫给我打掉了。"

"是您要求的?"

"是。"

"那时您多大?"

"十七岁。"

"您一定有点记恨男人吧?"

"我非常不幸,但我不记恨任何人。"

"您谁也不怨?"

"谁也不怨。"

"所以出院后,您做了一名俄国军官的情妇?"

"是。"

"您跟他生活了很久吗?"

"三个月。"

"后来呢?"

"他被调动了。为了跟我在一起,他开了小差。我叔叔告发了他。后来我再也没有见到他。"

"您鼓动他开小差了吗?"

"没有。"

"您爱他吗?"

"爱。"

"可您叔叔告发了他?"

"是。"

"军官被逮捕,而且很可能被枪毙了?"

"是。"

"因为您叔叔的错?"

"是。"

"您当时非常孤立无助吧?"

"是。"

"那么您去哪儿了?"

"我回到叔叔家住了。"

大厅里没有人动。庭长等了片刻,以便延长这个坦白产生的效果。

"他告发了您爱的人,难道您对此无所谓?"

"不是无所谓。"

"那您还回去和他一起生活?"

"那时候在柏林很难找到住处。"

"您从来没听说过俄国虚无主义者?"

"没有。"

"这么说,您回叔叔家住了?"

"是。"

"您和他发生过关系吗?"

被告律师跳了起来。

"庭长先生,这些问题有损法国司法的声誉……"

"我要求被告回答我的问题。我们面前有一份柏林警方的全面调查报告,和经盟军监督委员会书面证明的证词。您和叔叔发生过关系吗?"

"他不是我的亲叔叔。"米娜声音微微颤抖地说,"是堂叔……"

"您和他发生过关系吗?"

"我父母死于轰炸时,我十五岁,他马上收养了我。他立即强迫我和他发生性关系。"

"您没有向警方报案?"

"没有。"

"为什么?"

"我感到羞耻。"

"您宁可继续和叔叔发生性关系,也不向警察报案?"

"是。而且……"

"而且?"

"这不大要紧。几百万人被杀了……整座城市沦为废墟,孩子们死在街头。要紧的不是那个。"

"人的性行为毫不重要,是不是?"

"要紧的不是那个。"她固执地重复道。

"后来您在柏林的一家夜总会表演……脱衣舞?"

"是。"

"您和顾客发生过性关系吗?"

"是。"

"为了钱?"

"是。"

"您丝毫不看重这种事? 这不要紧?"

她绝望地左顾右盼,好像在找一个理解她并为她辩护的人。大厅里,谢尔舍把军帽搁在膝头,友好地望着她。坐在两位白人神甫中间的圣德尼站起来又坐下,面色煞白。被告席上,比尔·科维斯特双臂抱在胸前,脸色既平静又严厉;哈比卜似乎开心得很;福希思垂着头。只有瓦伊塔里和陪他来的年轻人好像没被这事触动,甚至好像没有听。显然他们对此不感兴趣。她又考虑了一会儿,接着眼泪滚落到面颊上。

"然而,当您带着武器弹药来找莫雷尔的时候,您肯定对男人丝毫没有感到特别的怨恨?"

"我想离开这一切……我想帮助他……"

"您是为这个来找莫雷尔的?为了帮助他?"

"是。"

"您肯定这样做不带任何怨恨?"

"我想帮助他保护大象……"

"您爱他吗?"

"我不知道。"

"您了解他吗?"

"不。我只见过他一面。"

"这足以使您投入一场冒险,而且您一定明白它的后果?"

她有片刻没说一句话,双手扶着栏杆,使劲晃着脑袋,好像要甩掉他们的问题。不过最后是她占了上风。她带着公众已经熟知的倔强神态固执地望着他们,说道:

"他是个相信高尚仍在的人。"

……离此地两百米远,卡诺商人阿哈夫·依尔尼特成功售完他的一车没药后,坐在驴身旁的一棵金合欢树下,戴上眼镜休息片刻。他手捧圣书,嘴唇翕动,无声地读着经文:

"我信任不死的受圣宠者。赞美上帝,他没有子女,没有统治的协作者,不需要助手。让我们宣告他的伟大。你不过路过此地。赞美曾是埋藏的珍宝、后被认出的造物主……"他的嘴唇继续翕动,目光扫视着空旷的广场,停在驴身上,追随三名肩扛油罐的蒙黑纱女子,接着嘴唇更快地动起来。他闭上双眼,一只拳头贴着胸口,"没有别的屋顶,没有别的门,没有别的美丽,没有别的温存。欢迎你,我的心,我的眼睛,我的嘴唇欢迎抱起石头的你……"他琢磨了一会儿他的货是否卖得过于廉价,立即捶着胸脯,轻轻摆动身子,然后摘下眼镜,擦擦眼睛。"我感谢你是你,你富有,造物穷。你光荣,造物卑劣。你无边无际,造物可以忽略不计。你大,造物小。你强,造物弱。我感谢你是你……"他低声诵着经,偶尔望一眼逐渐在广场上伸长的合欢树荫,从身边经过的一名蒙蓝面纱的戈拉族骑手,或者一帮在夜晚尘埃中嬉戏的孩子。注意力有些不集中的时候,他便捶胸望天,提高嗓门,摇晃身子。等觉得完全休息过来了,他把圣书放进书套,藏到呢斗篷里,然后爬上驴背,用脚后跟踢驴上了路,一边琢磨身上带那么多钱走夜路是否不够谨慎,戈拉人全是盗贼,这无人不晓。

同一个时候,在稍稍靠南的地方,丈夫在费赞当土著步兵的富贝·法蒂玛坐在房门口,接受女邻居的祭品和祝贺。屋内横放着死去孩子的遗体,法蒂玛微笑着触摸为那么年轻就被选中的人带来旅行食品的所有人的手。一支从穆祖克返回朝费赞走的骆驼队,驮着装满盐的皮口袋,在第一个泉眼萨拉井以西一百公里处停下。寸草不生的沙漠上,五十个人,其中包括大名鼎鼎的卡姆赞——他成功带领五十多支装载自动武器的骆驼队到达阿尔及利亚边境——披着白呢斗篷跪下,头触黄沙。而一只眼被角膜翳遮住,鼻上长了狼疮的卡姆赞,每跪一次都喃喃低语:"主啊!但愿你与我们同在,主啊!但愿大贵人的运气与我们同在……"

谢尔舍半合着眼睛,看见了他们,他们所有的人,他得以在伊斯兰教中重新锤炼其基督教信仰。他对自己的信念报之以微笑,但他知道,想向离你太远的人伸出手是徒劳的。他带着有点残忍的讥诮又把那包香烟递给米娜。她吸了一口烟,再次把裙子拉到膝盖,和气地晃了晃头发。噢,她不怨恨他们。他们也应该得到理解。莫雷尔又一次从他们指头缝间溜走,于是他们拿待在这儿的人出气。可气的事情真不少,听说莫雷尔准备在开庭期间行刺,有人在阿拉伯市场认出化了装的他,他即将派别动队来解救被告,鞭打法官。在西翁维尔建立奇功的冒险家,是什么事都干得出来的。

发生在西翁维尔的事,当局是难以忍受的。一周内报纸上只议论此事,这正是讨伐的目的,莫雷尔出手的理由。又一届保护非洲动物会议即将在开罗召开,莫雷尔决定打出所谓的重拳来影响代表们,以这种引起轰动的方式使公众舆论关注他们的工作。他当时与手下待在灌木区边缘赤道森林脚下的一座岩洞里,森林在乌莱山陡坡开始之处,与竹子、岩石和有刺植物交缠混杂在一起。六月的第一个星期二,一辆卡车将从乌莱高原的另一侧,沿拉提至西翁维尔的小道来接别动队。完成袭击后,别动队四名成员莫雷尔、福希思、比尔·科维斯特和科罗托罗,加上在卡车里等的三名大学生,将朝苏丹边境和喀土穆逃跑,瓦伊塔里正在那儿和纳赛尔①的代表们会谈。依德里斯应该把他们一直带到卡车旁,然后返回岩洞,与尤素夫和米娜去库鲁湖,瓦伊塔里在那儿建立了一个所谓的据点。报上的某些文章已把它定性为非洲独立军训练中心。记者们发挥想象力,把这个中心的位置确定在法属赤道非洲的二十个不同的地点。两组人将在库鲁湖会合,一起乘卡车行驶五十公里到苏丹边境。面对计划的胆大妄为,福希思的军事素养突然苏醒,照他的话说,别动队"成功的机会大致与我当选为美国总统的机会一样多"。在卡车等他们的地方和有七小时路程的西翁维尔之间,有两个行政区的首府。即便他们发动了袭击,在返回的路上也肯定会遭到拦截。他向莫雷尔陈述这些论

---

① 纳赛尔(1918—1970),埃及总统(1956—1970)。

据,莫雷尔一边继续细心地擦拭他的卡宾枪,一边平静地对他说:

"你叫人恼火的,是你根本不信任别人。当然,他们将得到通知。那又怎么样呢?他们将朝另一边望,避免看见我们经过,就这样。然后他们可以说,他们没见到我们。人们受够了,相信我,不管是行政区的官员还是普通老百姓。他们读报,了解世上发生的事,他们准备帮我们的忙。也许他们不亲自冒险,但他们很高兴有个人尝试保护大自然。你不该怀疑。"

乔尼·福希思搔搔脑袋,徒劳地在莫雷尔眼中寻找嘲讽的蛛丝马迹。莫雷尔看上去十分认真,他唯一操心的是何时下雨。前苏丹缺水地带①的沙漠地区从东边的乌莱一直延伸到库鲁湖,一百五十公里的红色尘土、石头、大戟和岩石,没有一个泉眼,但下几小时雨后,从戈拉开始就变得无法穿越了。现在是六月初,还未下一滴雨。整个非洲一片干涸。有人请依德里斯发表意见,他犹豫了几个小时;他眯缝起眼睛仰望天空,深凹进去的鼻孔轻轻抖动,仿佛他想在空气中找到哪怕一丁点湿气把自己浸透。然后他发表了看法:旱情还未到结束的时候。森林失去一切生命的迹象,动物们朝它们以为有把握的泉眼逃;加莱河的涓涓细流早已消失在石头缝中。他们不得不下山去五公里外的一个村庄,打井水灌满他们的水

---

① 原文为英文。

壶。象群离弃通常的季节性环形路线,走向永不枯竭的库鲁湖。但这条长达一百五十公里的路上没有任何水源,只有成年象才能冒这个险。依德里斯指手画脚,从滑到肩膀的蓝袖子里伸出赤裸的胳膊,他讲着,显得前所未有的活跃。"有史以来,这还从未见过。"在他嘴里,这些话带有权威的腔调,没有人想去质疑。他的麻脸上闪现出一种迷信的担忧表情,这表情采取了极端虔诚的形式。依德里斯一再祈祷,久久地额头触地;曾为灭绝象群推波助澜的法属赤道非洲最著名的野兽追踪者为保护它们如此祈祷,看了颇令人感动。面对正在酝酿的巨大灾难,他似乎惊呆了;他披着呢斗篷蹲在地上,不时抓起一把土,土像沙子似的从他的指缝间流下。他摇摇头,不说一句话。众人清楚地感到,他们周围的空气也负载着沉重的惊惧。森林里的各种声音沉默了;拂晓时,地面上没有朝露的痕迹。树枝似乎失去了全部汁液,稍一加压便折断。兽群几乎绝迹:在他们见到过成千头水牛的地区没有一头水牛,山上没有捻角羚,林下灌木丛里没有疣猪或箭猪小跑而过。他们开始看到树下有死去的狒狒。有一次,他们看见一头老象独自沿加莱河河床而行。当晚,他们发现它躺在石子上死了,被象群抛弃,因为它老了,过不了河。那一年,在莫桑比克海滩上,忍受了几周的干渴朝海走的愤怒的大象们,灌饱咸水几小时后纷纷死去;那一年,一群群狒狒跳进村庄的井里,尖声叫着,成串地淹死;那一年,收成几乎全部被毁,在整个中非直至印度洋,水这个字眼变成一再重复的一致祈求。莫雷尔有点失去了自信,久久仔细观察天空,好像要在其中寻找一丝善意。福希思带点讥讽地望着他,但不敢公开向他表示;只有一次,他把手搁在莫雷尔走到哪儿都随身带着的旧公文包,永远塞满宣言和请愿书的皮包上,对他说:

"这一切,真不知道该向谁求助了,嗯?"

莫雷尔低下了头。

"可能吧。但我们国家有句非常古老的谚语——民间智慧,你知道——它或许在美洲也存在——我们说:不管会出什么事,干你应该干的事……"

次日拂晓,四人小别动队钻进森林,去完成应该是那位大象保护者引起最大轰动的战绩,它即将使他的活动再次在全世界产生强烈的反响。

三十

福希思后来说,在一个不能骑马的地区,他们步行三天两夜才穿越乌莱高原。这几天几夜给他留下的回忆,几乎与朝鲜战役期间,共产党指挥部在首尔撤退时命令美军战俘进行的著名的死亡行军一样痛苦。但被捕后他立即满意地回顾它,甚至带着读报后增添的几分扬扬得意。报上用溢美之词谈论他们对西翁维尔的袭击,几乎可以感到记者们赞扬他们英勇无私时饱含泪水的激动笔调:"这一小撮独自待在热带丛林深处的人证明,在我们遭遇最大困难的时候,我们仍有能力照顾并保护其他物种,我们可以做出慷慨和无私之举。"

"这不妨碍写这段话的小伙子安坐不动,"福希思评论道,"让别人去干活……你们还注意到,他把人拼命保护大自然看成无私的一个证据,这清楚地表明,在这条好汉的心中,人类与大自然之间有值得强调的区别,他还来不及发觉,保护其中一个便是保护另一个。简言之,他根本不理解莫雷尔的所作所为。算了。他们挺不错,把我们当作英雄,我很感激他们。我可以向你们担保,这两天强行军差点把我拖垮,尤其因为最近两年中我喝下了数量相当惊人的酒精,作为戒毒治疗,这有点难。我有时觉得我的每个血球都在脉管里吼叫,讨要它通常的那份定量。但我挺住了。记得有一次,休息一刻钟后我无法站起来。莫雷尔手拿一小扁瓶威士忌走过来——他的确想得周到。我自己都感到惊讶——对自己的了解永远不够——我拒绝了。我听任我的血球吼叫——我可以说看见它们大张着嘴,成百万,成百万的血球——在观察我的比尔·科维斯特赞同的目光下,我开始行走。

"尽管膝盖僵直,这老畜生没有任何可以感觉到的疲乏迹象;我瞥见他在我前面,高大的身影坚持不懈地在明明暗暗中攀登,穿越森林长廊、巉岩和竹林,穿越芦苇丛和山峦,以近乎奇特的坚忍不拔上上下下,不知疲倦,好似永远不死。科罗托罗跟在他后面,肩扛冲锋枪,前臂放在枪口上。他时而鼓励地笑笑,向我露出那一口雪白的牙齿。后面是依德里斯,他的蓝呢斗篷在树木中间时隐时现。殿后的是紧紧夹着公文包的莫雷尔,那大名鼎鼎的皮包里塞满宣言和声明,对我而言成了他疯狂的象征……"

早上五点钟他们到达约会地点,看见了卡车。依德里斯没有说话又钻进森林。三名黑人青年坐在一堆火边,他们一跃而起,手握冲锋枪。莫雷尔朝他们走过来。

"真是笨死了!"他说,"没人知道你们是谁,没人怀疑你们,但你们应该引起人们注意才是。把你们的喷水壶给我藏起来。"

三个年轻人用目光寻找什么人,其中一个最终说出瓦伊塔里的名字。莫雷尔向他们解释说,他们的头头不得不比预定时间提前去苏丹,把讨伐的指挥权交给了他,他们看上去极度失望。可以感觉出他们对瓦伊塔里绝对忠诚,很想出出风头,也许还想死在他身边。他不在场令他们不安,缺乏自信,晕头转向。他们中有个人叫马君巴,是个膀大腰圆的乌莱人;他始终面带愠色,把烦躁藏在紧皱的眉头中;他熟知法语的全部精妙之处,在用法语转换母语快速、急促、带喉音的节奏时,他的声音好像除狂怒外没有别的调调。第二个人叫安盖勒,有张清秀温和的脸,梦幻般的俊美和羞怯所折射出的心灵的敏感和情感的细腻,由于和现实的冲突不得不凝聚为隐秘的渴望;他不被政治吸引,朋友们一讨论政治问题他便感到尴尬,似乎他和他们在一起,有点像从前的浪漫青年去希腊死在伊普西兰蒂①身边；他近乎女性的优雅大概也使他感到不得不一再拿出阳刚的证据。他是三人中最可亲、最有文化，也许天生最勇敢的人，但完全受到伙伴们，尤其马君巴的控制；他盲目跟随马君巴，更甚于瓦伊塔里本人；他只见过一次瓦伊塔里，对他的了解主要通过他们热情似火的叙述。从安盖勒身上散发出的纯洁的光辉，有时使青年时代成为人类享有最高权力的寥寥可数的时刻之一。莫雷尔最敬重安盖勒是出于本能，也许还因为在他身上看到了过去激励集中营的某些狱友们的同样的渴望。第三个人名叫恩多洛，西翁维尔买卖最兴隆的一位商人的儿子，其卡车在车主不知情的情况下用于讨伐。恩多洛是别动队里的知识分子；有张表情丰富活跃的脸，他努力显得超脱和冷静，想必意识到人们对其种族容易激动的指责；他是决定付诸行动、理论联系实际的优等生的典型；他告诉莫雷尔他和他的同学们在法国完成了部分学业，"因为他们是特权者的子弟"。莫雷尔和他们交谈几分钟后，露出反感和焦虑的神情。福希思做了个鬼脸，莫雷尔喃喃地回答他：

"是的，他们不到二十岁……"

然后他爬到驾车的恩多洛身边。在整个行程中，大学生不停地询问他，不等回答便滔滔不绝地讲着，掩饰试

---

① 伊普西兰蒂（1793—1832），希腊爱国者，革命组织"友谊社"的领导人，1821年在摩尔多瓦组织起义反抗奥斯曼帝国。该起义是1821—1829年希腊民族解放运动的先声。

图与一个四十岁的男人平起平坐的少年缺乏的自信。他的言谈中也带有一丝敌意和恼火,可能因为瓦伊塔里不在,以及与他视为有宗教幻象的人为伴感到不自在;这种人的目的在他看来一定难以置信地天真,与他本人的目的毫不相干。他不停地重申这一点,两眼盯着两道长得没有头的树墙之间的狭窄小道,手有时离开驾驶盘,毫无必要地扶正鼻梁上的眼镜。对他来说,大象不过是个一流的宣传手段,一个前进中的、今后任何东西也阻挡不了的非洲力量的形象。这是政治斗争的一件最有力的武器,非洲人民对外国资本主义开发其自然资源发出怒吼的一个时机。他们没有忘记,殖民主义者在非洲定居开采象牙,然后转向更有利可图的劫掠。就个人而言,大象,他是无所谓的。它们毋宁说不合时宜,是工业化、电气化的现代非洲脚边的一颗炮弹——部落黑夜时代的遗存。把大陆变成生态保留地是不可能的。他转向不说一句话、平静地直视前方的莫雷尔。恩多洛扶了扶鼻梁上的眼镜,险些陷进车道沟里。卡车擦过灌木丛;一头黑豹慢吞吞穿过小道,没有回头。狒狒们有时从枝头落在他们前面跑起来,雄的捂住屁股,叫着,威胁着。接着雌的抓住攀牢它的毛的崽子们,全家尖叫着消失在林间。

"我们再也不想要这个了,"恩多洛朝它们点点头说道,"我们再也不愿成为世界的动物园,我们想要工厂和拖拉机,替代狮子和大象。为达到这个目的,我们首先必须结束殖民主义,它在异国情调的不良状态中自鸣得意,从中得到的主要好处是弄到原料和廉价劳动力。必须不惜一切代价摆脱这种状态,然后以同样的毅力和严酷,着手教育群众:把部落的过去一扫而光,用一切办法在因原始传统而变糊涂的头脑里灌输新的政治概念。一个时期的专政是必不可少的,因为群众还没有准备好发号施令;阿塔图尔克①在土耳其和斯大林在俄国所做的努力从历史角度看情有可原……"莫雷尔镇静地听他讲:他对非洲的未来早已不抱幻想。想必应该考虑到这个少年的年轻和烦躁,他孤单,缺乏自信,力图表明他不是好惹的。他火热的言谈就像在夜里唱歌给自己壮胆。"可惜,"莫雷尔心想,"这种年纪的娃娃要求竟如此之低。年轻时应该有大志,更加慷慨,更不通融,拒绝妥协,拒绝局限……可你去向这些狭隘的年轻人解释说,不仅必须前进,还必须带上碍事的大象,脚上系一个这种分量的炮弹,他们会把你当成疯子——再说你正是个疯子。他们会耸耸肩膀,把你称作理想主义者,一个比大象更为过时、落后、陈旧、过期和不合时宜的概念。他们不会懂的。或许因为他们尚未蹲过劳改营,功利主义和全面效益在前进中所达到的这个巅峰。所以他们无法想象,保护一个在人间足以容纳厚皮巨兽的大而慷慨的空间,在何种程度上可以成为一种文明唯一高尚的事业,无论依仗的

---

① 阿塔图尔克(1881—1938),即凯末尔,土耳其共和国的缔造者,首任总统(1923—1938)。1933年大国民议会授予他"土耳其之父"称号。

是什么体制、学说或意识形态。他们在拉丁区度过了几年,但他们还需要获得大、中、小学都不能给予的另一种教育,他们还需要受人道教育。总有一天,等他有闲工夫的时候,他将努力向他们解释这一切,目前只好利用一下他们的卡车。新一届保护非洲动物会议将在一周内召开;通常会议的决定在报纸上得不到任何反响。但这一次,他将做出安排改变这一状况……"他满意地叹了口气,手指伸进烟荷包,开始卷一支香烟。卡车突然急刹车停下,把莫雷尔撞到挡风玻璃上。红山鹑惊慌飞起,一头豪猪快速跑过。接着,在一片震耳欲聋的嘈杂声中,树木颤抖,弯下了腰。二十来头动物慢慢出了森林,堵住了他们前面的小道。他们在比翁迪国家公园的边上,应该感到安全。或者,旱灾也许使动物们对不是它们深切关注的一切漠然视之,反正它们根本不理会卡车。唯独象群中唯一的那头幼象抱着希望朝他们转过身准备玩耍,但象妈妈立刻制止了它。这群巨象沿路走了一会儿,然后朝右拐,身后的斜坡上铺满拔下的树枝,歪斜或推倒的树阻塞了小道。恩多洛做了个无能为力的手势。

"这个样子你怎么可能建设一个现代国家呢?"他叹道。

他转向莫雷尔。卡车停下时,法国人正忙着用手指压紧烟草,这时他没有动,下唇上粘着一张卷烟纸,褐色的眼睛含笑流露出那样愉快的表情,大学生做了个气恼的手势,不再讲话:他的确是个可怜家伙,被监禁几年后一直没有缓过劲来。瓦伊塔里利用他的固执念头是对的,但没有必要跟他谈严肃的事情。

军医官塞卡迪坐在他设为指挥所的茅屋前的折叠桌旁,漫不经心地听法格神甫讲话。神甫几周来跑遍乌莱地区徒然地寻找莫雷尔,除他的马比托尔外没有别的听众。此时他把累积多时的一腔怒气一股脑地向塞卡迪倾诉。军医官带着几分害怕,看着这个酒桶般的壮汉跑下山坡朝他奔过来,不得不为他牺牲两次手术间的短暂休息时间。方济各会修士的秃顶闪闪发亮——那是冒的汗。他怒骂那个无宗教信仰的人,出言渎神者,和他不停地在后面追,试图使其恢复理智的名副其实的猪。一些身着白色长袍的黑人农民在战地手术室前席地而坐,带着也许缘自希望,也许缘自逆来顺受的耐心,等着轮到自己。盘尾丝虫病的流行使法属赤道非洲面临其最大的夺人战役之一。从奥雷斯山①抽调的军队直升机往沼泽和河里——传播流行病的蚋蝇的藏身地——不停地洒药;但疫病已把一批批居民赶出了他们的家园,九万顷耕地被抛弃;在某些村落,一半居民成了瞎子。塞卡迪几乎不间断地割除囊肿,自治疗开展以来每夜平均睡三个小时。在这种情况下,他对莫雷尔及其大象的兴趣所剩无几,对乌莱族前议员以及众人议论纷纷的所谓非洲独立军团的

---

① 奥雷斯山,阿尔及利亚东北部阿特拉斯山脉的一部分。曾是阿尔及利亚人民反法武装斗争时期(1954—1962)民族解放军的根据地。

兴趣就更小了。但法格是一位反对形形色色弊病的老斗士,所以医生集中他全部剩下的注意力听他讲。

"杜帕克硬说他的这种癖好是在集中营,在纳粹那儿开始的。好像这是他们在那儿与独处恐惧症和铁丝网斗争的方式:他们想象大象群奔跑着穿越非洲的自由空间……他留下了这毛病。"

塞卡迪细细观察穿过村庄走来的农民排成的长长行列,试图计算出有多少人病情无望:有多少被人领着或拄着棍儿……他琢磨为什么瞎子总抬眼望天。不过一周来不治者的比例有下降的趋势。

"这有可能。"他心不在焉地说,"他的确可能有一个我们医生行话称作的固恋……"

"那又怎么样?"法格大声嚷道,"您以为他是唯一梦想大自由的吗?我们都是!他只需跟大家一样行事,只需耐心一点,这会来的。只需等待。我们大家都有独处恐惧症,我们大家都厌倦了单身牢房……骨头架子!"

他狠狠朝胸口捶了一拳。

"我们都在蹲大狱,他不是唯一的!人间没有一个真正的基督徒不梦想获得解放。且慢!必须排队,跟伙伴们一样,同时仰望那位创造了灵魂及其监狱、把一个关进另一个里面的那位!嗯?"

"当然,当然。"塞卡迪非常客气地说。

他站了起来。

"请原谅,我有整整一村人要治……"

法格显然很满意他关于神学的长篇大论,也站了起来。

"走吧,"他说,"我来就是为了给您帮忙的。"

卡车内,乔尼·福希思坐在安盖勒和趴在他肩膀上打呼噜的科罗托罗之间,正忍受着马君巴对美国黑人问题的长时间抨击。大学生不停地引述统计数字和具体事实,掌握资料之精确令人印象深刻。私刑处死,种族隔离,黑人在南方和大城市的经济处境,当卡车在穿越乌莱森林的狭窄小道上行驶的时候,大学生愤慨地给他讲述这一切,差点要他本人对此负责。福希思在黑人青年的嘴里,几乎一字不差地又听到朝鲜战争期间被囚禁时,中国共产党当局让他在电台念的反对美国种族主义的檄文。

"是的,"他说,"我知道,我了解,很多是实情。过去我甚至就此发表过长篇演说……引起了一阵轰动。"

他哈哈大笑,力图赶走这个回忆,但笑声中没有丝毫的快意。和气的安盖勒似乎为这种和解的语气感到宽慰。福希思不明白这个羞怯的少年究竟来到他们中间干什么。他举止柔美,睫毛很长,俊秀的容貌有种或许不过缘自美丽的高贵气质。他没有娘娘腔,但和许多他这般年纪、既阳刚又不排除温柔的年轻人一样,他一定常常听到别人开刺耳的玩笑。他参加这场无视一切成功机会的疯狂冒险,与那两位执拗的民族主义者并肩战斗,说不定没有其他原因:在他的选择中,思想扮演的角色很可能不如一名少年哪怕以生命为代价也要显示自己勇气的热切愿望。

"不管怎样,您消息非常灵通。"福希思说,"您一定在法国读过书吧?"

"我的确在巴黎受过良好的政治教育。"马君巴说,"我在此地当过神甫们的学生,但跟他们学不到任何东西……他们顽固守旧,是一个已逝时代的遗老……"

他住了口,有点拘束地睨视比尔·科维斯特,接着垂眼看丹麦人手里拿的那本小《圣经》。但老冒险家没有听见他的话。膝头搁着《圣经》,他在打盹。长期以来,他每夜仅熟睡一两个小时,他承认这是衰老的征兆,但在意志力和心灵上没有受到影响。他越来越经常地处于这种半睡半醒状态,处于当下和遥远的过去之间。这些时刻几乎布满回忆、景色、动物、森林、物种和保全住的土地,有时也布满早已逝去的人的脸,在他的路上出现过、现在荡然无存的仇恨、讥讽或愚蠢的脸。他两眼微睁,眼睑一动不动,却仿佛看见在寒冷泛出灰蓝色的大北方泰加森林里,拉波尼亚驯鹿群上方升起一轮苍白的太阳。接着,幻象变了:九岁那年,他手执短粗木棍保护树上的一窝鸟,第一次显出后来令他扬名的坏脾气,吓得那些掏鸟窝的男孩四散而逃。然后是渐渐化为纸浆的芬兰森林,起先他为这些森林去找沙皇的官员理论,由于他的央求一直没有效果,他和几名大学生组织了一个名副其实的机动防卫队,袭击樵夫的营地。人家自然说他有政治目的,森林不过是企图把芬兰从沙皇手中夺走的一个借口。他最终也为芬兰的自由而斗争,二者是协调一致的。身为博物学家和物种保管者——他唯一不会傲然拒绝的官方头衔——他从来没有违背自己的责任。这使他挨打,受伤,树敌,遭到谩骂、挖苦和驱逐,蹲了他记不清有多少日子的大狱。他开展的反对屠杀海豹和鲸鱼,反对化学污染土地、臭氧、海洋的运动,在一九五〇年完全无人理睬。他靠在卡车内壁上,粗大多茧的双手紧紧按住《圣经》,寥寥几根灰白的头发贴着鬓角,上面扣一顶往下滑的毡帽。卡宾枪搁在脚边,不动的眼睑下方,两道蓝色的光亮的缝因年纪大变淡了。他又看到北海和也许因为有一天他洗劫了捕鲸工会总部而救下的鲸鱼,像攀住树枝一样来攀住他胳膊睡觉的小考拉熊的鬼脸,以及弗里德约夫·南森的脸;南森不仅是位伟大的极地探险家,而且对一种全能的力量在大地植入的、其中一些永远深入人心的活着的根,怀着最深沉的爱。他和莫雷尔一样,捍卫他一生与政府、政治体制、专制制度争夺的这个给人留的余地。他来监狱看望比尔,伤心地对他说:

"老比尔,人家说你厌世。你比我年轻,还能活相当久。有一天你得站出来保卫另一个越来越受到威胁的物种——人类……"

南森把余生奉献给这项工作,制订了第一张无国籍者护照,促使世界各国承认了特惠国地位。南森看得很准:一个时代到来了,比尔必须借助他的全部坏脾气开展斗争,反对死亡营和劳改营,反对氢弹和慢慢在大地、空气和深海堆积的原子反应堆废料已可预料的潜在威胁。他不得不大喊大叫,反对日内瓦物理学家大会有罪的冷漠和有害的纵容,这些物理学家准备为进步付出几百万新癌症的代价。他以过去保护鸟类的勇猛进行这场斗争。他的朋友喀依·蒙柯牧师被纳粹枪杀,因为他捍卫上天历来在人们心中植入的最坚韧的、被他们称作自由的一条根,心中有了这条根,他们仿佛受到上帝的手的触摸;怀俄明的一群印第安人在世纪之交尚可挽救,但人们宁可把他们丢弃在保留地的酒精、梅毒和肺痨中;他曾去澳大利亚海面的大堡礁休息眼睛,重拾勇气,因为人还没有威胁到这两千公里洋溢着与远古十分贴近的勃勃生机的珊瑚;比尔·科维斯特在这儿被驱赶,在那儿不受欢迎,被某个研究所、某个学院除名,十年后由于被事实证明正确又为时过晚地被请回原位,仿佛官方的奖励可以赎回犯下的罪行——他的高龄和特立独行目前为他赢得了某种宽容和颇为勉强的人气,比尔·科维斯特这个老顽固,这个坏脾气的家伙仍然引起纷纷议论……进行了多少斗争,付出了多少努力,可一切仍然永远需要去做,去保护;所有这些活着的根,这些异常多样和坚韧的根的分支,必须片刻不停地去保护……世界保护动植物组织不再接受他,他被迫离开其指导委员会,他的方法在委员会中得不到赏识:人们指责他身为博物学家举动过分和频繁干预政治斗争……是这样。根多得数不清,无比地多种多样和无比地美丽,其中一些深深扎在人的心灵中——一种向上向前、无休止且备受折磨的渴望——对无限的需要,渴求,预感,无限的期待——这一切缩小到人手的尺度,变成了对尊严的需要。自由,平等,博爱,尊严……没有更深的,然而更受到威胁的根。比尔·科维斯特从来不辱没他身为博物学家的使命,那些企图从土里拔出这些根的人始终与他窄路相逢。一切仍然需要做,但他年事已高……"说到底,好像凶恶能延年益寿。"他心想,"那么我大概还能活一段时间……"他觉得有只手碰碰他的肩膀:是乔尼·福希思。

"什么事?"

"我正在向这位年轻人解释我们在此做什么。他不相信大象的事。他不相信我们真对大象感兴趣,我们只对此感兴趣。他说也许这对莫雷尔是真的,他疯了。但的确有更紧迫的任务,有别的东西要捍卫,比方各国人民的合法要求。我向他说明,至于我,我来到大象们中间仅仅因为我不知道该往哪儿钻。你呢?"

"我嘛,"比尔·科维斯特拖着声调,一本正经地说——声音中很难怀疑有幽默的成分:"我被哥本哈根自然历史博物馆委以使命。仅此而已。"

太阳落山前不久,他们看见一辆卡车从对面开过来。莫雷尔下车帮恩多洛在狭窄的小道上开车。他不担心被人认出来:公布的老身份照片不像他如今的模样。卡车司机自报家门：他是葡萄牙人，名叫桑希里，正往家赶。在当局四处准备增设路障的当口，他大着胆子走一条下两小时雨便无法通行的公路，因为他妻子在他货栈的所在地恩格勒待产。这是他的第九个孩子。他们在路当中抽着烟聊了一会儿，葡萄牙人抱怨生意不好做……

"我是象牙出口商。"他说，"所以，您明白，那些塑料炸弹……"

莫雷尔搔着脸颊注意地审视他，犹豫了一秒钟……

"哦，"他终于说，"为了您的十个以及后来的孩子，希望您在路上别遇到莫雷尔……他会割掉您的睾丸。"

小葡萄牙人笑得前仰后合。

"这太棒了……我要告诉我老婆。我向您承认，我可不愿意遇见他……您想呀，我是本地区最大的象牙商。好了，再见吧！喏，这是我的名片，万一您哪天路过恩格勒……"

"一定会去的。"莫雷尔说，"我答应。您说您的仓库在那儿？"

"对，就在公路出口处。不会搞错的，上面有我的名字……欢迎您。好，再见吧！也许不久见。"

莫雷尔望着他走远，然后上了卡车。

三十一

晚上约莫十点钟，他们穿过西翁维尔，沿河在芒果树间行驶,然后开上一条公路走了五公里,最后停在夏吕公馆前的一块高地上。莫雷尔跳下车。黑夜有一个存在,一个躯体,一个沙沙作响的生命;可以感觉到它的汗水,它的亲密;在花园的茂密处,昆虫的合鸣构成强烈的搏动,给予黑暗抽动的腹部、急促的呼吸;卡车既然不再响,莫雷尔便听见了身边的这个存在:人们远离了萨赫勒地带和它的空茫。一只手碰了碰他的肩膀:是恩多洛。

"我跟您一起去……"

"不行。你留在驾驶室,像说好的那样;如果你没有忍受等待的坚强神经,应该早点想到……"

大学生回到卡车里。莫雷尔拿起塞满纸张的公文包朝栅栏门走。其他人已在等他。唯独他没有带武器。花园内,六辆美国轿车排列成行。这事先没有料到。

"扎轮胎吗?"

"不。谁愿意走就走好了。如果他们发现轮胎被扎,会引起警觉。到时候再看吧。"

夏吕是报纸老板和本地区最大的矿主之一。走近他的别墅时,他们看见窗户通明,还听见了音乐。一个双楼梯台阶通向露台;窗户开着,看得见一对对人在跳舞。科罗托罗驻足一秒钟。

"在扭呢。"他咧开嘴微笑道。

莫雷尔不得不拍拍他肩膀催他朝前走。不过听见这个从未离开过非洲城市下等街区和监狱的男孩突然讲起了巴黎俚语,他觉得很好玩。这真是一个同化的奇迹。

他们把比尔·科维斯特和安盖勒留在别墅前的灌木丛中,沿小径一直走到花园深处印报纸的库房。莫雷尔第一个进去。这期报纸放在活字铅版托上,轮转印刷机在等开印。一个角落里,两名穿运动短裤的黑人在桌上下象棋。第三个人,一头白发的老排字工,俯身在文章上。

"小伙子们好!"

两名下棋者抬起了头,脸上毫无表情,但可以感觉到他们是刻意为之。排字工从眼镜上方平静地注视他们。

"晚上好。"他说。

其他两人一直僵直不动,其中一个的手还放在他准备在棋盘上走的棋子上。福希思和气地朝他们走去。

"谁赢了?"

响起一辆汽车的行驶声、急刹车声和谈话声……马君巴举起冲锋枪朝花园转过身去。

"孩子,不过是客人们到了。"老头说,"他们从不来这儿……"

莫雷尔不慌不忙地在公文包里翻找。他取出一页纸,放在桌上。

"你把这给我们放在头版……"

排字工手拿铅笔,在文章上俯身片刻。

> 世界保护大象委员会通报:未服从委员会命令的猎人受到以下惩罚。捕象人哈斯、猎人朗日维埃尔和奥尔南多被当场抓住,受到体罚。猎人萨基斯和杜帕克的公馆,巴奈吉象牙商店,切割象脚制成花

瓶、纸篓、冰镇香槟酒桶和一般装饰品的瓦日曼皮革厂仓库均被烧毁。巴奈吉象牙掮客挨了十棍子。剩下猎巨兽的女冠军夏吕太太将当众被打屁股。为消除不怀好意的传言,委员会重申它绝无政治性,政治问题以及意识形态、学说、党派、人种、阶级和民族的考虑与它完全不相干。它只从事人道主义事业,仅仅呼唤每个人的尊严感,不加区别,没有歧视,除达成保护大自然的谅解外别无他求。它给自己的任务明确而有限:保护大自然,首先保护大象,然后保护在全世界的教科书上被称作人类之友的所有动物。委员会认为,不论是谁,不论从哪儿来,所有人都可以并应该在这一点上达成谅解。问题仅仅在于承认人有一个活动空间,各政府、党派、民族和所有的人将保证尊重这个空间,不管他们的事业、愿望、建设或战斗多么紧迫,多么重要。在新一届保护非洲动植物会议在布卡武召开之际,委员会相信有必要唤起世界公众舆论关注常常在普遍的漠视中举行的会议。代表们应该在世界公众舆论关注的目光下工作。委员会庄严保证,一等采取了必要措施,它将停止活动。

为委员会代签:莫雷尔

排字工似乎不感到诧异,他读的时候,莫雷尔带着些微的焦虑观察他。

"嗯?你怎么想的?你同意吗?"

"写得很好。"

莫雷尔似乎很满意。

"那就干吧。"

排字工严肃地望着他。

"我猜必须把这放在版面中央,用线框起来吧?"

"尽量做好点。"

"套红吗?"

"套红。得让这显眼……"

排字工干起来。下象棋的两个人没有动。科罗托罗走过去,笑着用枪管弄乱了棋子。他们转动慌乱的眼珠,喉结一跳一跳的,浑身冒汗,一声不吭。过了一会儿,福希思躁动起来。

"这儿没喝的吗?"他问道。

老头把铅笔插到耳后。

"没有。但如果您愿意,我可以上厨房取一瓶啤酒来。"

"然后给老板报信?"马君巴说,"你把我们当谁了?"

老头根本不理会他,转向莫雷尔。莫雷尔正忙着卷一支纸烟。

"去吧。"他平静地说。

"您疯了?"马君巴嚷道,"要是他们有电话呢?"

"他们有电话。"排字工说。

"去吧。"莫雷尔又说了一遍,眼睛也没抬。

老头离开了。福希思坐在一条矮凳上吸吮一朵花,讥讽地摇了摇头。

"好极了。"他说,"有人对人性信任到这个地步,看了叫人高兴……不过有些时候我看不懂你。"

"这没关系。"莫雷尔略带幽默地说。

时间慢慢过去。马君巴一脸敌意,神情难以捉摸。他胳膊下夹着冲锋枪,身子一动不动,一副既瞧不起人又多疑的样子。他从来不大明白瓦伊塔里出于什么动机支持这个疯子。这疯子拿着塞满呼吁书和人道主义宣言的公文包,正站在这儿舔他的纸烟,和他出席巴黎工人区某个工会会议一样镇定自若。马君巴始终毫不犹豫地服从他的长官,现在恐怕要为自己的忠诚付出代价了。尤素夫带信来的时候,恩多洛长时间的解释只令他半信半疑。"不管什么样的混乱都应该加以利用,"恩多洛滔滔不绝地解释道,"甚至醉汉打群架,丈夫打老婆,每打碎一只杯子,必须说后面有党。基层正是这样扩大的。人家以为你们很强大,这样就增强了你们的力量。莫雷尔事件是个独一无二的机会。不能放过它。国家太平静,太松懈。各部落根本不在乎独立不独立,不知道独立是什么意思,在我们的话语中还不存在这个字眼。原始部落是发动不起来的,必须越过他们,向那些能够理解我们的人,向外部世界,向发达国家的公众舆论求助。我们必须露面,向世界上类似的运动发出信号,证明我们存在,如得到帮助我们准备更加努力,给开罗、布达佩斯的电台一个谈论我们的理由,给外部的朋友们一个大声反抗压迫的机会。基层没有积极分子,群众尚无任何政治素养,不跟我们走——在五十个上过学的乌莱人中,有四十个听行政当局的。为什么?因为受过教育后,与远远留在身后的部落相比,他们觉得跟法国人更接近。必须试着做些融合的工作。必须以证明存在乌莱民族主义为开端。不管烧的是什么火,必须给它添柴。因此有必要把莫雷尔拉过来,并利用他引起的好奇心。我对你再说一遍,不能放过机会。瓦伊塔里知道自己在做什么……"

他服从了,但他至少希望有严肃英勇的行动,而不是这种就地罢工的气氛。他真想至少能够摆脱精神的紧张、烦躁、杀人或被杀的需要、高喊自己名字的需要——说到底,他有统治非洲这个地区数百年的战士们的血统。可眼前只有这没完没了的等待,和这个相信自己不会出任何事,自以为得到普世同情的幸福的傻瓜。老头是殖民者的仆人,自然会背叛他们——他们即将像耗子似的被人逮住。他枪上好膛,决意不让人活捉……他听见踩在碎石上的脚步声。老头端着一盘三明治,提着两瓶啤酒回来了。他狠狠瞪了马君巴一眼,又开始干活。一个角落里,有一包法国的旧报纸,莫雷尔好奇地在里面翻找。"几周来,北大西洋公约组织成员国的报纸充斥耸人听闻的报道,向读者叙述所谓前去保护非洲大象者的神奇冒险,用大字标题谈论这个带有神话色彩的人物,必须说,是否有这个人大可怀疑……只要能转移公众对正在积极筹备的核战争的注意,任何手段都是好的……"

这是一期旧报纸。他找一期更近些的。"存在支持乌莱地区独立的武装运动不再令人怀疑……只需看看某些报纸感人的努力即可。他们施放所谓保护非洲动物运动的烟幕弹,试图掩盖真相……"还有更近的一期:"大象现在是,亦将一直是非洲无产阶级反对资本主义剥削的象征。"莫雷尔看上去极为满意,一边读,一边时而做个小小的赞同手势。每次发现一篇写他的文章,他都仔细地撕下那一页,折好放进他的公文包。他再次翻找,把几期报纸搁在一边,然后递给福希思……

"你读读,"他说,"人家又在说你了……"

福希思做了个看破一切的鬼脸。

"我知道说了什么……"

自他从朝鲜归国并丢脸地被开除军籍①以来,所有倾泻到他头上的脏水大概又开始流淌……他尽量装出厚颜无耻的神气打开报纸。"除去这,我真的什么都料到了。"后来第一次受审时他对谢尔舍说,"丝毫没有谩骂、凌辱、揭发的痕迹……相反,我似乎在美国变得家喻户晓。大家突然间好像十分自豪,在这些进入丛林保护非洲大象的高尚的冒险家中间有个美国人。有些我不认识、从未谋面的人肯定他们从来没有怀疑过我。有人采访了我的父亲,父亲说他将骄傲地把我搂在怀里。我的前未婚妻也接受了采访,她在朝鲜的事发生时甩了我,她

---

① 原文为英文。

说她祈求上帝让我快些归来。真是个对广告十分敏感的小婊子。自然,背后有谁是不难看出来的:奥尔南多和他仇恨的四千万听众和读者。每晚他在节目中花一分钟提到我,除其他亲切的话之外,还说我是林白①和他横越北大西洋以来最高尚的美国人,他要求重审我的案子,说这是诬陷②——一个明显的骗局。法语说得好:这可真逗……但我向您发誓我绝无任何想笑的意思。我感到难过,恶心,或者激动,我说不清楚……但我难过。还是那些人,正是那些人,我从中国回来时,他们朝我吐唾沫,还不说别的……奥尔南多利用报纸电视使他们轻易变卦。现在他们谈论我的时候声音颤抖,我几乎听见他们讲话了。我不知道您是否理解我,但我向您发誓,我对大象的爱和友谊从未像此刻这样深。我准备签一份合同,以便留在它们中间直至生命结束,死在它们中间,如果需要为它们而死。莫雷尔面带微笑看着我说:'你的股票好像升值了。'——'是啊,'我尽量按惯例说着笑话,'我们这儿就是这样,升升降降有反复……'"

临近午夜时,三千份报纸印刷完毕。离开库房时,老排字工走近莫雷尔,向他伸出了手。

"祝您好运。"他说道,"我很遗憾年纪太大,不能做些事帮助您……但我将跟孙子们提起您……我读过很多

---

① 查理·林白(1902—1974),美国飞行员,曾单独完成从纽约到巴黎横越大西洋的不着陆飞行。
② 原文为英文。

东西,明白是怎么回事。"

他们把报纸抬上卡车。花园里回荡着蝉儿得意的鸣声。驾驶室里,恩多洛紧张地开着车,吓得浑身僵直。他一声不吭,朝莫雷尔转过一张汗津津发亮的脸。他的恐惧好像猛然间扩大到昆虫响亮而断断续续的搏动。

"不会很久的,"莫雷尔说,"十分钟。去把轮胎的气放掉。你没有任何危险了。我们到了。"

"一辆车到了……他们没有问我什么,但是……"

"我知道,我知道,去吧。"

他们回到花园,在别墅前与比尔·科维斯特和安盖勒会合。他们听到了音乐,看见一对对男女在朝露台打开的窗户前滑过。

"这让我想起我的第一场舞会。"比尔·科维斯特一本正经地说。

他们登上双楼梯台阶,一起走了进去。十一二个人,白色无尾常礼服,冰镇香槟,花式糕点。铺着斑马皮、豹皮、羚羊皮的扶手椅。到处是动物皮,角落里有几支硕大的象牙,还有捻角羚羊角,獯狐狓角——件件都很贵重。女人的一声叫喊,一只杯子打碎的声音,接着是寂静,唯有《美丽的蓝色多瑙河》一个音符一个音符地奏着,直至马君巴一枪托打掉了唱针。这时只听见几只玻璃杯在一名惊慌的侍者戴着白手套哆哆嗦嗦端着的托盘里急促地叮当作响。福希思走过去,一只胳膊搂住他的肩膀。

"来,美人儿……咱俩来管电话。"

后来，客人之一刚比耶大夫以事后不加掩饰的乐趣对当时的场面做了如下的描述："莫雷尔稍稍站在其他人前面，熄灭的烟头粘在下唇上，两腿叉开，专心地一个个把我们看了一遍。他手提一只塞得满满的公文包，唯独他没带武器。他身边有两名黑人青年，手放在扳机上，我觉得特别吓人。还有一个黑人头戴撕破的软毡帽，走去站到我们身后，一把把地吃着小点心。然后是比尔·科维斯特这老疯子，我们大多认识他，我甚至在家里接待过他。最后是那个臭名昭著的美国逃兵，他在朝鲜卖身投靠共产党，被自己国家的军队赶了出来，在乍得落了脚，很可能没有收入，先受雇于开罗当教官——至少听人这样说——如法国外籍军团的某些逃兵，他们在经过苏伊士运河时跳船逃跑。他看上去玩世不恭，笑容满面，有张颇给人好感的脸，红棕色的头发，脖子上歪戴着一条围巾，皮夹克敞开，露出赤裸的上身，一双粗壮的大手里握着一件武器。尤其是莫雷尔，他与公布的照片不大像，但仍可以认出来，我听见身边一些漂亮的嘴唇在好像即将断气，又不乏快感的一声喘息中喃喃地说：'是莫雷尔。'他环顾覆盖动物皮的扶手椅和挂满象牙的墙，眼中闪现的快活的微光顿然消失。他似乎怒气冲冲，甚至变得很危险，咬紧牙关，把烟头扔在地上踩碎。他被认为躲藏在离我们一千公里的乌莱山中，如今却近在眼前。我们谁也没动：我们想起了哈斯、奥尔南多和其他几个人的遭遇。我心中惴惴不安，但忍不住怀着极大的好奇心注视莫雷尔。几个月来,他是我们的唯一话题,然而,他这个人太具传奇性,很难相信他的存在。我们当中有好几个人坚信他和他的大象是当局为转移对瓦伊塔里活动的注意力编造出来的,据称瓦伊塔里应为最近乌莱地区的骚乱负责,其实他的活动并未产生任何影响。我说'我们当中有好几个人',但从来不包括我。我相信非洲的神奇,在那里一切仍然并将永远是可能的,非洲的冒险家们永远不会罢休——而这不一定是那些在其黄金、钻石和铀矿周围转来转去的人。我一直相信非洲可以比这做得更好——现在它正在我眼前这样做。别忘了对许多人来说,在追求轰动效应的报纸大肆宣扬莫雷尔之后,他在此刻真成了一位深得民心的英雄。他们信。他们信他,甚至信他的大象。

"夏吕自然第一个恢复了镇静,对一个不能说容易六神无主的人而言这并不奇怪……'这是什么意思?'他嘟哝道。莫雷尔相当友好地望着他。'我们没有什么跟您过不去,但我们有句话要对夏吕太太说。保护大自然委员会不会忘记她是女性猎象纪录的保持者:据我所知捕杀了一百来头……'他的嗓音里有股压抑着愤怒的腔调。接着他从容地打开公文包,拿出一页纸,朗读这份难以置信的文件,你们熟悉的、次日将见报的那类宣言……应该说效果令人震惊。当他读到'夏吕太太,猎巨兽女冠军:当众打屁股'这一段的时候,响起一片'啊!''噢!'的叫声,所有的目光全投向了当事人。她脸色变得惨白。

你们认识她:小个子,精力充沛,四十岁上仍相当漂亮,尽管动作和嗓音里带些阳刚之气。当然人们最想不到她会受到这样的对待。她朝丈夫转过身去:'你不会听之任之吧?'她叫道。据我所知,这是她头一次求他帮助和保护……

"夏吕朝前迈了一步。他强壮,粗俗,尽管穿着白色常礼服。他原是北方的矿工,勘察过金矿,喜欢用极为自信的口气重复说:我是白手起家的。他低下额头,出自受伤害的自尊心最深处的声音也低了下来。

"'如果你这样做,莫雷尔,'他缓缓地说,'我就要你的命,哪怕必须拿我拥有的一切为代价。我清楚你在为谁工作。我知道那些废话。大象,你说……但几乎只有欧洲人有打猎的武器,有办法拿到狩猎许可证。你想说我们是唯一开采和耗尽非洲自然资源的人。我一来这儿就听到这个调调,而真相是这些资源开采得还不够——没有我们,这些资源根本得不到开采,甚至不知道有这些资源……没有我们,一个矿都发现不了,人口不可能二十年翻了一番。我来这儿的时候,只有梅毒、麻风病和昏睡病:我治好了我的黑人,供吃供穿,给他们工作、住房和抱负,像我们一样做的欲望。我这样的人过去是,现在依然是非洲的酵母。你和你的人,你们把这称作对非洲自然资源的无耻剥削。我呢,我称这为建设。非洲是大家的,首先是非洲人的。我们差不多是唯一拥有武器、取得许可证和从事运动狩猎的人,因此你以为很聪明,把猎象当

作资本主义剥削非洲资源的象征……是的,这些我在你们共产党的报纸里全读到了。我甚至不需要说明提纲便明白……'

"'嗨……'莫雷尔说。"

从他满意的神色看,他显然觉得这种诠释很吸引人。后来他对比尔·科维斯特说:"这诠释得极好。我没有想到这种诠释。夏吕,他就这样独自找到了,自自然然,像打嗝。总之,谁心里有鬼,谁肚里明白。不过这毕竟挺逗,他们那股执拗劲儿。有人竟能厌倦自己的小事,去管更重要的问题,更大的活动空间,这令他们惊讶。他们没法相信。后面必须有个玩意儿,一个不光明磊落的玩意儿,一个不正常的、他们触手可及的东西。你明白,他们不适应。他们那样习惯于闻自己小小的脏物,一旦有人需要大吸一口气,终于转向一个真正重要的、伟大的、必须不惜一切代价挽救的东西,他们便大为惊讶。这毕竟令人不快……"他坐在火边,平静又十分真诚地说了这一席话。比尔·科维斯特差点失去耐性,他已经张开嘴,想对他说没有必要要计谋,他很清楚莫雷尔真正保护的是什么。但他遇到了头头非常关注、几乎不带嘲讽的目光,于是他咕哝了一句斯堪的纳维亚的脏话,蜷起身子钻进蚊帐,把背对着他。

"我明白了这次示威的含义,是吧?"夏吕嘟哝道,"好。那么,现在你可以溜了,等着有机会再见面的那一天。但如果你敢动我妻子的一根头发……"

一种略带莘昧的幽默表情从莫雷尔的脸上闪过。他似乎久久地品味着一个绝妙的玩笑。

"我们要碰的不是她的头发。"他说,"但她将得到教训。为了尊重礼俗,将挑选我们当中最老的人做这事,避免可能的误会⋯⋯"

他向丹麦人示意。比尔·科维斯特沉着地朝夏吕太太走来,她吼叫起来:

"别碰我!"

"⋯⋯这很难不令人发笑,"刚比耶大夫后来说,"尽管夏吕勃然大怒,他妻子大喊大叫。比尔·科维斯特当然毫不留情,但他完成任务时的严肃表情令人忍俊不禁。他是我认识的人中最年长的一位,即使他很有风度,但他花白的胡子和严厉的神色使这个场面丝毫不令人愤慨。眼瞧着小阿奈特·夏吕两腿乱蹬,屁股朝天,挨这位可敬老者的打,你会狂笑不止。咱们之间说说,小夏吕甚至有点过分。不管你怎么想,一位女子以杀大象为最大的快乐,这无论如何令人反感。有其他满足性欲⋯⋯或弥补损失的方式嘛。作为医生,我不大喜欢致力于这类心理学,但她似乎有点过分地在雄性巨象身上报某件事或某个人的仇⋯⋯总之,不是我一个人觉得她咎由自取。老斯堪的纳维亚人一本正经地完成他的工作,这更加强了好好教训了她一顿的印象。是的,不管对这事有什么说法,我认为莫雷尔完全是真心实意的。你们知道,那些真正的猎人,老猎人,早就以各种方式力求减少损害,并且不掩饰他们对狩猎远征旅行的厌恶……"

惩罚小分队离开别墅的时候,夏吕端着卡宾枪出现在露台,清楚地显现于光亮的背景上……马君巴举起冲锋枪,但莫雷尔用肩膀推开了他的枪托。

"您和谁在一起,莫雷尔先生?"少年嚷道,"和我们,还是和他们?"

"孩子,还可以置身于其他地方。"莫雷尔说,"还有活动的空间……我,那儿正是我的安身立命之地。你要学会控制自己的情绪。你当老板的时候,你愿意杀多少就杀多少,自己人和其他人。目前,这儿的老板是我。"

他们跳上卡车,恩多洛全速启动。

"慢点,不需要赶时间……咱们大大提前了。你给轮胎放气了吗?"

"放了。"

他们把几摞报纸扔在宅邸门口,男仆们清晨五点去市场路过时会来取。正当他们穿过西翁维尔以东沿河绵延一公里由铁皮、木板、油毛毡搭盖的棚户区的时候,车灯照出一个站在公路上高举双臂的奇怪身影。这是一名乌莱人,身高近两米,拄着一根拐杖,身着黑色西服,戴硬领,头上一顶软木太阳帽,脚穿白色绳底帆布鞋。他身后,在风扬起的一片尘土中,还有两三个穿运动短裤的纹丝不动的身影。恩多洛猛地刹住车。那人走过来。

"同志们好。"他说,"我们开始感到不安了。我们分发的时间所剩无几,但你们可以放心,一定会分发完的。

同志们,请允许我祝贺你们。这是个好主意。我习惯了政治斗争,我可以告诉你们这是个好主意。当我们解释大象意味着什么的时候,连没有受过马克思主义教育的文盲同志也都懂了。搞垄断的殖民者、帝国主义分子、战争贩子和他们的政治帮凶,开始在他们房屋的墙上发现写着'大象'二字的时候也懂了。他们的警察已经在擦抹这两个字便是证明。党非常支持你们。这是一个好的政治理念,同志们,我们将加以利用。"

他猛地举起拳头。

"大象①!"

"大象②。"莫雷尔举拳和气地说。

科罗托罗把最后一包报纸扔在那个讲话没完没了的身影的脚边。他们离开了,把他丢在非洲的黑夜里,握拳站着,拄着拐杖。

莫雷尔对这些误解表示满意。

当保护大象只是个出于人道的想法,只牵涉到人的尊严、慷慨、心灵、需要维护的活动空间,那么无论斗争多么艰难,也不可能走得很远。然而一旦它有可能变成政治理念,就具有了爆炸性,当局不得不认真对待。不能任它迅速传播,让别人利用,不能耸肩膀甩掉它,任其掉过头来反对自己。人们被迫立即采取行动遏制它,当然最好是拿来为我所用。换句话说,真正积极地保护非洲动

---

①② 原文为非洲土话。

物,无条件地禁止一切形式的猎象活动,给予这些受到威胁的笨重的巨兽所有必要的保护和友爱,莫雷尔坚信,负责任的各国政府终将明白这一点,并执行这个计划——他别无所求。再说一遍,不应该超出某些手段。他掏出烟荷包和糯米纸,在卡车的摇晃和黑暗中摸索着卷了一支烟,点燃了它。

"你好像很开心。"福希思说。

火柴灭了。

三十二

天色渐亮,山峦开始从东边朝他们走来。圣德尼觉得群山倾听了他整整一夜,现在挤在他身边提问。他见同伴的脸也走出了阴影,一夜未眠的痕迹好像与岁月的印痕融在一起,在脸上看不出来。

"黑夜过去了,我发觉用来回忆的时间——我相信——比讲话的时间多得多。您跟我说过,您打算今早便回到发掘现场,可能我永远不会知道您到这些山里来寻找什么。对这件事我什么也告诉不了您。四十年来,您已经知道您在湿软泥里挖掘,想找到一百万年前人类的遗迹:他们最原始的武器已经讲述了他们的勇气和他们自史前之初便进行的战胜自己境遇的斗争。勇气,这想必是占上风的字眼,奋起反抗自人类起源就强加给我们的严酷法则。只要俯身在人类始祖削凿的某件石质武器上，便可以听到从已逝地质年代深处升起一首史诗的回肠荡气的歌，莫雷尔及其伙伴们只为这首史诗增添了一个音符，一个新的调调。但也许这一切不过是个来看我的借口，不过需要有人做伴而已。在这方面，神甫，您一定得到充足的供应，恐怕不会产生到象群里避难的念头。这不假。然而，您之所以跑了五百多公里路，仅仅是想跟某个人谈事件，谈莫雷尔和那个姑娘，那个如此理解他的德国女子，那是因为您也许突然感到，您也以特别令人感伤的方式感到我们需要保护，而自穴居时代最初举行魔法仪式以来，恳求保护的所有祈祷，所有哀求，几乎没有得到满意的结果。您也许不太敌视那些如此无畏地试图掌握人的命运并尽力而为的人。这恐怕可以解释莫雷尔。解释他的勇气，他的坚持不懈，他对妥协的拒绝。还可以解释那个姑娘，她在柏林的废墟下明白了，大自然从此离不开保护，她本能地追随他，好像仅仅出于保存的一种反应。自从政府委托我照看这些山脉、照看非洲最后的大兽群以来，它们便与我为伴，我觉得我也归附了莫雷尔。莫雷尔已不在世的传言很盛，说他的一个伙伴出于政治原因把他杀了。我根本不信。从各方面看都拿不出证据，就我个人而言，我认为他一直在这些山里。他有许多朋友，渐渐地，他周围张开了一块保护共谋的幕布，所以很难想象他被打败。对我来说，他始终在此地，准备重新开展保护动物的运动，总而言之，他还不罢休。他常来看形影相吊的我，带着那只塞满孕育着希望的打字稿的可笑的公文包。他带着在这山里颇令人意外的巴黎口音挖苦地对我说：

"'狗真的不管用了。人们觉得特别孤单，他们需要别的伴儿：他们得有个更大、更壮实、真正顶得住的东西，至少得有大象。'

"谢尔舍呢，他在集市里的人好奇目光的注视下行走，风度翩翩，很有男子气概，一身白色军服，提着手杖，头戴天蓝色圆顶硬舌军帽，泰然自若的面孔流露出一个终于拥有了自己寻求的全部友谊的人内心的平静。他身在肖维尼镇①苦修会教派的一座隐修院里。对他这个决定，人们在'乍得人'饭店提到过好几种解释，但没有提最明显的那一个。他多年在边境地区与伊斯兰教的亲密接触，很可能对信仰的突然迸发起了作用。我相信，他的决定是在与沙漠和沙漠居民的接触中——与非洲大地的接触中——慢慢酝酿成熟的。这块土地比别的土地更快地把落下的枝叶、雄心和人拥入怀中。这块大地是短暂逗留、临时居住和中途宿营的最佳之地，那里的村庄也似乎地基不稳，随时准备消失。我们每个人从它那儿得到了自己微不足道的教训，而谢尔舍可能对此比别人更敏感。是的，有时只需一个小小不言的东西，一个更明亮的夜晚，一个特别感伤的孤独时刻，我就看见他们都在我身边，听到他们的声音。审案时，人家问米娜去找莫雷尔是

---

① 法国中西部的一个城镇。

不是因为爱上了他,她神情执拗,固执地摇着头,为了说服他们不知疲倦地重复道:

"'我是为自己来的。我想帮助他。我希望有个柏林人跟他在一起……'

"其实,神甫,不需要多么聪明就能理解他们的行动:只需受过苦。她不大聪明,肯定没受过教育。不过她的面孔显得有些神秘,当她交叉双腿坐在两名宪兵之间望着法官,间或摇摇她的一头金发的时候,她的脸上有时带着几分幽默,一种绝望的嘲讽。她受过不少苦,能毫不犹豫地理解这是怎么回事。起初法官们试图帮助她,拉她一把,尤其在我做证以后:我证明她是经我同意动身的。她带武器弹药给莫雷尔,仅仅是为了赢得他的信任。她的主要目的是劝他放弃疯狂的举动,说服他向当局投降。但她气愤地推开了向她伸出的手。

"'我想做些事,帮他捍卫大自然。'

"他们只得到了这个结果,所以最终给她判了六个月的监禁。她一直拒绝承认她爱上了他,而且很生气,仿佛人家试图夺走她的什么东西,缩小她所做之事的意义。甚至听到那些似乎证明她与莫雷尔发生过——用庭讯时的话说——性关系的证言,她也不过耸耸肩膀,再一次平静地重申:'是的,我想帮助他。'

"比尔·科维斯特手捧他那本小《圣经》,在法庭前重申他有意继续斗争,绝不放弃捍卫上天在大地和人的灵魂深处种下的极其多样的根。这些根好似一种预感,一种渴望,一种对无限正义、尊严、自由和爱的需要,紧紧抓住大地和人的灵魂。连福希思最终也懂得了人类并不令人作呕,仅仅需要保护。我在报上读到,他出狱回到美国后,受到英雄凯旋般的欢迎,从此在国内热情洋溢地开展保护大自然的运动。结案后,哈比卜戴着手铐被带向卡车。但他始终一脸和善,头上扣着那顶脏兮兮的远洋轮船长的大盖帽,向宪兵中一个特别强壮的漂亮小伙儿不怀好意地频送秋波。庭讯时,哈比卜极为开心,不放过任何一句人们说的话,所有这些可怜的小家伙为摆脱一种境遇所做的努力显然令他非常高兴,这种境遇对他倒是如鱼得水。从我身边经过时,他令人放心地笑笑,大声对我说:'我的航行尚未结束!'他说得对:他与他收买的一名看守相勾结,在向杜阿拉递解的过程中顺利逃跑。据说目前他忙于东地中海的武器走私,随时准备如他所说为各国人民和所有人的合法要求效劳。我从来忍不住对他抱有好感,出了那么多事,他对自己的事竟如此尽心尽力!咱们别忘了奥西尼……"

圣德尼稍停片刻,朝近在眼前的山峦转过身去。群山全神贯注,在日复一日的晨曦中焕发青春。此时,天亮得可以看见耶稣会士手中的一串念珠,黑色的珠子在他的手指间慢慢流淌。圣德尼以为他在做晨祷,住了口以免打搅他。但耶稣会士追随他的目光,用一个微笑鼓励他往下讲——他早已丢弃那些小小的职业戒律,但念珠占住他的手,帮他少抽些烟。

"咱们别忘了奥西尼,否则他不会原谅我们的。他一辈子都在抗议他的无足轻重,恐怕正是这促使他杀死最美最强造物中的那么多壮美的动物。有位美国作家定期来非洲捕杀他那份大象、狮子和犀牛。有一天,我趁他喝醉了酒,记录下他的心里话。我问他这种需求是从哪儿来的,他酒后吐真言:

"'我一辈子都怕得要死。怕活着,怕死去,怕生病,怕成为性无能,怕身体不可避免地衰老……当这变得不可忍受,我的焦虑、我的惧怕全集中于冲过来的犀牛,从草丛中一跃而起出现在我面前的狮子,朝我转过身来的大象。我的焦虑最终变成可以触摸、可以杀死的东西。我开枪,一时间,我得到释放,内心平静如水。被击毙的动物死去时带走了我累积的全部恐惧,在数小时内,我摆脱了恐惧。六周后,这真成了疗效持续数月的治疗……'

"奥西尼大概也如此,他尤其强烈抗议他身为人的渺小和无能——奥西尼个体的渺小。他必须捕杀许许多多的大象和狮子,才能抵消这种自卑感。所以咱们别忘了奥西尼,否则会铸成大错。我感到他焦虑不安地待在这篇故事的门口,试图走进去,抗议关注的缺失,他试图发言,让人听到他的声音。他也是个不喜欢感到孤单的人——但要达到人类最小的公分母,它必须与他身材相称,不能太高。大概正因为此,他才恨了一辈子可能把人看得过高、过于高尚的东西。莫雷尔的那种要求令他完全不能控制自己。他感到自己成了靶子。要求人有颇为远大的志向,为人颇为慷慨,要求有同样远大的志向,为人同样慷慨,这等于矛头直指奥西尼对自己的全部认识,直指他的自卑感。我甚至相信,所有反对人权,反对崇高尊严观的政治运动都源于一种意愿,即通过对照那些感到不能胜任一项伟大的工作,在他们受伤的渺小中汲取对顽固分子——其敌人怀着无比的蔑视说他们心存幻想——深仇大恨的人,来给自己吃定心丸。无论如何,西翁维尔遭袭后,所有在'乍得人'露台见到奥西尼的人都感到他不会任人摆布,他即将接受挑战——而这正是他竭力给我们留下的印象。他的态度整个变了,再也听不到他的声音,他不再跟任何人讲话。你来到他桌边坐下,他假装没看见你,待在那儿不动,鼻子稍稍隆起,一身白衣裳,高昂着头,好似为受辱的渺小竖立的一尊雕像。没有人再敢招呼他,拍拍他的肩膀:那样你会觉得打断了一场祭礼,他正在举行的无声仇恨的祭礼。在这无可指摘的巴拿马草帽下,他的脑袋里究竟发生了什么,我们后来才得知,可惜为时过晚,在他发出为共同利益召开一次绝密会议的召集通知很久以后。他把这封有些神秘的邀请信送达法属赤道非洲最著名的猎手手中,其中有几位应邀赴会。他们赴会的主要原因是他们信不过奥西尼,搞不清他在玩什么花样,所以不让他以他们的名义行动。于是他们在他的带有游廊的平房里聚集一堂,非洲的痕迹在房子里一丝不剩——全是欧洲的精美家具,没有陈列战利品——他不是那班用无用的东西装饰墙壁的人。他默默地迎接来访者,使劲握他们的手,热切地盯着这些战友看。然后他把男仆打发走,关上所有的门——每个人都清楚地感到,这是名副其实的谋反者会议。与会的有于埃特三兄弟,他们难得来拉密堡,和黑种妻儿住在北喀麦隆;有勃奈,他在第一次世界大战中失去了一只胳膊,但他给有两只胳膊的人的印象是他们身有残疾——一个脸色红红的胖子,花白的头发剪得很短,镶着金牙,一只袖子塞在口袋里;有葛戴,猎巨兽对他而言不过是动荡纷乱生活的一部分,它始于莫罗兄弟时期封丹街的黑社会,直到在利比亚沙漠与隆美尔①作战的大名鼎鼎的波波斯基私家军;有戈耶,唯独他于埃特家的大哥经历了几乎随意专业猎象的时期,手头缺钱的时候,他偶尔也捎上一些令他讨厌的游客。奥西尼依次走过去给他们斟酒,然后站起来,望着他们开始讲话。在某些情况下,通常的办法是不够的,必须善于亲自主持公道。毋庸赘言,这一时刻已来临。六个月来,野外狩猎旅行的爱好者们避开了法属赤道非洲。这不能怪他们,总不能仅仅为了打猎的乐趣丢掉性命吧。全世界的报界无耻地利用了莫雷尔的行动来提高发行量,这场运动发展到了猎巨兽被质疑、被视为可耻的地步。总而言之,他们的职业,最美好、最高尚的职业之一,可能会永远信誉扫地。这一切源

---

① 隆美尔(1891—1944),希特勒麾下元帅,曾被称作"沙漠之狐"。

于政客们对莫雷尔应受谴责的姑息纵容,仅仅因为他们与瓦伊塔里沆瀣一气,和他一样受雇于把捕杀大象当作所谓白人剥削非洲之象征的阿拉伯联盟。必须一劳永逸地做个了断,要做到这一点,唯一的办法是迫使莫雷尔走出他的巢穴。以上就是他的建议……其他人默默地听他讲。勃奈第一个发言。

"'不,老兄,我不干。'

"'我呢,我称这为缺德的事。'戈耶说,'如果我逮住莫雷尔,我会狠狠揍他一顿。可是我不清楚为什么大象成为此事的受害者……其实那家伙做得对;已经杀得够多的了。游客嘛,只需叫他们做拍摄野生动物旅行……'

"葛戴吮着他的雪茄,揶揄地眯缝起眼睛望着奥西尼。于埃特三兄弟站在壁炉旁,没有显出任何感兴趣的样子。奥西尼脸色变得苍白。

"'你们不能用别的办法逮住莫雷尔。'他说,声音因恼羞成怒而发颤,'只有一种方式叫他出窝,那就是捕杀足够多的大象,逼他奔来援救它们。我很清楚这有违法律,但有些情况是法律没有料到的,必须自己惩罚……'

"葛戴从嘴里拿出雪茄。

"'总之得给他寄名片?'

"'如果你愿意。'

"'这么写他的名字真怪……'

"勃奈第一个走了,一晚上没开口的于埃特三兄弟跟着离开。葛戴和戈耶也站了起来。

"'如果你们没有胆子了,我一个人干。'奥西尼大声说,'你们怕罚款？夏吕会乐意为你们付的。'

"'我不喜欢干没价值的事。'葛戴说,'过去我是黑社会的,哪怕在黑社会里,也有反对干这种事的法律……在我倒霉的一生中,我杀了不少动物,甚至杀过人,如果我记得不错的话……我的记性不好。如果你有账要跟莫雷尔算,那就去算,要他的命好了,但别想带大伙儿玩……如果你要忠告的话,就撒手别管了。不然你给我们的伤害会比好处多得多……莫雷尔,过不了多久就没人提他了。他会被忘记。人啊,忘得很快……'

"'我一个人干。'奥西尼重复道,'我不泄气。'"

圣德尼苦笑了一下。

"我的确应该说他没有泄气。十天后我们在拉密堡得到了奥西尼穿越荆棘丛林胜利进军的消息。由于这事出在我的管辖区,所以人家致信给我,求我阻止他得手。这倒不难,因为他想方设法让人知道他在哪儿。达姆达姆的鼓声逐村宣布他的到来,他在每一站得到喜食肉者凯旋般的欢迎。奥西尼南下雅塔,凡在泉眼周围能找到的公象、母象及其幼崽,他不加区别地赶尽杀绝——他指望他的皇皇业绩能传到莫雷尔的耳里。总之,他力图扬名立万。他不避开保留地,在他穿过的村庄里带走了两三名好射手。他成为整个地区的唯一话题,一位家喻户晓的英雄,肉的分发者,养育者,好人,慷慨的人,天降大任之人。几天之内,他在尘世的荣耀有些令莫雷尔黯然失色。那些在他胜利进军途中瞥见他的人——包括在乌阿萨想劝劝他的罗德里格斯——告诉我他真的处于反常的、几近神思恍惚的状态。村里人为欢迎他跳舞跳到黎明,他两颊凹陷,一脸脏兮兮的胡子,夜不能寐,嘴上挂着高人一等的微笑。拂晓,他又动身去追捕大象——旱灾把大象驱赶到容易发现的地点。在他和这些老巨兽之间好像真的有私账要算。他离开拉密堡四天后,早上七点钟,我正打算于午后抵达奥西尼最后的营地——晚上终于下了雨,以无比的猛烈弥补它的姗姗来迟——我看见面前的小道上有个古怪的队列出现在荆棘丛中。我先认出了一个熟悉的身影,法格神甫的白软木太阳帽和变成橙黄色的教士袍。他后面有两名抬着担架的挑夫,和一群肩扛着依然鲜血淋漓的肉块的黑人。法格跟我握手,没有讲话,我走近担架。从被子里伸出的那张脸正是奥西尼的脸,但我过了一会儿才认出来:胡子一直长到瘦骨嶙峋的颧骨,只有眼中剧烈的痛苦对我是个熟悉的标记。我掀开被子,但立即又盖上。法格问我有没有吗啡,可是我把药箱留在二十公里外的卡车里了。'他身上的确没剩下多少好地方可以感到疼痛了。'法格咕哝道,'它们收拾他已过了十六个钟头……我从未见过有人这么抓住命不放。'

"'怎么出的事?'我问道,与其为了打听,倒不如说出于条件反射:被子下的一眼对我已经足够。

"'大象从他身上踩了过去。'法格说,'据男仆们讲,他们到达离象群一百米的地方。奥西尼在此地安排了两名射手,自己在稍前处就位,想在大象溃逃时再拦截一两头。剩下的,是他对我讲的——或许是胡话,因为人家把他给我抬来的时候,他已有数小时处于这种状态(我找了他两天),不知道自己在说什么。不管怎样,他硬说到达一块林间空地时,忽地觉得有危险在荆棘丛后窥伺他。他转过头,见莫雷尔站在五十米开外的地方。他发誓的确是莫雷尔,一个人,端着卡宾枪,身子纹丝不动,仿佛一直待在那儿,一直在等他。奥西尼举枪射击。没打中——距离五十米,请注意,对我们猎巨兽最好的专家之一来说,事情本身便颇为奇怪。这坚定了我的想法,即精神疲劳和日夜想着莫雷尔的怪癖使他产生了幻觉。他告诉我他开了枪,然后一再开枪,每次都打不中莫雷尔。大象们受到枪声惊吓,或者,如果您更喜欢,照这倒霉鬼结结巴巴对我说的为了来救莫雷尔,这时冲过来从他身上踩了过去——您看到了结果,惨不忍睹……'

"我走近奥西尼。毕竟,我有报告要写,而拉密堡的人正在热烈地讨论,想知道莫雷尔是否还活着,或者像有些人所断言的那样,他的一名伙伴出于政治动机刚把他打死。我朝受伤者俯下身。

"'奥西尼,'我问道,'您肯定见到的是莫雷尔吗?'

"布满黑色凝块的嘴唇微微动了动。'肯定。'他啜嚅道,'但……'这个'但'字把一切都推翻了。

"'请试着回答。'

"'我满脑子都是他……甚至睡着的时候……眼前总是他的身影……'

"证言没有结论。我突然闻到了村民们带回家的血淋淋的肉的气味。奥西尼两眼转向法格神甫,动动嘴唇讲出最后的话——最可怕、最残酷、最令人心悸的话:'我想活!'体无完肤的人喃喃地说。连法格神甫好像也受到震动。'该死!'他喉头发紧,咕哝了一句,给他合上眼睛。这是奥西尼的情况。但我跟您说过,他的证言在我看来不具结论性:莫雷尔如此占据他的头脑,很可能使他产生了幻觉。另一方面,仅仅因为一段时间以来没人提我们的朋友就说他死了的人,我从不把他们的话当真。这位法国人身边簇拥着太多潜在的好心人——当代人不可能不理解他,不帮助他……有人甚至断言,神甫,您曾在您的发掘现场把他藏了一段时间。您笑了,由此看出这是没有根据的指控,您来此地不是为了向我打听消息,再给他送去……与他合谋共计的实有其人,从不及时发送报告他行踪的电文的无线电话务员,直至我的同事和友人塞里索,他后来出了名的举动证实了国外的一般看法,即在非洲的法国公务员不听从接到的命令,如人所说搞他们的政治。依我看,这是一个带有典型法国特色的、很可理解的举动——出征西翁维尔后,当莫雷尔的卡车在您知道的情况下穿过他的首府时,塞里索不想错过机会,终于把他的观点喊了出来……"

从西翁维尔到燕戈,以每小时平均四十公里的速度,卡车要开六小时。行政区指挥官塞里索接到电报,通知他恐怖分子袭击了西翁维尔报馆的印刷所,敦促他采取他认为必要的一切措施,于清晨五时返回的路上不惜代价抓住莫雷尔和他手下的六个人。他刚好来得及回去。塞里索胖胖的,容易激动,好发脾气,精力充沛,充满善意。他始终站得笔直,可能因为他的身材实在矮小。他仔细地,甚至庄严地折好他的话务员刚给他送来的电报。他觉得这是他等待多时、也许等待了一生的一个机会。至于他,他不大肯定莫雷尔会如此乐观,从燕戈经过——他恐怕一出西翁维尔便丢弃了他的卡车——但如果他有足够的信心这样做,他将受到应有的接待。塞里索立即忙碌起来。他跑去穿上后备军上尉的制服,费了很大劲才穿进去——半屏住呼吸才成功。然后他动员了他的全部军事力量,即三名行政区的卫兵,加上话务员,再有八名服过兵役的村民。他给他们发了枪,把他们部署在公路沿线。他本人置身于最前面,军帽自负地扣在脑袋上。他头天阅读了每月两次从法国给他寄来的报纸杂志,正好处于以应有方式迎接想改换物种的人所需的精神状态。以下的消息尤其令他感动:人民民主国家为被绞死的政治家平反,而正是绞死他们的人如今宣布他们是无辜的;二十年中宣称斯大林为各国人民天才之父的人发现他患有屠杀偏执狂;日本最后一名渔夫因海域汞污染而丧命;以神圣的民族自决权的名义新近对儿童进行了屠杀;白种人、黑种人、黄种人或红种人都有种族主义;癌症在世界范围内迅速蔓延——这至少表明残酷和轻蔑地对待大自然的不仅仅是人。他早就等待机会,讲出对这一切的看法。他两三次仔细观察手下,严厉纠正他们着装上的细节,组织操练锻炼他们的反应能力。当他终于看见小道尽头,参天大树之间,出现了那辆为保护大自然英勇斗争的人的卡车时,他的小圆脸激动得发抖。他转向他的手下。

"立正!"

卡车加了速,一挺冲锋枪从驾驶室把枪口对准了他们。

"举枪……致敬!"

卡车从行军礼的一打人和迷失在森林里、立正致敬的法国小军官面前全速驶过。莫雷尔赞许地、毫不奇怪地注视他们。

"人们懂了。"他平静地说,"我呢,我一直说不该绝望。"

在班吉,中士话务员与他在燕戈的同事同时接到了拦截令。他手拿铅笔,面无表情地注视它片刻。他是乌班吉的一名黑人,已服役十年,对问题做过很多思考。公路从兵站的窗前经过。他久久待在那页纸前,不时望一眼公路。他大概等了将近两小时。莫雷尔的卡车过去后,他俯身在发报机上:"请重复最后那篇电文。接收困难。"他又一次抄下电文,通知对方收到,给指挥官送去电报。

他们继续行驶,只停下加满汽油和他们运送的一桶桶食用油。在整个行程中,每逢休息,三个年轻人便低声商议,时而向莫雷尔投去愤怒的目光。马君巴看上去敌意最大。他对其他两人产生近乎有形的巨大影响力;他没有恩多洛聪明,恐怕也比不上敏感得无法表现自己的安盖勒,但他显示出一种强烈的、近乎肉感的意志。不难看出,其他两人在他的嗓音里找到了那种激励他们的纯粹的激情。莫雷尔不理会他们,但比尔·科维斯特用眼角的余光监视他们的一举一动。他不明白他们为什么暗存敌意,但预感它会爆发。那天早上,从天亮便开车穿越森林。第二次途中休息的时候,他们加油和喝热咖啡,苍白消瘦的莫雷尔气喘吁吁地围着过热的发动机忙碌着。恩多洛走了过来。大学生正了正鼻梁上的眼镜,说道:

"我们来要求您做出解释……我们认为受了您的愚弄。您有什么权利在发表的宣言中声明我们的行动毫无政治性?谁授权您这样做的?为什么发表前不给我们看文本?我们无条件地协助您,但您无权在公众舆论面前掩盖我们运动的目的……"

莫雷尔疲惫地望了他一眼。

"哦?"他道。

"这个声明明显是反对我们的。您根本没必要这样声明。您背叛了我们。我们是一个政治运动,独立军的一个别动队。您在最后一刻破坏了我们的行动,剥夺了它的全部政治含义。"

莫雷尔直起身来,擦擦额头上的汗。他阴着脸,十分愤怒。

"听着,孩子。"他说,"这话我本该对瓦伊塔里讲,但既然你坚持……我唯一感兴趣的是保护大象。我知道这惹你生气,但说到底,我不在乎,就这样。我一开始就讲明了我要什么,保卫什么。你们愿意跟我一起干。好。你们说,保护大象,你们也感兴趣。好,好极了。你们建议帮助我,不带条件,没有私下的盘算。非常好,谢谢,我接受了。你们这是做好事。我不拒绝任何人……当然,你们有你们的理由,我看得很清楚:我不像表面上那样蠢。我呢,我有我的理由……这不妨碍我们一起干,因为我们在当前的目标上意见一致。但不该忘记是你们上门找我的,我没有向你们要什么,我没有去找你们。你们一直嚷嚷,说你们唯一感兴趣的是帮我的忙,因为你们也喜爱大象——它们就是非洲。你们甚至跟我说,你们当上老板的那一天,将把保护大象奉为神圣的事,要把这写进你们的宪法。我接受了。如果大自然并不这样令你们感兴趣,如果民族主义对你们已经足够,如果你们只需要独立——让大象去死吧!只要你们获得独立——那么应该早说。我,我不搞政治。我保卫大象,没别的。不过为了安慰你,我再告诉你一件事。你没必要垂头丧气。他们,他们将把这当成政治问题。他们将绝不同意这不是政治问题。为此,他们将竭尽全力。所以你没必要担心。"

"您究竟赞不赞成民族自决权?"恩多洛喊道。

莫雷尔看上去真心地感到难过。他朝比尔·科维斯特转过身去:

"没办法。他不想懂。"

"您反对非洲独立。"大学生说,"这就是真相。"

"我毕竟讲得很清楚,是不是?"莫雷尔嚷道,"我唯一感兴趣的是保护大象。我希望它们在这儿活得好好的,养得肥肥的,让人看得见它们。做这事的是法国人也好,捷克人或巴布亚人①也好,我都无所谓,条件是他们干活儿。但最好是一起干,也许唯独这样才能成功。我把请愿书寄给了世界各国,加上联合国,凡有邮局的地方。目前,马上要开个国际会议,我致信他们,对他们说:你们必须就此取得一致意见,这很重要。说不定他们将做出安排。否则,如果必须再建立新的国家,新的民族,非洲的或其他洲的,这也合我意,条件是确信他们将保护大象。我希望有把握。我要求看看。我受过那么多次哄骗,我和我的伙伴们……对意识形态,原则上我持怀疑态度:它一般占去全部位置,而大象呢,又粗壮,又笨重,当

---

① 大洋洲新几内亚岛及附近地区的土著民族。

人们着急的时候,这看上去一无用处。至于局限于自身的民族主义,目前它到处存在,对大象不闻不问,这是人在世上发明的又一个最没价值的东西之一——毕竟人发明了不少毫无价值的东西。现在我已讲得很清楚了,你也放了心,你最好还是帮我灌满油桶吧。"

恩多洛走远后,莫雷尔转身问比尔·科维斯特:

"这是不是相当清楚?"

"是。"丹麦人有点忧郁地说,"当然。但他不会被说服。对此我早有体会。在芬兰,当我保护森林,而俄国官员耐心地向我解释纸浆毕竟比树木重要的时候,这是一码事……等树木几乎砍光了,他们才明白。这种情况在继续。捕鲸工人对我解释说,鲸鱼油在市场有需求,比鲸鱼重要得多……"

从这时起,三个年轻人不再跟莫雷尔讲话,不再掩饰他们的敌意。驾车的恩多洛脸上布满仇恨,当他们的目光相遇时,莫雷尔在其中读出了狂妄自大的藐视。有一刻,这样注视了他两三次并保持了两小时的沉默后,大学生大声冲他说:

"我这就告诉您,您的托词生态是什么。它是帮您溜号的一个玩意儿,可以让您感到心安理得。一道烟幕,您明白吗?您躲在后面安心地搞殖民主义和资本主义。"

莫雷尔平静地表示赞同:

"这也有可能发生。"

"他妈的!"大学生气得大叫,"您最好直截了当地回答,别拐弯抹角地溜掉!您到底赞不赞成各国人民的自由?"

莫雷尔本能地张嘴准备回答,但及时地打住。这没有必要。他们之所以还没有明白,是因为他们对此确实没有亲身体验。要么有,要么没有。没有的不仅仅是他们。他一本正经地想:"让世界各国人民上街要求他们的不管什么样的政府尊重大自然,今天还不到时候。但这不是灰心丧气的理由:不管怎样,非洲一直是冒险家和喜欢冒险的狂热者的乐园,开路先锋们为了走得更远也在那里留下了他们的白骨——只需照他们的样子做。"至于最后的成功……他抱有希望。必须继续下去,什么都试一试。当然,如果人不能挤得紧一些少占点位置,如果他们欠缺慷慨到这种地步,如果他们不管出于什么目的不同意被大象们缠住,如果他们固执地认为留下这个空间是一种奢侈,那么,人本身终将变成一种无用的奢侈品。就个人而言,当然,他对此无所谓。再说他的厌世是出了名的,得到公认和公开的宣称。他直起身,擦擦额头,眼中从未埋藏很深的快乐之光出现于表面:他知道他的微笑不会令比尔·科维斯特或福希思奇怪。至于其他人,至于全世界,早把他当成了疯子。

到了下一站,三个年轻人依然离群独处,分开吃饭,武器不离手,好像一转身就会受到攻击。比尔·科维斯特宽容地观察他们。他习惯于和年轻人打交道,理解他们的恶劣情绪。但科罗托罗几乎不眨眼地盯着他们。他阴着脸,脏兮兮的毡帽盖住眼睛,准备好的冲锋枪始终搁在赤裸的膝盖上。他冲大学生们做了个手势,对福希思说:

"他们在搞鬼。"

在最后这一站,福希思对科罗托罗有了进一步的了解。在出身于南方最古老家族之一的美国军官,和戴着那顶毡帽蹲过非洲所有监狱的黑人流浪者之间,有一份本能的好感,仅仅因为受迫害的一些经历最终给了他们某种共同的东西。他们经常比肩而卧,一个友好地拍拍肩膀,另一个报之以有点残忍但灿烂的微笑。那天晚上,他们在大戟丛里停下来。沙漠之夜,他们周围始终回荡着向水源迁移的兽群的呼叫。月光下,福希思看见科罗托罗席地而坐,膝头搁着冲锋枪,好似人们准备弹奏的一件乐器。福希思头一次琢磨是什么促使这个不良青年追随莫雷尔,为什么如此忠诚地跟着他走。

"喂,科罗……"

即便在夜里,也看得见科罗托罗的微笑。

"你到处跟着他有一年了……你就这么喜爱大象?"

"大象,我才不在乎呢……"

"那你干吗和其他人在一起?为了非洲的独立?和那三个一样,你也是费拉加?"

"我呀,我不在乎……"

他啐了一口吐沫,骄傲地说:

"我,我是法国军队的逃兵,所以我内行……"

话讲得不大清楚,但带着高人一等的腔调,并朝站在卡车旁的三名大学生做了个轻蔑的手势。

"好。那么,你干吗和他在一起?"

科罗托罗又啐了一口。

"我,我谁也没有了。"他简短地解释道。

就这些——如果说这是对莫雷尔的一个友好的表白,那想必他在世上没有更好的存在的理由。不管怎样,这一次他们多亏科罗托罗才避免了最坏的结果。这个洗劫叙利亚市场和店铺的人用关注的目光注视那三个密谋者的一举一动,一定阻止了他们更早地把他们的计划付诸实施。福希思苦涩地自责没有给予他们应有的关注——他们要求,以他们全部的姿态要求得到这种关注,跟非常年轻的人一样,他们不能容忍不被人当回事。他们坚信遭到了背叛,以为人家对他们表露的父亲般的冷淡明显是看不起他们。这最终把他们推向了果断的决裂,说不定超出了他们最初的预想。福希思后来向谢尔舍承认一刻也没有预感到他们的谋划。

"我根本没有注意他们。我看出来他们不满意,但我觉得这有点可笑。再说呢,我在想别的事。在西翁维尔,可以说我喝了有毒的泉水——希望之水……有个念头令我飘飘欲仙:我最终可以如俗话所说昂头返回美国,我的同胞们明白了,朝我吐口水之后,准备给我英雄般的欢迎,他们听见了我从非洲腹地竭力向他们呼喊的话。

从我来的地方，我可以说爬出了深渊，您得承认，这足以占据我的思想。我躺在沙子上仰望星空，我向您发誓，我看见的星星比实际要多。黑夜对我从未显得那样明亮。我甚至相信有一刻我唱起歌来——总之，我万万没有想到照看我们的三个年轻人。最后，我昏昏欲睡，突然听见了发动机的声音。我抬起头，见卡车在夜色中全速启动。我看见科罗托罗跑了几步，举起冲锋枪射击。从卡车里射出一梭子弹作为回敬。我见科罗托罗在原地晃了晃，朝远去的卡车连开数枪，然后倒下了，没有松开武器。我记得他的毡帽滚到了地上，我们发现他死了的时候，莫雷尔的第一个动作是捡起帽子扣在他的头上。这是一顶栗色的毡帽，城市文明的真正象征。他珍爱这顶帽子，二者之间一定有一份友情在。人随便什么都喜欢……我们用手挖沙，就这样埋葬了头戴毡帽的他。然后我们面面相觑。离湖还有二十来公里，但不管怎样，我们知道科罗的警惕性很可能救了我们的命。他那样严密地监视那三个冲动的人，使他们没能更早地实施计划。如果他们在五十公里远的前一站这样做，我们就完了，没有水，没有食物，没有武器。在整个行程中，科罗的手指几乎没有离开过扳机。但他打了两分钟盹儿，那些人等的正是这个。我们背叛了他们，您懂吧。我们敢于向世人宣告我们的斗争不依靠任何政党……所以他们跟我们决裂，直接奔向苏丹边界，去向他们亲爱的领袖诉苦。他们想建立一个新的民族，莫雷尔试图挽救的东西在他们看来一定滑稽可笑,堪称堕落的敏感……我应该说莫雷尔脸拉得很长……自然这不是想到要在无水的小路上①步行二十公里所产生的后果。努力,困难,危险,我向您发誓,他没想这个。但他很喜欢科罗,他们在一起有很久了,尽管这混蛋有一天偷了他的手表——搜他身时找到了这块表——他们之间存在一份友情……也有别的原因:三名大学生。我相信莫雷尔以为他们在法国学校受过教育,学了你们所说的人文科学,应当懂得他试图捍卫什么,这是真正的关键所在。可学校里学不到这些东西,自己有了惨痛的教训才能学到。必须吃过大苦头才能明白什么是尊重大自然。这些小伙儿,尽管上过很多学,其实还差得很远。科罗托罗大字不识,但他一定本能地感受到一切……他最看重友情。他吃过苦头,这极大地增强了自卫的本能,保护的需要。我们收拾东西,准备在白昼的炎热到来前,在大象、水牛和羚羊群中间走尽可能长的路——朝阳中,在直指天际的高高的红色悬崖上,已开始看到它们的身影。莫雷尔最终同意并做了相当清楚的表述。'这三个毛头小伙子不想在需要时为保护大自然献出自己的生命,因为他们受的苦还不够。我最终将认为殖民主义对他们不是一所足够严酷的学校,没有教给他们任何东西,而法国殖民主义归根结底对大自然颇为尊重。他们还有很多东西要学,法国人民不会得出这类教训。他们种族

---

① 原文为英文。

的人将承担这个任务。有一天,他们将有他们的斯大林,他们的希特勒,他们的拿破仑,他们的元首①和他们的领袖②。到了那一天,他们的血将在脉管里怒吼,要求尊重生命——到了那一天,他们将会明白。'"

---

① 原文为德文,指德国法西斯头子希特勒。
② 原文为意大利文,指意大利法西斯头子墨索里尼。

第 三 篇

三十三

对方身子埋在安乐椅里,漫不经心地听自己讲话的样子令瓦伊塔里气恼,那人手里琥珀珠子相互的撞击声更是火上浇油。念珠懒洋洋地垂在交叉双膝的上方,一个小时以来,瓦伊塔里每讲一句话,珠子便干巴巴地互撞一声。那人神色疲惫,一脸聪明相,面孔既清秀又棱角分明——微笑时几乎看不见嘴唇。除了那顶戴在花白头发上的土耳其帽,他一身欧洲人打扮,着一套剪裁合体的西装。瓦伊塔里是头一次见到他。哈比卜安排了这次会面,并做出种种担保,但瓦伊塔里仍然怀疑这个人物是否真有黎巴嫩人赋予他的分量。他试着从他的言谈举止中做出判断,这没有使讨论更加容易。法鲁克①一下台,穆

---

① 即法鲁克一世(1920—1965),埃及末代王朝的国王(1936—1952),其统治于1952年7月被纳赛尔领导的"自由军官组织"推翻,本人逃亡意大利。

斯林兄弟组织似乎站稳脚跟、注定长久保持实力之际,开罗政界人士有些担心地提到这个人的名字。纳赛尔摧毁该组织后,此人如今还有多大影响力,瓦伊塔里说不出来。哈比卜向他担保说,此人的权威未损分毫,尤其在分配武器和资金方面。不过他必须对此有把握,片刻以来,他紧紧抓住刚遭到的拒绝不一定牵连开罗委员会的希望。南方开始爆发动乱、与埃及的联合即将决定之际,此人正在苏丹,这是个似乎可以证实哈比卜所做担保的迹象。陪同此人的是个矮胖的年轻人,粗壮的脖子露在卡其布衬衣外面;蓄短髭,剪短发,有副普通埃及军官的外表。他可能作为专家待在这儿,或者为了监视另一位,抑或二者兼而有之,不过他的在场不是一个令人鼓舞的兆头。整个会面期间他未说一句话,但显然此前他讲了很多。会面在喀土穆的尼罗河饭店举行,阳光沉甸甸地射向罩住内花园的帐篷。中央,喷泉的水柱有气无力地落在蓝绿二色的马赛克地面上。楼梯两侧各有一名身着长袍、头缠白巾的侍者,胳膊下夹着一只银托盘,身子纹丝不动,好像心不在焉。瓦伊塔里觉得胸中有股火气往上冒。任何行动的念头都显得可笑的这种东方萎靡不振的气氛,突然令他感到厌恶。

"我猜想这是您最后的话吧?"他突兀地问道。

对方抬起了手。

"亲爱的,在政治上没有什么最后的话,这您很清楚。应该说,目前我们很难积极地支持你们。我们在突尼斯、阿尔及利亚、摩洛哥太忙了,正在那儿取得您所知道的实际成果。而巴勒斯坦问题是最优先的问题。我的话讲得很直率。目前分散我们的力量简直是发疯。在我们看来,您有很大的功劳,尤其因为——直说吧——您完全或几乎完全单枪匹马。乍得的局势不需要您所要求的那样多的人力、武器和弹药的支援。必要时我们可以培训干部,条件是你们有人需要培训。我相信目前还不是这种情况。时机会到的,现在还没到……您不幸属于非洲的一个地区,它尚未……完全准备好。当前,我们拥有的每一粒子弹、每一块美元都可以在别处得到有效得多的利用。在法属赤道非洲制造微不足道的零散动乱对我们毫无益处——这只能凸现我们缺乏准备。让公众舆论觉得有股力量在储备,比显示不存在的一股力量要好得多……我们不可能同时出现在所有的地方。这就是我们……暂时拒绝的理由。时机会到的,我向您保证……"

他的嗓音和面孔微颤了一下。瓦伊塔里保持了相当的镇静,对这骄傲的情绪做出了得体的评价:无论此人对埃及国内事务和泛阿拉伯行动持何立场,他仍然维持了他的权势。不过瓦伊塔里对圣战传统主义者和经济、政治进步现代派之间的冲突颇为了解,得以准确地触到痛处。

"如果我理解正确的话,您首先为您的宗教信仰效劳。"他慢条斯理地说,"在开罗,人家跟我大谈民族自决权……"

对方低下了头。

"伊斯兰教是一块强酵母,不过得给它时间发酵……我们不得不首先保卫它,反对从西方蜂拥而至的野蛮的唯物主义……"

他两眼盯住琥珀念珠,微微一笑,嘴唇变得更薄了……

"再说您并非不知道,对我们而言,马克思主义是西方的学说……"

瓦伊塔里清楚,他新近与共产党的联系尽人皆知:他原是中间派的议员,与其决裂后,他一直和共产党投一样的票。

"我看不出这之间有什么关系。"他冷冷地说,"至于我,我看不出为什么在一个范围限定得十分清楚的领域我要拒绝共产党的支持……你们不是接受人民民主国家的武器吗?……"

他做了个厌烦的手势。他的手与瓦伊塔里的相反,无力、十分细腻、修长,不停地抖动着……

"咱们别进行这样的讨论了,我只想说我们需要耐心。首先得准备条件。所谓的黑非洲将和我们在一起……伊斯兰教在那里取得了您所知道的进展。我们的信仰年轻,炽热,像眼见它诞生的沙漠的风一样迅猛有力——我们的信仰必胜……一个伊斯兰化的非洲将是世界上一股不可抵御的力量。这会到来的……"

他的脸上再次隐隐地有了生气。几乎看不出来……

但瓦伊塔里熟悉这些没有遮盖却掩饰得很好的面孔：只有脸皮毫无表情，血液却夹带着激情。他是冷漠的狂热分子，还是个宗教狂；瓦伊塔里不再怀疑哈比卜对他讲的话是有根据的：尽管穆斯林兄弟组织瓦解了，阿拉伯联络委员会基本上仍是个宗教运动组织。细长的手指又开始有规律地拨着珠子。

"目前，我们必须懂得约束自己。我们的信仰甚至在赤道外的进展令基督教传教士困惑……可兰经学校站在斗争的前列。其他事情会进展顺利的。我坚持要补充一句：如果您新近的行动哪怕仅仅开始引起反响，我们也许会从另一个角度看问题……在我们目前手段的范围之内。"

"您一定看报吧？"瓦伊塔里问道，高傲的口气试图掩饰自己的弱点——他觉得对方意识到了。

再次浅浅地微笑，慢慢地低下头：

"我看。甚至随身带着报纸……您瞧。"

他把一摞英文和法文报纸推到桌子上。瓦伊塔里在自己房间里有这些报纸；但他想的是阿拉伯文报纸。他恼恨自己：这本是他该引用的最后一个论据。报纸上只谈论莫雷尔，他假装浏览标题：《乍得怪人始终在逃……》《世上最离奇的冒险：驻法属赤道非洲特派记者向你们讲述保护大象不被猎杀的法国人的疯狂之举》。他掩饰不住自己的气恼：追求轰动效应的报纸不关心各国人民重大的合法要求，使他利用莫雷尔的努力付诸东流。莫雷尔成了一道拉上的帷幕，挡住了世人的视线，看不见瓦伊塔里——一道烟幕,必须用随便什么手段尽快驱散。他不屑地推开报纸。

"殖民主义的报纸以这种角度描述此事很正常。"他说。

"是啊,正如阿拉伯报纸从对你们有利的角度描述此事也很正常……我们从未拒绝在精神上支持你们。"

瓦伊塔里蓦地意识到他的路子不对。毕竟对他而言,重要的远非得到武器和志愿兵,而是成为人们的话题,要国际上承认他这个人和他的名字。暂时这是他的全部希望,即便他可以在法属赤道非洲完成几次短暂的袭击。把自己的名字强加于人,确定行动的日期,对外成为一位名人,不可或缺的对话者——这是当前唯一可能的目标。他比任何人都清醒地意识到,在可预见的将来,不可能把乍得变成非洲联盟之外的一个独立国家——这个联盟范围大得多,他本人在其中的位置远远没有落实。只要习俗得到尊重,各部落说不定还能长期满足于留给他们的随心所欲生活的自由。冷战时他采取了拥护独立的立场,红军即将占领全欧、与美洲的冲突一触即发这一表面的紧迫性,展现了全新的、可以说无限的前景。转到不同政见立场的时候,他就想确定行动的日期,要人们认可他作为未来赢家——不论是谁——的对话者的身份。他想必犯了一个判断上的错误——如英国人所说的定时[①]错误。他虽有

[①] 原文为英文。

道理,但为时过早。他现在能做的,只是获得重视。必须让外界承认他是阿拉伯政治地图上的一位不同凡响的人物,必须登上国际讲台——在那儿无人问他有多少民众支持,多少实际行动的可能性,仅仅会问他有多大才能、口才和源自他嗓音的说服力。这是唯一还有可能走出政治孤独——各方面的孤独——的办法。用危机时期议会走廊里的行话来说,必须推销自己——在国际范围内推销自己……

他开始讲话,讲了很久。他很高兴交谈用法语进行——这是唯一让他显示自己最好一面的语言。讲完后,他既未得到武器,也未得到钱和志愿兵,但他对会面的结果毫不怀疑,他的对话者们离开时抱着这样的信念:这个声如洪钟的人给非洲的激情穿上法国逻辑的合身外衣,是非洲政治天穹上一颗冉冉上升的新星。他擦着额头,在安乐椅里坐了片刻。他对产生的效果确信无疑。可惜那两个人只是他必须打动的听众中一个微不足道的部分。问题依旧存在。第一届殖民地人民代表会议不久将在万隆举行,会议组织者认为没有必要邀请他出席。他即将行动,使这样的遗漏——这样的侮辱——将来不再重演。必须不惜任何代价获得必要的重视,而恐怖活动,即便稍纵即逝,即便没有实际意义,仍是唯一可以在国际上给他奠定政治基础的行动。挑动部落起义是不可能的,各部落的首领和巫师一直对他抱有敌意,与他之间隔着无知、迷信和原始习俗的不可逾越的鸿沟。但只需两三次给报纸提供几个必不可少的标题,就可以依次给你打开监狱和政府各部的大门……因而他总回到同一个话题。必须引人注目——不惜一切搞到武器,招募高价志愿兵,深入到法国属地进行几次突袭。所以得弄到钱——在非洲大陆和世界上进行较量的各种力量情况复杂,弄钱这事应该可以解决。他对此毫不怀疑——或许因为他不怀疑自己的命运。他在自己的声音和双手的力量中,在自己深广的孤独中——唯有绝对的权力能够充分地回应这种孤独——感觉到这种命运。无止境的渴望有时令他整夜睡不着觉,这渴望既像一个回忆,又像一种意愿:说它像回忆,是因为他不忘自己家族曾有十代人当过乌莱族的首领;说它像意愿,是因为他希望把整个非洲提升到他的高度,摆脱部落的愚昧。问题不在于相信自己的命——他远离这样的迷信——而在于相信他觉得自己拥有的智力、体力和精神力量。他突然一跃而起,朝楼梯走去。一名侍者无声地拦住他,递给他银托盘上的一张名片。他忍不住骄傲地身子一颤:"罗贝尔·达戎,议员"。他手持名片,一动不动,微笑着待了一秒钟。"这么说,"他想道,"法国政府开始动起来了……审慎地往喀土穆给他派来这样一位使者,即便他不是来自乌班吉,这已经得了一分。"他跟随侍者来到二楼,后者把他领到一个房间的门前。

三十四

达戎身着睡衣迎接他。

"我想你可能更愿意不让别人看见我们在一起。"

瓦伊塔里怀着令他吃惊的激动又听到了议员之间互称的你。他突然深切地怀念起走廊里的吧台,甚至结束后大家去中央菜市场喝洋葱浓汤的那些漫长的夜会。为了遏制这些骤然涌来的回忆,他不得不夸张地在脸上做出冷淡甚至敌对的表情。达戎身体结实,原是议会之战以来他所代表的乌班吉的医生。他们俩都属于中间派,一起吃饭,投票,做政治旅行。他非常熟悉非洲问题,经常怒气冲冲地激情捍卫本土利益和加速演变的论点,因而在议会里受到尊重。瓦伊塔里认为他待人诚恳,智力平平,顽固地无视困难的良好意愿使他行为笨拙而无效。

"我是以同志的身份见你的。"

瓦伊塔里浅浅一笑。

"对此我不怀疑。"

他们握了握手。

"你坐吧……"

他也坐到床上,风扇下面。瓦伊塔里避开安乐椅,找了张椅子坐下来。

"我在巴黎见到了你的妻子和孩子……"

"我经常收到好消息,谢谢。"

"好。"达戎打断话头,"我来这儿,因为我听说你在这儿。我主动来的,没人叫我来。没有任何委托。政府、政党、总督,没有任何人委托我。如果你不信,咱们的谈话就没有必要了。"

"我相信你的话。"瓦伊塔里说,"你来,这好极了。怎么样?"

"我要你丢下这一切,跟我们回去。"

"哦?我原以为不是党……"

"不是跟党。跟我们大家。跟力图一起建设点什么的法国人和非洲人。"

瓦伊塔里犹豫片刻。只是心跳了跳而已。微不足道。他回忆起往事……但肯定自己的面孔没有泄露真情。

"太晚了。"他说。

"因为莫雷尔的事?这不要紧。可以处理好……"

他笑了。

"甚至可以修改大规模狩猎条例……"

瓦伊塔里气恼地耸了耸肩膀。

"不是这回事。"他说,"莫雷尔是个疯子……他毫不重要。但你们失去了良机。火车开了,你们再也赶不上了。"

达戎略微弯下腰。他在非洲已待了二十年,每逢涉及政治改革问题,他都听见众人齐声说太早或太晚。

"这,这是瞎说。"他粗暴地打断话头,"报上的胡诌……对节制和中庸而言永远不会太晚。进步是在中庸中取得的……"

"对不起。"瓦伊塔里说,"进步恰恰不是在中庸中取得的。也许在那儿终止——在几个世纪的历史之后——但不在那儿开始……我和你一起待了三年,差不多一届议员的任期……当事关给一名非洲人部长一职的时候,你却选择了伯丹格……"

"达喀尔①在政治和经济上比西翁维尔重要。"达戎说,"这完全不是出于个人考虑,这你很清楚。"

"我没有把这当成个人问题。"瓦伊塔里高傲地说,"可是,你们究竟为法属赤道非洲群众的政治教育做了什么?"

"得了,"达戎说,"你跟我一样了解这个问题的现状。没有经济、文化和社会的平行发展相伴,不可能把群众的政治教育和普通教育推向深入。必须同时创造精英和市场,工会运动和工厂。二者缺一,就会给人民带来不幸。政治解放应该与经济解放并行,否则结果是灾难性的。我们不得不慢慢走。在核时代以前不存在,现在仍然不存在能够同时进行这两项工作的国内或国际资源……但我们毕竟达到了最低生活水平。某些独立国家还不能这么说……"

"俄国人没有等核奇迹,在自己国家完成了这一壮

---

① 西非塞内加尔首都,重要海港。

举。"瓦伊塔里说。

"是的,但代价多大呀!我们也做了尝试,即刚果—大西洋铁路①……我们在卫生、食品和生育方面尽了全力。基础已经打好。这已经很了不起了。"

"刚果—大西洋铁路是一桩反人类罪行,因为指挥的是你们欧洲人,我们非洲人成千上万地辛劳而死。"瓦伊塔里平静地说,"如果非洲人当家做主,决定修建铁路,那么哪怕死的人多一倍,刚果—大西洋铁路也会作为文明进步的事业到处受到欢迎……"

达戎望着他,目瞪口呆。

"必须使非洲摆脱其古老陈旧的状态,"瓦伊塔里说,"而只有非洲人有权要求人民做出这种努力并付出几百万生命的代价。要使非洲走出部落的黑夜,必须有核能提供不了的铁腕——而这铁腕,你们无法正大光明地拥有……所以,有你们在,就停滞不前。借口尊重风俗习惯、人的生命……却停滞不前。然而,如果让我放手去干……"

他举起那双粗壮的手……

"习俗、巫师、达姆达姆鼓和舞台上的黑女人……将在你们面前旋转。我呢,我要叫他们修建公路、矿山、工厂和水坝。我,我可以。因为我本人是非洲人,我知道需要什么,要多大代价。我准备付出这个代价。俄国人付

---

① 指连接刚果首都布拉柴维尔和黑角的铁路,全长511公里。

出了。瞧瞧他们今天的样子……"

达戎的脸气得通红。

"你很清楚在这儿必须改变人的整个机体和饮食制度——还不算气候——然后才有权要求非洲农民做出这样的努力……不然他们会像苍蝇似的成群死掉。"

"黑人奴隶建造了南方合众国,我的爷爷告诉我,我们卖给他们的是最瘦弱的黑人。"瓦伊塔里说。

"算了吧!那只是种植园的工作。不是工厂、水坝、矿山……尤其不是斯达汉诺夫①式的工作。"

"你的话里有一丁点讨人喜欢的种族主义味道。"瓦伊塔里嘲讽地说,"黑人无法适应现代建设要求的努力……俄国人,行,可是黑人……当然,他们必死无疑。俄国也死了人。但事关一国人民、一个大陆的整个未来及其今后的辉煌时,是不能犹豫的……"

达戎没有吱声。他在思考如此强势的意志意味着心理受挫和孤独到了什么程度。想必也不该忘记乌莱族首领的一位后代的返祖性……他想说这其中有一个被遗忘的概念,人的尊严、尊重人的概念——但他觉得开不了口……

"不管怎样,我看不出你期待什么,谁满足你的期待。"他最后说。

---

① 苏联的一名矿工,生产能手。1935年发起了以他名字命名的增产运动。

瓦伊塔里站了起来。

"总之不是你们。"他说,"向你家人致意。"

他丢下笨重地坐在风扇下的达戎,朝门口走去。

*　　　*　　　*

他回到房间,脱掉西服上装,在床上躺下。达戎采取的主动纯粹是个人行为:这很清楚,也完全像他这个人。满怀天真的善意,总以为什么都可以通过妥协解决。中庸之道……他气恼地挥挥手。再也不该从这方面期待什么了。他看看表:五点钟,他和哈比卜有个约会。哈比卜认识中东所有的武器贩子,也许有办法贷些款。可惜他看不出用什么做担保。靠开空头支票招不来志愿兵……他情绪恶劣地望着墙上的骑术版画:很快这将成为英国人在苏丹短暂停留的唯一痕迹……他的脸上露出赌气的表情,举到枕头上方的双手紧紧抓住床的栏杆:这是他觉得急得要死的那种时刻。在他意识到自己能做的事和政治上的孤独之间,反差之大令他愈来愈不能忍受。他的全部意志只好用来对付灰心丧气。只有法国可以理解并欣赏他:他觉得自己迷失在满是巫师和护身符的非洲中心。身为法学博士和文学硕士,几部引人注目的著作的作者,他知道自己比其他百分之九十九的法国人更聪明,更有天分,更有文化。但他故意与法国分开,首先因为一个估计上的错误,其次而且主要因为法国的政治体制、机构和保守的传统,与他的野心、权力欲和彪炳青史的意愿无法相容。他觉得与非洲部落也有距离,因为他代表着对其祖传习俗的一个威胁,一场革命。他在这方面不可能有任何期待,他必须间接触及世界公众舆论。但当他试图利用莫雷尔的荒唐举动赋予其政治内涵时,欧美的人民群众把这个可笑的保护非洲动物的故事当了真,热衷于保卫大象,继续无视他和他所代表的非洲独立事业。必须不惜一切与莫雷尔及其人道主义神话做个了断,最终在世人面前显现出煽动混乱和非洲暴动的真面目……他正思考这些事的时候有人敲门,他很高兴迎接哈比卜的到来,此人无论去哪儿都怀着带些嘲弄意味的信念,即大地向巧妙的栖居者提供无尽的资源。他的自信源于人情的练达,当他注视你的时候,你感觉他是你的老相识,没有遇到你前已对你了如指掌。是的,他已经知道与开罗委员会代表会面的负面结果。不应把这次失败看得过于严重,他们在这个问题上会改变想法的:只需向他们证明有能力获得实际效果。正是这样,说不定有解决的办法。他带来一个小计划,他的朋友德·伏里在医院里闲得无聊时,天才的脑瓜里萌生了这个计划——是的,目前他完全痊愈了,感谢万能的上帝——这是一股好风给他们吹来的机会,真是天赐良机。这可不是一种说法,因为雨迟迟不下,给整个东非造成了严重的旱灾……如果运气好,这可以带来两千来万的收入。依照非常熟悉这个地区的德·伏里的想法,他准备组织远征。他随时准备为朋友效劳,收取百分之二十的佣金——比一般数目多百分之十——但这要冒风险,他负责找到必要的运输工具和人力。唯独依仗他的个人权威,这些人才不会要求事先支付……他带着明显的喜悦讲着,尽管他一再强调佣金,但瓦伊塔里感到这不单是出于逐利本能,更多是出于冒险的真正爱好,也许还有小小地教训一下俗世的理想主义行为方式近乎走火入魔的乐趣……

"谈正事,谈正事。"他粗暴地打断话头,"把这一切给我免了吧……我们认识相当久了。究竟怎么回事?"

哈比卜从口袋里掏出一张地图,在床上把它摊开。

"这儿,"他把一根粗大的手指放在一个蓝色的斑点上,"这叫库鲁……是一个湖。整个地区唯一还有水的湖。"

瓦伊塔里坐在床上,边抽烟边专注地听他讲。黎巴嫩人声称从远征中可以得到妙不可言的好处,他立即提出怀疑,但总的来说这是次要的。归根结底,哈比卜向他建议的,是深入法国属地的一次突袭:他早就梦想的一件事。这真是一劳永逸地摆脱莫雷尔、结束大象神话的唯一机会;这神话使公众看不见非洲的暴动,以致他有时怀疑莫雷尔是不是法国第二局的一名特工,专门负责散布理想主义和人道主义的烟幕,遮掩起义的企图和殖民主义的现实。烧毁农舍,武装袭击,在舆论面前,这一切被描绘成一名决心保护非洲动物的厌世者的疯狂举动。如果哈比卜的建议将产生消除误会,把在世界舆论面前遮住他瓦伊塔里及其代表的事业的这层烟幕一扫而光的袭动效果，仅此这建议就值得接受。同时还能赚几百万，就他目前的状况，这是不可忽视的。如果运气好一些，他们尤其可以指望和法国军队打一场遭遇战，在报纸上登几则类似奥雷斯山公报的电讯①，以叛乱分子在苏丹边境被击溃为题。他准备蹲监狱以得到这种广告——这是让忘了邀请他的万隆与会各大国记起他的名字的最佳方式……他掐灭了烟头。

"有意思。"他用无所谓的口气说，"但我预先告诉您，我几乎没有钱付旅馆的账单了。"

三十五

六月二十二日，美国记者艾伯·费尔兹乘坐飞机拍摄大象在库鲁湖大集中的照片。近午时分，飞机离水面仅几米，比湖西岸的峭壁略低一些，湖自西向东延伸，在流经的两百平方公里内，布满了沙丘、岩石和芦苇。飞机在该地区上方转了一上午，曾在加扎勒河以南的加拉尼降落一次，加油后又起飞。费尔兹趴在机头，一张接一张地拍着，这是他职业生涯中最悲惨的报道之一。湖以东的整个沙漠地区布满奄奄一息或仍挣扎着抵达湖水的动物。一百五十公里的无水小径——半掩在沙中的唯一小

---

① 此处指1954年法国殖民主义者镇压了阿尔及利亚民族解放军在奥雷斯山区发动的武装起义。

径上白骨横陈。飞机贴近地面低飞时,成百只啃吃动物腐尸的兀鹫随之而起,然后立即无力地重重落下。成群密集的水牛在红色的灰尘中久立不动,飞机经过时几乎头也不抬,随后又动起来:每次都在身后留下倒下的水牛,它们再也跟不上队伍,但依然试着站起来,蹄子痉挛的动作已和垂死的挣扎相差无几。小径上布满一动不动的淡黄褐色斑点,分散在始于萨拉玛河干涸的沼泽——旱季通常的退避地——的整个地区的大象,一群群分别朝库鲁湖涌来,或者骤然停下,因体力衰竭留在了原地。仍在行走的象群扬起本地区出了名的红尘,尘土有时厚得能映照出阳光,给摄影师的工作增加了特别的难度。费尔兹对非洲的动物一窍不通,几乎分不清水牛和貘。但他知道动物的痛苦始终特别能打动公众,他肯定抓住了一个好题材,因此十分亢奋。为了更好地向读者解释象群惊人地逃往库鲁湖的理由,他依次拍摄了附近主要河流湖泊的河床,马穆恩湖、依罗湖龟裂的湖底,以及暴露出长达几十公里地质裸露部分的萨拉玛河沼泽,展现出公众始终爱看的另一星球的景象。在干涸的丁河上方,飞机驾驶员飞得相当低,他得以拍摄了一百来头或趴在地上或翻身仰卧的凯门鳄,河床被它们临死前的惊跳划出一道道沟痕。库鲁湖外面弯道里的水全干了,只有中央的二十平方公里湖面依然波光潋滟,环绕着覆盖泥土、长满芦苇的红岩。数百头大象一动不动地站在水中和芦苇丛中,向北延伸的沼泽依然潮湿的烂泥上,飞旋着多得惊人的鸟群;但这是一个无法拍摄的场景,每当飞机下降,便马上被一群遮天蔽日的鸟包围,必须赶忙冲出来以免螺旋桨受损。费尔兹只好在海拔二百米处拍了一张照片,鸟在照片中活像一大片五颜六色的农作物。艾伯·费尔兹一生拍摄过许多场景,从法国遭机枪扫射的公路直至黑兹尔飓风对加勒比地区的蹂躏,其中包括诺曼底登陆和在印度支那踩了地雷的法国士兵,还不算许多其他的题材,但他从未见过如此的景象。他对自己感受到的激动的性质不抱任何幻想:它纯属职业性,是他远离任何竞争对手,仅仅由他正在进行的报道的特点决定的。他对人对事早已没有其他的反应:他见多识广,如果对图像猎取者生涯中拍摄过的全部东西过于动感情,那他早就溺死在酒精中了。(费尔兹头一个承认他已经饮酒过量。)他从事的职业不乏冷眼看世界的高手,但他自认披上了刀枪不入的保护层,目前为他确保了一流的地位。

费尔兹个头矮小,动作敏捷,事业起步不顺。西班牙内战期间他前往该国,铁了心要在那儿丢掉性命,或带回一份真正轰动的报道;他成功地在两米远处拍摄了两张第一次攻打瓜达拉哈拉[①]时共和党人被机枪扫倒的著名照片,一举成名。(他本人胳膊上挨了一枪,热情澎湃中竟毫无感觉。)此后,他没能拍到的唯一事件是他的家人

[①] 西班牙中部的一个城市。

在波兰全部被杀,他的敌人们还说这不是他的错:他当时不在场。他是近视眼,一双颇为忧郁的眼睛最终打定主意,和照相机镜头一样冷静地观看世界。一段时间以来他运气不佳,错过了北非的头几次屠杀。他来到乍得,希望对莫雷尔进行报道,但并不比其他二十名轮流来拉密堡的记者更成功。然后他去到喀土穆,相信了一条内部消息,预感拥护和反对并入埃及的两派在冲突中会爆发起义。但他抵达时,叛乱部队已得到控制。他当然知道雨季推后,发生了旱灾,但这在他头脑里没有唤起任何具体的形象;到了喀土穆后他才听说渴疯了的象群来到莫桑比克①海滩跳进了大洋,奄奄一息,接着又听说大批象群朝最后一批泉眼迁徙。他从中嗅到了有趣的东西,决定去现场看看。他租了一架飞机;第一次飞行时他便意识到抓住了重大的新闻资源。目前他正全力工作,感谢上苍给了他好运。他唯一找到的飞机是被英国人丢弃的一架老布伦海姆②,机主前皇家空军中尉戴维思用此飞机为中东所有要害部门培训志愿兵。他租用了二者。飞机好像只是用来绕跑道转的,但同往常一样,必须第一个到达,容不得你考虑安全问题。(费尔兹不怕出事:事故经常使他拍出最佳照片。何况他有一个坚定而奇怪的信念,即他不会死于事故,倒会死于前列腺癌或肛门癌。他

---

① 非洲东部国家,濒临西印度洋。
② 第二次世界大战中英国使用的一种轰炸机。

说不出这信念是从哪儿来的,也许来自他对人类境遇的看法。)他又拍了几张照片,然后回来坐到驾驶员身边。他合上面罩好跟他交谈。

"我不明白它们吃什么。"他说,"当然,有水。但周围的地面光秃秃的。"

"芦苇。"戴维思说,"多的是。大象毕竟很爱吃……"

戴维思在战争期间表现出色。后因年龄太大,不能作为皇家空军的飞行人员继续服役,而不驾机又活不下去,因此他成了不顾一切要留在合适环境中的一块飞行的残骸,而这环境位于距地面一千英尺以上的任何地方。一九四五年以来,他到过自亚历山大①至喀土穆的所有酒吧,双颊通红,声调高昂,满嘴过时的飞行员俚语,留着自行车车把似的小胡子,尤其深切地怀念飞翔。德国人到来前,他是埃及空军的教官,然后他运送武器到的黎波里塔尼亚②和苏丹,最后驾驶一架布莱尼姆或一架比彻克拉福特,把顾客送到与他度过更美好时日的黄金树机场相邻的一个机场。训练课之余,他承担运输任务,飞往所有难以抵达的角落,因为稳重的运输机都提心吊胆地拒绝在这些地方降落。

"它们以芦苇为生。芦苇连根吃,好像味道不错……"

---

① 埃及港口城市。
② 1963 年前利比亚王国的一个省。

左发动机开始发出噼噼啪啪的噪音,机身震动了一下,右发动机顿时停了。费尔兹抓起底片包,迅速把它和两部照相机挂在脖子上。(费尔兹习惯了飞机抛锚和强行降落,对此始终做好了准备。)此时他们在象群上方五米处。戴维思寻找空旷的沙洲,看见了一块,在他正前方,一群鸟刚从沙洲上飞走。由于上了保险,他即将可以用保险的钱买两架说得过去的飞机。——飞机很险地从一群立在水中的大象上方飞过,正要腹部着地时,两头身子半浸于水中、侧卧着的大象猛然在飞机左翼下站起来;飞机打了个转,尾部着地,碎成了两半。费尔兹被抛出座舱,坐在了沙地上,底片包和照相机奇迹般地完好无损。他立即站起来,戴上眼镜,调好镜头,拍了一张以大象为背景的飞机照片,又拍了几张倒在操纵台上、胸部被戳穿的戴维思的照片。然后他环顾四周。

从地面看,湖显得大得多,象群数量也更多:他几乎四面被大象包围。费尔兹一度有些恐慌,但大象们已极度衰弱,飞机坠落在它们中间没有引起任何反应——只有鸟全飞了。在这些鸟中,费尔兹只认出大量的秃鹫和大鹫,因为他每天早晨从拉密堡饭店的窗户中都看到过。这时鸟又落下来,其中一些小涉禽偶尔栖息在大象的背部或腰部。朝东,紧贴红色大峭壁,还有一片密密麻麻、活蹦乱跳的浅黄褐色的东西。费尔兹以为是羚羊,在空气、水和红岩闪烁的亮光中,完全纹丝不动。在这种情况下,费尔兹认为他下到水里去没有任何风险。他面前一百来米远,是湖尽头的沙丘。沙丘上搭着茅屋,有的塌了一半,似乎无人居住。这些茅屋分散在约两公里长的整个沙丘上。沙丘的尽北端,一道芦苇墙前,他瞥见一个人影正朝他跑来。他谨慎地迎上去,把胶卷包和照相机举过头顶,但他发现没有一处水深超过一米。他顺利到达沙丘,那个朝他跑来的人迅速赶上了他。这人原来是个白人,一个红棕色头发的大男孩,光着上身,脖子上系一条白底红点的围巾,结打在旁边。长满雀斑的脸他隐隐觉得有点熟。

"机上还有人吗?"

"有,死了。"费尔兹用蹩脚的法语说。他努力回想在哪儿见过这个人。他从衬衣口袋里掏出烟,无意识地把那盒烟递过去。雀斑脸突然笑逐颜开,费尔兹从未见过一个人抽烟的欲望会如此强烈。

"美国烟!我头一次见到,自从……"

费尔兹不再听他讲。他认出了雀斑脸。朝鲜战争时,这张脸可以说以十分突出的位置出现在美国报纸上,作为一个耻辱的标志在头版展示。完全消失一长段时间后,它又在头版出现,但性质变了:费尔兹离开巴黎赴乍得时,它几乎带上了英雄色彩。到这时记者才明白好运把他带到了什么地方。二十来位记者几个月来一直想捞而没有捞到的东西,因为一次普通而凑巧的飞机失事,突然被推到了他的照相机前……

"留着那盒烟吧。我希望商标不会唤起您对国家太糟糕的回忆……"

福希思笑笑掩饰自己的尴尬。他们站在沙丘上,就事故情况交谈了几句。他们周围,成千上万的鸟、水牛、大象纹丝不动,陷入了炎热。颤动的空气中,兽群的幻景无数倍地增加。(费尔兹到达时,估计库鲁湖上大象的头数在一千至两千之间。冲洗他拍的飞机的底片时,出事当天早晨聚集在湖上的大象估计有五百头左右。)他退后几步,为福希思拍了照。然后两人沿沙丘朝茅屋走去。费尔兹后来说,从此刻起,他脑子里只有一个念头,就是找到莫雷尔。他把照相机准备好,内心激动无比,以至两个膝盖都抖起来。(他心里估算这个报道至少可以使他赚到五万美元。)同时他与另一种感情搏斗,它深沉得多,真实得多,但他不想过近地审视它的性质。莫雷尔的表现触动了他身上的一根秘密的神经:你始终如一地站在世界新闻前沿二十五年,对改变营垒的人的愤慨不可能不在你那里遇到完全成熟的条件。他也感到真正的焦虑:不排除莫雷尔只是个特别机智地为开罗、为苏联——或同时为二者效劳的政治煽动家。费尔兹怀疑和希望参半,显得极为烦躁不安:他四下张望,寻找一个人的身影,预想他身材魁梧,具有传奇色彩,突然出现在蓝天之下,胳膊下夹着一杆卡宾枪;但他只看见数量众多的大象,对此他兴趣小多了。他心不在焉地回答福希思的问题。从专业角度讲很奇怪,这已是他的失职,因为福希思在美国激起极大的好奇心。但费尔兹知道如何对待福希思,因为他了解事情的底细。莫雷尔却不同,为他打开了一切尚有待发现的前景,在其中也许可以找到一份与他的心十分贴近的渴望。不管怎样,他向福希思证实了后者已知的讨伐西翁维尔以来所发生的事:对美国公众而言,福希思成了当代英雄,集戴维·克罗克特①、林白和飞碟于一身,殉难者的光环更为他增光添彩。舆论来了个一百八十度的大转弯,公众对这种现象习以为常,费尔兹也早已见怪不怪。是的,福希思在朝鲜的那段经历,只在给他找借口时才提及:人们解释说,由于他心地纯洁,所以才没有怀疑敌军提供的关于美国空军在朝鲜投放有毒苍蝇的证据的真实性。至于他在电台发表演说,这只是出于一种义愤。总之,一个理想主义的美国青年,突然面对本国军队使用细菌武器的证据,这种义愤完全可以理解。待他终于明白这是可耻的骗局,他厌恶至极,跑到非洲热带丛林里与大象一起生活,手拿武器保护它们,反对他再也不愿与之为伍的人类。这非常浪漫,非常动人,大家渴望为可怜的小伙子——换句话说,一个可靠的新闻资源——做点什么。

"从此,他们迷上了您的冒险。您应该感谢奥尔南多,尽管他不是为您这样做的:他喜欢像翻煎饼一样使群

---

① 戴维·克罗克特(1786—1836),美国边疆开发者,政治家,传奇人物。

众轻易变卦,这源于他对群众的憎恨。不管怎样,他们骨子里是为您好。"

费尔兹没有说他们是谁,对于他,显然这是个无须明说的字眼。他的职业意识终于恢复了,提醒他手边有个十拿九稳的报道题材;他又为福希思拍了一两张照片,开始提问题。福希思有些神经质地回答他。

"您知道我拒绝留在中国,要求遣返……您也知道我受到了怎样的接待。没有一家报纸刊登我的照片时不加上您知道的评语。我被屈辱地赶出军队,我躲到乍得以求被人遗忘——我还被迫从墨西哥偷越国境,因为我的国家既不接受我,又拒绝给我离境所需的护照。我大部分时间用来借酒浇愁。就是按常规一步步地堕落……我不必多说了。父亲给了我一小笔年金,条件是再也无人提到我:在南方,人们有很强的荣誉感。在拉密堡的情况也不大妙:有一次,我不得不把一个家伙狠揍了一顿,他请我喝酒,'为了帮我遗忘'……后来,有一天此人又请我喝一杯,但什么也没说——只微微一笑——我接受了:我没有足够的钱弄到所需的酒精。只有黑人和蔼可亲,他们大笑,但不是笑我,这是他们看事情的方式。总之,情况不妙。这时莫雷尔带着他的请愿书来看我。您想我怎么会不签名! 世上没有人比我更有理解的资格了。说共产党骗了我,只需摆脱共产主义等等,这话说说容易。在朝鲜有个享誉世界的科学家组成的委员会,共一百来人,各个年龄、各个国家的都有。他们一条条地向我这个二十五岁的小飞行军官证明,我的国家向平民百姓散布了鼠疫、霍乱——先生,这里有感染的苍蝇为证……一些诚实、干净的人脸,刻着人的皱纹,长着人的眼睛,它们注视我,要求我行使人的义务,揭露这桩罪行……啊!的确涉及共产主义、法西斯主义、民主或别的什么……他们是人啊!他们要我讲什么,我就在电台讲什么。回到美国后,人家一条条地向我证明这里面没有一句真话。这是宣传,是冷战……我本该知道自己所属的军队不可能干这样卑鄙的事。又是一些人脸,严厉、庄重,一些享誉世界的科学家,国际机场……奇怪的是,我觉得一切都不重要。美国人有没有罪,共产党有没有罪,这有什么关系呢?人整个牵连在内,从脚跟直到骨髓都受到玷污。这种情况早已存在,如今仍在继续。这与茅茅,与屠杀犹太人的希特勒毫无区别,这是一码事,人的事,它在继续……是的,我十分理解莫雷尔试图向他们叫嚷的东西。我帮了他。看到他的请愿书产生的结果,就是说毫无结果,遭到大伙儿的取笑,我们存储了武器……您知道下文。我们来到了这里……"

费尔兹点点头表示理解。他翻了所有的衣兜找香烟,想起他把烟都给了福希思,于是向他讨了一支,未作任何评论。福希思怀疑他是否听他讲话了。前军官对记者怀着本能的敬重:这小个子刚遇到可怕的飞机失事,却见他戴着眼镜,背着照相机,平静地在象群中行走,仿佛正穿过一条人行横道。他的职业的确很可能给他练就了一副铁石心肠。这可是个见多识广的人!"一名犹太人。"他偷看此人的脸和眼中的某种东西,肯定地说。他突然感到奇怪,莫雷尔身边从一开始便没有犹太人。福希思告诉他,自袭击西翁维尔以来,他们与莫雷尔的人待在库鲁湖上,此次袭击的目的是唤起世人对布卡武保护非洲动物会议的关注;他们住在一座卡侬族渔村被丢弃的茅屋里,一九四七年被洪灾赶走的村民得到帮助,在湖西端的高地安了家。两天前莫雷尔动身去了格法特。格法特在边境另一侧,位于乍得与苏丹之间赶骆驼人小道的十字路口。当地唯一的商贩好像有架收音机,莫雷尔希望收听到刚结束的会议有何结果。

"他相信他们将采取必要措施,如果这样,他愿意束手就擒……他坚信他将打赢官司,被法国法庭宣告无罪。他很可能抱着幻想。是不是这样我说不清楚。"

他住了口,随后嗓音里带着一丝尴尬补充说,至于他,他打算一有可能便返回美国。这一次,费尔兹仍未作任何评论。他们抵达沙丘的另一端,隔老远,费尔兹就认出了那位在茅屋后、马匹旁等待他们的年轻女子。他停下拍了一张照片,然后走过来。他常在"乍得人"饭店听人提起米娜,好奇地看过这些或那些业余爱好者给她拍的照片,他们全乐意拿出来炫耀一番。总之,他曾对她想入非非,眼下却感到失望。她长得相当漂亮,但气质平平,唯独带点忧伤的扁平的厚嘴唇有些许动人的韵致。很难想象这位姑娘有足够怨恨和厌世的力量,竟给被称为人类之敌的人送去武器和弹药。她对费尔兹说,她在沙丘上目睹了飞机失事,但她没有勇气靠近,以为机上的人当场全死了。她摇摇头,带着几分怀疑望着费尔兹,仿佛想确认他是否毫发未伤。费尔兹说他的驾驶员死了,他本人安然无恙。(在拉密堡医院拍的 X 光照片显示他撞裂了三根肋骨。)他一边用德语跟她讲话,一边用目光寻找最佳角度;他请她摘下她戴的带子扣在颔下的毡帽,拍了一张照片:背景是纹丝不动待在幻影似的立式大镜子中的大象,芦苇丛生的岩石,白色的涉禽……"这能行。"他边调整镜头边肯定地说。趁他工作的当儿,她怀着真挚的激动和同情谈起兽群的困境。费尔兹琢磨这姑娘是否根本没有意识到他们在这洪荒之地相遇何等奇怪,她的冒险几乎在各处激起了怎样的好奇心。后来他说,任何时候他都没有感到自己置身于恐怖分子当中,而是与仅仅关注自己使命的某个和平的科学探险队的成员在一起。

"我最好去管管您的伙伴吧。"福希思说,"这样热的天气……"

费尔兹答应再拍几张照片后去帮他的忙。他极想最终找到莫雷尔,但他不得不耐下心来,当米娜建议他见见比尔·科维斯特时,他赶忙接受了。他努力回想听到的有关丹麦博物学家的情况,此人出了名的坏脾气和愤世嫉俗这次挑了大象作托词表现出来。人们对他众说纷纭:有些人断定他在可敬老者的外表下掩藏了一颗渴望得到宣传的蹩脚演员的心,另一些人以为他真诚而疯狂,还有些人提醒说他是斯德哥尔摩禁止核武器呼吁书的主要签名者之一,曾参加西班牙内战,后被希特勒投入监狱——这些人认为他不过是在世界实施阴谋诡计的共产党的代理人。(后来费尔兹有机会就比尔·科维斯特在斯德哥尔摩呼吁书下方签名一事向他提了几个问题。博物学家回答说,他唯一的动机是担心核辐射对动植物的可怕后果。问题不仅是战争武器,用于和平的核反应堆的废物对空气和海洋的危害也是无限期的,因而对海洋动物和鸟类构成了威胁。)

他们沿着沙丘朝丹麦人的茅屋走去的时候,费尔兹注意到看上去他们各自挑的住所都相距较远,这令他感到奇怪——米娜告诉他,过分的干旱使水分蒸发的变化之大达到潮起潮落的程度。每天早晨,芦苇、沙丘和岩石一夜之间好像都长大了。只要看看象群抵达库鲁湖时多么虚弱,一连好几天处于虚脱状态,不吃东西,就可以想象在别处发生了什么……

"可怕!"她说,"太可怕了①!"

费尔兹讲了几句应景的话。他说不上对动物有特殊的喜好。有时,他也想买一条狗,由于职业的流动性,这一想法无法实现。有一次,在墨西哥观看斗牛时,他热切地盼望斗牛士死掉,因为公牛被刺中的景象令他那样恶

---

① 原文为德文。

心。他一生难得完全赞成或反对某个人或某件事,但这一次他表了态;他站在公牛一边。这不是职业性的癖好:他带着照相机,但闭上了眼睛。"瞧这位闭眼啦!"他身边的一个人用美国英语说,"您知道,先生,公牛不过是一堆直立的肉!"费尔兹冷冷地断定他是布朗克斯①人。尽管此人身穿火红色的衬衣,头戴德克萨斯②人的帽子,差不多如屁股叼雪茄般极不相配。"要想搞清楚直立的肉头在哪儿,尾在哪儿,可非常不易。"他反驳道,口气显然表露了不友好的意图。艾伯·费尔兹不认为自己对动物有丝毫特别的温情,所以,听到这姑娘好像唯一重要的事似的跟他谈非洲动物的命运,他觉得有点刺耳。这伤害了他的是非感:在百分之六十的人类穷得没饭吃,因而自由这个字眼对他们毫无意义的世界上,毕竟有比保护大自然更紧迫的事业需要捍卫。但最后这个想法忽然在他头脑中引起始料未及的反响,以至他怀疑这姑娘和莫雷尔是否私下有什么盘算。他们如此大张旗鼓,如此坚忍不拔地要求保护大自然,不就隐含着对所有受苦受难和正在死去的人——首先是我们自己——的一份慷慨的柔情,因而超出了他们追求的看上去单纯的目的吗?他像每次觉得找到某个特别主题的线索时一样,为伺机攫取它而激动得发抖。他努力抑制这种职业的亢奋:即便

---

① 美国纽约市的五个行政区之一。
② 美国中南部的一个州。

他嗅到了真相,这对他也无关紧要,因为这无法拍成照片。这位可怜的姑娘,柏林夜总会的典型产物,可能非常无知。的确不可能怀疑她在庸常的、甚至有点粗俗的姿色下,在好像总有些受伤的执着的蓝色目光中,隐藏着她对人类在犹疑不定的行进中遇到的最古老亦最紧迫的问题的如此透彻的了解;的确不可能认为她有能力理解这些事。她大概天真地以为,除了有血有肉的大象,这个法国人不保护别的;甚至说不定她只是迷上了他。她驻足片刻,望着成百只鸟直往下栽到沙洲和芦苇叶子上。夜晚近乎粉红色的余晖中,他在她脸上读到如此幸福的表情,本能地抓起了照相机。

"您怎么走到这一步的?"为了问心无愧,他几近粗暴地问道——他始终更喜欢快镜摄影。

她移开视线,费尔兹觉得这是为了掩饰一丝带点嘲讽的微笑。

"您感到吃惊吗?战争期间和……战后,我学到了许多东西……"

"我看不出有什么关系。"

"是的,我肯定您看不出来。哎,我在拉密堡读到莫雷尔先生散发的请愿书,我,我也想为保护大自然做些事……这想必令您惊讶,因为我是德国人,而且您相信……"

"我什么也不信。我看不出这事跟您有什么关系,这解释不了您为什么冒险给一名亡命之徒送武器弹药……"

"我来自柏林。"她有些固执地说,"我们在柏林见到了许多事……噢!我不知道如何讲清楚。只可意会,不可言传。我猜想有一刻我受够了。我忽然需要……别的东西。"

她耸耸肩。"显而易见。"费尔兹心想。他了解这个。别的东西……不同的东西。这正是报纸发行人总向他要的。他们有道理。要做的将是一个绝妙的摄影报道……他们到了沙丘尽头,米娜指给他看村里的最后一间茅屋,它与其他茅屋稍有一段距离。

"就是这儿。"

他们发现丹麦人坐在地上的一床被褥上昏昏欲睡,眼睑半开半合,一动不动。费尔兹从未遇见过他,但经常阅读介绍他的文章,杂志也常登他的照片。这毫不奇怪:他的样子和照片上的一模一样,脸上苍老和苦行僧般严峻的表情表露得极其充分——至少对一名欧洲人而言。(费尔兹在中国人和印度人脸上看到过同样的、甚至更加鲜明的表情。唯一可与之相比的白人的脸,是在亚洲的某些传教士的脸,而这些传教士失去了欧洲人的全部特点,眼睛最终也有了蒙古褶。)费尔兹俯下身看睡觉者身旁的书:是《圣经》。"有这样一张脸,"他心想,"的确不需要名片。"他拍了一张照片,书摆在了显眼的位置。丹麦人睁开眼,目不转睛地望着他俩。但费尔兹觉得他人还很远,眼前仍浮现着他刚离开的景象。费尔兹向他说明飞机失事的情况,他是谁,在本地区做什么。他们开始交谈,米娜走开了。比尔·科维斯特肯定地说,据他所知,雨季如此拖延是前所未有的,对非洲大地将带来可怕的后果。他讲话时那样激动,浅色的眼珠流露出如此狂热的神情,倒让费尔兹觉得这份悲悯超出了博物学家的不安。

"是的,"丹麦人沉默片刻后说,"有些时候,好像上天也突然决定拔掉地球上最美的根……"

费尔兹喃喃地说了些含混的话。他不信教。他请求丹麦人准许他拍几张照片,这时出现了一个奇怪的误会。费尔兹自然想的是获准为老冒险家本人拍照,后者却理解错了。

"当然,"他说,以主人的身份大手一挥,"您愿意拍什么就拍什么。这儿有人的眼睛很久没有看到过的鸟类最大的集结。如果以后您把照片给我寄到丹麦供我收藏,我将十分感激。"

费尔兹乐意地答应了。出屋前,丹麦人捡起《圣经》塞进兜里。他们在沙丘上走的时候,费尔兹问他是在什么情况下与莫雷尔接触的。

"您可以说是哥本哈根自然历史博物馆委派我去他身边执行任务的。"丹麦人眼里闪着幽默的火花说道。

他似乎不大喜欢官方机构。费尔兹一再询问,比尔·科维斯特最终向他解释说,他是首批收到莫雷尔请愿书之一的人。莫雷尔要求他为保护大象动员斯堪的纳维亚的公众舆论。莫雷尔在请愿书的附信中谈到,丹麦、瑞典、挪威和芬兰"在国内部分地解决了保护大自然的问题,现在应当在世界各地帮助解决它"。比尔·科维斯特沉默片刻。

"在某种程度上,他也许说得对……我不想把这话告诉我的同胞,他们太自满了——而我厌恶讨好——可是毫无疑问,在我们国家,人们出于本能尊重大自然的各种表现……"

他收到莫雷尔的请愿书后,先致信日内瓦委员会,结果只得到有保留的审慎回应……他和他们闹僵了。就在最近,当他抗议在南太平洋两个小岛上设置远程导弹基地的时候,他们拒绝支持他。这两个岛是成千只稀有鸟朝北极迁徙途中唯一的停靠地。

"他们担心被人指责搞政治……"

最后,他忍不住登上了飞机。莫雷尔当时还在拉密堡,夹着塞满统计数字的公文包到处走。

"他对我阐述他的计划……我不能说给他泼了冷水。我进行过五十年相似的斗争,我清楚在这种情况下首先必须激发群众的好奇心和兴趣……再说,莫雷尔不是任人泼冷水的人……不过我仍一再强调困难。他对我说:'噢,您知道,我习惯了。我已经做过一次这样的事……我一生进行过的最可怕的战斗,是为了鳃角金龟……'"

正当他显然要开讲莫雷尔和他的鳃角金龟的故事的

时候,费尔兹礼貌地把他拉回正题。费尔兹对鳃角金龟和太平洋岛屿不十分感兴趣。老人明显有啰唆的倾向。(几年后,博物学家去世前不久,费尔兹在瑞典的乌普萨拉①遇见了他。比尔·科维斯特仍然记着与他的这段交往,终于给他讲述了鳃角金龟的故事。此时他才知道他对莫雷尔的报道多么失败,尽管他拍了那些好看的照片。)费尔兹极有分寸地打断他,比尔·科维斯特住了口,含讥带讽地望着他。

"算了。"他说,"我看出我浪费了您的时间。您是来这儿拍照的……不是听我解释的。您也可以问问莫雷尔本人。他随时会回来。"

费尔兹看见芦苇后面有一长溜儿卡依族渔夫,一丝不挂,背着筐在深及腹部的水里往前走,每走两步便把标枪插在面前的水里。他们气喘吁吁地唱着一支节奏鲜明的歌,胳膊每动一下,便呐喊一声,把节奏打断。比尔·科维斯特告诉他,这标枪一插下去,他们有时能杀死三条六须鲶。最初,他们也来割过疲惫不堪的大象的腱子——采取的是苏丹科莱茨人更勇猛的狩猎方式,一个个骑在马上,在崩格地区用砍刀攻击象群。但自从莫雷尔来了以后,就打消了他们的这种欲望。渔夫们绕过芦苇丛的时候,费尔兹看见密密麻麻的鸟儿成群地飞起,接着又似飞奔的马蹄下进出的彩色土块纷纷落下。然后,

---

① 瑞典首都斯德哥尔摩以北的一座城市。

紧紧挨着的五头大象在一片红尘中出现,芦苇扫着它们的腰部——它们一到水里便散开,中间的两头倒下了,侧卧着一动不动——其余几头继续朝更深的水走去。

"它们支撑着倒下的大象。"比尔·科维斯特说,"只有天知道它们这样走了多久。我们到这里后,每天来的有五十至一百头……"

费尔兹错过了大象到达的场景,放下了挂在胸前的照相机。(三个月前他结束了与一家美国杂志签订的独家报道合同,在巴黎创办了自己的新闻社。他对库鲁湖的报道大概为他赚了十万多美元——历来付给一次摄影报道的最高报酬。)接下来的两个小时,他为布满沼泽底部的成千上万只鸟拍了彩色照片——它们缓缓地移动着,白的、黑的、红的、灰的和玫瑰色的,时而五色杂陈,时而均匀地分成大片大片的群鸟单一的色点;活像生机勃勃的农作物,从大地深处钻出而非从天上落下的水栖动物。(费尔兹对美总感到几分敌意。在美的事物前,他觉得更加孤单。他的性格挺温和,需要和谐和融洽,不喜欢觉得自己是普世和弦中的一个不协调音。他曾被派去做卡帕乔①壁画的报道,回来后生了一场病。在壮丽的景色前他有同样的反应,宁可待在一个让人感到宾至如归的烟雾缭绕的小酒吧里。)费尔兹工作的时候,比尔·

---

① 卡帕乔(约1465—约1525),意大利文艺复兴早期威尼斯画派画家。

科维斯特带着主人的自豪——给他指出鸟类的名称,但费尔兹并不努力去记;他不愿意分神:以后把照片交给一位专家去鉴别要简单得多。(纽约自然历史博物馆的一位专家从底片上认出了二十七种鸟,一大半来自欧洲。)他还偷偷地给丹麦人拍了几张照。这位年迈的守护者,目光犀利,头戴大大的南非帽,持枪站在鸟的海洋边上,这是他有生以来凝视过的格外打动人的场景之一。记者兴奋地迅速投入工作,这似乎给比尔·科维斯特留下了好印象。返回的路上,他显得更和气,费尔兹感到他对自己的看法好了些,于是借机询问比尔·科维斯特为保护自然界所进行的几场运动的情况。丹麦人罗列了一长串他保护过的、似乎囊括全部造物的物种后,有些突兀地做出以下结论,令费尔兹颇为惊讶:

"还有自由,无论何地!"然后他立即缄口不语,闷闷不乐地似乎在回忆所有这些过往的斗争。费尔兹开始了解这位伙伴的脾气,留神不打断他的沉思冥想。他们默默地一直走到沙丘边、米娜正在做饭的地方。福希思正站在那儿跟她开玩笑,不时停一下,用小刀把一听美国罐头里的食品直接倒进嘴里。(费尔兹很快注意到,莫雷尔一定早已提前做了精心的准备。除了各色各样的罐头食品、一箱箱弹药、急救包、宿营器材外,他们的装备表明做了想必最起码的准备,绝非一个狂人——几乎到处都喜欢这样称呼莫雷尔——的一时冲动之举。审理案件时人们发现,这个组织的雏形原来是瓦伊塔里建立的。成为不同政见者之前不久,他开始在库鲁湖上设立了一个未来非洲独立军的训练营地。当时各家报纸定期报道法属赤道非洲这个营地的消息,当局却屡屡辟谣。早在一九四八年,瓦伊塔里身为法属赤道非洲议员做最后的巡视时,便认为第三次世界性冲突肯定迫在眉睫,于是开始为其游击队筹备基地。后来他逃亡开罗,在电台发表了鼎鼎大名的与法国决裂的演说。在哈比卜的帮助下,他建立了三个未来游击队的略具雏形的中心,打算日后进一步充实。此后,在他享有官方权势时听过他讲话的部落首领们,向当局告发了这些藏身处,只有一个例外:老加里提,库鲁湖一个村的村长,苏丹边境最受尊敬的走私者之一。

天色灰暗,湖水一片朦胧;响起大象的叫声,夜晚的第一阵清凉给了它们一点生气。费尔兹开始发烧,肋部疼痛;他觉得一天来被波动的情绪累积起的疲劳全部压在他的身上。他几乎没动罐头和米娜给他盛在饭盒里的掺了黍粉的鱼丸;他道了歉,走去躺在沙子上。只有一个念头使他保持清醒:待在这儿,如果莫雷尔在夜幕降临前到,就拍张照片。这时他问比尔·科维斯特是否对布卡武会议抱着很大期待。

"我相信他们终将做出决定。"博物学家说,"全世界要求他们在这个问题上最终达成一致……正如您知道的,我们以耸人听闻的方式吸引公众注意他们的讨论。"

稍后,福希思跟他谈起他的驾驶员。

"不能让他留在座舱里……我当时想最好把他放进水里,等……"

他把费尔兹给他的那盒烟递过去。

"我取回了他的烟。"

费尔兹感到恼火:他完全忘记了戴维思。

"我把他安顿在水下两米深处,两块岩石之间,以免被大象践踏。我把他的个人物品放在了您的茅屋里——就是那间——万一您想寄给他的家人的话。"

"您知道,我跟他不熟。"费尔兹说。

他话没说完,就看见沙丘顶部出现了三个骑马人。其中一位是白人。费尔兹一跃而起,抓起他的照相机。疲劳的痕迹一扫而光,瞥见莫雷尔后不到三十秒,他便拍了第一张照片。此刻他认为他只有五到十分钟的好光线,于是最大限度地加以利用。他很久——准确地说自巴黎解放之初以来——没有感到过如此职业性的亢奋了。(费尔兹不大喜欢法国人,但他喜爱巴黎。)他用掉半卷胶卷后还没有与莫雷尔有过半点个人的接触。两名非洲陪同不信任地打量着记者,但莫雷尔听福希思给他简单解释几句的时候显得挺高兴。他把缰绳交给陪着他的白衣少年,在沙地上坐下,津津有味地吃起来,同时带着几分费尔兹感到的得意——他是内行——听任别人拍照。两名非洲人中,最高大、最年长的那位是相当典型的阿拉伯人:一只鹰钩鼻,嘴唇上下留着细长的灰胡子。费尔兹还记得,在拉密堡,人们认为莫雷尔之所以能从容地逃出当局之手,应归功于身边有位法属赤道非洲最优秀的猎物跟踪者。大伙儿以为他早死了,面前的这一位很可能就是他。另外一位阿拉伯人是个有点闷闷不乐、神情专注的少年。他的表情中有种强烈和秘密的东西,一动不动的五官中潜藏着一股暴力,这立即使费尔兹感到惊讶,从中觉察到隐藏的激情、聪慧和保持镇定的带些神秘的意志。抵达库鲁湖后,充满戏剧性的那几个小时使他忘记了这名少年,诉讼期间才得知他在莫雷尔的冒险中起了关键性的作用。而即便在那时,谁也不能肯定说这位法国人是否经住了考验,他有些乐观并心情平静地相信人的忠诚,这是否使他死在了赤道森林的某个偏僻的灌木丛里——在那儿,始终有把握占上风的只有蚂蚁。

莫雷尔边吃边向众人讲述他出征格法特的结果。当地的商人,一个口是心非的怪家伙,的确有台收音机,但他能收听到的布拉柴维尔的两次播音只字不提保护非洲动物会议。反之,他买到了烟草、一些食品、衬衣和短运动裤。他们最好如约定的那样去喀土穆与瓦伊塔里会合:假如与会各大国做出了必要的承诺,那自然好极了;否则就得继续干下去。不管怎样,待在库鲁湖上是看不清此事的发展趋势的。首先必须估计公众舆论以多大热情支持他们的运动,然后才能胸有成竹地决定行止。费尔兹专注地听他讲,感到相当困惑。莫雷尔的话中有某种简单、直接的东西,表明他十分通情达理,讲究实际。这只是个印象,但费尔兹习惯于即时的感受。莫雷尔的神色像平静地干自己事的人那样镇定自若。他的清亮的、带点郊区口音的嗓子,他的棱角分明的脸,令费尔兹想起巴黎平民百姓的街区,在这儿,在非洲的大象中间看到他和听他讲话岂非咄咄怪事。他脸上有个突出的特点,就是固执,从他脑门和嘴巴的轮廓上就可以看出来,但这与眼睛深处带着嘲讽意味的快活并不矛盾。费尔兹终于决定向他提出在头脑中酝酿了一天的几个问题。(他不习惯采访。当报道需要文字时——他难得碰到这种情况——就给他配个助手。这是谁也不羡慕的工作,因为他名声在外,带回的照片总令文字黯然失色。)他首先跟莫雷尔谈的,是他这个人和他的有数百万签名的请愿书在各地激起的好奇心……

"人家说您政治上有不可告人的秘密……说大象在您眼中是非洲独立的象征。民族主义者公开这样宣称,给予您支持……"

莫雷尔表示赞同。

"我明白这话的意思。大家觉得把大象拉进来很狡猾,可就是没人为它们做点什么。请注意,人人把大象与自己身上最干净的东西结合在一起,我觉得这很好。至于他们是共产党人、铁托分子、民族主义者、阿拉伯人或捷克斯洛伐克人,我才不在乎呢……我不感兴趣。假如他们在这点上一致,我觉得这很好。我捍卫的是一个空间——我希望各民族、各党派、各种政治制度挤紧些,给其他东西,给绝不该受到威胁的一种渴望留出位置……

我们在此做的是明确的工作——保护大自然,从她最大的孩子开始……甭把事情搞复杂了。"

"您打游击好几个月了。您如何解释总能轻而易举地逃过当局的追捕?"

莫雷尔嘻嘻一笑。

"大家都为我好!……"

"您打伤了猎人,烧毁了农庄,但从未杀死过人。这是偶然吗?"

"我尽量瞄准。"

"为避免杀人?"

"你杀死一个小伙子,他学不到任何东西……反倒把什么都忘干净了。是不是?"

他好像对这句妙语十分自豪。

"当局,还有猎人们断言,和您说的相反,大象根本没有灭绝的危险。实际上,大家给予它们一切必要的保护。"

"而且还断言这样就可以继续杀它们?"

费尔兹不知如何作答。

"在有些地区大象已经绝迹了。"莫雷尔接着说,"这些地区列在地图上,大家都知道,它们甚至覆盖了地图的绝大部分……在另一些地区,大象受到严重威胁……我知道有保留地,但到了夸赞保留地的地步,在别处发生了什么就不用提了。我可以把比法国大四五倍的地区指给您看,在那儿已有两代人没见过大象了。可地方政府平静地告诉您到处都有大象,它们生活得自由和兴旺。是您不诚实,拒绝看到它们……"

人们头一次在他嗓音中听到愤怒的语调。费尔兹的心怦怦跳起来。他感到自己不擅长采访。他还明白事情的实质就在这儿,触手可及,只需提个合适的问题。但他只讲得出以下的话:

"如果您能进一步明确您与民族主义者的关系是什么性质,我将非常高兴……在美洲我们对这个问题十分感兴趣。"

"所有愿意支持我的人都受到欢迎。民族主义,您知道……不管是白种猎人还是黑种猎人,老人还是新人。我将站在所有采取必要措施保护自由生活的人那一边。种族、阶级或民族,这些我不在乎……假如法国离开非洲时可以保证爱惜大象,这将意味着法国会永远留在非洲……我不大相信会这样,但我希望如此。"

他好像顺便补充说:

"我在占领时期参加过抵抗运动……这不完全是为了保卫法国不受德国侵略,这也是为了保护大象不被猎人捕杀……"

费尔兹一直紧紧抓住照相机。这是神经质。他根本无意拍照。再说光线也太暗了。他看不清楚莫雷尔,对方只是坐在沙地上的一个影子。他努力让他的近视眼习惯星光。他也两腿叉开,坐在沙地上。他原先用手绢盖头遮挡阳光,把手绢打了四个结,后来忘记取下来。他几乎看不见莫雷尔了,但他的话听得很清楚。他也开始看见了星星。

"政治,我从来没有喜欢过。甚至政治罢工,我一直是反对的。雷诺工厂如果有工人罢工,他不是出于政治理由,而是为了活得像个人样……从本质上说,他这样做也是保护大自然。"

他沉默片刻。

"至于民族主义,它早已不仅仅为足球赛存在了……我在这儿做的事,可以在随便哪个国家做……"

他笑起来。

"也许在斯堪的纳维亚国家不行。有一天我还得去那儿就近看看。这些国家太与众不同了……"

费尔兹一直在找要问的问题。他感到只是几句话的事。这几句话几乎就在他嘴边……但他断定他的法语不能胜任。他的词汇贫乏。这至少是他的托词。也说不定这太模糊,太难表达。费尔兹只好转而谈一个明确的问题:

"您似乎尤其指责欧洲的猎人、种植园主、狩猎远征旅行爱好者。但据拉密堡人的说法,我以为捕杀大象的主要是土著……"

莫雷尔点点头。

"对。去年单单刚果就杀了五千头。官方数字:就是说至少多一倍……还有非洲其他地区……"

他望着费尔兹,用力吸了几口烟。

"不过,黑人们有特别好的理由:他们吃不饱,需要肉食。这是每个人天生的需要,目前是没有办法的。所以他们杀大象填饱肚子。用术语说,他们需要蛋白质。从中我们得到什么教益呢?必须给他们吃足够的蛋白质,他们才会破例爱惜大象。为他们做我们为自己做的事。说到底,您看出我也有个政治纲领:提高非洲黑人的生活水平。这自动地成为保护大自然的一部分……给他们足够的东西吃,然后就能向他们解释其余的事了……肚子饱饱的,他们就会明白。如果想要大象留在地球上,只要世界存在,它们就与我们同在,首先得阻止人饿死……这是相互关联的,是一个尊严的问题。就这些,相当清楚,是不是?"

他起身走开了,身影消失在星光中。费尔兹此时对事情有了比较明确的看法,但他能不能把这些写下来呢?他动一动就觉得肋骨钻心地疼,因为支撑他的紧绷的神经放松了。他已经在考虑如何最迅速、最有把握地把他的照片和采访送到他在巴黎的通讯社。他手里的这篇报道的商业价值令他非常激动,而依照他的习惯,担心胶卷遭遇不测的念头挥之不去。最好的解决办法是返回喀土穆。莫雷尔也有意上那儿去,但还不知道什么时候,费尔兹觉得他最好立即动身。尤其因为必须走五十公里小道才能到达公路上一个名叫格法特井的地点。据福希思说,在那儿他有希望遇到沙漠商队,至少可以把他送到法谢公路。他不如等疼痛加剧前——这种倾向十分明显——马上赶这五十公里路,免得疼得难以忍受。(费尔兹以前从未骑马走过长路。)不过他还是决定留下。他完全意识到这个决定毫无专业性:他感到难以离开莫雷尔。

三十六

卡车沿小道行驶,速度之慢似乎更凸显出此举的困难、天气的炎热和加扎勒河的风景:放眼望去,到处是贴石头而生的带刺植物和一丛丛的枯草;有时草丛中会突然蹿出一条鬣狗,扬起一片尘土,变成一件大事。在瓦伊塔里眼中,小道本身也是虚幻的:区别所在,不过少几丛草而已。

"要是下起雨来就糟了。"他说。

"天气预报没说下雨。"哈比卜说,"真主啊,走着瞧吧!"

德·伏里已开了十四个钟头车。瓦伊塔里看见他那张明亮的面孔,五官好像缩小了,小脸胖嘟嘟的,线条生硬,头发粘在一起,淡蓝色的眼睛不错眼珠地盯着小路。哈比卜坐在两人中间,嘴里叼着一支熄灭的雪茄,冷冷的烟味最终令瓦伊塔里作呕。驾驶舱里太热,出一身汗反倒能轻松些。他内心不安,卡车长时间的摇晃令他腰酸背痛,沙漠的光线晃得他眼睛发花,他完全不再习惯这样的光线了,暗暗生气没有想到戴墨镜。每次注视德·伏里,他都琢磨此人如何能几个小时地用浅得好像透明的眼睛盯着滚烫的小路,而他本人几乎必须在石子中间推测哪里有路。随着他们接近目的地,成功的机会在他看来愈来愈没把握。令他稍稍放心的只有德·伏里的保证——他声称自己是这方面的行家里手,而且看上去的确熟悉这个地区——再就是哈比卜的乐观——但乐观是哈比卜的第二天性。现在犹豫为时已晚。如果从头来过,瓦伊塔里很可能还会这样干:这是搞到一大笔钱的唯一办法。如果这次尝试在物质上完全失败,卡车上这四十名着军装的武装分子还可能会遇到一支法国小分队,我们的部队重创一群叛乱分子之类的公报其实可能是最好的结局。现在必须不惜一切代价,避免被当成穿越了苏丹边界的强盗。不过他将做出澄清,剩下的由开罗电台去做。可惜他不再习惯花费这样的体力了。二十年间,除了几次竞选旅行,他一直在城市生活——他想城市想得好苦。他最最喜欢的是大辩论,可以发表讲话的公众集会——他深知自己声音的力量——以及作为民主宝座的讲坛。他怀念巴黎,怀念他妻子做的饭和他的黑面孔立即引来注意的政治会议的气氛。也许他犯了一个错误,但大局已定。就在他做出决定的时候,第三次世界性冲突看上去迫在眉睫,因此甚至不能说他错了。他不过没把形势看准。不管怎样,人们以他在议员任期结束两年前离开了所在的党,向极左派靠拢为借口,攻击他,在竞选中击败了他。所以他不可能重新当选为议员。剩下的只有国际舞台。此刻他正走在可以带他去的唯一捷径上,尤其因为问题远远不是利用乌莱族的民族意识——他们仍然只依仗他们的巫师和护身符——而是利用美洲、印度和亚洲的民族意识。即使在法国议会,他代表的也肯定不是乌莱部落的民主观念,而是法国人渴望民主的意识。总之,谈进步就是谈外国。所以他必须高声大嗓地讲话,让人远远能够听见。应该学巴勒斯坦领导人的样,直接踏上世界讲坛和国际舞台。必须不折不扣地越过非洲,控制以种族主义和宗教性为基石的民族主义国际,然后从高高在上的地位下到非洲群众中间,增加声望。假如必须等待乌莱人的民族愿望,那无异于为后代讲话,即拒绝任何个人的命运。在乌莱、马萨、戈这些地区,民族这个字眼是不存在的,部落间始终竖立着屏障。包括语言屏障。他的绝大部分政治活动是推广和鼓励法语教学,压制方言土语,铺平民族宣传和团结所不可少的渗透之路。这是进行群众教育、唤醒其要求意识的唯一途径。直到目前,他较为成功地加以利用的乌莱人的唯一要求,是他们对肉食的需要——非洲人和一般人对肉食的祖传需要。这个需要比建立一个民族机构更深刻,更迫切。年轻时,他经常看见村里人宰杀大象并当场吃下,最贪吃的甚至一次吞下十斤肉。从乍得到好望角,由于饥饿,非洲人永远维持着对肉的贪欲,这是大陆最大的、最一致的共同点。这是一个梦想,一种怀念,每时每刻的一种渴望——比性冲动更强的机体的生理呐喊。

肉！这是人类最古老、最实在、最普遍的渴望。

瓦伊塔里想到莫雷尔,苦涩地笑了笑。对白人而言,大象有很长时间仅仅是象牙而已,对黑人却仅仅是肉,用带毒标枪稳准狠地扎一下可以给他带来的最大量的肉。大象的美,大象的高贵,这是吃饱喝足的人,进饭店、每日两餐、参观抽象艺术博物馆的人的一个概念,是在无法面对的丑陋社会现实面前躲进高高的美的云彩里,为美、高贵、博爱等朦胧模糊的概念而陶醉的精英的一个观点,因为纯诗意的态度是历史允许精英采取的唯一态度。资产阶级知识分子要求堕落的社会背上大象的包袱,唯一的理由是他们希望本身不被毁灭。他们清楚自己和这些史前动物一样过时和碍事,这不过是为得到宽容求人发慈悲而已。这正是莫雷尔的情况——可以说是个典型情况。把大象当作自由和人类尊严的象征,比从政治角度诠释这些概念、给予其实际内容要方便得多。是的,这的确方便:以进步的名义要求禁止猎象,然后温存地欣赏天边的大象,因为恢复了每个人的尊严而问心无愧。远离行动,躲在姿态中,这是西方理想主义者的经典态度,莫雷尔是一个完美的例子。但对非洲人来说,大象的美只在于它的肉的重量。至于人的尊严,它首先是吃饱肚子的尊严。至少先得吃饱肚子。非洲人吃饱的时候,说不定也会从审美的角度来关心大象,愉快地思索自然界总体的美。目前,自然界劝他们破开大象的肚子,大口地咬,狠命地吃,因为不知道下一块肉将从哪儿来。但这些事是不能公开讲的。马克思主义本身暂时是个难以消受的奢侈品。要立即得到好处,新的民族主义与其利用针对资产阶级的历史唯物主义,不如利用腐朽的资产阶级温情主义,因为在这种温情主义中,思想美经常起决定性的作用。所以瓦伊塔里尽量把对大象的保护、尊重以及莫雷尔的全部行动拿来为我所用。不过西方民众的温情主义超出了他了解的程度,因而必须去掉含混不清的东西,让世人看见他瓦伊塔里的重要性。还必须弄到必要的资金,建立真正的组织。三辆卡车里有他的二十个全副武装的人①:没有一个领过饷。如果讨伐以失败告终,他将陷入绝境。喀土穆的一名武器贩子同意预支他一笔钱,他才购买了卡其布军服——那是英军遗留下来的剩余物资。他完全在哈比卜和德·伏里的掌控之中。历史上,人的全部壮举有时竟取决于一些粗野的无赖,岂非咄咄怪事!武器贩子、间谍、挑衅分子、可疑的出资人,他们密切地参与了人类某些最崇高的成功事业。可惜这并不意味着他们在你身边便足以保证成功。

瓦伊塔里朝哈比卜转过身去,无意中发现他的嘲弄目光正盯着那顶搁在他膝头的硬舌军帽。这是一顶法军预备役中尉的天蓝色旧军帽,他一直珍爱地保存在身边,以提高在部落中的威望。他只拆下标志中尉军衔的杠杠,换上了将军的五颗星。不是法国的金星,而是让人绣

---

① 上文说四十个人。

在天蓝底上的黑星。见对方的目光带着挖苦,他心里想:"当然了,我是没有部队的将军。"但是他的部队在印度、亚洲、美洲,甚至在法国,他只需提高嗓门,他们就听得见。

"我不需要军队。"他说,"思想可以自行发展,不需要部队。但假如接上火,就必须身着军装,这样人家才会发布正经的公告。"

哈比卜心想,他的目光本是欣赏,瓦伊塔里完全误会了他的意思。他继续用惊叹的目光着迷地斜视缀着黑星的天蓝色军帽……生活在他的路上撒满珍贵的珠宝,他再次对生活感激不尽。这是一顶不折不扣的法式军帽,在中尉衔的杠杠处缝上的五颗小黑星意味深长,尤其表明一个人在孤独中可以走到哪一步。

"说得很对。"哈比卜说道。

至于他,他坚决不穿军装,只保留了快艇驾驶员的帽子。他一直航行,即便不在自己船上,至少也是为了自己的利益,而且准备继续这样干下去。他是天生的冒险家,不从事任何事业。如果还有什么理想的话,那就是人生中一切可能发生的奇事,他都要试一试。还有,就目前而言,就是能给他的年轻有趣的朋友提供一些体育活动作为消遣——在他那个年纪,这种需求是可以理解的——同时也让他算清与自然的一笔账。

"不会接火的。"德·伏里说,"我熟悉这一带。唯一的哨所在边境上。往北二百公里,六个人……"

"而且不会下雨。"哈比卜补充说,"我的话没错……我运气好。"

福希思开始不耐烦了。他不明白莫雷尔为什么显然讨厌离开库鲁湖,他看不出他们留在湖上有何好处。不管莫雷尔说多少遍这个地区没有部队,他去格法特也是不谨慎的,因为谁都知道那是走私商队的必经之地,是受到监视的。他们如果适时离开库鲁湖就没有任何关系了;但福希思敢肯定,他们在这儿的消息准有人知道。正当他即将可以重返美国、开始新生活之际,他们有可能傻呵呵地被人逮住。喀土穆想必得知了刚果会议的结果,莫雷尔也承认他们应该去喀土穆,然后再决定今后该怎么办。福希思坚信,即便布卡武的代表们一致采取了必要的决定,莫雷尔也会继续围着象群转,度过余生。由于他身无分文,稍纵即逝的名声一旦消失,他也会成为众多非洲落魄者中的一员。他们在酒吧突然现身,人们窃窃私语,带着怜悯的微笑议论他们,甚至不压低嗓门。"瞧,是莫雷尔来了。我还以为他早死了呢。天知道当年他引起多大轰动啊……是的,正如俗话所说,他有一阵红得发紫。"接着是对往事的长篇叙述,引起对方一些含糊的反应,然后是"啊!对,当然,我想起来了……那个保护大象的人……"一边讲一边又开心地带着一丝悲悯望当事人一眼,很高兴自己始终只做买卖……

福希思苦笑了一下:他非常熟悉这一切,而他无意跟着莫雷尔落到这步田地。当然他可以丢下他们一个人走,但在朝鲜的经历使他近乎病态地需要保持忠诚。另外还有米娜。他徒劳地想弄明白她的态度,不理解为什么她对他说的一切完全漠不关心。她笑笑,就完了。他们几乎不见面。这又是一件不寻常的事:他们四人分别住在各自的茅屋里,她给他们做饭,除了吃饭的时候,他们很少交谈。福希思有很强的与同胞群居的本能,他需要伴儿,所以这种情况最终令他十分气愤。四个异常孤独的人拒绝交往和互相帮助。连依德里斯和尤素夫也独来独往,分开生活,几乎从不交谈。莫雷尔白天待在湖上象群中间。比尔·科维斯特躲在沼泽里,大概忙着数那数万只鸟,看看是否少了一只。只有米娜留在沙丘上,坐在水边,带着愉快和近乎幸福的神情望着大象,福希思为此气恼,但又无可奈何。他再一次处于形单影只的境地。以前他会觉得这一切再自然不过,他也并不特别想看到别人的脸,要人给他做伴。但现在,他与其他三人的心理纽带被扯断了。他觉得莫雷尔、比尔·科维斯特和米娜的固执超出了人的限度,他们的坚忍,他们的要求开始变成某种无限的、不可能的东西,他们即将完全消失在虚无缥缈的追求中,为抵达与大地不再有任何联系的天际的斗争中。一天早上,他试图说服米娜:他们误入了无人区①,再也不能继续在其中游荡了。当时米娜正和两个

---

① 原文为英文。

卡依人交谈,他们每天早上给她带来他一见就想吐的鱼丸。他不知道他们在讨论什么:每个人都用对方不懂的语言讲话——米娜讲德语,他们用卡依语回答,不时心领神会地点着头,打着表现力丰富的手势——每天这样谈一刻钟,然后好像双方都很满意,笑容可掬地分手。福希思对米娜说,他们再也没有理由留在这儿,这样下去很危险,他们为莫雷尔和大象已经尽了力,他打算返回喀土穆。她立即表示赞同,令他大吃一惊。

"您在格法特也许能找到一辆卡车。"她说,"好像偶尔有卡车经过那儿。"

"那您呢?"他愤愤地说。

"怎么,我?"

"您不去?"

"您让我去哪儿?"

"跟我……"

"您让我跟您去哪儿,福希思副官? 您也许要我嫁给您吧?"

"那当然啦。"他说,竭力恢复他那副厚颜无耻的腔调。

他立即补充说:

"这是认真的,您知道。"

她非常亲切地冲他笑了笑。

"谢谢。"她说,"我不会嫁给您的,原因很简单:我羞得无地自容……您知道,副官,爱情,这存在……"

"莫雷尔?"他轻声问道。

她摇摇头。

"不,不是莫雷尔。莫雷尔,也许不止这个,不是这个……不,不是莫雷尔……现在,不再是任何人……"

她扭头走开了。福希思望着她沿着沙丘朝芦苇上方低低的地平线走去。他想起拉密堡的一些传闻,她和一名被枪毙的俄国军官凄惨的恋爱故事。"大概是这个。"他想,望着她在沙丘上愈走愈远——他满心希望自己是名被枪毙的俄国军官。

"在库鲁湖?"省长重复道,"这几乎不在我的地盘上了……"

但这仍在他的地盘上。这总在他的地盘上。他一直遇到麻烦事。当有个部落突然决定,为举行巫术仪式,他们一秒钟也不能缺少象的睾丸,而由于不准割足够的数量,他们便大砸大抢,那准是他管辖的、而不是乍得的一个乌莱族部落,尽管那里的乌莱族部落同样多。当豹人开始觉得人们很久不谈论他们,一个月内用爪子撕碎了五个村民,那准在他的地盘上。当一个死人恰恰在被涂上绿、蓝、黄色之前——此仪式的目的原本是不准触碰遗体,把它留给鬼神——神秘地失踪,后来找到时只剩下啃干净的骨头,那准在他的地盘上,而且准有名记者恰恰路过,插手此事,尽管十五年来没有发生过这种同类相食的事。一般来说,如果一名记者插手某件事,那总在他的地盘上。旱灾在非洲肆虐时,报上的新闻必定以他的种植园和他的国家公园为例,以指出灾害的严重程度。当一名疯狂的厌世者决定选择大象,那准在他那儿,在他眼皮底下,在他的行政首府完成其最轰动的业绩。这厌世者本来可以去杜尼亚克那儿,他拥有最茂密、最难进入的森林,在巴达西耶家会非常舒服,他的大屁股底下有十万公里十分好客的土地——如果闭口不提萃萃蝇、丝虫和非洲最集中的洞蛇的话。他本来也可以去旺达莱姆那儿,那儿同样有幸福生活所需的一切。可是不:此人非上他这儿来不可。他从一开始就料到了。他一听说莫雷尔在乍得的头几项业绩便感到不自在,甚至不安。"哟,"他心想,"不在我这儿吧?这是怎么搞的?"这显然是个误会。莫雷尔一定意识到了。当他决定在一座城市的中心表现表现时,他挑了西翁维尔;而当他感到需要放松一下,打打某个人的屁股时,他选中了小夏吕太太。当然,在她丈夫的政治支持下……事态发展迅速。听说总督的继任人已登上了飞机。然而乌莱省省长无论如何不愿意更换他的职位和行政区。这就是非洲:她总出一些新鲜事,料不到的事。你可以悄悄把她引到一个新的方向,她将继续令你惊讶,在你眼前呈现不寻常的、十足荒唐的事。如果还有可以引出传奇的土地,那就是这片土地了。莫雷尔很可能令他丢掉职位,但他对莫雷尔恨不起来。自从莫雷尔惹麻烦以来,自己甚至最终对这位有宗教幻象的人有了真正的好感。这是一位配得上非洲的冒险家,与她的迷信、童话和蠢话蠢事十分般配。在他之后还会有白人、红种人、黑人、黄种人等其他的冒险家,因为在非洲,异想天开的事永远不会销声匿迹。这一位倒挺合他的心意。至于他的继任者……这个问题说不定有办法解决。他笑了笑。乌莱省省长是位面容快活、精力充沛的年轻人,不会轻易任人摆布。他朝勃鲁特转过身去。军官是特意从乍得派来处理此事的——既然如今事情出在他的地盘上,而他从一开始便负责处理莫雷尔的事。"这证明,"省长想,"军人比文官腰板更硬,对此我们心知肚明。"

"怎么样?"

勃鲁特的手指迅速掠过地图。

"您看见的这个小蓝点,这儿,如您说的不在您的地盘上,而在苏丹——格法特井……贩奴时代这是沙漠商队一个重要的十字路口。尽管商品变了,它仍然十分重要……法谢公路在北边很远的地方经过,但对那些想避开受监视公路的人来说,这个十字路口极有价值……所以我们在那儿安插了一个人,他该待多久就待多久,因为随着英国人的离去和结盟计划的实施,迟早……因此这人很挑剔,但这样做是值得的……四天前莫雷尔来到铺子。他从沙漠里跑出来,就这样闯进去,还带了两个黑人。好像其中一个是依德里斯,但我要求看看,依德里斯应该早死了。莫雷尔径直去听收音机,听了五个钟头新闻。和所有狂妄自大的人一样,他一定忍不住想知道人家怎么说他……"

省长陷入沉思。他刚从布拉柴维尔开双年会回来,在会上他遇到的全是嘲讽和同情的目光。小桑泰克司,那个跟卫生纸同名的假惺惺的胖子甚至拍拍他肩膀问他:"喂,亲爱的,您的被保护人呢?"他的同事们把他当重病人或易碎品看待。他们当中有些人继续声称大象是个神话,而莫雷尔是名外国的特工。他坚持相反的看法时,大多数人都反对他。他们意见一致:必须小心,别破坏这个虚构的故事,因为全世界都相信它。但他们大多坚信这是泛非民族主义者一个隐秘但无任何实际意义的企图。而公众舆论如他们所说确实信以为真,公众相信莫雷尔和他的大象。成千上万封支持他的电报和请愿书从世界各个角落飞来。对他们而言,莫雷尔是从事一项与民族和政治意识形态毫无关系的事业的英雄,一项与非洲毫无关系、但深深打动他们的事业的英雄。这想必因为他们都暗存怨恨之心,也许尤其因为他们都做着有些朦胧的梦:有一天成功地走出人的困境。他们索要人的空间。他们信这个。总督也信。数百万年前,非洲是人的发源地——又是一个很有特点的说法——如今人重返非洲,怒不可遏地反对自己,这很正常……

"好,那后来呢?"

"他买了一些高卢牌香烟和一百包蹩脚烟草,那是为我们的沙漠商队准备的。然后他又返回了库鲁湖。我们的朋友派人跟踪他直到小路。这是毫无疑问的。"

"乍得做了什么?"

"他们派了一连阿夫纳的法国骆驼兵。谢尔舍和他们在一起。"

"骆驼兵去库鲁湖?"

"我知道……但方圆五百公里没有别的部队……时候不凑巧。有一项改组苏丹边境警戒的计划正在研究中……四十多年当中一直有英国人在。警察部队不是一支,而是两支。当年只需对付抢夺象牙、在布加以南实行突袭的克雷茨人,如今……大约有一千三百公里新边界要警戒。"

上校的手指顺着地图上的一条线移动。

"关键是阻止他逃到苏丹。然后捉拿他就行了……四十八小时的事。"

"哦!"省长说。

上校好像恼了。

"总之,我不瞒您,这事完了我才能舒口气。"省长更友好地说,"他变得太得人心了……羁押期间他可以整天读写给他的信。诉讼结束后,我猜想他将被宣布不承担责任。对了,您知道我的继任人可以说定了吧?"

上校做出合宜的表情。

"萨亚……真不知道什么吸引他来这儿。"

"他是个大猎人。"勃鲁特说,"他每年至少来一次非洲打猎……"

省长看上去十分感兴趣。

"枪法漂亮？"

"噢！享誉世界……二三十年前，他是最著名的职业象牙猎人之一。"

省长的脸明显由阴转晴。他非常亲切地把勃鲁特送到门口。上校从未见过遭谴的人如此容光焕发。他走后，省长来到隔壁的办公室，叫办公室主任过来。

"告诉我……这里还留着几名记者，还是他们都走了？"

"还有两三位。一会儿我们一起用午餐。"

"好。您认识萨亚吗？"

"去年我在您那儿遇见过他。他来打猎……"

"对，我记起来了。那么，是这样，孩子，好像他将接替我。您可以告诉记者，这已不是秘密。您就说这是位大人物，对非洲了如指掌……每年他定期来这儿打猎。您试着引起他们的兴趣。好像他是我们法国猎象最多的人，记录在案的至少有五百头……是的，您可以去了。向他们解释说，占据省长的职位，他比任何人都可以更好地推动旅游狩猎……您明白大概的意思吧？您要说，在他的推动下，我们即将能取代肯尼亚成为狩猎远征旅行国……就这样，我看您明白我的意思了。去吧……"

他回来在办公桌前坐下，思索了一阵，然后笑起来。

*　　　*　　　*

这是最好的时刻。天不热，象群上方的鸟群染上晨曦的颜色。数千只涉禽——秃鹳、大鹳——在沙丘和礁石上围着象群转,鹈鹕几乎没有足够的地方起飞。每天早上,可以看到水面上又多露出一点红土;平常,长着一丛丛野草、芦苇,栖息着成群飞鸟的峭壁,好似稍稍露出湖面的小岛;现在,可以看到悬崖之间高达五米的岩石和土,即使徒步过湖也不会湿鞋。一夜之间,大象的数目又增加了,最后赶到的有时在水里一待就是两天两夜,整日处于虚脱状态。想必这不仅是体力上的衰竭,也是对刚过去的几周的一种神经质的反应。莫雷尔知道,情绪激动的大象恢复平静要比其他动物慢。从肯尼亚到乍得,在大象中间生活过二十五年的哈斯在相关文章中说,他经常看见幼崽被他夺走的母象,在几个小时的狂怒和疯狂的追寻后,骤然间失去全部力气,躺着一动不动,象群的其他成员用头推它,徒劳地努力帮它站起来。他声称曾靠近一头倒下的母象,它的同类懒得再推它,刚刚离开。他抚摸象的长鼻子,它没有任何反应。抚摸象的长鼻子,这是那位杰出的人使用的字眼。这没有阻止他继续夺走幼象,送去关起来。关起来。关起来的大象……莫雷尔觉得血往脸上涌。他紧握卡宾枪,对世上所有的捕兽人满怀深仇大恨。当他终于把一粒子弹射进哈斯的屁股时,他觉得自己没有枉活一场。随后他走近这位荷兰人,让他知道子弹来自何方。男仆们敬而远之地站在金合欢树下。"我读了您关于您的捕获物的文章。"他说,"我心里想:我要给他的版权补充点东西……"哈斯哈哈大笑,随即疼得直咧嘴。他用肘部撑起身子:"请握我的手,如果我不太令您反感的话。"他说。

大象朝左边侧卧着。右侧还沾着因干旱呈粉末状的沙漠红尘;两只鹭在象脚间转来转去。莫雷尔起先以为它死了,但当他钻出芦苇时,无意间发觉它的耳朵抖动了一下,开始有了警觉反应。他看见它的眼睛动了动,停在他身上。他用指头摸了摸尘土:大象连用水冲洗的力气都没有了。水塘里的水不到三十公分,浑浊的水面有几处冒着水泡,周围连续发出噼里啪啦单调的声音,好似连珠炮;淤泥中的鱼摆动尾鳍跃出湖面。他头一次听见鱼在白天游动;它们一般等到夜间才迁徙。他不明白鱼儿希望去哪儿,为何等了那么久。它们这样连蹦带跳地可以游几十公里,但这一次几十公里是不够的。不过他难得看到死鱼。他在一块岩石上坐下,卡宾枪搁在膝头,淤泥和腐烂植物的气味充塞鼻孔,昆虫在眼前上下飞舞。他曾经撞见卡依族村民切割和这头一样孤零零的大象的跟腱。他教训了他们一顿,心想他们不会再这么干了。至于他,他只要站岗就行,因为说到底他是为此而来的……半个钟头后,大象抬起头,有气无力地往身上洒水。莫雷尔冲它挤了挤眼睛。

"这就对了,小伙子。"他说,"千万别绝望。相反,必须做疯子。第一条拖着肚子爬出水面去陆地生活,没有肺却仍然拼命呼吸的爬虫,它也是疯子。尽管如此,这最终创造了人。永远应该尽最大努力去尝试。"

他寻思这只是自己的想法，还是真的讲了出来。他朝尤素夫转过身去：他们在一起已经一年，大概没有什么会令他吃惊了。

"别待在里面，"莫雷尔说，"有鳄鱼。"

少年慢慢走出芦苇丛。

"尤素夫！"

"是，先生。"

"等你当了主子，一定得照管大象……"

"好，先生。"

但他对象群并不感兴趣，连看都不看一眼。莫雷尔甚至觉得他瞧不起它们。然而他是主动参加他的保护非洲动物运动的。斗争刚开始时，有一天他一句话不说走出了森林，从此四处跟着他，手持冲锋枪，如一位黑皮肤的守护天神。有时莫雷尔对尤素夫有各式各样的想法，于是和现在一样仔细打量他，目光快乐而友好。这是一张没有一丝奴性的脸，两眼饱含不可能无视的激情和严肃。他们在一起将近一年，同吃同住。有一次，莫雷尔听见少年说梦话。这是在萨赫勒的一个清朗的夜里。莫雷尔在蓝色的月光下走了几步，在脸贴地、侧卧着的尤素夫身边停下。少年突然嘟哝了几句，莫雷尔因而心中有了数：这短短几秒钟使他了解了争夺非洲灵魂的各种力量，他毫不迟疑地信任其中最优越的力量。此后，只要看见尤素夫，他都会想到押下的赌注有多大——不仅限于他个人的生命。

"你总跟在我后面不烦吗?"

"不,先生。"

"你这是为我好。"

对方露出一丝不安,但很快抑制住。莫雷尔已经张开嘴终于要说出他的揣测,此刻及时打住。说出来毫无用处,没有捷径可走。应当让这年轻人自己经受人生的历练,不管成功还是失败。他信任他,他没有理由失败。莫雷尔冲他笑了笑。

"你担心我出事?"

少年垂下眼帘。唯独凹形鼻孔能证明第一批阿拉伯征服者血统的脸上,流露出一丝内心的斗争。

"我,你走到哪儿,我跟到哪儿。"

比尔·科维斯特说过:在非洲,信任至高无上。瓦伊塔里称此为父道主义。仆人对主子的忠诚……莫雷尔朝大象俯下身,摸了摸一动不动的长鼻子,朝注视他的周围密布皱纹的眼睛微微一笑:

"别担心,我们将战胜他们所有人,"他说,"彻底战胜。白人,黑人,黑白相间的人,黄种人和红种人。我们将战胜他们。淤泥,这是一时的,我们一定会走出去。你将看到,他们终将有肺呼吸。"

三十七

费尔兹裹着米娜给他的被子,在茅屋里度过了第二夜。他睡得不好,肋骨疼得难受;他不得不爬起来去呕吐了两次。第三次醒来是因为有位女性出现在他身边。他霍地坐起来,心慌意乱。但这不过是有着蒙面女子步态的非洲的夜。他坐了好一阵子,努力恢复镇静。对女性的需求来自他内心深处,所以他永远习惯不了孤独。非常疲劳或生病的时候,这成了挥之不去的念头。他坐在黑暗中,吸了一支烟,同时试图说服自己这不过是一种生殖本能,在这个问题上也不应该上当受骗。但他越这样想,越觉得他和孤独打的这场持久战是场无望的斗争。他也怀疑一个女子能否满足如此内在的需求。认为一双胳膊绕着你的肩膀就能使你摆脱困境是可笑的。再说他跟数量可观的女子上过床。不是这回事。这里也有个误会。他笑了笑,在沙子里掐灭烟头:现在需要的,是一条好狗,它不时来把爪子伸给你。

凌晨两点。黑暗中,近处响起大象乱哄哄的吼叫声——他想这些巨兽完全可能走过来推倒茅屋,把他踩扁……他终于又睡着了,但几乎立刻被一阵枪声惊醒——实际上他熟睡了三个钟头。费尔兹听了一会儿,以为又是通常夜间萦回于脑际的那些念头作怪:是登陆后第五天安奇奥①桥头既间断又密集的枪声,还是诺底海滩的扫射声?他对自己的回忆将信将疑。不过他没有做梦。唯一可能的解释是莫雷尔遭到武警部队的袭

---

① 意大利的一个港口。1944年1月22日盟军在此登陆。

击,正在自卫。但这不能解释为什么火力那样猛。他抓起照相机和胶卷包,跑到沙丘上。此时他还剩下一个完整的胶卷和已放进禄来福来反光照相机①里用剩下的半个胶卷。但他不想动用备用卷,他的原则是:不管事态多么紧急,总得保持一个胶卷的安全系数。这样,他在任何情况下都可以保持平和的心境。(费尔兹就怕某个耸人听闻、近乎奇迹、闻所未闻、与正在进行的报道无关的事件即将发生时,他照相机里的胶卷用光了。)失眠和困倦模糊了他的双眼,但他没等明白发生什么事就拍了第一张照片。在清晨好似清醒宁静的空气中,整个风景如同近在眼前。一些趴在地上的人,从覆盖峭壁的各个红土堆、草丛和芦苇丛向大象开枪。子弹从四面八方射向整个湖面,费尔兹看到几乎到处都有一些身影站在峭壁上,不停地用肩抵住枪,阿拉伯头巾上闪烁着阳光,令费尔兹想起战时英国沙漠武警士兵的帽子。大象惊慌的吼叫汇成巨大的喧嚣,愈来愈盖住枪声。一百来头灰色的大象紧紧挤在一起,站在湖中央。猎人们趴在峭壁上,朝它们的脚边投掷炸药棒,爆炸在大象周围激起一个个麦束状水柱。费尔兹朝湖上扫了一眼,发现同样的场面出现在整个湖上,直至北边的沼泽,天空好像突然被世界上所有的鸟遮蔽,而好几群大象集中在尽西边大悬崖下最深的地方,离最近的岩石山顶三百米远。(费尔兹后来说,他

---

① 1929年在德国问世的双镜头反光式卷片照相机。

的第一感觉是一营武装士兵在夜间占领了库鲁湖。)

他拍了半打底片,试图下到水里为七头一动不动的大象拍近景①,这群象在距离峭壁不到五米的自动武器连续不断的射击下慢慢倒下。他听见一粒子弹从他耳边呼啸而过,决定不再带着珍贵的胶卷继续冒险,因为这些胶卷很可能最终葬身湖底。他朝沙丘顶上后撤,努力在混乱中辨识方向,看看可以拍哪些最精彩的照片。费尔兹全身心地投入,不浪费时间琢磨为何这样有步骤地屠杀精疲力竭的大象,只冷静地把它记录在胶片上。(费尔兹后来发表了其中一张照片,说明文字引用了瓦伊塔里给他的解释:"我们当时这样做是为了结束大象的神话。人们用所谓保护大自然运动的烟幕,尽量掩盖我们争取独立的斗争。这是西方传统的计谋:用夸大的字眼、夸大的人道主义原则掩盖丑恶的现实。当时必须挫败这个计谋。今后,这结束了。")费尔兹终于放下照相机,把它挂在胸前朝莫雷尔的茅屋跑去。这时他漏拍了一张独一无二的照片。他跑的时候瞥见一头朝空中竖起巨大象牙的雄壮的大象,冒着几乎顶着枪口射来的子弹,爬到了峭壁一半高的地方;费尔兹正在对镜头的时候,大象用鼻子卷起猎人,和他一起跌入水中。费尔兹只差半秒没拍到这个场面,仅仅因为大象挡住了猎人坠落的身体。尽管四周乱哄哄的,他依然清晰地听见那人的号叫。

---

① 原文为英文。

费尔兹完全估算错了在库鲁湖杀了多少头大象。返回拉密堡后，他提出了两天大约射杀了四百头大象的数字。狩猎巡查处做出报告后，乍得当局通报英国当局并被报纸转载的官方数字是二百七十头被杀，其中二百头带象牙。费尔兹犯错的原因是当时他处于职业性的亢奋状态，另外他是根据库鲁湖中央盆地发生的情况，对整个湖做出总体估算的。他给出的数字，甚至官方公报引用的数字，受到所有巨兽狩猎专家的质疑。使用自动武器也被专业人士认为难以置信。即使承认德·伏里利用象群的衰竭状态，夜间可以在库鲁湖的峭壁上部署他的三十五个人，那么每名射手平均杀七头多大象也超出了可能的范围。一九一〇年记录的在乌班吉最大规模的杀戮，是二十个人杀死了七十头大象，而且当时象群几乎陷在班杜的沼泽里，行动极其缓慢，给猎人留了足够的时间。专家们同样怀疑费尔兹的断言，即在行动的两天里，枪杀开始时得以逃跑的许多大象又回到了湖上。甚至当谢尔舍返回，带来不可辩驳的证据后，数字仍是争论的话题。阿拉伯电台引述欧洲报纸发表的屠杀报告，把它作为反对非洲民族主义运动宣传的一个典型例证。费尔兹起先怀疑谢尔舍的数字，这些数字以提取的象牙数为依据，根本未考虑受了伤离开湖以后死去的大象。数量应该很可观，尤其因为射手与其说依靠枪法的准确，不如说更多依靠的是火力的猛烈。一名好兵的资质不一定是一名好猎手的资质。哈比卜招募的人大多是四月份叛乱的苏丹部队的逃兵,后来经过精心的伪装,分成小组集中留在城市里,以备将来进行独立或联盟公投时派上用场。在他带回来的数百个人中,有些是外籍军团渡苏伊士运河时跳下船的逃兵;其中一些人在喀土穆苦苦等待事态的发展和许诺的军饷。整个行动进行得有如一次军事行动,且不说人人身着军装,许多大象是在冲锋枪的扫射下丧命的,而且有好几头大象的脑袋被炸得血肉横飞。说句实话,就差没用俯冲的飞机、火箭和凝固汽油弹了。

费尔兹在莫雷尔的茅屋里找到了他,发现他和同伴们席地而坐,满脸是血。后来费尔兹听说,枪击一开始,莫雷尔便抓起卡宾枪朝湖跑去,停下片刻从沙丘上射击,接着跳下湖继续开枪,站在没膝深的水里,四处乱窜的大象们中间。第三枪他打中了一个人,再用肩膀抵枪瞄准时,颈背上挨了一枪托,昏了过去。此前不久,福希思和米娜在睡梦中被活捉,但他们没有找到裹着一条被子睡在沙丘尽头、大象们身边的莫雷尔。哈比卜找了一阵没找到,猛然瞥见他出现在象群中,正在射击。除了米娜,他们所有人两手都被绑在身后,两个苏丹人把冲锋枪枪口对准他们。他们当中有个人费尔兹以前从未见过,但马上认了出来。此人有张近乎焦黑的脸,面容既清秀又带着古典式的严峻,显出令人难忘的阳刚之美。(费尔兹看见他的第一个反应是感到自卑。)不过,令他着迷的不是这张脸。费尔兹无法把目光从这位黑恺撒戴的硬舌军帽上移开。这是法国骑兵军官的天蓝色军帽,中间缀有上将的五颗星。但这些星不是金星,是黑色的星。费尔兹目瞪口呆地望着。他曾有机会见到一些最严重的妄想狂病例,眼前这位便是其中之一,既可怕又感人。他本能地抓起照相机,拍了一张照片,一边大叫:"记者,记者……"他坚信这是他有生以来拍的最得意的一张照片。(一年前,费尔兹在纽约遇见刚从阿克拉①回来的黑人作家乔治·佩恩。作家对他说:"非洲有好几位出众的政治家:阿克拉有恩克鲁玛,尼日利亚有阿奇克韦,约鲁巴人有阿沃洛瓦,坦噶尼喀监狱中有肯雅塔②。但在我遇到过的最不寻常的白人或黑人中,还有法属赤道非洲的瓦伊塔里。真要谈论非洲,就一定会提到这个名字。除非在此期间法国人任命他当他们的总理——要是他们脑瓜灵活,就会这样做……")

瓦伊塔里身后站着一个人,他好像至少像品味夹在齿间熄灭了的雪茄一样,津津有味地欣赏这个场面。他头戴海员帽,身着蓝布衬衣和长裤,脚蹬黑白相间的皮鞋,一副厚颜无耻的样子,让人以为与其说置身于非洲腹地和历史上最古老的冲突之中,倒不如说置身于地中海的某个小港,朋友间正在做一笔可观的走私交易。比尔·科维斯特下巴贴着胸脯,坐在茅屋一角,依德里斯的

---

① 加纳首都。
② 恩克鲁玛(1909—1972),加纳独立后的首任总理;阿奇克韦(1904—1996),1963—1966年尼日利亚总统;阿沃洛瓦(1909—1987),尼日利亚民族主义政治家,约鲁巴人领袖;肯雅塔(1891—1978),肯尼亚政治家,第一位肯尼亚总统。

身边。福希思大概奋力反抗过,因为他咯起血来。起先,他见跑来照他腰上就是一脚把他踢醒的人身着军装,还以为他们是苏丹正规武警的一支小分队,与法属赤道非洲当局联系好来抓他们。看到瓦伊塔里和哈比卜后,他才明白出了什么事——即便如此,他也是等到朝湖里射出了第一梭子弹才完全弄清楚真相。他扑向押解他的士兵,被他们整得很惨。尤素夫不在;至于米娜,她的卡其布罩衣被撕破,面部近乎歇斯底里地抖动,哭着在一个苏丹人手里挣扎,此人紧紧抓住她的肩膀,欣喜若狂地龇着牙微笑。费尔兹走进茅屋,迎接他的是齐刷刷转向他的冲锋枪。他艰难地等了一秒钟,然后抓起照相机,同时亮出他的美国记者神圣不可侵犯的身份。(费尔兹对他的命运有不可动摇的想法。他自信有一天肯定死于前列腺癌或肛门癌,因此,即便在他的竞争对手那里,他也享有勇敢的盛名。)此刻他唯一担心的是他的照相机和胶卷,料到会被没收。但恰恰相反,瓦伊塔里看来非常高兴有他在场。他的整个态度显示出几乎不加掩饰的满意和殷勤。费尔兹是个老手,政客们对自己的这种态度,他一看便知其中的奥妙,立刻放下了心。他非常明白乌莱族前议员尤其在美国被人谈论可能会捞到什么好处。不管怎样,瓦伊塔里好像把莫雷尔完全忘到了脑后,彬彬有礼地与费尔兹交谈,努力展现出魅力,这表明他何等重视费尔兹的记者身份。(费尔兹后来说,当时他总觉得在与一位法国知识分子交谈。)

"我希望您写文章时为我们讲句公道话。"他说。(费尔兹注意到,开始他讲话的口气带几分夸张,但这份夸张很快就不见了,让位于一种隐含的强硬,自信的强硬。费尔兹一开始就确信他十分坦诚和自信。他善于用一种难以形容的方式引人注意,那是大煽动家和真正的辩士的诀窍。纯粹从演说家的角度看,费尔兹认为瓦伊塔里不够格——他遇到的政治家,还没有一个与记者讲话时会忘记公众。但他对一个人的智力是很看重的,也许因为他意识到自己十分缺乏,而瓦伊塔里的智力更有堂堂仪表作依托,这仪表既令费尔兹气恼,又使他有些嫉妒。)

"您在这儿可以让我消除一个误会。我不知如何对您说,独立的捍卫者们对殖民主义报刊的企图多么生气,多么愤慨,它竭力掩盖我们斗争的真正目的——争取非洲自由——而用莫雷尔尤其负责传播的那种可耻、可笑又侮辱人的说法取而代之。我们清楚谁付钱给他,为什么他那么长时间得以逃脱当局的追捕。他的运动是试图掩盖我们民族愿望的烟幕。我们义愤填膺,感到受到侮辱,尤其因为我们讨厌再当世界的动物园,看腻了摩天大厦和汽车的西方人的休闲放松之地。他们来此重新沐浴在原生态中,为我们的赤身裸体和我们的兽群而动容。我们受够了,再也不能忍受下去了——我请您强调这一点——我们要使非洲脱离未开化状态,我可以向您发誓,在我们眼中,工厂的烟囱比你们悠闲的游客如此欣赏的长颈鹿的脖子要美一千倍。我们在这儿是为了消除这个误会。也为了——请注意,这是次要的——弄一批象牙,尽量多的象牙,出售的钱,我们将用来添置武器——我们的武器总不够。从个人角度讲,我对打猎从来不感兴趣。我甚至希望民众忘记我们曾经是一个狩猎民族。这又是一根连接原始时期,连接古老时代的纽带,但我们将不惜一切代价切断它。我们人在这儿,证明了我们不受雇于任何人。有人曾建议我接受开罗的援助,我拒绝了。但武器贩子不会白给武器,必须付钱。你们的公众舆论对大象表示怜悯,却不关心或看不到非洲各国人民的命运。我打算唤起他们的注意,并指望您有职业良心说出我们运动的真相。如果我们必须牺牲非洲所有的大象来实现我们的目标,我们将毫不迟疑地下手……"

费尔兹在巴黎生活了几年,但他从未听到任何人如此自如地用法语即席讲话。他寻思瓦伊塔里在其宣传旅行中,用哪国语言对法属赤道非洲的部落讲话。(此后他努力打听。瓦伊塔里只熟练掌握乌莱族方言,根本不会讲本地其他二十七种方言。一九四五年以来开展了在部落教授法语、逐步取消土著方言的运动,他是该运动最坚持不懈的成员之一。理由不难猜测。巫师和部落首领正是在语言屏障的保护下维持他们的权力的。对瓦伊塔里而言,使用法语是解放、统一和宣传的主要武器,反对传统的唯一方式。乌莱族方言里不包含民族、祖国、政治、工人、劳动者、无产阶级等字眼,民族自决权在其中变成了乌莱人对敌人的胜利。瓦伊塔里成为使用法语的坚定捍卫者,这表面看来不合情理,其实很容易解释。)

瓦伊塔里讲话的时候,湖上枪声持续不断,为他的话做了实证。费尔兹和他的许多同胞一样,不特别擅长做哲理思考,尤其加入美国籍以来,他不喜欢抽象思维。与追求的伟大目标相比,他对运用的方法,可以触摸、可以拍照的东西更加敏感——这些东西在湖上是不会少的。当黑人辩士在他面前,用颤抖的声音描述工业化、电气化、摆脱了荆棘丛和原始传统的未来非洲的形象时,费尔兹听到的尤其是外面的枪声,忍不住试着在心里估算被杀大象的数目。(在激动情绪的影响下,他夸大了数目。)他又为莫雷尔、福希思、比尔·科维斯特和依德里斯各拍了一张照片。在密不透风的芦苇的昏暗中,他们盘腿而坐,两手反绑在背后——在战败者的这种姿态中有种难以形容的永恒的东西。在他们身边,米娜罩衣撕破了,无声地哭泣着,偶尔用手抹抹脸蛋。后来费尔兹坐在他喜欢与同胞会面的巴黎一家小咖啡馆里说:"我唯一还相信的革命是生理学革命。有一天人将变成一件还不错的东西,进步将越来越躲进生理学实验室中。"在他们中间,莫雷尔最冷静,既不惊讶,也不气愤。显然他历尽了人世沧桑,心里有数,什么都不会使他气馁。这是一个不会绝望的人。后来费尔兹颇为恼怒地问他,整个屠杀大象期间他在想什么,他平心静气,带着一丝嘲讽回答:

"想尤素夫。这取决于他。他应该明白……他将做出抉择。"

（费尔兹来来往往的时候，好几次看见少年待在自己照料的马匹旁。他盘腿坐在沙地上。他的武器可能藏了起来，或者说不定他被缴了械，但想必因为他年轻，哈比卜的人放了他。记者对他讲了几句话，少年抬眼望他——也许视而不见——没有回答。这张通常戴着无动于衷的假面具的脸上，费尔兹无意间发觉的那种特别的痛苦表情令他十分诧异。嘴唇抖动，两眼闪着痛楚的光，肌肉松弛，透露出苦恼、迟疑和记者徒劳地力图辨明理由的内心冲突。他慢慢垂下头，没有反应，不回答费尔兹跟他打的友好的招呼。）

瓦伊塔里发表演说的当儿——很难用别的词语形容他那充满激情的长篇大论——莫雷尔仅有一次放下了表面的漠然态度。当乌莱族前议员生气地冲他大叫下面的话时，他笑了笑，做了个赞同的手势：

"当然，人们指责我是共产党的同路人。这样说更方便。但在人类所有的自由中，最珍贵的是祖国的独立……说这话的不是共产党，而是法国一位极右派作家夏尔·莫拉斯①。"

在这场较量中，唯一带给费尔兹些许安慰的是那个

---

① 夏尔·莫拉斯(1868—1952)，法国作家，政治理论家，法兰西学院院士。他主张取消共和制和议会制，重建君主政体。

戴领航员帽的人,此人的雪茄竖在明显染过的乌黑发亮的胡子中间,有些猥亵的意味。他似乎津津有味地看着眼前的场面,带着极大的乐趣,明显的兴高采烈,偶尔无声地笑笑。福希思带着厚颜无耻的微笑听着,他好像合乎时宜地找回了这样微笑的秘诀。只有比尔·科维斯特试图插话,好几次朝瓦伊塔里投去不耐烦的目光;终于,他带着斯堪的纳维亚的拖腔,气得声音时断时续地打断了瓦伊塔里的话:

"与您给非洲的建议相比,修建刚果—大西洋铁路时死掉数万名黑人简直是小巫见大巫……您即将成为非洲最残忍的殖民者之一,与她最格格不入的人之一。这与您皮肤的颜色毫不相干,您是典型的西方产物,是我们最好的产物之一。黑人见识过贩奴者、吃人肉习俗、殖民化和茅茅运动,但当你们成为非洲新暴君的时候,他们的遭遇与之相比就算不了什么了——我的心为幸存者而揪紧……"

瓦伊塔里微微一笑,他的嗓音几乎带上些许恳切。

"比尔·科维斯特,可惜非洲几乎没有像您这样的白人了,不然我们的任务会容易些。对我们最危险的是试图建设些什么的欧洲人,而不是满足于诚实天真和白亚麻布衣服的人……您跟不上时代了,甚至在欧洲,想说服您也于事无补。您代表过去,不再举足轻重。莫雷尔那令人叫绝的厌世,他对人的双手的厌恶——因为在他看来手不够干净——是典型的资产阶级神经病,我们若想治疗这种病,那是发疯:我早就不像我们的巫师那样,把精神疾病看作超自然不祥力量存在的体现……我们的朋友福希思到这儿来有他自己的理由……依德里斯捍卫非洲最落后的过去,野生动物群自由自在的过去:狮子、豹、大象、水牛,一直到天边……这位年轻女子,我对她怀着最深厚的友情,她在这儿是因为讨厌男人,曾经不得已与一条狗相伴……你们都是一个失衡社会的典型产物。我不是跟您讲话,而是跟美国公众舆论的一名代表讲话……至于您,比尔·科维斯特,再说一次,我很喜欢您,因为您逗我开心,我了解折磨您的那个秘密的梦……我是白人神甫的门徒。请允许我告诉您,人间天堂的时代一去不复返了。黑种人为他们的迷信,他们对神奇的需要吃了太多的苦头,所以你们来这儿兜售你们的迷信和需要是不受欢迎的。您和法格神甫以及此地几位有名的传教士一样,仍梦见神秘的牧羊人——夜里,您寻找伯利恒①之星;每次有位女子骑驴经过沙漠,您就琢磨她的面纱下是否藏着她怀里的一个新生儿。此后,当您面对机器、无产阶级及其生活条件的严酷现实时,您气得发疯,和您朋友圣德尼一样逃到富于魔力的非洲的腹地,宗教仪式和巫师的非洲的腹地避难,或者使您幻想圣经时代的象群中间避难,这不足为怪。您绝不会原谅这片被遗

---

① 巴勒斯坦城市,相传为耶稣诞生地。据《圣经》记载,耶稣诞生那天夜里,几位博士声称在东方观察到基督的星,接着奉大希律王之命,循着这颗星寻找,终于在伯利恒找到婴儿基督。

弃土地上的年轻人不让您做鸦片梦……可是您知道代价吗,老头儿?代价是无知、麻风病、雅司病、象皮病、丝虫病——神奇的一部分——是儿童的大量死亡和一亿人长期的营养不良。这就是我们的人民为你们散心的需要,为你们如此看重的这些象群付出的代价。我们将高兴地看着它们完全消失。不会有挪亚方舟的。比尔·科维斯特,我劝您回到您亲爱的哥本哈根自然历史博物馆去……您将是馆中完全合格的一个标本。"

他朝费尔兹转过身去。

"我一会儿见您。我一定要在此刻正关注非洲的世界公众舆论面前消除误会。我要求您给我适当的帮助——忠于您的职守。"

他的声音里毫无厚颜无耻的味道,反倒带有庄重和激动的特质。费尔兹没有感到窘迫。对此他有丰富的职业经验。这位黑人与其他所有革命辩士没有什么不同,他们把自由、公正、进步等字眼写在旗帜上,同时把几百万人投入劳改营活活累死。这怨不得他:活儿太繁重。经过世世代代的缓慢积累,又一直往后拖延,最后它变得巨大无比。是的,费尔兹熟悉这一切。关键是拍出好照片,其余一概不管。他又给瓦伊塔里拍了一张,但胶卷必须省着用,他开始为没有足够的胶卷惶惶不安。西翁维尔前议员走出茅屋后,戴领航员帽的人走近莫雷尔,从兜里掏出一包烟丝,给他卷了一支烟,放进他嘴里,点上火。莫雷尔听任他做,吸了一口烟,看上去对此人有几分好感,也许因为他是个受雇佣的十足的痞子,毫无头脑,或怀有自私的动机。两名戴着黄帽、脸上油光闪亮的士兵把冲锋枪对准俘房,与其说是威胁,不如说是出于不安,这使他们变得更加危险。费尔兹为自己的特殊地位感到不自在,琢磨是否跟瓦伊塔里说说,给莫雷尔及其伙伴们松绑。那个戴领航员帽的人——费尔兹后来听说他名叫哈比卜,是名冒险家——把一只手友好地搭在莫雷尔的肩上。

"我担心,朋友,这对你不是个好日子。"他带着几分柔和的口气对莫雷尔说,"我不知道你有没有听说,三天前,保护非洲动物会议延期了,没有对你的大象做出任何决定……现行的狩猎法稍微做了些修改,但基本上什么也没变……"

他把熄灭的雪茄重新点燃。这个消息好像比库鲁湖上发生的事更令莫雷尔不安。他两颊深凹,垂下了头。费尔兹感到,这个被多少人视为狂人和疯子的莫雷尔,曾经多么指望他反对和挑战的那些人通情达理,慷慨大度。(后来,费尔兹有机会与布卡武会议的几位代表交谈,其中一位对事情做了这样的阐述:"我们的任务是重新审查非洲动物保护法,尤其是对那些受灭绝威胁品种的保护。我们没有被要求对大规模狩猎的精神层面、高尚或可耻表明态度,也没有被要求关心莫雷尔和他的癖好。在某些地区,非洲大象的数目的确在下降,但这与森林的缩小和耕地的扩大同时并进。一般来讲,就非洲整体而言,说大象正在灭绝是完全错误的。大象正在减少——这不是一码事。修改法律以保护必保品种必不可少的动物头数,这总是来得及的。目前,大象的数量足以构成对庄稼的严重威胁。这些庞然大物需要无限的开阔地,必须大大削减它们数量的时刻必将来临。这时刻还没到。但它会到的。请设想一下巨大的象群在譬如比利时这样的工业化国家横冲直撞,那将是什么样的情景。要除掉印度的神牛,天知道尼赫鲁会花多少力气。我们总不会仅仅因为一个狂人,就认为非洲大象碰不得吧……")莫雷尔的同伴们看上去十分沮丧,除了福希思。后来他对费尔兹说,他从未对布卡武会议抱很大幻想。(福希思又厚脸皮地放了一个马后炮,一再带着看破红尘的微笑对费尔兹说:"这对我无所谓。随它去吧。我只想回家。安安静静待在家里,其实是不理睬所有人的最佳方式。"但这只持续了几个小时,似乎很快他又一脸怒气——这是健康的征兆。)哈比卜兴致勃勃地观察莫雷尔的反应,好像在计算得了多少分。但说不定他只对他的雪茄感兴趣。莫雷尔猛然抬眼盯着福希思。

"乔尼,那个在悬崖上的家伙……我开枪打的第一个……你知道我打中他了吗?"

"我见他掉进了湖里,再也没起来。而且大象从他身上踏了过去。"

"好。"

他对哈比卜说:

"我一开始就肯定这是您朋友德·伏里的主意。只有他对本地区相当熟悉,可以策划这个行动……我预先通知过他,也通知过您。我告诉他,如果再在象群周围抓住他,就要他的命。我打中他了。"

哈比卜一时张皇失措,脸色灰白,牙齿使劲咬住雪茄。随后,他的脸舒展开来,又露出了嘲弄的微笑。他摇摇头,用粗大的手指夹住雪茄。

"如果我没理解错,他最终还是从我手指缝中溜走了。"他几乎快活地说,"我把他留住了两三次,但这必然会发生。真主啊!我必须再挑一名难友了……"

他把雪茄头吐到地上,好像有些心事。接着,他粗声大嗓地笑起来,不像是装的。

"嘿!这不至于影响我航海!"

后来,当费尔兹得知哈比卜和他的年轻被保护人之间关系的性质时,对这个腿肚粗壮的恶棍的气量和沉稳不禁十分佩服,他第一眼没有看出此人有多大出息。

[几年后,费尔兹在他下榻的伊斯坦布尔希尔顿饭店的酒吧里又见到了哈比卜。他正对着一杯马提尼酒赌气时,听到一阵爽朗的笑声,一只大爪子突然按住他的肩膀。这是哈比卜,新染了胡子,身着一套中美某国远洋商船船长的制服,十分潇洒——"一船橙子,先生,您信吗?这次真的是橙子,我对您发誓!"费尔兹是在土希关系紧张时来到伊斯坦布尔的;人们预料会有大事发生,哈比卜给他提供了一些有趣的细枝末节。(英国军舰对塞浦路

斯的封锁没有妨碍武器走私。)他看上去消息非常灵通。随后他们又谈起莫雷尔事件和他们在库鲁湖的相遇。"您记得您转向莫雷尔,问他能否为他做些事的那一刻吗?您让我笑死了。为什么?因为您已经救了他的命,所以我觉得您的问题实在逗乐。当然,我可以向您解释理由:瓦伊塔里的三个年轻弟子,马君巴、恩多洛和……第三个,我忘记他的名字了,他非常英俊——哎,他们决定把他当作叛徒处决他。他们甚至在喀土穆组成一个类似三人法庭的东西,到达库鲁湖前进行了审理,定他为叛徒。似乎莫雷尔讨伐西翁维尔时欺骗了他们,只字未提当初求他们支持时的思想动机。他没有谈非洲的独立。他在他的宣言里说——您记得他在地方报纸登载了那篇宣言——他说他的行动毫无政治性,他们气疯了,因为他们正是为了政治才来的。他们抵达喀土穆时怒不可遏,庄严地审判了他并处以死刑。他们一到库鲁湖,就坚持要瓦伊塔里允许他们执行判决。没有您在场,莫雷尔会像耗子一样被捉住——但瓦伊塔里轻而易举地向他们解释:有位名记者在场,这绝不可能。您记得他急匆匆地走出了窝棚吗?他是去严厉管教那三个小家伙……而您,您问莫雷尔能为他做什么……这太逗了。啊!我应该说那真是好时光。不幸的是,像莫雷尔这样给您机会享受点乐趣的人,不是每天都能遇到……可惜啊!开心的机会没那么多……"他剔着牙,沉默片刻。"总之,这就是人生,真主啊!"他带着一丝遗憾最后说。]

费尔兹在茅屋里又待了一会儿。屋里谁也不开口,都在努力找一些鼓劲的话说。他能想出来的,只是针对美国公众舆论反应的几句含糊其词、没有说服力的评语:"美国公众舆论很关心这件事,即将要求保护大象",这话引来福希思嘲弄的目光。莫雷尔根本没有注意他。米娜深深叹了口气,擦了擦眼睛。

"需要多久,咱们就坚持多久。"比尔·科维斯特说。

莫雷尔只问道:

"拿什么武器?"

他转向费尔兹。

"您刚才问我能为我们做什么。您可以试着说服瓦伊塔里给我们留下武器弹药。不管怎样,既然他感兴趣的只是人们谈论非洲的暴动,我看不出为什么他会拒绝……"

费尔兹突然明白,自从莫雷尔得知布卡武会议失败后,他一刻也没有停止制订未来斗争的计划。可以试着为他做些事,记者感到欣慰,答应立即去做。他走出茅屋,下定决心要使莫雷尔获得武器和弹药,哪怕为此滥用其记者身份,夜间把武器弹药偷走。他在沙丘稍下方看见瓦伊塔里正与两名好像不高兴的黑人青年激烈地争辩着,第三名待在一边,神情慌乱而尴尬。瓦伊塔里的声音带着愤怒的语气。费尔兹走近时,争辩戛然而止,两个年轻人不客气地望着他。记者的要求好像令瓦伊塔里惊讶和不悦,但思考片刻后,他答应满足他。随后,尽管他一心想知道他的话和事态对费尔兹产生了什么影响,却显出对莫雷尔完全不感兴趣的样子。费尔兹感到他成为乌莱族前议员手中的一件宝物,因而相当审慎,只说他还来不及思考这一切;接着他去拍了几张湖的照片,枪声更加稀疏,但射击仍在湖的外弯和芦苇中继续。他试图弄清楚瓦伊塔里招募的是哪一类人。他发现他们几乎全是南部苏丹人,似乎都有些英文基础,隐约带着军人的口气称他为先生①。对他的所有问题,他们咧开嘴露齿微笑,但一概拒绝回答。他颇为吃惊地发现他们当中有四名白人:两名德国人、一名波罗的海国家的人和一名斯洛伐克人,都是外籍军团的逃兵。这些人对站在谁一边的问题早已漠不关心,只要他们的职业性服役得到优厚的报酬就行——看来在军团并非如此——除了合同期外,这是他们指责军团的事情之一。他们当时正在进餐,听任别人拍照,好像切断了一切促使他们愿意匿名的纽带。他们抱怨苏丹人"像服兵役的人那样"射击,在一头金发、身体结实的斯洛伐克人嘴里,这好像是最狠的骂人话;他们认为,由于大象一开始没有反应,跟经过良好训练的射手一起,他们本可以每人平均杀死七到十头大象。当费尔兹想知道他们来喀土穆做什么的时候,他们的嘴严多了;德国人最终只说他们在"等",他们在这儿"听吩咐"……费尔兹注意到整个讨伐队具有军事组织的建

---

① 原文为英文。

制,配有一名炊事员,自带食品。他听见他们表示的唯一担心,是返回路上被苏丹警察拦截,尽管这些警察"还有更重要的事情要做"。

天气极为炎热,来自四面八方的秃鹫围着湖旋转。费尔兹同样吃惊地看到,不知从哪儿跑来的一大群黑人,正在水里用刀子割肉吃。

他努力计算这第一天有多少头大象被杀,但他每次算的都不一样。他对这个数字尤感兴趣,因为他试图估算——至少粗略估算——瓦伊塔里从讨伐中可以指望有多大收益,即相当于多少武器。到了第一天结束,他暂时得到以下的数字:一百五十头大象被杀,其中八十四头带象牙;按平均每对象牙四十磅计,最多可达三千五百埃及镑;一挺汤姆森冲锋枪当时在中东值五十镑;一箱二十四枚手榴弹值一百镑,一把短刀,根据质地值十到十五镑;一支贝雷塔枪,二十镑;这些数字随市场动向和政治局势经常有五成的波动率。外籍军团的一名逃兵以每月五十镑的报酬应征。费尔兹估计,瓦伊塔里出征带来的收益,可以在三个月内装备和供养二十来名志愿兵。这自然与他的雄心有很大距离,也不足以扰乱非洲最宁静、管理最佳的一块领土的秩序。但对瓦伊塔里来说,尤为重要的想必是结束大象的神话,在世人面前以非洲暴动真正的领袖自居。最后,费尔兹颇为突兀地向未来非洲的领袖提出了这个问题。对方平静地点点头,表示他当然进行过思考。

"我没有任何希望搅乱当前的事态,更不必说鼓动部落造反:唉!这些部落远远没有准备好跟我这样干,因为他们的酋长、他们的王和巫师把他们维持在原始状态,还有一心想保存习俗的当局的热心相助,不是吗?目前,我仅限于关心局部的结果。必须让人知道,运动即使没有扩展到群众中去,至少已在善于表达见解的精英中开展。至于其他,我直率地告诉您,我尤其必须引起外部的、完全准备好倾听我们的公众舆论的关注。必须打破大象的神话。讲大话的时代已经过去。我努力让人听到我的声音,尽管有种种阴谋试图压低它。其余的随后会来的。而且……肯雅塔在狱中,恩克鲁玛出狱掌了权……这次殖民地人民会议还不知道何时在万隆举行,会议组织者认为没有必要邀请我,这不足为怪。监狱如今是政府各部的候见厅。要做我想做的事,二十个人绰绰有余……"

费尔兹示意他明白,但面对这样的坦率,他显得很不自在,甚至有点生气,尽管他从业以来不大有表露感情的习惯。瓦伊塔里的脸上流露出近乎痛苦的表情,费尔兹头一次感到终于快要触到问题的核心了。

"我的话大概叫您反感,"他几乎伤感地说,"也许您以为我想当马基雅维利[①]式的黑人,但请试试做一个完

---

① 马基雅维利(1469—1527),意大利政治家、外交家和历史学家,主张不择手段建立统一和强大的君主国。马基雅维利式的人指善用权谋、不择手段的人。

全开化的黑人,而且——干吗不直说呢?——意识到自己内在的力量和能力,在一个仍处于这种状态的国家……"

他朝二十米开外水中一头大象的尸骨伸出胳膊,两名一丝不挂的黑人坐在大象破开的血淋淋的腹部,大口大口地咬着内脏……

"是的,您可以抓起您的照相机……可对于我们,这是每日见到的景象……"

他指着这个方向待了片刻,然后庄重地背过身去走开了,最后脸上流露的忧伤使这份庄重更加感人。

稍后,瓦伊塔里又回到这个主题。哈比卜命令手下停止射击,以便让象群度过平静的一夜后再回来。费尔兹坐在水边的沙子上,疲惫至极,为减轻肋骨疼不敢深呼吸。他的体格挺弱,天生不能吃苦耐劳。他从事记者职业,有时表现出田径运动员的耐力,但这仅仅在精神亢奋的状态下才会出现,那是他抓住一个好题材时所处的某种第二状态。正是依靠这个神秘的力量之源,他才能夜以继日地战斗;平时他可完全没有这种力量,他住在多菲娜广场,爬五层楼回家都累得气喘吁吁。他带着照相机和最怕分开的胶卷包,整天往沙丘和水里跑。胶卷只剩下半个,他突然感到神经即将崩溃,快要支持不住了。这是他最需要酒精和又一盒香烟的时刻,也是他感到需要身边有位女性的时刻。(而且她必须漂亮。)此时天气很凉,几乎带有寒意,酷热后气温的骤然变化令他头昏眼花。于是他低头坐在暮色中的沙子上。每每抬眼望天,天空变了颜色,由淡蓝转为黄紫,最后融入昏暗中,令他想起墨西哥湾和他的小船周围磷光闪闪、乳白色的海水浮游生物。他漫不经心地试着回想自己乘一条小船到墨西哥湾中间去干什么,记起来他去是为一家生态杂志拍一套海洋生物的彩色照片。这家杂志坚持不懈地出版有关大地、天空、海洋、动物和人的特刊,据说有一天会出一期辅之以彩照的关于上帝的特刊。黑夜里充满受了伤奄奄一息的大象的吼叫,费尔兹尽量不去听。天黑前他最后拍的是一堆象牙的照片,那是村民们一枚枚地一直搬到停在七公里外小道上的卡车里的。牙根依然滴着血。总之,与世界上其他屠宰场里发生的事没有多大区别。也许由于十分疲劳的缘故,费尔兹的思想转向了被他形容为无用的方向。他最早的童年回忆之一是妈妈的微笑,恰好是令孩子着迷的满嘴金牙亮闪闪的微笑。每当情绪消沉之际,随这个回忆而来的是纳粹从毒气室和焚烧炉受害者那里回收的一堆牙冠和金牙的回忆。当年的报纸登过这堆东西的照片,他几个小时地盯着这些照片看,试图从中寻找母亲的微笑。

他正这么想着的时候,看见一个身影在蓝色的月光下朝他走来。来人是瓦伊塔里。他们交谈了几句。费尔兹提到,从湖那边传来各式各样的叫声和嘈杂声,种类多得异乎寻常,尤其来自干涸沼泽那边几乎持续不断的沉闷的噼啪声。瓦伊塔里告诉他,这是试图离开干涸地点朝水边游的鱼弄出的响声。有时鱼离泉眼数十公里远，仍不停地靠尾鳍蹦跳着。

"多么神奇的土地啊！"费尔兹说。

瓦伊塔里沉默了片刻。

"是的。不过是结束这一切，结束史前期的时候了……当我见到我们寥寥可数的公路旁的这些象群，唯独把你们的游客吸引来的象群的时候，您知道我的感受吗？羞耻。羞耻，因为我知道，这美丽与我们黑人的光屁股，与梅毒、林中生活、迷信和极端的愚昧共生并存。在大自然中生活的每头狮子、每头犀牛、每头大象，意味着还要等待，还要忍受未开化状态和原始状态，以及白人技术人员高人一等的微笑。他们拍着您的肩膀对您说：'您看见了，老兄，你们还离不开我们……'我们愿意成为一个前进的大陆，而不是蜷缩在驱邪消灾的护身符的蒙昧里，与史前大象和刚刚吞食我们村里儿童的狮子同处一个时代的大陆。对我们来说，热带丛林是我们必须灭掉的一条寄生虫。杀死这些您称作健美的动物，我是无所顾忌的，它们太让我们想起我们一直是什么样的人。非洲庆祝其最后一批大兽群消失的那一天，对她将是一个重大的日子。我们将在笼子里保留几个样品，让我们的孙辈们知道什么是过去，能够骄傲地判断走过了怎样的路。必须不再把我们视为这样一个角落：比别处更晚忘记奇闻怪事，居民只消有一根香蕉、一个性器官和一颗椰子就感到幸福……我在法国，在世界上最文明的国家受过教育,在法国议会当过多年议员……您能设想我在这儿有多孤独吗?"

他声音发颤,朝明亮的星空做了个手势。

"我和其他一些人有多孤独吗?非洲要对自己的命运有所觉悟,得等她不再是世界的动物园……等人们来这儿不是看头顶托盘的黑女人,而是看我们的城市和最终只为我们的利益而开发的自然资源。只要还在谈'我们无限的空间',我们由'猎人、农夫和战士'组成的国民,我们就将永远听任你们摆布——或者更糟,让某个人牵着鼻子走。野牛和水牛绝迹后,美洲走出了混沌状态;只要狼在俄罗斯大草原上追逐雪橇,农奴便龌龊无知得要死。非洲不再有狮子、大象之日,人民将掌握自己的命运。对我们的青年,我们屈指可数的精英来说,自由自在的大兽群让人看到我们多么落后,必须奋起直追……我们准备努力赶上,不仅以大象,还以我们的生命作代价……"

费尔兹尽管疲乏无力,左肋隐隐作痛,脑袋昏昏沉沉,仍然十分清楚地意识到西翁维尔前议员怀着多么大的热情试图说服他。人们经常这样力图说服他,但从未如此热忱,如此隐含着热切,嗓音从未因阳刚之美如此撼动人心。另外,有个误会令他不自在,他试图打消它:

"您知道,"他说,"我是摄影记者,一辈子从未发表过任何东西——我的意思是任何文章……我让我的照相机讲话。我非常理解您的动机,但我绝不可能像您那样清楚明白地加以阐述……"

他迟疑了一下……

"这需要专业人士。"

瓦伊塔里闷声不响。等他开口讲话时,声音里有股快要生气的怀疑腔调。

"您的意思是您只发表被杀大象的照片,不做任何……解释?"

"我的职业不是写……"

"那么您的报道完全带有倾向性。照片只呈现事情的细枝末节……我可以毁掉照片,您知道。"

"我知道。"

"听我说,我需要美国人听到我的声音。你们有世界上最开化的黑人。同化程度最高。"

他把同化当作一种恭维。费尔兹心想他还从未见过比这个法国人更令人吃惊的法国人。

"您甚至料想不到人家如何串通一气闭口不提我……阿拉伯电台和报纸在无话可说时才谈论我。您身为记者有义务帮助我,让人听到我的声音……"

"给我一份书面声明,然后我尽力而为。我毫无才华。我会用眼睛看,仅此而已。需要出众的才华……"

他想说"解释这一切"。但他闭了嘴。

"您动身前我将给您一切必要的资料……您愿意陪我去喀土穆吗?这样,您可以通过第一个航班把您的报道寄出去。"

"不，我想跟莫雷尔待在一起。"

"出于同情？我猜想，您对他的兴趣比对非洲人民命运的兴趣大得多……您大概想这是一个更符合您的读者们麻木口味的题材……"

"不是这样。"

"我看不出其他理由。"

"我呢，我看不出去喀土穆拍什么。我还剩大半卷胶卷……我想……"

他唐突地说，仿佛想说服自己。

"我想了解莫雷尔事件。"

瓦伊塔里似乎被逗乐了。

"那好，您不用等多久了……没有我，他走不远。"

"正是这样。我希望到时候在现场。"

瓦伊塔里站起身。在明亮的夜里——他的肩膀挡住了星星——依然坐着的艾伯·费尔兹觉得他的身材几乎如巨人般高大。

"费尔兹先生，您是一位冷酷无情的专业人士。"

"一位专业人士，对。"

"明早我将给您我的履历、一篇声明和关于我的所有资料。别忘了，对像你们这样力图在非洲摆脱自身黑人情结的国家，这里有个非常宝贵的题材……"

他迈着灵活的步子——也许这是他剩下的最带非洲特点的东西——走开了。费尔兹想，就连他最后一句话也是真正法国人说的话：在他记者同事的嘴里，在被美国报界某些反法国殖民主义的宣传惹恼了的法国人嘴里,这话他听见过上千次。他猛然想到,也许与其说瓦伊塔里是个非洲的民族主义者,不如说他是法国人分裂的一个新例证。就连次日瓦伊塔里交给他的履历表,包括对其目的的阐述以及他的行动的意义,也完全是法国式的:就读的中学、自豪地提及的奖学金、法学博士学位、发表的文章、加入过的政治团体和政党、接二连三的辞职、议会的各委员会——一应俱全。美国没有一名黑人在自己国家能有同样的逐级晋升,也不可能标榜如此程度的融入。瓦伊塔里是法国的一件杰作,这件杰作的唯一缺点是过于成功,鹤立鸡群:他的野心与他的孤独十分相称。在乌莱地区和整个法属赤道非洲,没有一个职位能满足如此雄心壮志的需要:所受的教育使瓦伊塔里注定成为顶尖人物。费尔兹再次想起他的朋友,黑人作家乔治·佩恩从阿克拉返回后对他讲的关于瓦伊塔里的话:真正谈论非洲,不会不听到这个名字。除非法国人脑瓜灵活,在此期间让他担任他们的总理。(费尔兹没有食言,尽其所能地散发了瓦伊塔里的声明和阐述,但效果相当有限。美国舆论对福希思和莫雷尔大感兴趣,拒绝看到他们行动后面的政治动机。美国公众和通常一样,对打动他们的东西反应强烈,至于意识形态上有什么考虑,这方面的反应就差多了。费尔兹关于库鲁湖的报道,被杀大象的照片——以前关于旱灾和象群受苦受难的照片更衬托出大象被屠杀的惨状——与必要时可以为这样的讨伐辩解的政治动机相比，更直接地引起了人们的共鸣。利用动物的报道激起公众的同情和即时的关注，这是报馆经理们的一个人所共知的特点，缺少新闻时他们肯定把宝押在这上面。费尔兹喜欢就此引述以下的逸闻：战前他在一家发行量很大的杂志上发表了一篇摄影报道，拍的是一些仰卧的巨龟，等着被活活扔进沸水桶加工成罐头羹。报道发表后，该杂志的发行量增加了百分之五。费尔兹一直不知道他的报道对罐头龟的销售有何影响。他推测销量和以前相比没有变化。）

三十八

费尔兹在库鲁湖期间，一直竭力劝说瓦伊塔里改善对莫雷尔及其伙伴们的待遇。从一开始他便强烈抗议对他们施以酷刑，他的激动和愤慨如此真诚，以至瓦伊塔里带着几分轻蔑向他指出，美国人太倾向于把一切不舒适称为酷刑。

"你们的俘虏从朝鲜归国后，他们所说的共产党的酷刑，不过是数百年来亚洲广大人民群众的生活条件，他们不过分享了几个月……"

"也许是吧，"艾伯·费尔兹说，"但问题在于你们是想赢得美国公众的同情呢，还是对他们的反应无所谓……当前，这些公众不了解你们，却醉心于莫雷尔的冒险。可你们在做什么？首先以自由和民族自决权的名义屠杀大象，其理由对美国报纸的读者而言，就算理论性和思想性有点太强吧。至于莫雷尔，报界不论对错把他奉为几乎带有传奇色彩的人民英雄，您却在这酷暑难当的时候，把他和他的伙伴五花大绑看押了二十四小时……我对您说这话，是因为您看上去真心实意想打动美国的公众舆论。我知道这很傻，但在我们国家，人们对意识形态中所有涉及感性的东西反应要大得多……我呢，我的职业是看见什么就如实地说什么。我是摄影师。"

瓦伊塔里几乎带着怒气，不耐烦地打断他。

"我以为我最好马上向您提一两个问题。"

"提吧。"

"您支不支持非洲人民的自由？您反不反对殖民主义？您是这儿唯一的记者，带有倾向性地反映我们的所作所为对您来说太容易了。"

艾伯·费尔兹的鼻子开始发出气恼的呸呸声。

"听我说，先生。"他稍稍提高嗓门说道，"我当然反对殖民主义。我支持所有人的自由。甚至法国人的自由，我并不特别喜欢法国人……和任何人。不过，四分之一世纪以来，我为大写的历史拍照，不管怎样，这最终使人对大象生出一种奇怪的同情心……世界上数百万人对莫雷尔的同情，似乎大大出乎您的预料，我想我这话没说错……您应该考虑这一点，这才是上策……"

"您真是西方的代言人，先生。"瓦伊塔里说。

一副揶揄的腔调；但费尔兹习惯了法国的知识分子。

"我不清楚。我不清楚比方苏联公众在多大程度上了解莫雷尔的冒险。如果知道,我觉得,一名俄国工人每天八小时辛辛苦苦地拧螺栓,其余时间听人发表必须更多、更快、更热情地拧螺栓的演说,我相信这名苏联工人会非常同情莫雷尔和他试图拯救的东西……"

谈话在一间被瓦伊塔里改造成司令部的茅屋里进行。他坐在一个权充桌子的弹药箱前,手下压着一张摊开的地区图,旁边搁着一盒烟、一个打火机和他的天蓝色黑五星军帽。一名戴黄帽的苏丹人站在茅屋前。在乌莱族前议员的右侧,陪着他到处跑的一名年轻人摆着军人僵直的姿势纹丝不动,一只手按住挂在皮肩带上的手枪。艾伯·费尔兹不时斜眼看看擦得锃亮的肩带。他讨厌肩带,甚至一切皮制品:皮革令人联想到历史上的暴行。那位非洲青年肩膀宽阔,面部线条粗硬——纯粹从摄影师个人的角度看,这粗硬倒给人一种美感。导演出的整个场面令人发窘,尤其因为它不是盘算好的,但符合某种深层的心理需要:这唤起费尔兹一些不快的回忆。艾伯·费尔兹大概是世上最反对皮革的人,最终这变成了真正的嫌恶。他走进茅屋后,一直在抗拒这种厌恶感。他努力告诉自己,这种党部办公室或司令部的气氛,不一定预兆又一个皮革季即将到来,而是一个孤独寂寞的人制造有归属、有组织、与周围人生死与共的错觉的征兆。这个非洲人受到法国伟大军事传统的熏陶,必然幻想与之相匹配。那顶黑五星蓝色军帽便是对法国最后的、悲剧性的致敬。费尔兹心想,法国人在所到之处进行的征服竟如此成功,这毕竟令人吃惊。这位黑人随时会搬出冉·达克①或拉法耶特②,搬出抵抗运动、戴高乐和大革命来做招牌。如果没有外面的枪声和垂死大象的吼叫,费尔兹很可能会把这种难受的历史气氛完全抛到脑后。

"您根本不明白。"瓦伊塔里说。

他从盒里取出一支烟。他的手腕上戴着一块非常复杂的、内装三个刻度盘的金表。显而易见这是现代精密仪器的最新产品。费尔兹对他那双手的美也很敏感。他想:"不管怎样,看到人的手还能这样美,是令人感动的。"

"您知道,我只求弄明白呢。"

"走投无路的法国资产阶级之所以利用莫雷尔这样的人,是为了在理想主义和人道主义的烟幕下掩盖某些丑陋的现实。这烟幕就是大话,长篇大论的声明,自由、平等、博爱,优先保护非洲动物的高尚关怀……莫雷尔的大象就是烟幕。丑陋的现实就是殖民主义和因营养不良造成的机体功能的严重衰退,以及为推迟政治解放让两亿人继续处于极端愚昧的状态。我正奋力驱散这道烟幕,运用我掌握的一切手段……正如您所见到的。推出一位——用您的话说——人民英雄为难我们,硬说这些

---

① 冉·达克(1412—1431),即圣女贞德,英法战争中的法国女英雄。
② 拉法耶特(1757—1834),法国将军和政治家,在美国独立战争中起过重要作用,大革命时期曾任国民警卫军司令。

动乱是一个只关心大象不被猎人捕杀的怪人一手造成的,这很巧妙,也很方便。这的确是个精心编造的、麻痹公众舆论的动人传奇……可是,现实拒绝任人摆布。我们拒绝更久地躲在这片传奇虚妄的云彩里……必须让人看见我们,必须让人看见非洲的现实和她的所有疮疤。再说,您的人民英雄很可能得到了丰厚的报酬来制造混乱……"

"您当真这么认为?"

"不然您如何解释当局对他起码是十分古怪的纵容呢?就算他有宗教幻象,真的相信他的所作所为吧。我的义务是打消这方面的一切误会。重要的是非洲的独立,不是大象……"

他猛地做了个手势。

"说正经的。对我们而言,非洲人民的命运比美丽的传说更宝贵。我不说莫雷尔是第二局的一名特工,我说他配当特工。我们正在驱散烟幕。人家不愿意看见我们。我们一定会被人看见。"

费尔兹心里想不知我在这我们中占多大比重。

"话说到这儿,考虑到您的顾虑,如果您的人民英雄向我许诺,在我们留在此地时安安静静不闹事,我就给他松绑。我可没这份闲心,为了看住他让三个人动弹不得。我在别的地方还需要他们呢。"

费尔兹一刻也没想过莫雷尔会接受这个条件,但令他惊讶的是,那法国人竟轻而易举地接受了。他显然把这场打输的战斗视为他所从事的斗争中的一个小挫折,他料到斗争会有反复。他看上去既不沮丧,更不气馁。他脏得要命,脸上的胡子黑乎乎一片,两手反绑在背后,身上有股牲口棚味,一名苏丹人不安地把冲锋枪的枪口对准了他。看上去他有难以置信的、坚忍不拔的信心,不可战胜的固执。他的疯狂想必恰恰在于绝不气馁。"一个傻蛋。"艾伯·费尔兹用法语在心里想:这是唯一合适的字眼。一个拒不承认事实的幸福的傻瓜。不过证据倒不少:不仅垂死的大象在湖上悲号,而且保护非洲动物会议失败了,没能修改大规模狩猎法便散了会。人们将和以前一样,以进步、快速工业化、需要肉食的名义,或为了展示好枪法,向大象射击。但莫雷尔的行事好像对这方面的情况了解不够。人们显然从未教会他如何为人处世。他的声音里有股凄凉的调调,但几乎听不出来。

"必须发明一种特别的针剂。"他咕哝道,"或者药片。总有一天会有的。我呀,我一直是个自信的人。我相信进步。有一天肯定会出售人道药片。早上空腹就一杯水吞一片,然后再和别人交往。于是,这会变得有趣,甚至可以搞搞政治……他要我许诺不乱动就给我们松绑? 我答应他。条件是他离开时给我们留下武器和我们的马。"

"他答应了。"

"好。他要我们怎么样呢? 再说,我们已被缴了械。当然可以朝他们吐口水,但这样做没有效用。我呢,我要实效。我喜欢明确的、限定的、可以完成的任务……我不是梦想家。所以我在这儿……"

他几乎在打趣。费尔兹第一次注意到他的衬衣上别着一枚小双十字章。这是一小撮法国人在二战期间采用的徽章,他们拒绝接受一九四〇年的溃败,聚集在一位如今远离政坛的将军夏尔·戴高乐的周围,他也是个相信大象的人。这枚小徽章意味深长,至少可以解释莫雷尔脸上自信的表情。他的伙伴们似乎也受到了感染。他有感染力,艾伯·费尔兹对此深信不疑。他开始觉得自己也受了感染,心里有种几乎过分的冲动,而且意识到嘴角有一丝特别傻气的微笑。比尔·科维斯特,一道灰白的眉毛耷拉在眼皮上,另一道在狡黠如冰的眼球上挑起,很有兴味地打量着记者。据说老生态学家在尊贵长者的外表下,隐藏着极度的幽默感和引人谈论自己的明显需要。他在这儿,在战斗正酣的地方实属正常,因为五十年来他的名字与所有保护动植物的运动密切相连。他从事他的职业,维护他的声誉——正如他的某些同事公开声称的那样,人们至多可以怀疑声誉对他是否跟他保护的物种同样珍贵。可对那位姑娘,那个德国女人怎么看呢?她待在莫雷尔身边,一脸自豪,激奋,几乎洋溢着幸福,好像终于拿到了一件谁也不可能再从她手里夺走的东西。她其实只是个可怜的酒吧女郎,似乎很难设想她来此地也是为了参加这场冒险,表达内心的某种信任,表现不肯低头和绝望的精神;很难设想一个离开纳粹德国、柏林的废墟和战胜国士兵魔掌的人,还能抱着完好无损的幻想和对大自然之美的执着信任。假如把她仅仅设想为一名女追随者,就比较容易和可信了——莫雷尔也算是个有些俗气的美男子:头发难以理顺,有双褐色的眼睛,好看的下巴——尽管清喉咙的样子叫人讨厌,还有标准法国人的嘴唇,他的嬉笑有时仿佛带有永恒的腔调。

(费尔兹在巴黎与人聚会的美国小酒吧里,有时会跟同胞们谈起莫雷尔,回忆往事时他竭力抑制同情的冲动。"我记不得拉密堡的哪个人,给莫雷尔起了一个恰如其分的绰号:世界人。战胜卑劣无耻后涌现出的一个新人种。不必告诉您我不属于该人种。不过我承认,知道有个人在某个地方勇往直前,不顾众人反对,是件惬意的事,可以让您睡个安稳觉。")

福希思和旁人一样,也受到这份快乐的感染和极大希望的触动,看来没有任何相反的事实可以打破这种希望。在他肿起的脸上,雀斑仍在青紫的伤痕间挤出一个快活的鬼脸。

"您等着瞧吧,这种状况很快会扭转的。"他冲费尔兹说,"照您本人的说法,西方正在为我们喝彩。接着就是人民民主国家了。我告诉您,他们即将团结在我们周围。我随时期待收到当年审讯我的人从中国和朝鲜发来的电报,电文大致如下:'对过去的误会诚恳道歉。立即采取措施保护大象。对我们的美国兄弟打细菌战一事做了伪证的科学家委员会，前来承认进行了反党的破坏和挑衅活动。委员会成员被判无期徒刑。为捍卫大自然兄弟般团结一致的各国人民的友谊万岁。'我向您保证，没有理由泄气。"

艾伯·费尔兹调好他的照相机，给福希思拍了一张好照片；照片上，他的红棕色的头发沐浴在从茅屋的干草间钻进来的缕缕阳光中，脖子上系着红点手帕，光着上身，拳击手在两个回合间的那副模样。他拍照没有别的动机，只想抵御朝他奔涌而来的带有传染性的同情的浪涛。

"您可以告诉他我做出许诺，"莫雷尔重复了一遍，"条件是给我们留下武器和我们的马匹，以便继续……"

他友好地目送艾伯·费尔兹离去。这小摄影师，是条好汉。有勇气，渴望帮助你，外表虽冷漠，内心却有滚烫的善意。无须怎么催他，他就会用冲锋枪换下手中的照相机，坚定地冲上去救援受到威胁的巨象。缺乏风度，身体瘦弱，眼睛近视，长着犹太人的头发和鼻子，飞行事故破了他的相，但恐怕他不愿承认。看得出他随时准备挺身而出，去援助一项不朽的事业。他在这儿是件幸事，要紧的是拍出好照片，撼动公众舆论，这正是目前所需要的。必须让公众舆论知道，在这失败主义和逆来顺受的世纪，仍有人为了人的荣誉，为了再次激起他们朦胧的希望而斗争。这埋藏在他们心中未曾表达的渴望，迟早会开出一条路通向自由的空气,塑身成形,如鲜花般在地面绽放。从贝加尔湖到格拉纳达①,从匹兹堡②到乍得,地下的春天在根须深处过着隐蔽的生活,它即将以其数十亿棵嫩苗不可抵挡的全部威力,摸索着拱出土。他几乎听得见这朝着空气和光明缓慢行进的声音,这怯弱的地下的沙沙声。根部努力穿透千年逆来顺受的厚度开出一条路,这些勉强听得见的、不规则的、细小的噼啪声,是极难感知的。但他听觉灵敏,训练有素,能在地球的整个范围内,一毫米一毫米地捕捉这古老和艰难的春天缓慢的抽芽声……

*　　　*　　　*

苏联电影?
苏联电影应该如何。
苏联公众对本国电影的期待

两个人走出莫斯科《真理报》大楼,缓步朝无轨电车经过的街走去。其中一位又高又瘦,由于身材过高和长时间伏案工作,背有些驼;他双手背在后面走路,鼻梁上架一副眼镜,留着稀疏的黑色山羊胡。他名叫伊万·尼基季奇·图奇金。另一位个子矮些,不像他那么瘦,甚至

---

① 贝加尔湖位于南西伯利亚,是世界上最深的湖;格拉纳达是西班牙城市,位于安达卢西亚地区。
② 匹兹堡,美国东北部宾夕法尼亚州城市。

有张圆圆的、叫人看了舒服的脸;他的名字是尼古拉·尼古拉耶维奇·里亚布奇可夫。他的朋友每走一步,他必得走两步才能跟上,所以脚步细碎而急促。两人二十年来从未分开过,在报馆资料室同一个角落里,面对面坐在同一张办公桌前。他俩是报馆的翻译,一个译英文,一个译法文;他们和另外两家合住在共青团大街的一套三居室里。

"是啊……"伊万·尼基季奇·图奇金总以这个表示同意的字眼开始交谈,他的朋友对此已习以为常。"是啊……华尔街的百万富翁们显然不知道再编些什么,来转移美国人民对威胁他们的经济危机和备战的注意力……几周来,他们的报纸头版全用来登载那个所谓去中非保护大象不受捕猎的法国人的冒险经历,很可能是胡编乱造的……这就是他们每天早上给读者的精神食粮。我当然不得不把这些连渣渣都吞下。乏味死了。有时夜里都会做梦。那天夜里,您想想看,尼古拉·尼古拉耶维奇,我梦见整群整群的大象无拘无束地在热带丛林里横冲直撞,弄断一切,践踏一切,震得大地发抖……"

"是啊,我听见您在睡梦里叹气,伊万·尼基季奇。"他的同伴说,"我听见您叹气,于是心里想:哈哈哈!我们的伊万·尼基季奇在做美梦呢。"

"你们那个语种也一样,尼古拉·尼古拉耶维奇;法国报纸上是怎么说的?"

"很难形成一个看法。巴黎的进步报纸一开始正面报道这件事。人们最初以为这是一个反殖民主义的行动,猎象是西方垄断主义者剥削非洲自然资源的典型例证。可如今这位莫雷尔似乎是法国第二局的一名特工,派到非洲去试图转移人们的注意力:转移世界公众舆论对非洲各国人民的反抗及其正当要求的注意力……这一切清楚地表明西方阵营已经乱了套。"

"是啊……"伊万·尼基季奇·图奇金道。

两个朋友默默地走了一段路。过一会儿,他们即将在拥挤的无轨电车里设法找个座位,在商店前排队购买食品,回到房间等轮到自己按规定占用半个钟头厨房。但他们习惯了。他们俩都只有四十岁。早在沙皇统治时期,他们的父辈已经是政府机构里的低薪小抄写员。星期天,两人去乡下走走,一块儿划船舒展筋骨。那时,伊万·尼基季奇·图奇金摘下眼镜,尼古拉·尼古拉耶维奇·里亚布奇可夫挽起袖子,两人相视而笑。

"准备好了?"

"准备好了!"

他们抓起桨使劲划,咬紧牙关,怒睁双眼,不时结结巴巴地骂人;他们划破水面,脸色绯红,直至用尽全部的力气。第二天早八点,他们已在办公室。

"是啊……"伊万·尼基季奇叹了口气,"请注意,尼古拉·尼古拉耶维奇,大象是有趣的动物。我很遗憾苏联电影没有更经常地给我们机会,欣赏在自然环境中的自由的大象。大象,尼古拉·尼古拉耶维奇,很值得一看。动物园里有两头。我有时带着侄子们去,让他们增长点知识,看看它们像什么,可是……"

他没把话讲完,叹了口气。

"去年冬天,马戏团也演过十分精彩的驯象节目。"尼古拉·尼古拉耶维奇说,"我不知道您记不记得。"

"是啊……"伊万·尼基季奇咕哝道。

"一个灵巧果断的驯兽人把如此强壮的庞然大物驯成这样,看了真叫人吃惊。简直跟绵羊似的。有的跳舞,有的后腿直立,或者侧身而卧,让人从身上踏过去……十分精彩。好像我国的驯兽水平是世界一流的。"

在他们周围,莫斯科的生活熙熙攘攘:新的大楼拔地而起,卫生事业和工业方面成就辉煌。轿车数量和财富流通量增加迅猛,全国人民终于享受到物质福利,但伊万·尼基季奇·图奇金依然幻想着大自然的壮丽景色,自言自语着。

"是啊……那天,我望着栅栏里的两头大象。它们终于引起我的怜悯。我心想:真遗憾,大象生来不是过这种日子的。它们需要空间,来到世上是为过自由自在的生活。这样健美的动物,理应得到爱惜……"

"我同意您的意见。我本人也多次有同感……"

"当然,它们在这儿是为了让青年人增长见识。我们学校里的年轻人应该知道它像什么,怎么来的,如何生活——这自然十分必要,可以加深他们的自然历史知识……否则,他们最后甚至可能连有没有大象都不知道……"

朋友忧伤的声调令尼古拉·尼古拉耶维奇吃了一惊。他迈着通常的步子走向电车站去排队,但目光好像蒙了一层雾。他背着手,继续自言自语,幻想着大自然的壮丽景色。

"请注意,它们在栅栏里面有活动的地方,这当然不是一只笼子……但问题不在这儿。尤其当人们下了班,需要观赏大自然来换换脑筋的时候。正是在这一点上我觉得苏联电影有很大缺陷……甚至不能容忍!电影人同志们,给我们看看自由自在的大象群吧……一百头象,一百五十头象……一千头象,让我见鬼去吧!"

"求求您,伊万·尼基季奇,别嚷嚷……一切当然像您说的那样……可是别在街上……"

伊万·尼基季奇朝他转过身来,停在人行道中间。几个路人好奇地望着他俩。

"您会对我说,对不起,伊万·尼基季奇,在我们国家,这不可能,俄罗斯的土地上从来没有自由的大象……但我恰恰要回答您:那么电影呢,同志们,我们的苏联电影是干什么的?我问您,它在等什么,不把我们需要的东西拿给我们看?啊!它在等什么?"

"求求您,伊万·尼基季奇,别嚷嚷……"

"我不嚷嚷。我陈述自己的看法,如此而已。我对苏联电影的负责人讲话,我对他们说:够了!电影人同志们,这必须改变!为什么我们的制片厂不派几个摄影队去仍有自由自在的大象的非洲,把它们拍给我们看,在银幕上放映,让大家死前至少能看一次……"

他用力做着手势,一小群人聚集在他们身边,饶有兴致地听他讲;尼古拉·尼古拉耶维奇烦躁地拉拉他的衣袖,但伊万·尼基季奇越说越激情难抑。

"电影人同志们,给我们看开阔的空间,有成百万只鸟的天空,有长颈鹿、羚羊、狮子……的热带稀树草原吧……给我们看狮子,苏联电影人同志们,看自由自在的狮子吧!给我们看健壮的犀牛,未驯化的长臂猿,随处可见、种类异常繁多的鸟吧;每只鸟照自己的喜好穿衣,按自己的方式唱歌,有自己的颜色、自己的羽毛、自己的巢、自己的习惯、自己在空中肆意的飞翔!苏联同志们,尤其要给我们看看大象!看看它们横冲直撞,推倒一切,戳破一切,把一切搞得乱七八糟,什么也阻挡不住!大地颤抖,森林让路——同志们,这正是我们对苏联电影的期待!苏联人民毕竟有权要求本国电影给他们看他们需要的东西!苏联电影应该忠实反映苏联人的需求和不可抑制的内心渴望……"

有个人抓住他的胳膊。伊万·尼基季奇·图奇金正了正鼻梁上的眼镜。二十来个人拥挤在他周围好奇地打量他。有些人笑,有些人不笑。那个用手按住他肩头的人以毋庸置疑的命令口吻对他说:

"同志,请走开,不要聚众……"

"可是……"

"没有可是。也许您更愿意跟我去分局?"

"我不过在向一位朋友解释我对今后苏联电影的看法……"

他拼命在人群中寻找尼古拉·尼古拉耶维奇的脸,但此人没了踪影。伊万·尼基季奇·图奇金用颤抖的手摸了摸额头。

"请您原谅。"他嗫嚅道,"我一定是着了凉……"

他的背驼得更厉害了,他忧郁地走过去排队。

法国议员让·杜勃尔坐在圣日耳曼大街一家咖啡馆柜台前的高脚圆凳上,外套敞开,脖子上围着围巾,心不在焉地听侍者向他讲述对那个保护非洲大象的痴子的看法。这是各家晚报的唯一话题。议员看上去心事重重。他在努力回想他属于哪个政治派别。他的党一分为二,每一边的极端主义分子靠错综复杂的体系又分成三个不同的派别,这些派别围着中间派转,以便取而代之。而中间派中的向心分子向左转,离心分子向右转。议员让·杜勃尔心里乱糟糟的。最后,他竟然想身为爱国者,他是否有义务再成立一个组织,靠外围的联合形成一个左中右的核心,该核心可以为转过来掉过去的大多数人提供一个稳定的枢轴,不管这些人在内部如何结合,其政治纲领恰恰可以是脱离结合点的角色而担当枢轴的角色。无论如何,捞到油水的唯一办法是自己得有一批人。他猛然慌里慌张地望了侍者一眼。

"哎,我呀,我要告诉您大象的故事是怎么回事。"他说,"这又是一场反议会的运动……"

侍者显得极为吃惊。

"怎么?"

"所谓大动荡,民愤,不可抗拒的力量,群众,这不是什么新鲜玩意儿……复仇的大象在所到之处推倒一切,只有傻蛋才不明白这是什么意思。人们想以武力推翻制度。"

"对不起,对不起,议员先生。"侍者说,"非洲有个家伙去大象中间生活,要求保护它们不被猎杀。这和制度有什么关系?"

"这是一个花招,目的是发动一场新的极权运动。这就是您的莫雷尔。先说大象受到威胁,接着敦促它们向议会进军……一个月来,所有反动报纸只谈论莫雷尔和他的象群……这一眼就能看穿。他们想发动人民反对我们。又是一位救星,一位捍卫者……他们想挑起人民群众跟我们斗……"

他滑下圆凳,在杯托上放了一百法郎,双手插在塞满报纸的兜里走了,围巾可怜地挂在脖子上……买张飞机票去乍得很容易,但到了那边做什么呢?不大可能偷偷与莫雷尔取得联系,更不可能和莫雷尔碰头。在他周围将竖起一道殷勤官员们组成的屏障,在这种情况下,他肯定不能来到莫雷尔身边,哪怕跟他握握手。他低着头在街上走,咬着烟蒂,琢磨归根结底是否要就非洲动物保护问题向政府提出质询。

在讷伊①一家私人诊所里,有个肩上披了一件灰色大衣的人走出病房,来到走廊里,然后停下了脚步。医生几乎立即追了出来,跟他讲了几句鼓励的话,他没有听见。这是位年轻人,他的妻子刚刚死于突发性子宫癌。他们一年前结的婚,他很疼爱妻子。最奇怪的是,他并不觉得自己受到了特别不公正的对待。他刚刚承受的不公不过是实施法则的结果,一条和某些人类法律,如纽伦堡法令同样下流、卑鄙和厚颜无耻的生物法则。它无法废止,只能绕开。有些人在实验室里寻找诀窍,试图更好地认识它,以便与它和解。全世界的科学家正百折不挠地制定和解协议。医生把一只手放在他的肩头,继续劝他拿出勇气来。沉浸在极度悲痛中的年轻人突然想起,世上某个地方,至少有个拒绝妥协,拒绝和解,对不公正毫不姑息的人。他望着医生。

"您有今天的报纸吗?"

医生不明白他的话。少妇刚过世,在最后的两天里,这人看上去至少和她一样痛苦。可现在他竟然要报纸……

"有。"

他在白大褂下的衣兜里翻找,把晚报递给了他。他

---

① 法国城镇,位于上塞纳省。

拿起报纸,贪婪地打开,两眼迅速地逐页浏览,随后停了下来……

"他仍在抵抗。"他满意地说,"要想打垮一个人,不像他们想的那样容易……几天前我开始担心……但我们的朋友,他仍在坚持。"

他把报纸还给极为惊讶的医生,然后在过道里走起来,步履稳健,高昂着头,眼皮红肿,却带着笑意。

拉密堡风传莫雷尔即将被捕,全世界的报纸立即转载了这一消息。所有背地里偶尔带着满意的心情想起他的人,仿佛心照不宣地委托他做他们的代表,代表他们所有流产的、失败的、主动接受的、被动承受的东西,代表他们既强烈又模糊的需要:"有一天说出对他们的看法","摆脱这一切""给他们看""做个了断";所有那些受够了,却不清楚他们受够了的东西当前以多么无限的伟大装扮起来的人;所有那些感到报了仇的人,因为以他们的名义表示了拒绝接受和承受,那些暗中得意的人,因为觉得表示的厌恶和轻蔑并非针对他们个人——当卡尔森船长抓住沉船的残骸在大海上漂流了三天,感到得意的同样是他们;所有那些在事业上——在好地段开一家名店——早已受挫,只守在后店堂里等着关门的人;所有那些误把跟血一起在脉管里天长地久地流动的怨恨,归因于小小的物质烦恼的人,一想到把他们摆脱困境、战胜命运、成为别的——就是成为人——这无法实现的愿望表达得如此清楚的那个人,即将跟随便哪个打家劫舍的人似的戴着手铐,被两名宪兵押走,他们个个感到又气又恨。当然还有一些人,为数同样不少,他们冷笑着回到自己的小角落里喝开胃酒,大大地舒了口气,心想他们未作任何尝试是对的,因为正如他们一开始就说的,确实"无事可做",因为"在生活中,必须学会忍气吞声"——这些人显然会给自己颁发明智和节制证书,恢复平和的心气,这对干事业十分重要。听到那个选择了大象的人被捕的消息,所有渴望换个活法,不再在商品流通渠道当筹码的人惊愕不已。不过谁也不肯承认:毕竟无法承认对现状的不满;唯独那些众所周知破了产的人,他们已没有什么可以隐瞒,他们的失败与他们的酗酒、脏衬衣或磨坏鞋跟的皮鞋一样显眼;想到一切就要恢复正常,事事又要忍气吞声,才敢流露出沮丧和愤愤不平。

在上萨瓦省①的一家疗养院里,报纸或电台发布的有关那个要求对大自然保持基本尊重的人的消息,张贴在门厅的黑板上。当法新社宣布那位不法之徒随时可能被捕的消息出现在黑板上时,病人们极其沮丧和惊愕,弄得主任医师只好禁止张贴新闻公报。结核病患者大多是年轻人,在满怀生命冲动和希望的年华得了病。一位姑娘有个人工气胸,第二个肺也坏了。她注视黑板,号啕大哭。这是她到疗养院后头一次哭。病友委员会曾决定张

---

① 法国东部的一个省。

贴涉及莫雷尔的抗议运动的消息,主任医师费了九牛二虎之力才说服他们放弃这个决定。一名大学生冲他说了一句话,他对医生说:"老老实实地任人摆布,这毫无道理。"这句话与莫雷尔事件的关系让医生捉摸不透。

几乎就在同时,一名十四岁的黑人少年被白人打得头破血流,因为他在一位白人妇女经过时吹口哨赞美她;俄国信鸽爱好者引爆了一颗氢弹,正在制造能够运载它的洲际火箭,使比大不列颠还要大的一块领土无法居住;茅茅们把一名新生儿的脑浆掺入他们喝的药水里,宣誓忠于民族自决权的事业;在同样思想的指引下,重建部① 部长出席了不久前在法国一间陋室冻死的儿童的葬礼,与其双亲握手。北非一些部落以自由的名义强奸六岁的儿童,当男子性功能再也无法用别的方式体现时,他们用刀剖开法国女子的子宫。与此同时,科学家们一本正经地讨论,在接二连三的核试验后,人类吸入的放射性灰尘量是否将导致一代天才或痴愚者的诞生。而在法国,政府不遗余力地鼓励烧酒的生产,显然这是个解决办法。每天早晨在报纸上看到这些新闻的人,只有读到那个百折不挠、继续保护大自然运动之人的消息时,才能松一口气。此人即将被捕的公告令他们极为惊愕,几乎气得发疯,而且他们始终拒绝相信。

---

① 全名为城市重建和规划部。

六月二十二日，留在拉密堡的最后一批记者终于收获了他们耐心的成果——他们私下被告知事情的"结局指日可待"。他们待在"乍得人"的露台上等着被召见的时候，一队骑马人——两名非洲人，三名白人——缓缓行进在戈拉东南部呆板平坦的小丛林灌木区里。金合欢树投在地上的灰色影子好像也快要断气。干枯的小灌木、白蚁巢、趴在地上的树木和烧焦的野草，整个风景似乎就要在光线中昏厥过去。一个月以来，在法属赤道非洲、苏丹、乌干达，在东戈、肯尼亚、坦噶尼喀的某些地区，运动狩猎全部遭禁；人们认为，旱灾即将减少的兽群需要十到十五年才能补足；畜牧业和农作物的损失处处要求政府的干预；在南部，巫师们威胁不恢复他们原先在部落会议中的地位便延长旱情；黑人农民成群离开灾区；棉花收成的亏空令大多数期货出售者破产。空气里再也嗅不到撒赫勒风，只有荒漠的气息。在潮湿的最后一点痕迹消失得无影无踪的空气里，哈斯感到鼻孔黏膜的干燥近似于喀姆辛风①的干燥，甚至在提贝斯提②的边缘也从未见过的这番景象令他印象深刻，那儿的一切为沙漠的干燥所设计，与它相处融洽。他习惯了乍得发出恶臭的潮湿，因此一接触到毫无疫气的如此有益健康的空气，他起初挺满意地咬着一支雪茄；但渐渐地，几近绝迹的生命，瞥

---

① 阿拉伯语，埃及的一种沙暴，干热风。
② 提贝提斯高原，又称提贝提斯山脉或提贝提斯山地，是撒哈拉沙漠中部、乍得北部由一系列火山组成的熔岩高地。

见的寥寥几头瘦骨嶙峋的动物的痛苦,穿过的村落中人们忧伤的眼神,最终令他脸色阴沉下来;每逢遇到苍蝇嗡嗡叮的腐烂的动物尸体,他便嘟嘟囔囔地赌咒发誓,接着真心怀念起蚊子来,并且很快承认,一直以来被他视为腐臭泥泞的乍得湖,其实水仍然很好,谁都可以饮用,因为它有某些优点,是很可以原谅的。

陪他一起来的让·德·封萨贝尔,巴黎一家大周刊的特派记者,对此凄凉的景象没有多大感觉:这是他第一次在中非逗留,缺少比较的尺度。他一心想的是成为第一个遇到莫雷尔的记者。

哈斯在大象中间生活并为动物园捕象已有二十五年,准确地说自一九一四年大战起,他在战争期间中了毒气;怀着悔恨之心,他组织了此次远征,以便找到莫雷尔,带他去一个安全的地点。令他气恼的是,有些蠢家伙硬说莫雷尔的行动并不仅仅出于对人们穷追猛打的巨兽的喜爱,他还抱着不可告人的政治目的。这样的怀疑立即激起乍得这位独居老人的愤怒,因为他,他知道什么是对大象的爱,也知道什么是厌世,尤其在他中毒气以后。尽管如此,他仍决心辨明真假。如果那个冒险家是诚恳的,没有隐瞒任何事,如果他仅仅喜爱这些健美的动物,那么他哈斯下决心要领他去一个安全可靠的地方。否则,如果这又是一个政治或其他肮脏的勾当,又是个宣传的把戏,那么他就把莫雷尔狠揍一顿,然后返回他的芦苇丛。

至于陪他们一起来的维埃狄耶,哈斯雇他是因为他向凡愿意听他说的人宣布他同情莫雷尔,更重要的是他在喀麦隆有一座废弃的种植园,假如能去的话,倒是个理想的避难之地。哈斯根本不理会维埃狄耶喋喋不休的闲话,此人在法属赤道非洲早已成为众人的笑柄。身为乍得自由法国协会的主持人,战时参加过属地归顺盟军的运动,他对戴高乐将军着了魔,对他的迷恋与哈斯对大象的依恋不相上下。这个大腹便便的胖子对莫雷尔的看法既可笑又简单化,是萦绕在他脑际的想法的写照。

"我要告诉您,"他带着些许高傲的神气对记者高谈阔论,"如果您愿意费神查阅戴高乐将军的著作,便可以对我们的冒险家做出解释。我能背诵这一段:'整个一生中,我对法国形成了某种看法,既出于感情,又出于理性。从感情上讲,我自然把法兰西想象为童话中的公主或壁画上的圣母玛利亚,好像命中注定卓尔不群,不同凡响。我本能地感到天公创造了她,是为了圆满的成功或杀一儆百的灾难。万一她的所作所为打上平庸的烙印,我就会感到荒谬和反常,把这归咎于法国人,而非祖国的保护神……'好!先生,假如把法兰西换成人类,那就是您的莫雷尔的想法了。他把人类视为童话中的公主或壁画上的圣母玛利亚,好像注定有当典范的命运……如果人类令他失望,他就会感到荒谬和反常,怪罪于人,而非人类的保护神……于是他生了气,试图强迫人做出不知怎样慷慨和尊严的回应,不知怎样尊重大自然……这就是您那个人。一个过时的戴高乐分子。我觉得这是明摆着的。"

哈斯听着他讲,一脸的蔑视可以从胡子的动作看出来。的确,满脑子优越感的人绝对不可能明白有人受够了他们,讨厌跟他们见面,讨厌闻他们的气味,决定去大象中间生活,因为世上没有更好的伴儿。

三十九

费尔兹走出茅屋时,见东方积起大片的乌云,地平线上这凝重的墨色仿佛预示天空马上要裂开巨大的口子,令他惊异不已。哈比卜在沙丘上来回走动,好像受到风暴威胁的一艘船的船长在甲板上踱来踱去。他显然受到了震动,怀着老航海家对自然力的敬畏注视着天边的积云。

"雨很快就要来了。"他对费尔兹说,"这是我最后一次还信点什么,哪怕只是天气预报……不管怎样,我希望来得及通过。"

他使劲喊了一声,同时推着往卡车上搬运象牙的黑人们。他叫人把卡车一直开到湖畔,干涸的沼泽边上。如果雨季到来,卡车将在这儿一直待到来年——费尔兹为了拍下这个场景准备忍受一切,但黎巴嫩人始终保持乐观。他迈着短粗的腿走来走去,歪戴着大盖帽,露出一部分秃顶,牙齿间咬着一段熄灭的雪茄。他不时从嘴里取出烟来骂搬运夫,他们则报以大笑。见费尔兹兴味盎

然地打量他,他冲费尔兹大声说:

"您瞧,必要时,我也能指挥陆地操作……"

他友好地拍了拍美国人的肩膀后走开了,在一头金发的高个子外籍军团士兵的陪伴下去组织卡车的出发,他看上去待这个士兵很友好。(除去他的被保护人德·伏里,哈比卜在行动中还失去了两个人:一头大象把其中一位从所在的岩石上卷起来踩扁,另一位在开始的乱枪扫射中被一粒子弹击中身亡。)

费尔兹坐在沙子上喘口气。他的肋骨愈来愈疼,心里开始琢磨是否还能继续跟随莫雷尔。湖上,吃动物腐尸的猛禽栖息在被杀大象的腰部,迅速叼几下,然后扬起头四处张望,再回来享受盛宴。费尔兹不知道他最讨厌什么:猛禽拱起的背,还是它们摇头晃脑、四处张望的样子。被杀死的大象尸骨堆成小山,散落在整个湖面上,每座山都有一名头发花白的驼背哨兵。水中响起一片笑声和叫喊声:村里的妇女儿童割着肉,把肉扔进背篓里;每次待他们走近,猛禽们便摇着利喙,跑到另一头,到最后一刻才让出位置,笨重地飞起,又立刻落在最近的尸骨山上。有几头象已返回水边,从远处传来的象鸣声清晰可闻,费尔兹尽力分辨其中受伤大象的叫声。

芦苇上方,落日的余晖下,羚羊回来喝水,挺立的犄角好似一个船队的桅杆。西边,远远的,阳光触及的一片灰尘宣告新兽群的到来……

第一天拂晓时分,费尔兹在头天只有鸟的地方,见到密密匝匝一群水牛竖起森林般的尖犄角。(记者在拉密堡谈到库鲁湖上的水牛时,遭到众人的反驳:这见所未见,闻所未闻。可是的确有水牛,有数百头。他拿出照片做证。)

约莫四点钟,瓦伊塔里准备离开库鲁湖,派人告诉费尔兹想跟他谈谈。沙丘顶上,暴风雨来临前的昏暗天空下,鸟类栖居的沼泽上方,在第一次与比尔·科维斯特会面的同一个地点,费尔兹看见了他的身影。他们一起待在湖边的这段时间里,瓦伊塔里身边的三个年轻人没有跟记者讲过一句话。瓦伊塔里戴上了缀着黑星的天蓝色军帽,身着军装的副官们跟随左右,披着肩带,腰别手枪,这副派头艾伯·费尔兹早已司空见惯。这是人类拍的最多的底片之一。但他出于礼貌还是拍了一张。(费尔兹一直认为,恺撒一生最大的悲剧,不是遭到布鲁图①的行刺,而是没有摄影师。靠小雕像自然可以做些弥补,但这不是一码事。恺撒的生涯基本上被过早地浪费了。)三位年轻人始终抱着敌对的态度,但瓦伊塔里向他伸出了手。

"我坚持要跟您告别。"

"肯定还会再见面的。"费尔兹礼貌地说,"我相信还

---

① 布鲁图(公元前85—前42),公元前44年3月刺死罗马独裁者恺撒的密谋集团领袖。

会听到您的许多消息。"

乌莱族前议员忍不住满意地微微一笑。

"等着瞧吧……我非常希望我们返回时将与镇压部队交火。不然,我们在这儿的任务就没有全部完成……我必须进监狱,或者被打死……"

"我相信我们还会再见面。"费尔兹又说了一遍。

"也许吧。不管怎样,我指望您和美国报界。"

费尔兹讲了几句应景的话。令他大为惊讶的是,他比预想的还要激动。不管此人野心有多大,他的孤独至少与之相当。以寥廓的天空为背景,在沙丘脚下自下而上拍的照片,将又一次比配的文字更具说服力。这就是费尔兹的职业:令文字无用。

"非洲这副担子很重,"瓦伊塔里说,"我们人数还差得远,现在还挑不动……"

费尔兹心想:"你肩上挑的东西比非洲重得多。"

"肯雅塔在狱中……恩克鲁玛出狱便掌了权……您瞧,我的路已经划定了。不过暂时我身边只有四个完全靠得住的年轻人……我指望您遵从职业道德,讲清楚我们是谁,想要什么……"

费尔兹开始用他蹩脚的法语讲一个长长的句子,向他做出必要的保证,同时希望用他的语调和贫乏的词汇来掩饰信心的不足。他并非不愿意帮助瓦伊塔里,他确实因为法国人之间的争吵不大喜欢他们,但他热爱法国,无法久居别处,同时他欣赏维克多·雨果、冉·达克、莫里斯·谢瓦利埃①和拉法耶特等某些法国人。何况瓦伊塔里是个例外，不能说他是一般的法国人。对他的那种野心和意志，法国是个过于完美的国家，受其传统、法律、制度和公众舆论过多的限制。他需要处女地、未开化的民众和宏伟的任务。他需要与他感到自身拥有的力量相称的行动和施展权力的自由。恐怕正因为这个原因，有一天他离开了法国议会，动身去征服非洲。他恐怕快要成功，把非洲变成殖民地，建设一个新的世界：大力开发和征服的时代刚刚开始，要在内部搞殖民化，不会是最温和、最大公无私的。这一切尚无答案；莫雷尔说得对，缺少一粒药丸，所以只能祝愿未来的黑人独裁者好运。为此费尔兹已尽了力。可是当瓦伊塔里身后跟着那三个也不道别的年轻人朝卡车走去时，费尔兹还是松了口气。目睹一个人努力抓一根稻草，尤其自己便是那根稻草时，毕竟令人难以忍受。费尔兹怀着几分好感和满心的忧伤目送他远去。在非洲无垠的天空下，瓦伊塔里不仅是一位无兵之帅，一个无希望满足的权力意志，一名乌莱族的法国知识分子，一个造原始森林反的非洲人。他尤其是个孤单的人，其余的不足挂齿。不过费尔兹没忘给远去的这队人拍了张照片。

他反身朝茅屋走，发现莫雷尔正在沙丘上与比尔·科维斯特和福希思热烈地争论着，试图说服他们重返喀

---

① 莫里斯·谢瓦利埃(1888—1972)，法国歌唱家和电影演员。

土穆,然后各自回国,利用公众对他们的兴趣进一步推动保护大象的运动。米娜坐在沙子上,手托下巴,面朝湖水好像没在听。

"不管怎样,雨季一来就再也动不了了。你们去外边造声势将有用得多。召开大会小会,去电台发表讲话。大喊大叫……这番宣传之后,人们会听你们的……我呢,我将在山里躲半年。请明明白白告诉他们,我始终在这儿,睁着眼睛……必须迫使他们再开一次会,这回不在刚果,而在某个更令人瞩目的地方,比如日内瓦,他们将担心在那儿失败……"

他们利用白天剩下的时间、一部分夜晚和次日上午,努力寻找在芦苇丛中奄奄一息的受伤大象,并结果了它们。莫雷尔只有一次显得灰心丧气,当时他和跟在他后面的费尔兹在泥浆中行走,腐尸散发着恶臭,苍蝇嗡嗡地叫,周围的秃鹫待他们走近的最后一刻才离开尸骨堆。

"天啊!他们永远不会变吗?这样没完没了……真应该发明一种特殊的药丸……人道的、尊严的药丸。还得强迫他们吞下去。这让你恨不得抛弃一切,去德国生活。"

"你还到德国干什么去?"比尔·科维斯特嘟囔着,他的裤腿卷到瘦骨嶙峋的膝盖上,卡宾枪举到水面上方,在他们身边走着。

"重新沉浸在回忆中。说不定这能治好我的病……关于我们,纳粹十分坦率,很可能讲的是真话……不应该忘记这些话。也许真理在他们那一边……其余的都是好听的谎言。谁知道我在这儿努力做的,是不是撒谎呢……"

"呸!"丹麦人气愤地吐了口唾沫。

听到莫雷尔讲这样的话,艾伯·费尔兹感到非常不舒服。他喜欢看到他的法国人眼里冒火,手握卡宾枪,并不等尊严的药丸在市场出现。何况吃这种药丸,人的机体很可能受不了。但不管情绪多么糟糕,他背着照相机在这位保护大象的法国疯子身边走,还是感到很幸福。这时他忘记了受伤的肋骨、疲乏、处世的老经验以及他对失败事业的全部了解。最终他甚至相信仍可以做些事。由于害羞,他竭力告诉自己这不过是纯粹职业性的热情:他还剩下大半个胶卷。如果和这法国人在乌莱的一个岩洞里待半年,这当然不够用。但听到他的莫雷尔制订未来的活动部署和保护非洲动物的计划,他仍觉得很幸福。

"我相信,靠一点点恒心和组织好的报界宣传活动,我们必将取得结果……所以你们两位在这儿很重要,往火上浇油……火会着的。只剩下向各国政府施压的问题。"

最后他要求莫雷尔准许他陪他到乍得:他有意去拉密堡邮寄他的照片。"还是一起走一段路为好。"他说。

(费尔兹始终坚决否认他愿意跟随莫雷尔有职业动机外的其他动机。他曾与乍得当局有过纠葛,当局起初拒绝相信飞机出事的说法,说他与犯罪分子合谋,给他们提供帮助云云。由于仍在拉密堡的记者们奋起抗议,他才获得自由。法国当局的指控引得他的同事们狂笑不已,他长时间成为同事们的笑柄,尤其因为必须要他为引起轰动的报道付报酬。游击队员艾伯·费尔兹,变成杀人狂、手执武器不顾一切保护大象的艾伯·费尔兹,理想主义和无私的艾伯·费尔兹——这是年度最佳笑话之一。调查期间,每次费尔兹在"乍得人"的露台上露面,迎接他的是来自四面八方的欢呼声。他心里不大痛快,人家自然更加变本加厉。在警察局受审时,他列举了所有记得起来的著名先例:在扎帕塔的汤姆森,在潘朔别墅的施特劳斯,朱利亚诺在西西里实行恐怖统治时他身边的所有记者。见过库鲁湖上出事飞机的谢尔舍返回后,终于使他得到了解脱。费尔兹向警察局汇报出事情况时,猛然回忆起早已被他抛到脑后的一个细节。事关他的驾驶员,空军少校①戴维斯。他头一次想起来,福希思为避免尸体在炎热的气候中迅速腐烂,把它卡在水下两块岩石之间,待日后以更符合基督徒的方式埋葬。随着事态的发展,没有人再想起这件事。可怜的家伙可能一直沉在水中大象们中间。费尔兹心想,对英国战役的一位英雄来说,这不该是个讨嫌的集体,因而感到了一丝安慰。)

当他来请求莫雷尔准许跟他一起走的时候,莫雷尔

---

① 原文为英文。

笑了笑。

"您想去那儿拍张照片?"

没等费尔兹想出答话,他补充道:

"据说你们这些大记者,最终养成了一种特殊的嗅觉,时机到时准在现场……"

他那忧伤的语气令费尔兹惊愕。他琢磨法国人是否因为他产生了一种说不定他本人也有的预感。

(费尔兹不相信预感,此刻也没有任何预感。他也不相信记者有"时机到时准在现场"的特殊嗅觉。他完成的最好的摄影报道大多出于偶然。甘地①被暗杀那天,他待在两架飞机之间,等着去一位土邦主家拍摄猎虎场面。暗杀后几秒钟内他得以拍到的三张照片为他赚了一万五千美元。他之所以待在甘地途经之处,仅仅因为他没有其他事可干。他在海地度假的时候,一场飓风摧毁了热雷米②。赚到的钱不仅付他的旅费绰绰有余,还为他缴了巴黎一年的房租。至于莫雷尔,他仅仅预感到,莫雷尔几乎单枪匹马,而且没有武器,不可能走得很远,他自然一定要在一场令美国公众着迷的冒险行将结束之际待在现场。)

莫雷尔定于太阳落山时出发,以便尽可能多走夜路。

---

① 甘地(1869—1948),印度民族运动领袖,非暴力主义倡导者,被印度人民尊为"圣雄"。1948年1月30日,甘地在前往德里一晚祷会途中,被一年轻的印度教徒狂热分子枪杀。
② 海地西南部城市,位于提布龙半岛最西北的海岸。

依德里斯和尤素夫把马牵到沙丘上。莫雷尔认真地观察纹丝不动的天空,云彩升到沙漠上方,好似聚集成堆的黑岩。他转向依德里斯。

"嗯?你怎么看?要下雨了,是不是?"

依德里斯摇了摇头。他身穿蓝色长袍,头缠白巾,鼻孔和嘴唇间刻着两道不规则的皱纹,下巴上有寥寥几根花白的胡子。费尔兹信任他,犹如相信纽约天气预报局的预报。(费尔兹曾背着照相机,在预告将有飓风的路上度过几个不眠之夜,而飓风却安安静静地前去蹂躏没有等它去的地区。)

"希望如此。我们至少需要两天时间才能穿过……"

出发前的最后那段时间,费尔兹是跟比尔·科维斯特一起度过的,后者坚持去沼泽跟鸟儿们告别。

"我再也见不到这些鸟儿了。"他说。

费尔兹从来不特别喜欢观赏大自然,但这回真的需要好好欣赏。沼泽上铺满异乎寻常的、感人的、郁郁葱葱的羽毛,一望望不到头,在纹丝不动的沉重的云彩下,构成另一重天;它更近,生机盎然,无可计数,似乎战胜了另一重天的全部虚空。鸟儿们就这样创造了一个贴近地面、触手可及、最终可以抵达的天空。费尔兹非常熟悉某些鸟类,它们在非洲荒漠边缘的出现,在他看来似乎源于某个悲惨的错误。燕子、鹳、鹭、海鸥,凡是能在古老欧洲的茅草房和渔港见到的鸟儿,似乎统统来到这儿避难,混在大鹳、秃鹳、鹈鹕、加扎勒河的七色鹭,以及他叫不出名字的所有品种中间。比尔·科维斯特告诉他,这近一百平方公里的活地毯变换着颜色,起起落落,时聚时散,好似不停地在你眼前反复刺绣的一块闪闪发光的挂毯。其实它不过是重返尼罗河河谷和苏丹加扎勒河沼泽的数十亿只候鸟在路上落下来的极小的一部分。丹麦人用近似祈祷的热忱讲这番话,当他最后转过身来的时候,费尔兹发现老博物学家两眼湿润了。出于谨慎,他假装拍一张沼泽的照片,其实他已经拍了一组彩照。比尔·科维斯特提醒费尔兹说,他曾答应给他寄底片。

(费尔兹没有食言。他寄给哥本哈根自然历史博物馆一整套底片,烦请他们转交给博物学家。邮包退了回来,上写"查无此人"几个字。费尔兹觉得这个回答口气傲慢,又把包裹寄给日内瓦国际保护动植物委员会转交。邮包又给退了回来,这次上面写的是"此人已不在本部门工作"。费尔兹于是灵机一动,干脆在邮包上写了"丹麦,比尔·科维斯特收"寄了出去。几天后,他接到了收件人一封简短的感谢信。)

他俩回到沙丘时,其他人已经准备停当。费尔兹忧心忡忡地走到自己的马前;他怀疑自己是否受得了旅途的劳顿。湖上静悄悄的;妇女和儿童背着或头上顶着宝贵的篓子,已在黄昏前回到村里。现在,淤泥的气味里掺杂着愈来愈浓的别样气味,费尔兹尽量不去闻它,但无济于事。一些大象又回到水里,另一些在芦苇丛里游荡,四面八方响起它们的叫声,费尔兹的耳朵似乎还能分辨出哪些是受伤大象的鸣叫。莫雷尔已把他的公文包系在鞍上,此刻正用火绒点一支烟。他刮了胡子,脖子上围着新洗过的缠头巾,胸前别着那枚小小的双十字章。他看上去很镇定,仿佛做好了干到底的准备。

(几年后,费尔兹在瑞典乌普萨拉大学遇见了正在那里讲授物种保护课的比尔·科维斯特——这大概是老博物学家的最后一课了——那时他才真正理解了莫雷尔内心拥有的力量。老人沉浸在回忆中,和他讲了半夜,一件件地回溯往事。最后他也向记者讲述了莫雷尔和鳃角金龟的故事。此时艾伯·费尔兹才真正了解事情的底细。他默默地听着。等他走进雪花飘舞、寂静无声、星光闪烁的夜里,他的脚步重新轻快起来,胸中涌起新的信心。他恨不能找到莫雷尔,告诉他艾伯·费尔兹也全心全意地相信。)

此刻,他坐在马背上,眼睛和面孔通红,一方手帕四角朝天系在头上遮阳,感到相当不舒服。他奇怪自己为什么甘冒下大狱或猝发日射病的危险,非要追随这个亡命徒穿越一百公里荒漠地区,而他几乎没有胶卷了。福希思已经到了沙丘的另一端,勒住马,大概想避开道别的场面。他尽了最大的努力,劝说米娜不要跟莫雷尔走。

"您绝对走不了这段路……"

"我已经走过一次了。"

"但情况不同。马快站不住了……即便您抵达乍得也会被捕。一个单身男人还能应付,可一个女人……"

"福希思副官,您应该打听打听女人们有能力承受什么……我可以跟您讲述一些有关的事情。"

"您好好考虑考虑吧。我们原本想搞一次行动,以我们的方式表明许许多多人的厌恶和抗议……我们成功了,超过了一切期望。全世界的眼睛都盯着我们。现在应该利用我们受到的关注和同情,以其他方式继续斗争。我们赢得了公众的兴趣,不能浪费掉。莫雷尔的情况不一样。即便他被捕,他的案子也会引起极大的轰动,进一步激发人们的同情心。他想必会胜诉的。但在此之前,他有生命危险,您也一样……简直是发疯……"

"福希思副官,您为什么突然间变得如此通情达理了?也许因为得到了消息,说您终于可以回家,甚至在自己国家成了英雄,说不定——谁知道呢?——美国军队将以福希思来命名西点军校的一届学生?"

他忍不住笑起来。

"果真如此,那毕竟对大象是个重大的日子……不管怎样,您对我们军队的传统还挺熟悉啊!"

"我跟不少美国军官上过床……"

"如果您不愿意跟我走,就随比尔·科维斯特去丹麦吧。"

她摇摇头。

"我必须留下跟他在一起。"

"您应该明白,现在有其他帮助他的办法,有效得多,甚至更紧迫……这就是我们下一步要做的。也许您以为我们抛弃他了?"

"你们做什么,我无所谓。我愿意待在这儿,仅此而已。"

"为什么?"

她莞尔一笑。

"必须有个柏林来的人跟他在一起,您不这样想吗,福希思副官?"

她转过身,沿着沙丘朝远处走去。她穿了条男式长裤,走起来显得很笨,也更有女性的韵致。他嘴角带着一丝满不在乎的微笑目送她远去。他相信还会见到她。只消等待。总有一天他会时来运转的:即便没有别的,共同回忆的纽带也足以把她拉回到他身边。当然,除非莫雷尔终于不再如此克己,出狱后娶她为妻,两人生几个孩子,在非洲的一座城市里安家,开一家旅游象牙制品小店。"您也可以去看看莫雷尔,他是本地的一景,您知道,当年他大名鼎鼎,被人称作'保护大象的人'。如今他为游客开了一家象牙纪念品商店。是啊!有什么办法,总得过日子,到头来总是这个样子……如果您想拍照,他答应得很痛快,尤其您买他东西的时候。"

他抬起胳膊,向她挥手告别。她做了回答。接着他等丹麦人赶过来,两人策马朝格法特小道走去。他们需要穿过沼泽,鸟儿们在他们走近时振翅飞起;暮色中,秃鹳、鹚和鹭扇动着白色的翅膀，仿佛向他们告别。比尔·科维斯特把毡帽帽檐压得很低，一次也没回头望天边渐行渐远的五个人影。他已经在自责，无论如何他觉得这是一种抛弃，尽管他知道，现在帮助这位法国人的最佳方式不是待在非洲他的身边，而是利用他激起的民众的同情心，力图最终获得保护大自然的具体措施，以及对他所要求的人类活动空间的尊重。一旦莫雷尔被捕受审——这几乎不可避免——为了激起公愤，争取在舆论压力下宣布他无罪获释，就尤其该到那边去。但是他感到筋疲力尽，很不舒服。为了缓解心头的懊恼，忘记疲劳，他开始高声谈起未来的行动计划。

"下一步必须重新组织委员会，再次发出呼吁，团结有名望的人。可惜瑞典的老古斯塔夫①死了，他是朋友，一定会帮助我们……还有卡依·蒙克牧师②……被德国人枪毙了。他是位大作家。还有贝尔纳多特③……阿塞尔·蒙特④……一个人活得太长，最后谁也不认识了。"

福希思一声没吭。把未来留在身后的时候，是很难做出未来计划的。

---

① 瑞典国王古斯塔夫五世（1858—1950）。
② 卡依·蒙克（1898—1944），丹麦剧作家、路德宗牧师。
③ 贝尔纳多特（1895—1948），瑞典军人。人道主义者和外交家，在担任阿拉伯人和以色列人之间的联合国调停人时被暗杀。
④ 阿塞尔·蒙特（1857—1949），瑞典医生、精神病学家和作家。

四十

最初几个小时,由于马的颠簸,费尔兹的肋骨疼痛难忍,他以为多一分钟也坚持不住了;接下来的几个小时,他又觉得酷热难当,受不了红土、石头和马蹄扬起的尘土上反射的阳光——一丛丛草也变成了有倒刺的铁丝,扎得他眼睛生疼。可实际上,他以十倍的、心里有个固定念头的人那种有些超常的毅力忍受了这一切;他的念头就是跟随莫雷尔直至冒险结束,拍一张照片。如此而已,别的他什么也不想,丝毫谈不上归附、赞同和个人的好感,他干的就是这一行。他运气好,抓到了一个异乎寻常的题材,只要还剩下一段胶卷,他就不会糟蹋它。认识他的人都知道,他对任何事都不再抱幻想,不再义愤填膺,不再有人道主义的冲动,他只有胶卷和时刻准备好的镜头:他拍摄的世界将变成什么样,他完全无所谓。他抓牢他那匹阿拉伯马马鞍的前鞒,头上顶着手帕,打的四个结朝天,好似动物的犄角。他也用手帕擦脖子、脸、眼睛和照相机的镜头,还用来擤鼻涕和扇风。他的马披着和富尔贝人①的马一样的马衣,他骑在马上缓缓而行,穿过荒原、陡坡、扬起大片红尘的岩石;他嘴里干渴,心里狂躁,咬紧牙关,跟在莫雷尔后面,脖子上挂着照相机,那副固

---

① 西非游牧民族。

执的样子令法国人发笑,似乎也使他感到几分钦佩。

"喂,摄影师,你觉着能挺住吗?"

"当然啦。"费尔兹不服气地回答,"您觉着呢?我曾到过利比亚、安奇奥、莱特①、诺曼底海滩和科雷希多②海滩,还以军人身份为巴黎的解放获得过荣誉军团骑士勋章。这能说明点问题吧?"

"好,好。你去那些地方只为了拍照片?"

"只为这个。"

"其余的,你毫不在乎?"

"毫不在乎。"

"大家全死了都行?"

"当然。"

莫雷尔眼睛笑眯眯的。费尔兹恶狠狠地想,且不说那只塞满请愿书、宣言、声明和呼吁书,系在鞍上到处跟着他的旧公文包,就他那顶被阳光晒旧的欧式小毡帽,快活的褐色眼睛,胸前佩的双十字章,还有那条沾满红色尘土,使他带点军人——颇具殖民地色彩的北非骑兵——风度的卡其布缠头巾,完全是一副典型的法国人嘴脸。莫雷尔的嘴角上总挂着一丝作弄人的微笑,哪怕他不说也不笑,只以亲切的样子望着你,也会给你这种感觉。他这副模样和报纸上对他的描述大相径庭,因此艾伯·费

---

① 菲律宾米沙鄢群岛的岛屿,1944年10月24—26日日本海军在此遭到惨败。
② 位于马尼拉湾入口的菲律宾小岛,美军曾在此抗击日军。

尔兹真的感到,他最起码有义务至少带回几张好照片,让公众看到他本来的样子,几张不带文字、不带说明、不加评论的照片。他本来的样子,就是说十分沉着、平静自信,没有一丝仇恨或怨恨,一本正经地开你的玩笑,正在于一份明确具体而平凡的工作:保护大象,保护非洲的动物,这不多不少,恰恰是应该做的,早就该做的。费尔兹忍不住又给他拍了一张照片,尽管现在他认真地注意省着用胶卷,如果他们还要一起待很久的话。

"摄影师……"

"啊?"

"我看你这个人很坚决,你偶尔也会被大象吸引吧?"

"我才不在乎您的大象呢。我干我的职业,仅此而已。"

"别生气……永远不该生气。我生气吗,我?"

"没有,没有,当然没有。大家都知道您永远不生气。"

"你说你也参加了解放巴黎的战斗,对吧?"

"对。"

"当时我不在场。因事脱不了身。很壮观吧?"

"以后我给您看照片。"

"你告诉我你的职业生涯始于西班牙内战?"

"是的。"

"我也是。也许碰过面吧?"

"有可能。"

"那儿有非常漂亮的大象。西班牙以大象著称。"

"是的。"

"俄国,你去过吗?"

"还没有。"

"哟,怎么搞的?"

"不给签证。"

"会给的。一旦他们有大象需要拍摄,你就会得到签证。他们将派一辆四轮豪华马车去接你。有大象在跟前碍手碍脚,看样子不可能建设一个新的世界。它们似乎是一个障碍,是过了时的幸存者。这不是我的看法,但好像就是这样。所以你和我做的事才那么重要……"

"是您,没有我。我嘛,我拍照片。"

"大象的命运,你不关心?"

"您从来没想过别的事吗?"

"想过。但太让人伤心。"

"您还是该试试。"

"再说我是个疯子,别人没告诉你吗?"

"您当然是疯子,他们都是疯子:甘地以及他的消极抵抗和禁食,你们的戴高乐以及他的法国、您和您的大象……"

他继续讲着,咬紧牙关,一脸惊惶,眼睑晒红了,嘴唇肿了起来,红色的尘土一直钻进他的鼻孔、喉咙、耳朵,甚至——他肯定——前列腺,阴险地摩擦着他的根基。他不时惊愕地举目四望,看见数百只红色羚羊卧倒在地,一动不动的犄角好似数百把竖琴,身上落满灰色的兀鹫,仿佛站岗的哨兵;他还看见一群躯体庞大的水牛,没想到也会落到如此的境地,他们走近时,有几头挣扎着想爬起来;东边,远远的直达天际,遍地是死去的幼象,一动不动地躺在那儿,黑压压一片;绿头苍蝇上下飞舞,鬣狗窜来窜去,还有灰尘,还有岩石,有刺植物下的蚁巢,一九四〇年对着麦克风大吼要决战到底的丘吉尔的脸——当时他正抱着照相机在隔壁房间等。有一次,他的马甚至撞到一头狮子开了膛的骨架,内脏露在外边,上面落满嗡嗡叫的苍蝇。依德里斯,面不改色的蓝色幽灵,疑惑地在这具尸骨前停下,敬畏地盯着它,那是他仅对宿敌怀有的默默的敬意。看见这头死狮,艾伯·费尔兹险些为自己洒一把同情的泪。依德里斯好像很讨厌他和他的照相机,不用正眼看他,每当记者把镜头对准莫雷尔,老猎手便不加掩饰地吐口唾沫。他好几次称记者 oudjana ga 和 oudjana baga,莫雷尔出于好意为他翻译,意思是报警鸟和不祥鸟。莫雷尔边说边笑,但神经极度疲劳的费尔兹认为这太过分,觉得受了辱,丢了脸,十分气愤。他垂下头,对这两个词琢磨了很久,最后断定依德里斯是反犹分子。有一次,他看见一只秃鹫拍打着翅膀,缓缓落在一头没有完全腐烂的动物的尸体上。他想,他就是一只秃鹫,随时准备带着照相机扑向总是新鲜的牺牲品。他甚至长得和鸟有几分相像,尤其鼻子和那双近视眼。他努力用美国英语把这一切解释给依德里斯听,指着正在空中盘旋的他的同事们说,每一只都试图和他争速度,夺走他嘴边的面包。他解释说,这不是他的错,必须第一个到达现场,这是职业的要求。依德里斯吐了口唾沫,好像很反感,跑去警告莫雷尔。大家在一棵有刺的植物上方罩了一块布,帮费尔兹平躺在阴影里。米娜一直坐在他身边,用湿手帕替他擦额头上的汗。他稍稍恢复了神志,定睛望着这位德国女子疲惫的脸;一个女性的身影出现在这片充满迫害的风景中,实在出乎意料,令人难以置信;他发现这张脸憔悴得让人认不出来了,只有扣在颈项、用帽带系着的大毡帽下的金黄色头发和清澈得天真无邪的眼睛,始终保持原来的明亮和亲切。

"您为什么不跟别人去苏丹呢?您爱上他了?"

"您试着睡一会儿,费尔兹先生……"

"您竟然这样爱他?"

"咱们改日再谈吧,等两个人的身体都好一些的时候……我,我也不行了,我得了痢疾。"

她脸上露出明显的倦容。"这就是爱情。"费尔兹带着从未被人爱过的人对爱情的深刻理解想道。"其实,她根本没把大象放在眼里。一个女子不会为思想忍受这一切,我毕竟是了解女人的,女人爱上一个男人的时候,才可能如此勇敢,如此坚忍不拔,对一切可能发生的事如此不管不顾……我了解女人,"费尔兹得意扬扬地想,"非常了解,因为我无时无刻不在思念她们。"在想象中,他不断与她们幽会。在想象中,他很可能有过几段当代最美好的恋情,以耸人听闻和令人惊异的方式赢得过女人的芳心。他心里计算着准备牺牲多少头大象博得一位女子如此的爱慕,如此的忠心。很快他算出必须牺牲整个物种。米娜朝他俯下身,浅浅的微笑使他把疾病、灼热的空气和疲惫不堪统统忘在脑后。他趴在临时搭建的帐篷里,热得喘不过气来,眼里闪着怨恨的光,流着鼻血,心想他倒特别希望赢得一位德国女子如此的爱和如此的忠心,他,在奥斯维辛①被毒气杀害的一对夫妇的儿子:这将证明无论如何人是可以被接受的……但也许他不过是个色鬼而已。

"您爱他……这一眼就看得出来。别否认了。没必要对我说您做这些全是为了大象……"

"我什么也不对您说,费尔兹先生。您话讲得太多了,您应该休息……"

"告诉我真相……"

"真相是必须做些事保护它们,费尔兹先生……现在大家都明白了这个道理,甚至我……既然我在这儿。我可是不大聪明的。不过我在近处看到这……战争期间,在柏林……再就是后来。我改日再向您解释吧。"

---

① 波兰南部城镇,二次大战期间,德国纳粹在此建立了大规模迫害犹太人的集中营。

艾伯·费尔兹极为气恼和轻蔑地吹了声口哨。

"您瞧不起我！"

"尽量睡一会儿吧，我用手帕盖住您的眼睛……"

一群虚无主义者，他们就是虚无主义者和无政府主义者，很可能希望通过武力推翻美国政府。艾伯·费尔兹永远，永远不会给他们发美国签证。当初，他可是费了九牛二虎之力才弄到这张签证。整件事是反映了欧洲堕落和无政府的典型事件，是一个在美国无法设想的颠覆行动。在美国，个人的尊严受到全方位的保护，这个问题甚至不存在了。他只有一个愿望，就是返回美国发表他的照片，揭露法德两国知识分子的虚无主义；不过暂时他被困在临时帐篷里，浑身是土，夹在一棵仙人掌和一株有刺植物之间动弹不得，睁开疼痛的眼皮，只看见一幅由石头、荆棘、沙子和艾伯·费尔兹的双脚组成的静物画——这名环球旅行者①，返国后将把保护大象的运动当作自己生活的目标。而且这是他的最后一次采访。他将不再干这行。谁也无法让他改变这个决定。（后来，费尔兹常常以这个不可动摇的决心做例子，来说明当时身心衰竭的状态所特有的一个标记。）

在沙漠的最后十二个小时，费尔兹是在近乎幸福的木僵状态下度过的；他眼前经常出现色情的幻象，这部分由马的摩擦引起，部分来自他紧抓生命不放的欲

---

① 原文为英文。

望,因为他觉得人生总归还有些触摸得到的魅力。然而,他始终没有忘记拍照。有一次,米娜坐在沙子上,背靠岩石,眼睛半开半闭——她的脸瘦得厉害,似乎只剩下那张总那么痛苦,此刻近乎凄楚的有些扁平的大嘴——他见她伸手拿手袋,打开它,取出一支口红涂抹嘴唇。费尔兹疑惑地望着她:她正在打扮自己。他那样吃惊,等他终于直起身,用相机对准她时,她已化完了妆。从这时起,他便一刻不停地留心她。他一心想拍一张人们做无聊琐事的照片传给后世子孙。他随时准备好相机,焦躁地擦掉镜头上的沙子,下定决心要拍这张照片。最后他拍成了。当他看见她又一次在小道上停下来,打开手袋,把尘土与汗水和在一起几乎凝成块儿,显得痛苦的脸擦干净,开始涂口红的时候,他立即拍下了这个镜头。那一刻,大概因为发烧的缘故,他仍冒出一个稀奇古怪的念头。他想起走在奥斯维辛通往毒气室路上的母亲,和所有在那儿被杀害的年轻女子:想到人类总能找到办法,在路上不时化化妆,他冷笑了一声。甚至有些男人,出名的男人,专门以此为职业。化妆师。他们通常还因此而获得诺贝尔奖。

他们离开库鲁湖的第三天,进入了乍得的小丛林灌木区。灌木生长不良,没有一点树荫,蚁巢经马蹄一踩,顿时灰尘四溅。莫雷尔丝毫不想躲藏,他穿过村庄或在村里停下来,不在意被人看见。妇女们在地上铺的大树叶上晒木薯,抬起头望着他经过。一位腿脚不灵便的百岁苏丹①,由两个男人搀扶着,出现在用干泥巴盖的小屋门口,头上缠的白呢头巾几乎遮住了脸,目光久久地追随他们。赤身裸体的孩子们跟在他后面跑,制陶工抛下红色的双耳尖底瓮赶紧出来看他,披着披风的骑马者闪到一边让路。在这儿,费尔兹头一次听到整个乍得给莫雷尔起的绰号:Ubaba Giva,莫雷尔骄傲地做了翻译,意思是大象的老祖宗。显然,他被人们赋予了某种神圣的色彩,某种超自然的特性。他们敬畏他,也许只是怕被他传染:附在他身上的魔鬼,很可能就是从耳朵里出来,等你离得太近时钻进你鼻孔的那类魔鬼。

"您不怕被抓吗?"

"当局并不太想抓我。如果他们抓住我,就得审判。如果法国司法机关开始审判一个保护大象的人,那可有好戏看啦……这像什么话?"

显然他以为人人都在保护他。费尔兹断定他真正的疯狂恰恰在于此:他以为得到支持,深得民心。说不定这里边还有自嘲的味道,但费尔兹不信。莫雷尔看上去真的满怀信心,无忧无虑,他笑着跟照管他们马匹的马蹄铁匠打趣时,记者拍下了他最喜欢的那张照片。(据费尔兹后来回忆,他们出发时有七匹马,其中两匹在穿越荒原时不得不杀掉。当他们抵达戈拉的第一座村落时,马儿累得必须每两小时停下来休息一会儿。为了再买几匹

---

① 某些穆斯林亲王和君主的称号。

马,依德里斯花了整整一天时间谈判。)费尔兹搞不清那法国人的精力怎么会那么充沛,但只要想想历史上那些信仰坚定的人,这个问题就迎刃而解了。他本人也清楚,为了拍照片,他有使不完的劲儿。这是一个志向问题。但那姑娘已筋疲力尽。那顶大毡帽下的脸,好像每天都在缩小,凹陷下去,十分苍白,晒脱了皮,脸瘦得脱了形。有天夜里,记者的肋骨又疼起来,最后他实在躺不住了,走出小屋想吸点新鲜空气,尽管每次吞咽空气时,都感到肋骨尖扎进了左肺。他发现米娜倚着一棵树,正在呕吐。

"千万别告诉他,费尔兹先生。"

"最好还是别走了。您已经没法继续走了……我也一样,咱们俩都该上医院。我,我可能还能坚持一两天,可是您……"

"明天我再试试。我不能把他一个人丢下,费尔兹先生。您知道……"

她露出挑战的微笑。

"我愿意有个柏林来的人跟他一直坚持到底……"

"我看不出这跟柏林有什么关系。"

"像我这样的人,费尔兹先生,我从柏林的废墟走出来,经历了许多事……"

"我们全经历过许多事。世界上有百分之六十的人还在挨饿。"

"有一天我可以给您讲述……"

"我知道。拉密堡的人对您有很多议论。这不是一个理由……"

"只要我能站着,就跟他在一起。"她说。

"爱一个人可以,但不必为了他死于痢疾。"

她一下子火了。

"您根本不懂。因为我是酒吧女郎,一个没文化的女孩子……我在这儿是为我自己,费尔兹先生。我曾被士兵们强暴……"

"是俄国士兵。打仗嘛。这不是为大象丢掉性命的理由。"

"不是俄国士兵,费尔兹先生。这跟军装毫无关系,您应该清楚。您应该第一个明白为什么一个人如此百折不挠地保护大自然……那天您对我说您的家人在奥斯维辛被毒气毒死了……"

"是的。那又怎么样?我照样只拍照片。必须把这方面的资料完整汇集起来。能做的只限于此。您想跟谁打官司呢?"

她不听他讲话。她的声音带着几乎歇斯底里的腔调,但搞不清楚这是习惯性的,还是因为疲惫和疾病。这是个令人吃惊的姑娘,仅从外表看,她那凸凹有致的身材、一头金发和睁得大大的眼睛,叫你很难想象有一天她会平静地离开乍得的夜总会,乘一辆塞满武器和弹药的吉普车,去找那个保护大象的人。她这样做,真的如她所说是"为了她自己",也是为了示威,也是为了跑去声援人类尊严的一个完全实现不了、夸张、可笑,甚至不能容忍的观念？做这种事她想必不够聪明，不幸的是她有个身体，有张面孔，男人们见了就想脱她的衣服，绝不想理解她。也许她也对此表示抗议。至于聪明，费尔兹有自己的看法：过度的女性特征，加上作为前提的直觉和同情心，据他所知最接近真正的天才。他从未在女性身上遇到过真正的天才。有时他觉得自己有，存在于令人惊惧的呼唤中。米娜靠着金合欢树，汗和泪水混合在一起，脸上亮亮的，她精疲力竭，心力交瘁，只剩下坚持下去的意志。她非常严肃，让人难受地缺乏幽默感，和德国人一样，和好开玩笑的莫雷尔大相径庭，但恐怕没有人比她更理解莫雷尔。

"明天我再试试看吧。我根本不知道他希望怎样，但这没关系……我们以前那个存有药品、食物和弹药的岩洞被军队发现了。如果明天我看到自己成为他的累赘，我就停下来，叫他一个人继续走；为了我，他已经只拣最容易走的路……他沿小道走。昨天，依德里斯请求他避开有行政区护士的村庄，但他根本不听，就是想让我能休息一夜……"

"不是因为您。"费尔兹说，"他真心诚意地相信他不会出任何事。他有个固执的念头，以为得到众人的同情。不仅在非洲，是在全世界。如果他认为俄国的工人在工厂里为他祈祷，我不会奇怪……他疯就疯在这儿。假如您想知道我的看法，那就是他自以为法国当局在暗中保护他……为他感到骄傲。而且他相信法国。如果您把他逼急了,他会告诉您法国的精神使命是保护大象……他就这么个人,您拿他没办法。这是他真正疯狂的地方。在印度,要是他这么疯,说不定会把他奉为圣人……但我相信,如果他继续这么下去,必将挨枪子儿。等这事发生的时候——我告诉您这为期不远了——我愿意在现场……好拍张照片。他肯定是这个下场……"

莫雷尔的确看上去满怀信心,它令人不知所措,让人有点心烦意乱,甚至带有传染性:费尔兹也不知不觉开始确信他不会出任何事了……

"喂,摄影师,累了吧?"

"累了。"

"别累坏了。事情还没完呢。这个活儿,永远没个完。哪儿有事你就去哪儿,你心里应该有数……还有不少该死的照片等你去拍呢。"

"希望如此。"

"你的胶卷得省着用……"

他笑眯眯地瞅着他,脸上的皱纹好似一些友好的小虫子,在他那双年轻热情的褐色眼睛周围蹦跳,但他尽量保持严肃。

"应该说,抓拍非常困难……还没有人拍出成功的照片呢。"

费尔兹差点对莫雷尔说他成功过一两次。用百分之一秒的速度抓拍快镜照片;一道闪电,经过的瞬间,吃惊的一跳——有时,在刚刚咽气的人的脸上,人的尊严的闪光仍然停留片刻。这种表情甚至永远凝固在一些死人的面孔上,仿佛此后要与大地紧密结合在一起。但费尔兹不会上当。他用摄影师漠不关心的冷眼,从纯粹职业的角度打量着莫雷尔——一张典型的法国面孔,属于爱耍别人、抽蓝色高卢牌香烟那一类,既深沉又慢吞吞的声调,在现场当罢工纠察队员、抱着几本请愿书的积极分子的神气。费尔兹试图弄明白为什么觉得莫雷尔如此有法国味儿,最后发现原来是他那亦庄亦谐和半嗔半喜的嘴角皱纹所致。

"喂!你们美洲还剩下不少大象吧?"

"从中新世起美洲就没有大象了。"

"这么说,一个也不剩了?"

费尔兹咬紧牙关。

"不,还剩一些。"

"活的,还是画在纸上的?"

"活的。"

"这是怎么回事?"

"有位总统对大象感兴趣。"

"他为大象做了些事?"

"是的。他,比方说废除了种族隔……"

他把下半截话咽了回去。他不会任人摆布的。他拒绝上当。莫雷尔笑着,头朝后仰,沐浴在非洲的灿烂阳光里。

"好啊。在法国,人们为大象做了很多,多得最后连法国也变成了一头象。如今,她和它们一样受到消亡的威胁……告诉我,摄影师,你始终认为我是疯子吗?"

"是的。"

"你是对的。必须当疯子……你受过教育吗?"

"受过。"

"你还记得古生代初期史前爬行动物头一次从泥沙里爬出来吗?它开始自由自在地生活,不用肺呼吸,等着长出肺来?"

"不记得了,但我在什么地方读到过。"

"好。哎!那家伙,它也是疯子,精神完全失常。它正是为这个做这番尝试的。它是我们大家的祖先,无论如何不该忘记它。没有它,就没有今天的我们。毫无疑问,当年它胆子够大。我们也应该试试。这就是进步。和它一样,经过多次尝试,说不定最后将长出必要的器官,比方尊严器官或博爱器官……一个这样的器官,确实值得一拍。我叫你留些胶卷,正是为了这个……未来的事谁能料定?"

"我总留些胶卷,以防万一。"费尔兹说。

他几次试着跟尤素夫搭话,却次次碰壁,对方不但一言不发,似乎还抱着敌意。他们离开库鲁湖以后,少年看上去闷闷不乐,好像心有隐痛。他带着怪异的神经质守着莫雷尔,武器从不离手,夜里久久坐在打盹的法国人身边,倚着冲锋枪,注视着星光下的莫雷尔。他似乎在与内心的焦虑做着斗争,记者徒劳地想探明其中的缘由;他最终得出的结论是：少年明白他们美好的冒险即将终结。费尔兹也试着盘问依德里斯，据说他是非洲最好的动物追踪者——的确很难怀疑他有某个秘密的思想动机。费尔兹给他拍了一些极好的照片：蛮子的脸，鹰钩鼻，两道刀伤似的、延伸到下巴上寥寥几根花白胡子的皱纹，总在嗅着什么的鼻孔，只盯着非洲大地上的小道的一双关注的眼睛。他仅用几个单音节词回答。正当跟他套近乎的招数全部用尽时，这个在荆棘丛林里和兽群待了一辈子的人，突然用喉音近乎粗暴地向他甩出一句话：

"哪里有大象，哪里就有自由……"

不过，他这样说大概只是想讨好雇他的白人，费尔兹绝不肯相信这个高尚的原始人也会受到思想的浸染。但不该忘记这是在法属赤道非洲，法国人完全有可能把他们的想法硬塞给他。殖民主义者什么都不尊重。他们找一些具有原始的美，因无知而从容，因淳朴而高贵的人，随意用意识形态和政治的老虎钳扭曲他们。必须彻底消灭殖民主义，还非洲以本来的面目。现在只剩下一个法国人仍有这个蠢念头，既想朝前走，又想捍卫大象的神圣性。如果有大象碍手碍脚，怎么可能在进步的道路上乘胜前进呢？二者显然不可调和。艾伯·费尔兹身子在马上摇来晃去，他比画着，时而高声发表几句评语，逗得莫雷尔直乐。他一度完全昏了头，停下来向大象发出警告，要它们出现在他面前，任他拍摄！——接着他指责它们不存在，是个神话，自由派和知识分子编的故事，一个简单的令艾伯·费尔兹丧命的借口，使他的竞争对手大为高兴。大家把他从马上扶下来，帮他平躺在小道边的树下，米娜试图让他吞下一片药片。"哈哈哈！"艾伯·费尔兹笑道，"尊严的药片！"他反抗这个卑鄙的企图。他对他们说，他是美国人，二十年前，他加入美国籍的时候已从淤泥里爬出来，因此有了肺可以顺畅地呼吸。他睡了一个钟头，等重新上马时，他心酸地想，他，艾伯·费尔兹，活在世上的最伟大的记者都再也忍受不了的磨难，这个德国女子反倒忍住了。每当他从麻木中苏醒过来，都看见她在莫雷尔身边，被可笑而神奇的对大自然的爱支撑着。每到宿营地，尤素夫和依德里斯小心翼翼地把费尔兹扶下马，他叉开腿走几步，仿佛前列腺那儿压了个一百公斤重的秤砣。追上这姑娘时，他看得很清楚，她已经累得不行，脸上汗津津的，面色如土，眼里流露出肉体上的痛苦。费尔兹暗想，不管怎么说，这是唯一忍受不了的痛苦。她已完全顾不上女性的矜持，连最起码的羞耻心也抛到脑后。她一天停下来二十次，被依德里斯扶下马，这时，必须转过身去不看她，她连挪步的力气都没有了。这可怜的雌性爬行动物，勇敢地爬出了淤泥和柏林的废墟，但给她惹了那么多麻烦的身体，又一次占了上风。

（费尔兹始终认为，各国政府为生物实验室做得不够，过分热衷于政治，对生物化学的进步不大关心。他想，如果连续出现二十个生物学的爱因斯坦，就可以轻而易举地帮我们摆脱这种状态。他觉得充满了希望，哼起了小曲。他清晰地看到周围的爬行动物点头表示同意。后来费尔兹说，他当时因为干燥和喝不到酒，出现了各种震颤性谵妄症状。他看见身边围了一圈亲如兄弟的爬行动物，和他体型一样，长着护胸甲似的鳞片，大张着嘴，正在做呼吸运动。他也努力做，但每次都觉得肋骨插进了他的肺叶，于是他只渴望回到出生的淤泥中，在舒适凉爽的水坑里爬行，蜷成一团待在那儿，一劳永逸地抛弃他的人类尊严的梦想。然而……艾伯·费尔兹毕竟是先驱，艾伯·费尔兹毕竟是世上第一人，艾伯·费尔兹毕竟第一个爬出泥淖，胜利地夺得尊严……这，这是张照片！他的竞争对手们别指望得到它……普利策奖①，普利策奖……他满怀希望，激动地哭起来。）

可是，等烧退了以后，米娜的那张脸，由于痛苦和坚忍不拔的意志睁大的双眼，以及莫雷尔走到哪儿这姑娘跟到哪儿的努力，令他大为感动。

"我要能找到氯碘喹啉就好了……"

"您不能再这样继续下去了。"费尔兹说，他站在小道旁，用胳膊抱住一根树干，像被人家扶下马时那样叉开两腿，坚信稍一活动，他的前列腺就会裂开，"应该让他一个人继续……这是发疯……这没有意义。"

"我只想坚持走到山上……"

---

① 由匈牙利裔的美国报纸编辑、发行人和出版者普利策（1847—1911）设立的奖项，一年一度颁发给在新闻、文学、音乐等方面有突出成就的人。

"然后呢?"

"这我无所谓。就是死,我也宁可死在那边……"

"然后呢?"费尔兹从容不迫地问道。

她起初好像吃了一惊,接着思索了一下,寻找答案。"当然,"费尔兹满意地想,"她找不到:她只有这点可笑而执拗的勇气,十足德国佬的固执。"

"确实如此。"她接着说,"但这没关系。总该试试嘛。"

"试什么?"费尔兹大叫,完全被这愚蠢的固执和拒不看现实的态度激怒了,"凭什么? 为了什么? 老天爷,这一切,到了这种地步,这还有什么用呀? 真不知道您想干什么?"

她坐在斜坡上,脸上淌着灰乎乎的汗,帽子搁在膝头,手一动不动地压在上面。她抬眼望他,他又从她眼里看到了每次都令他怒不可遏的东西:一个挑战的、甚至快活的小小的闪光,这眼神想必是她跟那混蛋莫雷尔学来的。在这张只剩下一对高颧骨、显得更瘦削的脸上,在这张只剩下最简单表情的脸上,尤其令他不能容忍的是他感到立即受到这份快乐的传染:他听见自己在笑。

"行了,"他说,"行了。我知道那套废话。一个人总可以爱大象,又不傻呵呵地为了它们死于痢疾吧?"

她摇摇头。

"我信,您知道。"

"信什么?"费尔兹叫道。

她闭上眼,微笑着摇了摇头。

费尔兹后来想起,诉讼进行到审问的最后时刻,她找不到或者拒绝找到合适的字眼。她刚刚承认,在毅然决定留在莫雷尔身边后,她拒绝去苏丹避难:他打算在乌莱山区度过雨季,雨季后再继续开展这场运动。庭长听了好像极为满意。

"这么说,您决定帮助他?"

"是的。"

听众中一阵窃窃私语。她的律师忍不住举起手臂。坐在大厅最后边的法格神甫低声咕哝了一句,他本想小点声,哪知大厅里的人,很可能场外的人都听见了。两名戴直筒无边红色高帽的黑人陪审员似乎十分懊丧:如今要宣告她无罪难上加难了。在报界席,芝加哥极右派名记者马斯特尔朝女邻座——一位同样出名,但以趋向中间派著称的特派记者——俯下身,对她说:

"这姑娘泄恨泄到了头……这都是俄国人造成的,柏林沦陷期间她不知被强暴了多少次……"

在被告席第一排,瓦伊塔里神态冷漠,一副不屑的样子;比尔·科维斯特一本正经地点头表示赞同;福希思轻轻向她做了个手势,以示鼓励。在他们后面,马君巴、恩多洛和安盖勒——最后这位在医院度过了一半羁押期——似乎心灰意懒,看上去又烦又恼火。哈比卜一个人坐在被告席最后一排,其他人上边,一直伸长了脖子,免得漏掉这个场面的任何细节,他无拘无束,显得很快活,叫人觉得他很高兴待在那儿。费尔兹蜷缩在椅子里,因为炎热这姿势很不舒服,却帮助他把神经的紧张转换为肉体的紧张。他以证人的身份出庭,这给他造成严重的损失,因为他不得不放下照相机,无奈且厌恶地目睹竞争对手们尽情享受他们的工作。他宁愿付出高昂代价给米娜拍张照片,如他现在看到她的样子:站在栏杆前,身穿白色套衫和布裙,目光执着而富于说服力,好像努力要人懂的哑巴,一头金发现在几乎长及肩头,比短发更适合她,沉甸甸地,几乎有些笨拙地显露出过分的女性特征。他恨不能也拍摄听众注视她的目光:不仅停留在她的脸上,不仅以寻求真相为目的。此刻他才恍然大悟,为什么那么容易对她产生误解,为什么他一开始也看错了:这姑娘命中注定要唤起男人们的关注,其中十有八九纯粹是肉体上的关注,其他的原因就所剩无几了。

"这么说,与您最初的说法相反,您根本无意说服莫雷尔束手就擒,反而愿意帮助他继续他的恐怖主义活动?"

"我想跟他在一起。"

"为什么?"

她力图做出解释。首先用一个眼神,但她很快看出这没有用。

"我不知道,也许因为我是个德国女人……我的意思是人家对我们有那么多议论——噢!其中不少是真的——我当时想……我心里想……"

"我们听您说。"

"我心里想：也应该有个我们国家的人跟他在一起……一个柏林人。"

"真的，我看不出其中的关系。您解释一下。"

"哎！我想说的是，我们也相信这一切……"

"什么？"

"莫雷尔试图做的……他保护的。"

"大象？"

"对。保护大自然……"

"就这些？您准备为保护动物牺牲您的自由，也许还有生命，既然当时您有病？您想让我们相信这些吗？"

"不止这些。"

"那还有什么？劳您大驾，您能不能一劳永逸地向本庭讲清楚，据您看莫雷尔准确地说在保卫什么？"

她没有回答，近乎绝望地试着再一次用眼神做出解释。

"非洲民族主义？非洲的独立？"

"不是……"

"那是什么？"

"我不知道……我讲不出来。"

"您愿意用德语讲吗？我们这儿有译员。"

"我用德语也讲不出来。"

"我正是这样想的。"庭长满意地说。

费尔兹紧紧抓住马鞍的前鞒,避免过重地压在他的前列腺上,心里愤愤地想,人道主义者其实是最后的也是最讨厌的贵族,他们从来什么也不学,总把一切忘掉。他们继续为大自然的壮丽美景欣喜若狂,继续毫不灰心地要求善待大自然,毫不灰心地要求给人留个空间,不管我们的前进多么艰难,仿佛他们几百年来一直为自由和博爱欢欣鼓舞,丝毫没有受到劳改营和民族主义的干扰;他们嘴里高喊保护大象,却对身边愈来愈大的象牙堆熟视无睹。然而,在新世界、新非洲的建设中,这些厚皮动物注定要消亡,正如当年野牛和水牛注定在美国的建设中消亡了一样。这是一个不可逆转的进程,责怪共产主义和美国资本主义同样荒谬:假如殖民主义正在消失,那么很可能它将被更大的奴役取而代之。莫雷尔的活动没有意义,因为没有人回应他的求救信号。这人的悲剧就在于,除他本人外,他没有其他对话者。"唯一可以使我们摆脱困境的,"费尔兹想,"是一场生物学革命,但在这一点上,科学研究走入了歧途……这很可惜。因为勇气,甚至非凡的意志并不缺少……要说服自己,只需看看这位姑娘,她拒绝被机体功能的严重衰退所压垮,每到歇脚处都回到那个相信本世纪仍容得下大象的人身边。在金黄色的尘埃中,她的一头金发和任何疲惫也破坏不了的柔和的身体曲线,是他希望总出现在他面前的一个幻影。费尔兹有时看见他俩转过身去面对面交谈,或交换一个带有嘲讽意味的心照不宣的微笑,每次这都令他气得发疯。这已经不是什么固执,而十足是具有传染性的先天痴愚的反应,好像他们真的相信正在走向灿烂的未来。一路上,他们居然还有闲情欣赏风景。

"瞧呀,摄影师,奥戈平原和后面的第一道山梁……多美啊!你应当拍彩色的。"

"我不想浪费我最后的胶卷。"费尔兹咕哝道,"再说,我已经没有彩色的了。"

"可惜。你留着那段胶卷究竟要拍什么?拍我被捕吗?"

他在打趣。

"你净胡思乱想……我不会出任何事的。"

他们在一个村庄停了下来,村子距乌莱山第一片山麓丘陵仅几公里,再往前就是竹林。全体村民望着他们经过。依德里斯跟一个胳膊上伤痕累累的干瘪的小个子密谈了很长时间,从当职业猎手的大时代算起,他们相识已有三十年了。这人的手指丧失了活动能力,手上和胳膊上的伤疤是一九三六年在乌达伊一头狮子咬死布鲁诺·德·拉勃雷时留下的爪痕。他告诉他们,在发现了乌莱山里藏有武器、粮食和弹药储备的岩洞后,一支五十人的小分队乘两辆卡车和一辆吉普被派往现场,目前还在当地。依德里斯再次努力说服莫雷尔离开小道避免双方遭遇,要他暂时放弃一口气赶到山里的念头,在丛林灌木区躲藏几日。费尔兹见他激烈地争论着,不时用手指着小道。他们在广场的大树下停下来,那儿是一个世纪以来年长者们开会的地方。一群可怜巴巴的、在非洲所有村落中永远受人轻贱的小黄狗,尖声叫着围着他们跑。从小屋里出来的村民们拉住他们的孩子,远远地注视他们。尤素夫一声不吭,脸上的神情难以捉摸,他骑在马上一动不动,怀里紧抱着冲锋枪。树下的光影随着他们每一个微小的动作移动。依德里斯坚持己见,激烈地做着手势,滔滔不绝地讲着,每次举手做个动作,宽大的蓝呢服便滑落到胳膊上。莫雷尔注意地听他讲,一边摇着头。有一两次,正当依德里斯试图说服他的时候,他迅速瞥了米娜一眼。她席地而坐,双膝并拢贴着下巴,试图用她的态度掩饰不可能看不到的事实:她已经筋疲力尽。嘴唇周围出的汗不是因为热,而是因为极度疲惫。费尔兹觉得自己也结实得差不多跟湿抹布一样了,不过他知道,只要还剩下一段胶卷,他就仍可以坚持。可是怎么能要求处于这种状态下的可怜女子攀爬竹林的岩石呢?依德里斯再次有力地用食指朝小道尽头一指,终于住了口。莫雷尔做了个赞同的手势。

"我很清楚我们将径直往上走。"他说,"不过现在他们也应该知道我们在这儿。除非我弄错了,他们将偷偷离开小道,以免撞上我们。他们将放我们过去。他们一定接到了命令……即便没接到,他们也不会愿意逮捕我们的。妈的,他们毕竟是法国兵。大象,他们是了解的……他们一直保护它们,他们来非洲还是要保护它们……"

他抱有的信心和信念是无法抗拒的,大伙儿觉得受到了感染,如同被来势凶猛的潮水包围一般。他那双褐色的眼睛里的确闪着快活的光,不过他大概平时就是这样,可能只是眸子里有一层颜色更淡而已。费尔兹决定以后再去弄明白。眼下他太累了,只能跟着他。他见米娜站起来,两人回到这小队人中原来的位置,尤素夫的后边。少年离莫雷尔非常近,两人的马有时互相触碰。他那张汗津津的毫无表情的脸,现在闪着焦虑的光。他用目光搜索前方在树木间伸展的空无一人的笔直小道,紧握手中枪,子弹上了膛。

尤素夫觉得反叛的情绪在心中滋长,这反叛与当年促使他投奔瓦伊塔里的反叛只剩下遥远的关系。

他们前边的某个地方,在森林的第一片树木间延伸的这条小道上,随时会出现一队士兵,奉令——他知道,不管莫雷尔怎么说——抓捕这个法国人,要活捉,使他可以平静地当着全世界的面宣告他那些可笑大象的真相。他的反叛情绪并非源于惧怕。一开始他便被瓦伊塔里安插在莫雷尔身边,监视他的一举一动,尤其要阻止他活着落入当局之手。必须不惜一切代价,使他不可能在审理案子时宣告——全世界的目光届时将对准他——他制造骚乱只有一个目的,即保护非洲动物,他进行这场荒唐的战斗,仅仅为了保护大象,为了要求在我们最残酷的斗争中,不管有多大的历史压力或追求怎样的目标,也必须尊重人的空间。假如莫雷尔活着落入警方之手,那什么也拦不住他把他的根本意图公之于世,申明非洲的独立之所以令他感兴趣,仅仅因为它保证尊重他想挽救的东西,他没有任何政治目的,只有严格的人道主义目的,只标榜某种人道的观念。必须阻止他这样损害非洲民族主义的事业,尤其因为他演说时肯定将揭露不管什么样的所有的民族主义;他一有机会便这样做。必须及时干掉他,随后把他奉为非洲民族主义的一位英雄,在森林的某个阴暗的角落被殖民主义的杀手害死了。尤素夫接到的指示很明确,但由于有记者在,事情一开始就变复杂了。记者非但没有如他宣布的那样返回拉密堡,反倒固执地跟随莫雷尔,好像有意不离开他。与折磨尤素夫的不宁心绪相比,这倒也算不了什么。他心中滋长的是极像抗命的一种冲动。作为忠于民族主义事业的法科大学生,为执行瓦伊塔里的命令他被迫扮成普通的奴仆,在莫雷尔身边这样生活了一年多。有时他被来自这法国人的信心和希望所感染,对受过法国大学教育的他而言,不难理解莫雷尔捍卫的东西的重要性和紧迫性。这其中掺杂着在中学和大学学到的一些老概念、默记和朗读过的课文、一些字眼,当然仅仅是一些字眼,但这法国人头一次给了这些字眼真理的口气。现在的问题甚至不再是弄清楚,是否目的好就可以不择手段——他从来不相信这句话——人是否真的可以亲如兄弟,或者他是否应该不可救药地伪装下去。问题不在于放弃非洲的独立,但他觉得这独立如今和一个重要得多、受的威胁大得多的目的密不可分。然而他接到的命令是明确的：必须不惜一切代价阻止莫雷尔活着落入当局之手。他对运动忠贞不贰，但他弄不清楚这忠诚是否与他朦胧的期待不可并存。这与拿起冲锋枪从背后来一梭子子弹肯定颇难调和。可是运动有不可辩驳的逻辑和迫切的需要，要求他这样做。除了非洲人民进入历史这个意愿，他有什么权利为别的事操心呢？他唯一的借口是有记者，一位太碍事的证人在场。但如果小分队在小道尽头出现，他将别无选择。因此他握紧上了子弹的武器，但完全没有决心，脸上没有表情，心里烦乱不安，竭力遏制着同情这法国人的冲动：他跟了他这么久，永远见他处于腹背受敌的地位，却继续抱着极具感染力的信心和乐观态度，捍卫一项正在到来的世界再也无意受拖累的事业。

前面的小道径直而上，小小的缓坡仿佛消失在云天。

他们离开了小丛林灌木区，斜道两侧开始出现愈来愈密的树木，四周静悄悄的，空寂无人。也许由于昔日在朝鲜和马来西亚有巡逻的经验，费尔兹总觉得什么地方藏着人——只有这样丛林才会寂静无声。

他准备随便拿什么打赌，他们即将中埋伏。但四周仍然静悄悄的，小道上仍然了无人迹。偶尔只有成群的狒狒钻出矮树丛，在他们前面跑。有的找水喝，一串串地淹死在井底；有的偷吃缸里的黍子，结果被突然倒下来的缸盖闷死。天上飘着棉絮般的白云，光色晦暗：费尔兹检查了镜头,调好光圈和速度。他发觉担惊受怕的不止他一个。他好几次觉察到尤素夫环顾四周的目光,偶尔视线又移向莫雷尔,枪口几乎触到他的身上。费尔兹注意到弹夹已经装好。

这时,桑狄安中尉率领的小分队已到达他们前方三十公里的地方,正沿着小道朝他们这个方向开来。中尉坐在吉普车里打头阵,后面跟着两卡车乌班吉土著步兵。头顶上的天空灰蒙蒙的,看上去终于要下雨了。他全速行驶,刚从发生了骚乱的乌莱地区回来,那儿几乎每年举行成人仪式时都要乱一阵子。节庆结束后,部落送给桑狄安六羊皮袋热牛血,以示服从和悔恨。第一次世界大战爆发前几年,仪式上还用人血。桑狄安中尉不知道莫雷尔在本地区,他接到的最后几道有关莫雷尔的命令是西翁维尔事件之前下达的。上级命令他和领土所有其他军事指挥官用一切办法追查和逮捕那个狂人。但他坚信冒险家已到苏丹避难。中尉个子高大,一头金发,模样像运动员,是圣西尔军校的高才生,在朝鲜受过伤。后来他对费尔兹说:

"我万万没有想到莫雷尔也在小道上,几乎在我眼皮底下,我没有发出任何警报或别的什么。我们的枪没有上子弹,我只佩带了发令枪,再就是中士有准备好射击的武器,他坐在吉普车里,我的身后。我们碰到你们可以说完全出乎意料,我开始还以为你们是出来闲逛的种植园主。因此我们措手不及,浪费了时间。可惜……我被狠剋了一顿。但不管怎样,我不认为这会改变什么……总之,这毕竟很可惜,他一定是个颇令人惊讶的人物。在当今困难重重的时代,有个人还能如此迷恋大象,这简直不可思议……"说这些话时,他的声音里带着一丝遗憾甚至尴尬,仿佛想替自己辩解。

尤素夫跟在莫雷尔身后,离他不到一米远,手指扣在扳机上。费尔兹直到暮年还记得那张裹在白布里的黑脸,由于焦虑和犹豫,上面淌着豆大的汗珠,每根线条都打上了近乎肉体的痛苦的印痕。

夹在林木间的小道一直寂静无声,没有人影,费尔兹的耳朵里只听见自己的血在搏动。但职业老手的本能继续向他吼叫危险的存在,悲剧迫在眉睫的结局。他隔几秒钟便神经质地检查相机的镜头,愈来愈肯定地预感到,再往前走几步,这场冒险就要结束了。

谢尔舍埋伏在距苏丹边境五十公里处加拉札狭道的一堆花岗岩里,等着瓦伊塔里的卡车到来。约半个世纪前,让蒂尔[①]船长的地理考察队正是在这里被努比亚[②]

---

① 让蒂尔(1866—1914),法国殖民官员,曾勘探今刚果、中非共和国和乍得地区,确立了法国在赤道非洲的统治。他原为海军军官,1895—1897年率远征队从法属刚果沙里河抵达乍得湖。1904—1906年任法属刚果总督。
② 努比亚指埃及至苏丹的沙漠地区。

骑兵杀害的。谢尔舍朝库鲁湖进发去抓捕莫雷尔的时候,由拉密堡转来一封格法特的电报,称苏丹不同政见者已越过了边境。他手下只有二十个人,于是决定在地形有利于隐蔽他的单峰驼和士兵的唯一地点抓住返回的走私犯。他与率十二个人一直待在格法特小道的杜吕中尉有无线电联络,尽管莫雷尔不大可能到这个众所周知被监视的十字路口冒险。他想不出苏丹叛军的逃兵去库鲁湖干什么。他们大多逃到南部的丛林灌木区或者宣布归顺。与埃及关系的改善和独立的临近,使结盟的最后一批拥护者的阴谋诡计一个也没有得逞。大概他们是些军火走私犯,在比惯常更南的地区行动,以躲过对他们通常经过地点的监视。六月二十三日下午三时,谢尔舍看见西边远远地腾起几根沙柱,空气透明度极好,所以他奇怪为什么等了半个小时才瞥见三辆卡车。一刻钟后,他下令朝轮胎开枪。卡车立即停下,除了最后一辆,它朝左拐进石头堆,撞得石头噼里啪啦乱跳,不胜重负的车翻了,装载的象牙滚了一地,令谢尔舍大吃一惊。从第二辆卡车的驾驶室里射出一梭子子弹,一些人跳下车来,扑倒在石头堆后面,不是为了抵抗,而是为了隐蔽。但卡车里继续射出一梭梭子弹,无用地扫射着岩石。接着有片刻声息全无,然后三个身着卡其布军装、手持冲锋枪的年轻人跳下车,边射击边朝岩石冲去。其中飞跑着的一个突然发出长长一声尖厉的呐喊——谢尔舍听出这是乌莱族自古以来作战时的呐喊声;发出呐喊的年轻法科大学生,自发地再次做出他的部落最古老的战争反应。显而易见,三名年轻的民族主义者只求战死,这又是一场宁为玉碎不为瓦全的战斗。谢尔舍想,在人类星光璀璨的道路上,这是在我们悠久的传统、我们的历史教科书和我们教给他们的一切的感召下做出的又一个行动。他觉得和那些无论如何仍相信人类博爱的人一样伤心。石头堆后面,谢尔舍的那些老骆驼兵们嬉笑着没有开枪。年轻人倒空了弹夹,垂下双臂,为保全性命的庸碌和希望落空的寂寞垂头丧气。第一辆卡车的车门猛地打开了,一只手摇着一顶快艇驾驶员大盖帽,其肮脏的里子必要时倒可以充当白旗。哈比卜举起双手下了车,嘴里仍神经质地咬着一支被挡风玻璃撞扁了的熄灭的雪茄。在他身后,慢慢出现了一张头戴天蓝色军帽的非洲人的英俊面孔。谢尔舍扔掉了武器,把笑着举起双手的苏丹人召集起来。他们当中有三个白人——他以后再管他们——他走近瓦伊塔里和哈比卜:黎巴嫩人尽管脸色有些灰白,仍无声地笑了笑。

"这跟我毫无关系,我只是路过;我发誓!"他说。

瓦伊塔里不屑地瞥了他一眼,然后说:

"我们是穿军装的士兵,要求受到士兵的对待。"

谢尔舍努力把视线从天蓝色缀黑星的军帽上移开。天穹上的星星也许没有比这些星星更迷失、更孤立的了。

"您好,议员先生。"他说。

"我把这身份留在身后已经好久了,这您很清楚。"

瓦伊塔里说,"我在这儿是非洲独立军战士。行使您的职责吧。"

谢尔舍朝站在长官身后的三个年轻人看了一眼——其中一位有着我国知识分子的和善相貌,另一位握紧了拳头,第三位的面孔温和而忧郁,使他不得不气愤和遗憾地掉转了头。他想,也许应该先培养群众再培养精英,不然会产生绝望的人。

"在乌莱人中,您能依靠多少个这样的青年?有多少人准备跟随您?"

"我求助于世界公众舆论。"瓦伊塔里说,"我尚未求助于乌莱人……世界公众舆论,这就是我的军队。行使您的职责吧,谢尔舍,别企图教训我。我想我可以说,我的政治经验比一个在沙漠骆驼中间度日的法国骆驼兵小军官稍微丰富些。我知道我在干什么。我束手就擒。明天,你们的报纸将不得不向世人宣布,非洲独立军打了第一场仗,其首领进了监狱。这对我——暂时——就够了。"

"恐怕有个误会,"谢尔舍说,"您大概不知道您的卡车里装满了象牙……"

他忍不住微微一笑。

"所以我的报告将只提一些掠夺象牙的人在返回途中被当场抓住的事。这和我们的老朋友克雷茨人用老实说差得远的办法在稍稍靠南的地方做的事相差无几。可惜您的名字和这件事掺和在一起……"

"这些象牙是用来购买至少一部分武器的。"瓦伊塔里说,"这证明与你们的断言相反,我不受雇于任何大国,除去世界公众舆论,我不转向任何人。无论如何你们再也不能硬说,非洲最近的骚乱仅仅是由一个要求保护大象的狂热分子引起的……不会有人信了。真相终将大白于天下……诉讼时我会讲得更好更清楚。"

"我承认我没有您的政治经验,"谢尔舍说,"但我建议您说,这些装象牙的卡车是法国当局停放在你们的路上,试图损害你们的声誉的……因为一切伎俩都可以使用。"

瓦伊塔里耸耸肩膀,背过身去。至于哈比卜,他完全恢复了镇定。

"我发誓!"他说,"我不过搭顺风车……"

谢尔舍从他那里得到了关于莫雷尔及其意图的全部所需信息。他与杜吕中尉进行无线电联络,后者告诉他,三十六小时前,福希思和比尔·科维斯特在即将偷渡苏丹边境时被捕。他把指挥权交给副官,带上六个人和车况最好的卡车,加好剩余的汽油立即上了路。他在库鲁湖只待了几小时,力图追上莫雷尔,他没有费力就在戈拉找到了莫雷尔的踪迹:只需半小时便能及时赶到。

莫雷尔从古兰经学校的围墙前经过时,坐在一株金合欢树荫下洁白的呢斗篷上的阿布杜尔毛拉①,谨慎地望了他一眼。他公然在他的班上评论《圣经》,同时穿插一些他从北方搜集来的有关圣战的消息。二十来名十二至十五岁的学生坐在他面前,全神贯注地倾听这位似乎继承了阿拉伯全部说唱艺术的人。母鸡在围墙内咯咯地叫着,两条黄狗互相掐着脖子,但学生们盘腿坐在村里最美的金合欢的树荫下,张大嘴听着远方归来者令人迷醉的故事。不信基督教的人在全能的上帝的愤怒前落荒而逃,但反对独一无二、无所不在的上帝的人找不到避难所。威严的、至高无上的、哈维·勒尔·卡尤的愤怒,唯一靠自身存在的上帝的愤怒,如美好的季节四处现身。人们眼见荒漠的每粒沙子变成一名武装骑士,以浪涛般力不可挡之势涌入无信仰的城池。所以那些可怜的未得上帝启示的人,永远不明白为什么荒漠里水那么少,沙砾那么多……阿布多·阿布杜尔离开穆索罗的大学后,把这番话又讲了不止一百遍,每年他和其他十名到部落传播《圣经》的人同时到穆索罗去;他边说边梦幻般地环顾四周,尽力忍住哈欠,偶尔搔搔花白的胡子,在真理的激励下两眼潮湿,又在景物中寻找分心的东西。正在此时,他看见了风尘仆仆的莫雷尔骑马缓缓走过,后面跟着一个女人和三个男人,其中一位是白人。他立即认出了他——他不得不数次提供过有关他的情报。他也认出了

---

① 毛拉是穆斯林对伊斯兰教学者的尊称。

扛着冲锋枪紧跟在莫雷尔后面的少年。法国人的面容令他吃惊,但他只得出这个结论:Ubaba-Giva,大象的老祖宗,就要死了。他又看了一眼少年难以捉摸和坚定的面孔,进一步肯定了这种感觉。早已注定的事终于快要发生了……阿布多·阿布杜尔是名消息十分灵通的特工。

在拉密堡,总督在他的扶手椅里活动了一下,想找些话说。他等一封电报已等了十二个小时。

"我不明白……谢尔舍今天早上就该到库鲁湖了……无论如何不可能再拖延了。我希望他们把他活着给我们带回来,好让他做出解释。"

"我表示怀疑。"埃尔比耶说。

他是来汇报他那个地区的局势的,但总督以这个或那个借口把他留了三天。他们是长达三十年的朋友,被机遇和升迁分开了:一个爬到顶峰,另一个恐怕会永远停留在中层。

"你怀疑?"

埃尔比耶从嘴里取出烟斗。"他不该带着这个器具到处溜达。"总督想。一个硕大的、顶端弯曲的黄色海泡石烟斗,他带着它出现在官方招待会和会议上,正好凸显出他有点特立独行的一面,生活在荆棘丛林里的老居民那一面。在有些人大谈给予非洲现代经济基础或具有新思想的干部是多么迫切的时候,这对他没有任何好处。总督早就想跟他谈谈,但绝不敢冒险触碰他熟知的对方的幽默感。这件烟斗状的可笑的东西很可能变成了埃尔比耶真正的伴儿,对他的职业生涯进行事后调查分析既太迟又太早:两人再过几年就退休了。

"我怀疑他肯让人活捉……我不相信莫雷尔愿意在我们的环境中生活……我的意思是,在我们的生物环境中……"

总督耸了耸肩膀。他看上去苍老而忧伤。

"把这写进正式报告比较困难。"他说,"部里还没有设一个形而上学局,碰到严重问题可以去那儿躲躲。会设的。设立之前,我要人把他给我带到这儿来,做个解释。在巴黎,他们越来越不信大象的事儿了。对他们来说很清楚,这是政治挑衅。等着瞧吧。他会告诉我们……"

他微微一笑。

"你可以怀疑,但在某种程度上,我信任他。这好像很蠢,但我相信他是个纯粹的人……一个狂人,当然,有点精神病,但真诚,一个受够了的家伙。受够了我们,受够了我们的手、我们的心、我们可怜的大脑……受够了人类的境遇。显然,骑马挎枪是摆脱不了这些的。但这样干并非没有价值。他变成了杀人狂……这话只在咱们之间说说,有的时候我理解他……总而言之,我要他来这儿,坐在这把椅子上,把事情讲清楚。至于其他……我的职业,你知道,在我目前的情况下……"

他举起双臂。埃尔比耶笑了笑:两人即将退休,一位以总督身份,另一位以一等行政长官身份。但埃尔比耶深爱着非洲和她的人民,对从未能从高处俯视他们并不感到遗憾:望出去也许很美,但只是遥望。与寥廓的全景相比,他更喜欢贴近的风景。他早已选择了基层、土地、黑人农民,他留在那儿,紧紧攀牢。他从未梦想跃上顶峰。他温和地说:

"那家伙把人看得过于崇高……有这等要求,就不会原谅。带着这样的看法是活不下去的。甚至不是政治问题、意识形态问题……在他看来,我们缺少更重要的东西,几乎缺个器官……人没有所需要的东西。我根本不信他会让人活捉。"

除了儒贝尔,"乍得人"的露台上没有任何人。寄出了关于案子的最后一篇文章后,他来这儿坐坐,也许因为他需要重新沉浸于揭示问题所在的景色中。只需环顾四周就能明白。护墙下,河水波光粼粼,在一束束焦草间绵软无力地流过,仿佛放慢了时间的速度。在这片景色中,福罗堡那棵孤独的棕榈树似乎失去了许多家庭成员。莫雷尔的反抗令他着迷,因为这不是第一次反抗。还曾有过其他的抗议。比如下埃及帝国时代,民众走上街头,涌入寺庙,威胁吓破了胆的祭司。四千年前的这群埃及人既不索要面包,也不索要和平和自由。他们索要的是长生不老。他们用石块击毙祭司,要求长生不老。莫雷尔的行动达到目的的机会几乎同样多。站在非洲的山岭上,他指手画脚,叫骂不绝,高声抗议,发出注定永无回音的信号。人类的境遇基本上不可能接受政治解决的办法,不公正达到了人类革命也无法纠正的程度。

在皮埃尔·居里街生物学研究所,瓦赛把当日的研究结果最后又读了一遍。一个月来,他觉得目的即将达到。累积的观察开始清晰地转向唯一可能的方向。他一开始便预感到,癌症不是由某个病毒引起的疾病,而是病毒本身的病,当机体停止提供正常的生存条件时,病毒功能减退。换句话说,非但不该对抗病毒,相反必须探讨、界定与病毒在生理上融洽相处的正常条件。他全神贯注于自己的工作,每夜只睡四个小时,在别人的坚持下才吃些东西。他在大学生食堂用餐,穿朋友们送给他的衣服,一贯拒绝为私营企业工作。他并非真的没有私心,这点他清楚。这是一个自尊心问题,尊严问题。在他看来,当前人类的生理环境很不公平,令人愤慨。他对人类尊严形成的概念,与眼瞧着成百万人仅仅因为判断错误便在壮年死去所受到的屈辱不可调和。他竭尽全力抗争。我们没有任何理由满足于大约五十万年前大自然为我们创造的生理环境。经过如此漫长的一段时间后,人基本上依然处于显而易见的病弱状态是无法容忍的。瓦赛相信进步,站在斗争的最前列。他走出研究所,买了报纸,在上面寻找那个如此明显地分担他的愤慨,赞同他拒绝在给予我们的生活条件面前投降的人的消息。他觉得与这个被斥为厌世的反抗者心心相印。如此鲜明地拒绝屈从于目前的人的境遇,病弱的境遇,这令他深受感动。他真想帮助他,但科学研究需要耐心,在实验室里挥一下魔杖是改变不了人类的:那家伙太匆忙了。需要长久的耐心,一系列的发现,综合和探索的工作,尤其需要人类的大脑,其中四分之三尚未利用,很神秘,预留给未来的某项功能——最终必须开发它,调动它。未来很可能就在这儿,在这些依然匿名和秘密的细胞里。他在报上看到了宣布莫雷尔即将落网的消息,但他不信:可以想象那家伙身边有许许多多的同谋。他把报纸塞进口袋,平静地去乘地铁。

名叫布托尔的马正在做它一辈子最艰苦的努力。

它被主人留在安盖勒白人神甫驻地,安心地享受完全应得的休息时,那位方济各会修士怒气冲冲、无比兴奋地又露了面,其直接后果是他的体重压得它更加喘不过气来,也许是他不停地在马鞍上烦躁地动来动去的缘故。法格神甫神情懊丧,满脸通红。他喘着粗气,低声抱怨着,叹着气,冒着汗,好像已经到了去见上帝的前夜,而不管怎样上帝肯定有几个问题要问他。他不是一个人。在他身后有两名瘦长的白人神甫,紧张地骑在骡子上。他们从宁静的祈祷中被他揪出来,担惊受怕但坚定地跟着他,这份决心并非源自麻风病患者的传教士当天早上对他们讲的那番不堪入耳的话。

"你们在战争期间藏匿了通敌分子。"法格大声嚷嚷着,使劲把他们朝驻地门口推,"那么,你们也可以藏匿一个真正抵抗我们可怜处境的人!好了,好了,闭上你们的嘴,不用你们给我上教理课。当然,他是个高傲的人,辱骂宗教的人,他应该跪下祈祷,而不是挥舞拳头。但这不全是他的错。他的冲劲不够,没别的。他有那么多事挂在心上,不可能有足够的冲劲,心事太重了。于是他停留在大象上。说不定在他屁股上狠踢一脚能给他所需的冲劲。反正我不愿意在他没来得及弄明白并向主管人递交请愿书之前,就像条疯狗似的被人打死在路上。所以你们要把他在驻地藏一段必要的时间,我呢,我负责给他冲劲,你们放心吧。我要教会他半路抛锚,停留在大象身上。必须为他排除故障,我这就去做,嘿,我知道怎么干。"

"直到目前为止,传教士驻地从未与当局有过麻烦。"最年轻的神甫语气有些矜持地说。

"从未有过,"法格满意地说,"但现在开始不算晚。"

她不清楚这是发烧和筋疲力尽所引起的一时的虚弱,还是某种更内在的东西,一个真相终于被她所接受,因为她再也没有勇气和力量抗拒他。有些时刻,唯一重要的事,是他搂住她的肩膀,抚摸她的面颊,紧紧地拥抱她。于是,其余一切不再存在。她肯定,这不过是暂时的疲劳,由于身体状况而对亲情的一份渴求,不过是对休息的一种需要。诉讼时,她继续以感人的毅力予以否认,而大家都不相信她为自己才在那儿,不相信她也可以信点什么,可以如此固执和忠诚地捍卫连大象也有位置的人的空间。这个念头令他们发笑。戴着夹鼻眼镜的严厉沉闷的庭长也微露嘲讽之意,好像觉得挺有趣。尽管他发黄的皮肤干瘪多皱,他终究成功地摆出这样一位先生的神气:饱经世事,了解女人甚至妓女,也了解她们可能有的总是同样的动机。

"那么,现在试着告诉我们真相吧……开始您硬说您带着武器和弹药——咱们别忘了——去找他时,心里只有一个念头,就是说服他束手就擒。现在,您自己承认您留下来帮助他继续他的恐怖活动……如果您对我们撒了谎,现在就承认吧,法庭会考虑这一点……"

"我没有撒谎。在拉密堡,大家都说他憎恶人,他是一个绝望者、厌世者……当时我还以为这是真的……他非常不幸……非常非常孤单……也许我可以……"

"让他改主意?"

"是的。"

"您爱上他了?"

"不是这么回事……这毫不相干……"

"您对他……这么说吧,很有好感?"

"是的。"

"您没再试试让他改主意?"

"这不是真的,人家对他的议论。他不是这样的……"

"不是怎样的?"

"他没有绝望。他一点不憎恶人……相反,他信任他们,他是个非常爱笑的、快活的人……他热爱生活、大自然,还有……"

"还有大象,我猜想?"

她没有回答,浅浅的一笑便是答复。

"那么您就干脆跟他在一起了?"

她好像没有听见。她的目光、她的微笑去了别处。她讲得很快。

"哪怕会议失败了,他也从来没有灰心丧气。他立刻说还会有别的会议,他们将采取必要的保护措施。但必须继续开展行动,因为这些事不会自动完成,总得斗争才能获得,惰性普遍存在,尤其是因为人们需要受到鼓励和了解信息。因此,继续下去对他极为重要,以便证明这是可能的,以便唤醒人们,阻止他们总往坏处想,以为毫无办法,其实需要的只是别泄气……"

这时法庭里出了一件小小的意外:专门从乍得的芦苇荡里跑来的哈斯,想到莫雷尔从未放弃保护大象,相反决心把斗争进行到底,他好像大大松了一口气,而且扬扬得意。他直起身,尽全力用右拳击打左手的手心,大声叫好,因此立刻被赶了出去。(然而一个礼拜前,哈斯为塔登希动物园成功捕获了三头幼象。)站在门边的卡车司机桑德罗,无法相信她竟是一年半前跟他上过床的女子。尽管不知何故,他心烦意乱,有点看轻自己。他有种丢失了一样东西的可笑感觉。为了这个场合他穿戴得十分整齐,这尤其令他不自在,因为大家都知道他们一起睡过觉。他料想会被人盯着看,哪知从审案开始没有人给他一丝一毫的注意,他觉得自己从来没有存在过。

"这么说您改了主意,决定帮助他?"

"我无法帮助他,相反,我妨碍了他……成了累赘……我想留下来一直跟他在一起。"

"您知道他随时有可能被捕吗?"

"是的……在戈拉有人告诉我们,有一支小分队从乌莱山下来,在我们经过的路上迎击我们。"

"然而,您还是跟着他?"

"是的。"

"您爱上他了?"

"这毫不相干。"

"您是他的情妇?"

"我跟您说这毫不相干。"她嚷道。

"总之,您忠实于他……无论身心?"

"是的。"

庭长暂停了一秒钟。

"报纸发布的消息是否准确:结案后,您有意……这是他们的说法……嫁给福希思副官?"

福希思微微抬起头来。

"是的。"

"可是您对莫雷尔有……那样深的依恋,尽管几乎确信会被捕,您仍然毫不犹豫地跟他在一起?"

"是的。"

费尔兹很清楚这位可敬的法官到底想干什么。他想在结束审讯时定个调子。一开始他便努力在案情周围制造气氛,证明这是一群虚无主义者、无政府主义者,没有任何确定的目标,没有原则,没有道德,没有信仰;证明她是一帮帮冒险家总拖在身后的那类姑娘,根据场合和时机跟这个人或那个人上床,从长官到副长官。费尔兹起初险些犯同样的错误,所以他生不了气。不过他极想站起来,朝这正人君子的脸上狠狠地来一拳。平常他给此人照张相片就完了。可他没有照相机,所以很难自卫。

"您觉得这顺理成章吗?"

她怀着些许好奇心打量法官,思索了一秒钟,接着带点亲切的意味说,好像要救助一个受难的人:

"我和福希思副官,我们有……在一起的回忆……"

她大概想说共同的回忆。

"一些回忆,非常深刻……我们将继续在一起。我们向莫雷尔先生做了承诺,我们将继续一起……"

她住了口。

"保护大象,我猜想?"庭长挖苦地说。

……她眼前又浮现出他的身影,脸上时而有些自得,稳稳地立在稍短的腿上,正神色狡黠地卷一支烟,那神情挺令人气恼。她似乎仍听见他在说:

"你瞧,甚至在小学,人家也教给我们……有些动物被称为人类的朋友……必须保护它们……我们需要它们。人类的朋友……这写在所有动物学的教科书里……无论如何在我当年的教科书里。这意思讲得很清楚……"

听众不明白她为何微笑。

"哎!"庭长说,"不该由我预料审判结果,判决将由本庭宣告,但我希望,您在一段时间内将不再有机会扰乱公共秩序……"

树枝开始在她头顶旋转,她不得不闭上眼睛抵御晕眩。这时最能帮助她坚持和继续的,也许是怕惹他不高兴,没有显得如他以为的那样强壮。每当两人的马并排朝山岭缓缓而行,他有些焦虑地询问她的时候,她总鼓起足够的勇气,假装快活地回答他。

"怎么样?"

"别管我,莫雷尔先生……我是个结实的德国女子,祖上是农民……"

"再过两小时就进山了。这个地区有一两个岩洞,正是为紧急情况找到的……自然没有药品……什么也没有。不过总会弄到的。"

"别为我操心。"

他试图说服自己,他之所以需要她,仅仅因为她是德国女子,她卷入了这件事说明不该对德国人民绝望。的确轮到他们为大象做些事了。在奥斯维辛后，现在他们也应该展示对大自然的爱，拯救人的空间，捍卫这个空间；越进步，它就应当越宽阔，应当容得下我们所有的人，不分种族、民族和意识形态。他一直对各种形态的生命抱有经久不衰的激情——他从比尔·科维斯特那儿学到了原先不知道的生态学这个词——其敌人总与他窄路相逢，横亘在路上。他捍卫这些生命形态最庞大、最受到威胁的鲜活的化身，不是再正常不过吗？如果过时和碍事的大象的存在给新世界的建设带来难题，这仅仅证明这建设是人的作为。他感到自己即将成功，快要获得至少是部分的成果。再造些声势，浩大的舆论运动没有任何理由不导致必要的拯救措施。然后……他忍不住又一次转向她……

"瞧，已经看得见山了。"

"我看见了。"

"再过一会儿就到了。终于可以休息了……"

尤素夫挽起空着的那只胳膊的袖子，擦了擦额头上的汗。小道尽头始终看不到任何东西，他这样等待最后一刻是冒着极大风险的。不过他有一个合适的托词：有美国记者在场。不可能在他眼皮底下打死莫雷尔。这也许会大大有损于党。他得到的指示是等莫雷尔独自一人时再下手。但记者在马上几乎坐不稳，依德里斯只好扶着他，以免他摔下来。他每秒钟都可能停下来，一个人坐在路边。如果尤素夫此时不执行命令,将被同志们视为组织的叛徒。尤其不应该想,为事业成功也不能不择手段:这只是动摇的一种方式。这个问题在理论上早已解决,起码在这方面不必迟疑。如果他在最后一刻也不扣扳机,那么他唯一的战友之情,民族革命的战友之情就断了。他觉得枪托烧灼着他的手,只好不停地擦手。即便记者跟他们待在一起,他也始终有可能发誓只执行不愿被活捉的莫雷尔本人的命令。他全神贯注地盯着小道尽头,以致眼前开始出现一些斑点,每次都被他当成了他窥伺的卡车。

就在此时,桑狄安中尉的小分队还在十公里之外,距此地约一刻钟的路程。

乌莱省长一接到戈拉行政区土著首领关于莫雷尔在乌莱-戈拉小道的第一批情报,便驾车急匆匆地离开了西翁维尔。小分队当天早上一定包围了这个地区,如果说省长铁了心要阻止什么事,那就是不让莫雷尔在一场遭遇战中被法国士兵杀死。这将是一个违背天理的行为,正如莫雷尔被大象杀死一样。几百年来他们一起与共同的敌人斗争,什么也不能把他们分开。省长头天接到了一份要他留任的电报,他准备把他恢复的权威全部扔到天平上,努力救这个不肯绝望的法国人一命。

在戈拉以南二十五公里处,小道横穿棉花种植园,直通乌莱山麓,唯一看见他们经过的白人名叫荣凯,一位六周前从欧洲来的小小的铀矿勘探者。他去了附近的一座种植园,试图引起种植园主对他的勘探的兴趣,用他自己的话说,"他需要资金支持",但他没有成功。他乘吉普返回,刚从种植园和主路之间的小路拐出来,不得不急刹车免得撞上他们。他望着他们经过,莫雷尔根本没有注意他。荣凯对这次意外相遇做的汇报简洁而有说服力。

"我原以为打游击战的时代即使在非洲也结束了。再说莫雷尔也没带武器。但他身后的一名黑人青年可以说为两个人装备了武器。我刚到非洲,还没有麻木不仁:这手持冲锋枪的小伙子看了我好半天,尤其另一位穿蓝呢斗篷、缠头巾的年长得多的黑人,一副不怀好意的蛮子面孔,着实让我心里不踏实。村里的顽童隔着一段合适的距离,跟在他们后面跑。莫雷尔走在最前面,光着头,风尘仆仆,脖子上围一条脏兮兮的卡其布围巾。他和我以为的相反,样子并不疯,甚至也不兴奋。不过他应该是个疯子,不然怎么会大白天待在这个季节还有卡车通行的小道上,待在到处是种植园的地区。要么他不在乎,要么必须相信他有高层的保护。我没有这样说,我只是提问题罢了。给我印象最深的是那姑娘。她的脸色真难看,猜得出她原来一定很漂亮,但现在两眼深陷,围着黑圈,脸上只剩下紧绷的、汗淋淋的皮肤。我担保她一米路也走不动了。还有那位脖子上挂相机、肩挎皮包的美国记者——他呢,他看上去彻底精神失常,脑袋上扎着一块有四个角的手帕……神色惊惶,怒目圆睁。而所有这些,都是为了大象!简直匪夷所思!我见过的人多了,极端自由主义者啊,无政府主义者啊,但他们,难以置信!他们一定确实憎恶人类,恨不得朝人类吐口水……我吃惊不小。不过您该看到……我有点理解他们。这在我们每个人身上都有。但毕竟没到这个程度。至少我,我希望找到铀矿聊以自慰……总得信点什么,是不?……我立即回到种植园通知他们。我找到鲁勃,把一切讲给他听。我不知道我究竟期望他做什么,但我不愿把这留给自己一个人。他平静地听我讲。您认识他:一个有点忧郁的胖子。'好,'他说,'莫雷尔打这儿经过了。好。然后呢?关我屁事:我跟他无冤无仇。我劝您把嘴闭上。'事情就是这样,先生。我把这称作厌世。怪不得鲁勃他不愿意参与我找矿的事呢:这又是一个什么也不信的小伙子,铀矿也好,别的也好……如果发现莫雷尔藏在他的种植园里,我也不会太吃惊……"

荣凯曾肯定米娜一米也走不动了,他错了。她又走了五公里,尽管中途不得不停下来好几次。她完全昏过去时才抛开他,等她睁开眼睛,她看见他担心地伏在她身上的满怀友情的脸。她努力挤出微笑,因为正是这把他俩最紧密地连在一起。他做了回应。

"我可怜的老兄,"他说,"这次你赢了。"

"我再也走不动了……①"

他把她搂在怀里。她朝他仰起一张泪痕斑斑的面孔,混合着尘土和汗水的脸上仍颤动着微笑,但他看出她已精疲力竭,那种征兆是他蹲集中营以来早已熟知的:一只苍蝇在她额头和面颊上爬,但她没有力气赶,甚至感觉不到它。他非常熟悉这个,开始在她身上爬的苍蝇。他解开她的帽带,摘下毡帽,两手捧住她的头。她的嘴唇脱了形,几近灰白,没有生气。然而他不顾一切风险试图缩短行程,明知士兵们迎着他们走来,仍沿一条人们常走的小道径直往前走。他的确指望得到一些人的同情,另一些人的理解,以及法国人对传统的遵循,但事实是她再也走不动路了。他本人也不大清楚该往何处去。他们在乌莱的岩洞被发现了。他们还有别的岩洞,但没有储备药品,没有武器和弹药,除了瓦伊塔里留下的,勉强够用几天。然而必须继续走。人们需要知道他一直在这儿,一直活着,在非洲的某个地方。人们议论纷纷的正是在非洲的这个法国人。

"也许让你休息一两个小时?……可以停一会儿。"

她只字未答,他甚至不试图说服她。

"好,我这就把你送到村子里……也许有卫生站。无论如何那儿有一座种植园……我这就去找他们。"

"我一个人去。"

---

① 原文为德文。

"不行。"

"您别为了我停下来……我求您,走吧……继续走。为我这样做。"

"把你留在路上?"

"我不愿意您因为我出什么事……"

他迟疑了一秒钟,但这哀求和坚毅的目光是难以抵御的。他能为她做的,只有继续走。为了她和其他数百万如此需要友情的人,必须继续他的行动,不让人抓住,运用计谋,隐藏起来,在千难万苦中不停歇地捍卫人的空间,在荆棘丛林的深处神出鬼没,待在大象们中间,权当一种慰藉,一个承诺,一份对自己和未来的坚不可摧的信心!首先必须一直在场,如果被一颗子弹射中,必须爬到丛林的某个阴暗的角落去死,让人永远找不着——那些需要你的人有可能永远以为你活着。如果依照这类行动的传统,他应该背部中弹而死,必须瞒着不让人知道,使他成为传奇,让传奇四处宣扬他不可战胜的存在,让人们以为他不过藏了起来,准备在最出人意料的时刻,他们几乎不敢再指望他的时刻突然冒出来,保护受到威胁的巨兽。

"好。"

"您千万别出事……"

"我不会出任何事。"他一本正经地答应道,"我有许多许多的朋友,我没有全告诉你,但会有人帮助我的,放心吧。"

他不知道她是否相信他的话,但总得试着令她放心,令所有人放心。让人以为他一直活着是十分重要的。

"如果你听见一些失败主义的传言,你别信。我被杀死了,或这个那个……你叫他们别信,他们绝打不中我。"

最可笑的是他几乎自己也相信这一点。他不知道将要做什么,上哪儿去,几乎没有武器和弹药,但他有把握找到朋友。

"也许有段时间你听不到人家谈论我:我要躲在那里面……"

他朝森林做了个手势。

"但我一定会回来。"

他的眼睛恢复了含讥带讽的同谋的表情。

"他们将被迫再召开一次会议……甚至说不定要求我去开会……我告诉你,他们最终将给我们留下必要的空间……至于那些反对的人……我们将战胜他们。"

艾伯·费尔兹发出一声不屑的尖叫。"我们将战胜他们……"他对这句话极为反感,曾在永远回不来的法国士兵嘴里听到过上千次。艾伯·费尔兹发着烧,但他为自己是个务实的美国人感到自豪,美国有世界最高的人口平均收入,自原始社会发展以来最舒适的生活水平;初始大洋的爬行动物们可以为美国感到骄傲,第一次从出生的淤泥中爬出来的浑身鳞片的先祖可以高枕无忧了:他成功了。他的名字本应在所有学校里受到尊崇,因为他是真正的开路先锋,自由事业之父,首创精神、冒险和如今仍为美国神奇的物质飞跃发展的全部特征的创始者。他扬扬得意地环顾四周,坐在他周围的蜥蜴全鼓起掌来。艾伯·费尔兹想向它们致敬,多亏依德里斯迅速扶住才没有跌下马来。

"你认为可以一直坚持到种植园吗?有十公里。"

"费尔兹先生会帮助我的。"

"没这回事!你瞧瞧他,他怒目圆睁,他的魂已经不在了。喂,摄影师!……"

费尔兹抓起他的相机。

"你能陪她吗?"

"我要继续跟你们走。"

"你看看!我原以为你没有胶卷了呢!"

"这我无所谓。我会想办法的。"

"你怎么拍照呢?用你的屁股?"

"我要帮您一把。"

"哟,哟,我还以为大象,你根本不在乎呢!"

"我全家都在奥斯维辛被毒气毒死了。"

"啊!应该早说呀。不过,我不能带你走。"

"为什么?"

"这不公平。你已经不知道自己在做什么了。在你目前的状况下,你甚至可能想用武力推翻美国政府,如果有人客气地求你的话。"

"我是美国公民,我有权在大象受到威胁的任何地方保护它们!"艾伯·费尔兹大叫大嚷,"杰斐逊、林肯、艾森①……"

"是的,是的,我知道。"

"我有权和大家一样保护大象。"

"对呀,你就和大家一样保护它们吧。"

"我愿意为大象而死……"艾伯·费尔兹嚷道。

"又一个将被拖到调查委员会面前的人……"

"美国大兵来到欧洲保护你们该死的大象!"费尔兹喊着,"要是没有我们……"

左肋一阵特别剧烈的疼痛使他安静了一些。他两手按住肋部,疼得直做鬼脸。

"你们俩全折回去。几公里外有座种植园。你听见我的话了吗?"

"我不知道能不能坚持到那儿。我的肋骨插进肺里了。"

"你试试看……怎么回事?"

"一辆吉普和几辆卡车。"尤素夫叫道。

大学生感到脸上、脖子上直淌热汗:他觉得在流血。由于他狠命用胳膊肘夹住武器,胳膊都松弛不下来了。他做深呼吸,两眼不离地平线上愈来愈大的黑点:离开小道二十分钟、半个钟头后,他们将抵达乌莱山麓和岩石间

---

① 杰斐逊(1743—1826)和林肯(1809—1865)分别为美国第三任和第十六任总统;艾森指艾森豪威尔(1890—1969),1953—1961年任美国总统。

交错混杂的竹林。到了那儿,他将跟莫雷尔和依德里斯单独在一起,没有碍事的证人。他用袖子揩干脸上的汗,几乎强制自己相信决心已定,事情将非常简单:冲锋枪一梭子子弹,莫雷尔将永远走进传奇。他将成为非洲民族主义的英雄,那个人们始终可以扬扬得意地引证而不必担心遭到否认的人。大会小会上可以利用他的名字,煽起与会者的热情和激动情绪,他们将起立欢呼,而他不可能用他那些可笑的大象来使你难堪了。他将永远是第一位为黑人的民族主义献出生命的白人。他再也不可能抗议,突然出现在公众舆论前,高声叫喊他那固执的信念,向你宣告他真正捍卫的首先是对人的尊严的某种观念。人们终于可以彻底地、毫无风险地利用他,为了一个实际的目的,为了得到一个确切的结果,赋予他的名字人们所希望的全部光彩,不用担心他这个幸福的傻瓜蓦然在某地现身,气愤而笨拙地挥舞拳头,执拗地吼叫他的真理。永远也不可能再看见他出现在某个会议上,夹着他那塞满请愿书和呼吁书的公文包,甩着他那永恒战士的蓬乱头发,用拳头捶着桌子,大声叫嚷着,摧毁你利用他的全部努力:"我嘛,这非常简单,我捍卫的就是大自然……你们随便怎么称呼它。自由,尊严,人道,生态……都是一码事。我为人的朋友做这一切。这是什么意思,我们在学校里学过。其他的,我毫不在乎。"只要他活着,这个笨家伙就永远会给你惹麻烦。如今他对此深有体会。他们在一起近一年光景,他熟知莫雷尔那浩然大气的固执念头,除了杀死他,的确没有别的办法抵御他的传染性,抵御他对你的这种平和的信任。尤其是你在敌人的大中小学里读了十五年书,最终不可能不吸收一些他们巧妙地向你灌输的毒素。为达到目的,不可以不择手段……无论赞成何种意识形态,无论斗争多么尖锐,人们都尊重人的空间。明明知道这是些空话,是与历史的进步和阶级斗争不相容的另一个时代残留的东西,但仅仅一梭子子弹很难摆脱接受过的全部教育。最让人气恼的是,当莫雷尔回过头来,看见冲锋枪口对准他的时候,大学生有时坚信他跟在后面准备杀掉的那个人没有上当,他心知肚明。这时莫雷尔的眼中闪过一道嘲讽的、近乎挑战的目光,表露出他内心的疯狂,似乎对你说:"我呀,我打赌你不会这样干!"这叫人受不了:他似乎与你展开了一场隐秘的斗争,而且觉得有把握打赢,因为他信任你。尤素夫真想冲他叫喊他是谁,咒骂他,甚至打他,一劳永逸地根除他内心对人的这种荒唐的信任,高声叫喊他尤素夫,把非洲独立置于最高地位,他没有任何其他操心的事,没有任何其他考虑,没有任何其他尊严,为达到这个目的,什么手段都可以用。但假如必须处死一个对你如此信任的人,最好还是让他毫不知情,至少死的时候可以保全他的信念。尤素夫内心的斗争极为痛苦,有时他真想迎着军车飞跑过去,开枪然后自杀。他的马感受到这种烦躁不安,直立起来,扬起一片从卡车上一定能看到的尘土。依德里斯生气地讲起话来,有力地做着手势,朝军车的方向挥动着食指。莫雷尔终于下了决心。

"好,机不可失,时不再来。"

"您打算去哪儿?"费尔兹叫道。

"总找得到朋友的。"

艾伯·费尔兹最后一次望着莫雷尔。没戴帽子,头发卷曲,一副年轻人的神态,胸前挂着小双十字章,褐色眼睛深处那道嘲讽的光,似乎总缺一支高卢牌香烟的嘴角奚落的皱褶,永恒的战士那只绑在马鞍上,塞满传单、宣言和请愿书的荒唐的公文包。费尔兹忽然间灵机一动。

"等等。"他冲莫雷尔嚷道,"您拿着这些废纸去丛林干什么?别在树上?留给我吧。我来负责保管。"

"真的。"莫雷尔说,"喏,我亲爱的摄影师,我把它托付给你……"

他解下公文包,扔到路中间。

"精心点……好好保管。有一天我会回来叫你交代的。敬礼,同志!"

他掉转马头朝斜坡走去,后面跟着依德里斯和尤素夫;三人离开小道,钻进树林。还有十余公里,竹子即将替代树木,直至乌莱山第一道灰色的峭壁,长着寥寥几丛茂草的布满石子的土地,蜷缩于石子堆间的村落和排笔似的屋顶,接着又是绵延十万平方公里的竹林和稀树草原,大象出没的草丛,任何搜林追捕也不可能在其中找到他们。稍稍往南,有领导古生物发掘的塔森神甫,尽管他在雨季离开工作地点,但他那些丢弃的小屋肯定可以接待他们,说不定他还会同意以更积极的方式帮助他们……据说他是一位对所有涉及人类起源的问题感兴趣的学者。或者,他们还可以北上喀麦隆和乍得湖,去求哈斯庇护,他也是我们受到威胁的老物种的朋友。但在即将到来的季节,可不该去找乍得的蚊子叮。无论如何他有时间考虑和做决定;不缺少好心人,同谋者,甚至保护人。眼下必须远离小道——十个月前,他正是在这条小道上与行政长官埃尔比耶窄路相逢的,他愉快地记起埃尔比耶那张诚恳和受辱的脸,一直尽力而为的面孔。疲乏使莫雷尔的身体如石头一样沉重。和以往一样,快要接近力量的极限时,回忆就变得愈加密集和执着。他想到报纸上对他的所有议论。人人都把自己的希望、反抗、隐秘的怨恨或厌世加在他身上:他徒劳地向他们解释,但毫无办法,他们继续认为他有复杂的动机。其实真相十分简单,他告诉他们真相,从来没有不好意思。他热爱大自然,如此而已。他热爱大自然,一直尽力保护它。他一生进行的最艰苦的战斗,是保护鳃角金龟。微笑浮现于他的嘴角,不再离开,那是让艾伯·费尔兹十分起疑的微笑。他记得那场战斗,记忆准确得令人吃惊。在身体不舒服,力气好像达到极限时总是如此,这个回忆每次都帮助他挺住和继续下去。

那是他一生中最艰苦的战斗。

鳃角金龟的事情发生在五月份,在集中营过了一年以后。他是第一个鼓动者,第一个去救它们,并发起了运动。

当时他们在波罗的海岸边的奥伊彭①采石场干活,为新法老们建造浩大的千年工程搬运水泥袋。他们一个紧跟一个慢慢地走,竭力避免踏空,在重压下跌倒。他们当中有政治犯和一般犯人,根据二十世纪的惯例,他们接受同样的强迫劳动再教育制度,而已被清晨的阳光晒黑了脸的党卫军们,嘴里咬着一朵花懒洋洋地在草地上或躺或坐。他们中有波兰钢琴家罗茨坦,法国地下出版人勒威尔——他的胡子长得飞快,有时好像满脸都是毛,马鬃褥子似的;打扫厕所时,他高声朗诵马拉美②的诗以抵御恶臭。还有施瓦贝克,又一位波兰人,他随身带着一张揉皱了的母猪照片,这头母猪在农产品展览会上赢得了头奖,他骄傲地拿照片给你看,证明他曾是个人物……外号埃米尔的普雷沃,法国国营铁路公司的铁路职工,有一次听见机车鸣笛声,竟号啕大哭……甚至有个杜朗,每次节庆活动都少不了的杜朗,他一天到晚对你说,解放后遇到第一个施密特时应该做什么……解放后,他兜里藏着一把手枪到施密特大夫家去,他犹豫片刻,然后跟他握握手走了……还有布道神甫于连,在集中营的两年几乎没有瘦,因此有人指责他偷偷从他的上帝那里得到了补

---

① 比利时城镇。
② 马拉美(1842—1898),法国象征派诗人。

给……其他人,还有其他许多人在路上倒下了,他们的名字已经没有任何意义。正当他们弯着腰负重行走时,草地上的看守们享受着初春的温暖,解开裤子接受阳光的抚摸。

突然,莫雷尔觉得有个东西碰了一下他的面颊掉在他脚下;他谨慎地垂下眼睛,努力不失去平衡:原来是一只鳃角金龟。

它仰面跌下,爪子乱蹬,徒劳地想翻过身来。莫雷尔停下脚步目不转睛地看着脚下的虫子。这时他在集中营已待了一年,三周来,他每天空着肚子搬运八小时水泥袋。

可这儿有个不可能不注意的东西。他弯下膝盖,稳住肩上的袋子,用食指一拨,把虫子翻了过来。一路上他做了两次。走在他前面的出版商勒威尔第一个明白了。他咕哝了一句赞同的话,立刻去救一只仰面跌倒的鳃角金龟。接着是钢琴家罗茨坦,他那样单薄,好像他的身体在努力模仿手指的纤细。从这时起,几乎所有的政治犯都去救助鳃角金龟,普通犯人却骂骂咧咧地从旁边走过。在给他们的二十分钟的休息时间里,没有一名政治犯顾及他们极度的疲惫。通常这时他们扑倒在地上,一动不动地待着,一直等到吹哨。可这回他们好像找到了新的力量。他们转来转去,眼睛盯住地面,寻找需要救助的鳃角金龟。这种情况没有持续多久。只消格庞伯中士驾到。此人不是个普通的粗人,他有文化,战前曾在石勒苏益格-荷尔斯泰因①当小学教员。他不出一秒钟便明白发生了什么事。他认出了敌人,面临着可耻的示威、政治的表态、尊严的宣告;对变得一钱不值的人,这是不能容许的。是的,他转眼之间便认清了自己的处境,领会到对新世界建设者提出挑战的严重性。他冲上去战斗,首先扑向了战俘;同来的看守不大清楚发生了什么事,但随时准备揍人。他们用枪托打,用穿靴子的脚踢。但格房伯中士很快明白这不是击中示威者的有效办法。于是他做了一件也许令人作呕,但因为达不到目的而显得悲凉的事:他跑进草地,眼睛盯住地面,每看见一只鳃角金龟便一脚踩死。他四处乱跑,在原地打转,抬起脚蹦跳,用鞋跟敲击地面,好像在跳滑稽舞,由于无用而几乎令人动容。他可以痛打犯人,可以踩死鳃角金龟,但他的目的完全无法达到,也不能赶尽杀绝。他从事的工作是任何军队、任何警察、任何民兵、任何政党、任何组织也完成不了的。那非得把地球上的人杀得一个不剩,即便如此,他们身后也很可能会留下一道印痕,如同大自然不可战胜的笑纹。当然,他让他们为他的失败付出了高昂的代价,这天要他们多干了两个小时。而这两个小时,恰恰超出了人的力量的极限。晚上,他们自问是否受得了这样的疲惫,是否能为次日保留一点力气。罗茨坦累得尤其厉害。他横躺在简陋的床上。大家想俯下身翻动他,就像翻动

---

① 德国西北部的一个州。

一只鳃角金龟,帮助他飞上天。但没有必要帮助他。他每天晚上独自飞翔。

"喂,罗茨坦!罗茨坦!"

"唉。"

"你还活着?"

"对。别打断我。我在给自己开音乐会。"

"你演奏什么?"

"约翰·塞巴斯蒂安·巴赫①。"

"你疯了?一个德国佬?"

"正是。正为了这个。为了恢复平衡。不能让德国永远仰面躺着。必须帮它翻过身来。"

"我们都仰面躺着。"勒威尔咕哝道,"生来如此。"

"闭嘴。我听不见我弹的琴声了。"

"今晚听众多吗?"

"还行。"

"有漂亮女人吗?"

"今晚没有。今晚,我为格廖伯中士演奏。"

西里西亚人奥托在他的角落里呻吟。他在做梦。他们知道这个梦,总是同一个:他打劫一位寡妇,把她杀了,每天夜里都梦见她冲他吐舌头。他惊醒了。

"就是这么个命。②"他咕哝道。

---

① 约翰·塞巴斯蒂安·巴赫(1685—1750),德国音乐家。
② 原文为德文。

"她总冲你吐舌头,好奇怪啊。"

"不奇怪。我掐死了她。"

"啊!原来如此。"埃米尔说,"那么,她向你露出屁股的那一天,意思就是她原谅你了。"

透过通风口,大家看见夜间哨兵斜挎机关枪在巡逻。

"喂,小伙子们,如果明天金龟子还往下掉,我们怎么办?"

"应该希望不会再掉了。"于连神甫说。

"啊!不。"勒威尔说,"我倒希望它掉。这样,至少可以把心里想的说出来。这样痛快。"

"说得倒好!瞧瞧罗茨坦。"

"喂,本堂神甫!"

"唉。"

"上帝,他干什么呢?"

"妈的!"于连神甫说,"让上帝安静点。他来干什么呀?"

"什么也不干,跟往常一样。"

"也许他仰面跌倒了……爪子乱蹬,可爬不起来。"

"妈的,妈的,妈的!"布道神甫欣然骂道。

"这可不是教士的语言。"

"这儿又没有别的教士……"

"埃米尔!"

"唉。"

"你是共产党员吗?"

"是。"

"那么,你干吗要为鳃角金龟受累呢?这不是马克思主义,不符合党的路线。"

"人们总有权不时放任一下自己吧。"埃米尔说。

"埃米尔!"

"唉。"

"你是共产党员吗?"

"行了。够了。"

"那么,你相信在苏维埃俄国的劳改营里,人家会让你不紧不慢地给金龟子翻身吗?"

"肯定不会。"

"那怎么办?"

"俄国没有劳改营。"

"啊!是吗?"

"我们这帮可怜鬼……"

"我弄不明白为什么它们总仰面跌倒?"

"这是天性。我们呢,为什么我们在这儿?"

"这是个仍需调整的玩意儿。"

"什么?什么玩意儿?"

"大自然。"

"人家会给你调整的,别担心。"

"埃米尔!"

"还有什么事?"

"你干吗为鳃角金龟做这个呢?"

"嗬！出于基督徒的善心啊。"

"好,回答得好。"于连神甫说。

"噢！你呀,本堂神甫,你住嘴吧。你信誉扫地,丢了脸。你再无话可说了。"

"真的。"有个人说,"你的上帝,他不能帮我们一把吗？他真不乐于效劳。"

"听着,小伙子们,我真的尽力了。"于连神甫说。

"当然,当然。"

"你们不相信我？"

"相信,相信。"

"他毕竟可以帮我们一把。我们筋疲力尽了,难道他看不出来？"

"我尽了最大努力,我向你们发誓。"于连神甫说。

"连我们都想出办法为鳃角金龟做点什么。"

"得了,你们哪儿在乎鳃角金龟啊!"于连神甫说,"你们因为骄傲才这样做。如果不在集中营,你们会踩着金龟子走过去,根本想不到它们的存在。这是头脑里的事,没有过心。你们骄傲得要死,就这么回事……"

"不是骄傲,"有个人软弱地抗议道,"是别的……"

"尤素夫！"

"唉,先生。"

"别先生了。没必要。我都知道了。"

他俩在丛林深处勒住马,被多刺灌木的残枝败叶遮住,头顶是黄色的竹林。一个挺直身子,子弹上膛;另一个坐在一块岩石上,微笑着沉浸在回忆中,一脸鄙夷,或异常自信,没有办法知道……卡车声听不见了,只有昆虫仓皇的鸣声。尤素夫看见对方的脊背好像在等一梭子子弹,有时动动头,棕色破毡帽下的侧影带点嘲弄的意味。依德里斯离开了,去荆棘丛中找一条通道。没有旁人,他俩待在竹子的黄光下。

"喂,你等什么呢?干吧。"

大学生淌着汗的脸茫然若失,几乎凹陷下去。他使足力气才开了口:

"您是怎么知道的?"

……在沙漠的夜色里,白色的身影在沙子里移动,莫雷尔在打盹儿的少年面前停留了片刻。在蓝色的月光下,少年面色凝重,几乎带着伤感。接着嘴唇抖着吐出几句话。莫雷尔久久一动不动,俯身望着这个倔强的人,他在梦中仍念念不忘人们可以仰仗的唯一信念。

"你睡着的时候用法语做梦……"

"我说什么了?"

莫雷尔朝别处望。遥望:这不是容易停驻的目光。

"你叽咕了几句关于人的尊严的话……"

他面带凝重的微笑转向少年,这笑容与其说来自嘴角的嘲讽,不如说来自眼神的和善。

"那么,你究竟是谁?"

"我叫尤素夫·拉诺托,在巴黎读了三年法科……"

"后来呢?"

"瓦伊塔里把我安插在您身边监视您。"

"他倒挺不错。"

"不能让您活着落入当局之手。您一定会坚持到底,说您行动的唯一目的是保护大象……"

"这是实情嘛。"

"西翁维尔后,您被判了死刑。您滥用了我们的帮助,掩盖了我们运动真正的政治目的……由于那位美国记者,我们没能执行判决。"

"我明白。"

"他离开我们的时候,我得打死您。身边没有旁人……"

"是的,就是现在。"

苦涩的口气……

"以后,在世人面前您一定会被称作为非洲独立献出生命的英雄……"

莫雷尔略微低下头,嘴唇抿得更紧,下巴线条变硬,脸上又现出固执的神情……

"这倒不错。不过呢,这不是为了我。无法奏效了,民族主义的借口,我了解,我唾弃:从希特勒到纳赛尔,人们看清楚了这里面隐藏着什么……大象最美的坟墓,就在他们那儿。但如果你们想干你们的活儿,我同意。不碍事。你们干好啦。不管是你们还是我们,黄种人或黑种人,蓝种人、红种人或白种人,我都无所谓。我将始终同意。但有一个条件。因为我只看重一件事……"

嗓音霎时变得异常愤怒。

"我要人们善待大象。"

"我知道。"尤素夫柔和地说。

莫雷尔又望了一眼枪口,几乎怀着希望:他真愿意休息一会儿,然后再接着干。这是刹那间的疲惫,仅此而已,他不觉得羞愧。

"总而言之,你应该干掉我。"他略带遗憾地说,"我不明白是什么拦住了你。再说你还可以……这甚至是最好的时机。"

"我不想这样做。"

"哟,怎么回事?"

尤素夫友好地望着他。他是一个必须保卫和保护的人,必须证明他那不可抵御的信心是有道理的,而且得像照看最后一位精英那样照看他……

"我想咱们可以一起再走一段路。"他说。

艾伯·费尔兹站在小道中间,两眼盯着公文包。皮包躺在路上的尘土里,塞满声明、宣言、呼吁书;塞满落空的希望……他弯下腰拾起它。"这不够。"他边想边厚着脸皮努力发出咯咯的咬牙声,以掩饰自己的激动。需要的不再是宣言和请愿,而是在生物学方面做出巨大的努力:根据某些权威的意见,我们也许找到了正确的途径。英国政府科学顾问——算个官方人士——最近的声明显然令人鼓舞。因为这位杰出的人断言,由于核废料产生的辐射缓慢地累积,从对基因的长远效果看,恐怕未来的一代代人中会产生百分之九十的傻子,但说不定也会产生百分之十的天才。这些天才将为人类开启更加辉煌的进步和繁荣的新纪元。艾伯·费尔兹觉得受到极大的鼓舞,甚至笑了起来。不管怎样,他手里紧紧抓住公文包,朝德国女子转过身去。她正在啜泣,望着莫雷尔和他的两个同伴在树木间消失的地点。艾伯·费尔兹执起她的手。

"别哭了。"他用意第绪语对她说,还以为自己在讲德语,"他不会出任何事。"

从清晨起,耶稣会士沿着山坡的小路,心情轻松地回家,准备与他的想法和手抄本一起,在发掘地点度过新的一季:他的修会更喜欢非洲森林深处的学识,而非欧洲的学识。对这种流放,他并不以为苦,因为他与六七个人经常通信,这些人的名字给一个时代深深打上印记,他们的思想有时与他的大相径庭,这样的矛盾反倒给他带来宝贵的帮助。除一夜无眠的疲倦外,还有另一份更久远、更无可救药的疲倦,使他有些伤心。想到他即将离开人类的冒险,却没能更清楚地预料其新的曲折——与他从清晨起跋涉的山峦一样起伏和孤独——他既感到十分好奇,同时又有几分气恼。他很有人情味,因为不能目睹最激动人心的阶段便撒手而深感遗憾。他力图不过多地向这份有些专横的好奇心让步,谴责它过分和不够谦虚。但好奇心随着年龄增长,或许因为每个观察的现象在临近结束时增加了重要性。他遗憾没有从他的探险中带回更加鼓舞人心的消息,但他有耐心的习惯,不应该过于着急。他思考着圣德尼与他分手时对他说的最后一番话,当时圣德尼站在马的旁边,望着他的目光中似乎还燃烧着夜色最后的一缕光。"神甫,有人硬说您把我们的朋友藏在您的一处发掘地点,他正在恢复元气,等着继续干下去。但我看不出您为什么对一个想充当大自然最高保护者的人表露如此的好感。我觉得这与人们所了解的您的修会,甚至与您的著述背道而驰。如果我读懂了您,您好像并不期待我们的努力有什么结果,好像把圣宠也视为生物的一种突变,最终将为人随心所欲地实现自我提供一些有机的手段。如果是这样的话,那么莫雷尔的斗争,他揭竿而起的尝试,在您看来想必可笑而无聊。也许您在我身边,在我们一起唤起的回忆里,寻求的只是一夜的消遣。可能您觉得,他用他的请愿书、声明、传单、保卫委员会,最后还有他那有组织的武装游击战,向我们索要一种变化,而在很长时间内,这种变化只可能设想为一支希望之歌。但我不甘于忍受这样的怀疑,宁可相信您对这位叛逆者暗中不无好感,他竟然决心逼迫上天尊重我们的处境。不管怎样,我们的物种在数百万年前走出了泥沼,有一天也终将战胜强加于我们的严酷法则,因为我们的朋友讲得有道理:这毫无疑问是一条必须马上改变的法则。这样,人的残缺和挑战将只剩下我们道路上的又一块蜕下的皮。"

耶稣会士短促地点点头,这既可以是一个赞同的表示,也可能是他的马猛然往旁边一闪造成的。他的嘴唇薄而不干,总因嘴角两道细细的嘲弄的纹路变得柔和,细长的眼睛炯炯有神,鼻子大而骨头突出,从侧面看好似一名习惯于观察地平线的布列塔尼水手。他的敌人喜欢提醒说,他的先祖中有一些著名的海盗,他不讨厌人家暗示他有冒险家的血统。他本人也经历了一场冒险,那是没有怀疑、对最终的充分发展抱有信念的人在地球上可以经历的最美、最激动人心的冒险之一。他随着马的步伐慢慢晃动着身子,有时迅速掉过头去看山丘或一棵树的侧影,目光抚慰着它那数不尽的枝杈——在十字架之前,树早已是他最喜爱的符号。他笑容满面。